源氏物語における思惟と身体

Ishizaka Akiko
石阪晶子

翰林書房

源氏物語における思惟と身体◎目次

序 …… 7

Ⅰ 正篇における思惟と身体

第一章　藤壺の反照─垣間見の発動力─ …… 17
はじめに
一　幻想としての「紫のゆかり」
二　視線描写の語法
三　幻視が意味づける類同性─解き放たれる抑圧─

第二章　紫の上の通過儀礼─若紫巻における反世界─ …… 36
はじめに
一　「立ち出で」る若紫─感化される空間としての「庭」─
二　繰り返し語られる朱雀院行幸─交錯する時間・重複する時間─
三　「もどき」としての兵部卿宮
四　若紫の屈折─面痩せ・なごり・つとふたがり・屈す─
結び

第三章　朝顔巻における「ゆかり」の変容─異化をめぐる方法─ …… 59
はじめに
一　「ゆかり」の意味について─藤壺生前─

二　浮上する霊
三　秘められた出来事
結び　「異化」される他者―「ゆかり」の決裂―
第四章　源氏物語における「なやみ」と身体―藤壺をめぐる病理学―……84
はじめに
一　受胎と「なやみ」
二　「世人」との対比―藤壺の孤立―
三　賢木巻と「なやみ」
四　臨終と「なやみ」―藤壺の死闘―
結び　―「罪」「宿世」の超克―

Ⅱ　宇治十帖における思惟と身体

第一章　「なやみ」とぶらふ薫……107
はじめに
一　御帳の中の匂宮
二　薫をめぐる思惟と身体①―大君・中の君―
三　薫をめぐる思惟と身体②
結び

第二章　大君物語における思惟と身体……139
はじめに
一　正篇第二部の思惟
二　総角巻の思惟
三　大君をめぐる思惟と身体
四　「我」と「身ども」
結び
第三章　「思ふ」女の未来学―中の君物語における思惟―……165
はじめに
一　宿木巻における思惟
二　大君・中の君―「思ふ」女の登場―
三　隠蔽の構造
四　「姉」を「思ふ」
結び　―中の君物語における思惟の位置づけ及び「妹」の物語―
第四章　東屋巻の思惟―「知る」ことをめぐる逆説―……207
はじめに
一　「幸ひ」の自覚
二　薫への測定意識

三　浮舟賞賛の内実
結び
第五章　誕生への問い―中の君物語における「なやみ」と思惟―……220
はじめに
一　宇治十帖における「なやみ」の曖昧性と偏向性
二　先送りの時間性
三　忘れられた胎児
四　暴かれる「なやみ」―薫という視点―
五　裏切られる思惟―繰り返される「恥」の意識―
結び　―異物原理としての「なやみ」―
第六章　浮舟物語の回想と思惟―記憶の遡及―……267
はじめに
一　地の文の「思ひ出づ」―「昔」への執着―
二　移り詞の中の「思ひ出づ」―「人」を求める―
三　会話文における「思ひ出づ」―忘却の表明の意味―
結び
第七章　「起きる」女の物語―浮舟物語における「本復」の意味―……287
はじめに

一　浮舟物語における「なやみ」の位置づけ
二　口唇の欲動―浮舟物語の「なやみ」と身体―
三　「心地あし」という過剰弁明
四　浮舟が「起き」る時
結び

結　語 …… 355

あとがき …… 364

索引 …… 369

序

本書は、源氏物語における思惟と身体をめぐる言説が、他のどのような領域と関連づけられながら語り進められ、固有の意味構造を生成させており、そして、そのようにして次々と他の要素と取り結ばれていく関係構造に対し、いかなる意義づけが可能であり、さらに、それが個的な問題を描出するという物語行為の中でどのように具現され、特質として定位できるのかという問題意識のもとに作成されている。言い換えれば、思惟や身体がどのような表現を経てメタレベルから対象レベルに降り立とうとしているのかという問いに対する追求であり、その中で物語的意義を探ろうとする試みの実践である。

従来、物語表現として描かれる思惟は、人物表現の内面や深層と深く関わる素材として重視されており、その価値は絶対的なものとして理解され、思惟を通して人物像の本質を究明するという研究態度が顕著であった。また、身体は、言語や思惟の周辺的な領域として目されがちであり、上部構造としての思惟に対し、身体は、下部構造として次善的な位置に据えられており、両者の対位構造は固定化の中にあった。思惟が身体を規定するという図式に長いこと支配されていたのである。むろん本論においても、そのような流れを十分に踏まえ、物語世界を構築する重要な方法の一つとして、思惟の身体化という方向を押さえているが、本論で目標としていることは、それまでの研究史において、非対称性の中に置かれていた思惟と身体を対称的な関係に引き上げることである。

昨今の研究においては、これまでの方法意識とは反対に、身体こそが思惟を規定するという逆転した構造の中で語りの仕組みをとらえる動きが活発である。これは、それまで個人性を表す本質と密着していると考えられていた思惟さえも実は幻想の産物であるとする発想に支えられており、こうした立場は、物語が後半部に進み、宇治十帖に至るほど明確な展望をもって示されている。衣装、髪、音声、動作、匂い、文字等、「身体」とされる領域も、これまで対象とされなかった事柄も含めてより広汎に引き伸ばされており、言語では語り切れない部分がこれらの他領域によって切り取られるという考え方が現在の研究を動かしている。

身体論的な観点によって切り開かれた可能性は大きく、本論で呈示している問題の立て方の発想の源泉も、このような研究史的背景に負うところが多いが、本論で問題にしようとする身体は、そうしたいわゆる身体論からも重なり合いつつ離陸しているようにも思われる。本論において見ようとしたことは、内部と外部が、深さと浅さが、それぞれ共感と違和感を伴いながら逆の側へ転化していく瞬間の、身体と思惟の境目から透けて見えてくる生の両極的な本質である。領域的な差異を構築しながら消滅させる脱構築性と二重性を徹底して追求しようとしている。その意味で、本論では間主観的な領域の可能性を拓こうとしているともいえる。

身体への言及は、元来、西洋哲学において広げられたことであり、文学の中で身体をとらえようとする動きは、古典・近代を通じて極めて乏しかったと見てよい。あったとしても文学を素材に医学的見地に還元されるようなかたちでしかアプローチが残されておらず、身体という視点から語ることと書くことの意味をとらえようとする方法は、近年定着した、比較的新しい研究態度といえる。しかも、単なる西洋思想からの借り物としてでなく、日本の文脈の中でつかもうとし、さらにまた、物語という独自の論理において身体への研究をひろやかにかつ深めている。

本論では、そうした身体論的な視点に影響を受けつつ、しかしながら、それのみで果たして物語の淵源に辿り着けるだろうかという疑問もまた捨てることができずにいる。というのは、ともすると身体至上主義的な傾向さえ垣間見えるこうした方法意識によって思惟の領域が逆に削ぎ落とされてきたからである。

本論で行おうとしているもう一つの試みは、こうした、思惟のレベルの新たな意味づけである。この研究姿勢は、一見、研究史に逆行しているような印象を与えかねないが、それは決して後退を意味するものではない。自然に生成される「あるもの」（ザイン）として見なされてきたために逆にその価値づけを見過ごされてきた思惟を改めて対象化しようとすることは、従来の研究史の中で切り落とされてきた問題を改めて拾い上げ、再構築することであり、こうした揺り戻しの過程を経て、思惟と身体の両側からの波動が与える問題は、新たな物語的意義を獲得できるものと思われる。

思惟は、通常、「精神」「心」といった領域を指し示しており、内面の側に位置していると考えられている。本論全体を通して認識されている思惟は、感情であり、意識でもある。本来、感じることと考えることは別の次元としてとらえられる。しかし、そのような観念的な領域も直観的な世界も全て含み入れる視野としての思惟の意味を、本論では、個別な場面および文脈において検討し、究明をはかるものである。

思惟を研究対象とする中で、本論では、しばしば、文体の問題や修辞的な方法に触れる場面や用例の集計に言及する場面があるが、これは、物語の語りの本質と深い関わりを持つという意識の上にある。もとより思惟は、文体といった形式的な問題や、単なる客観的資料の処理のみに終始するのではなく、内実をもった問題として理解されるべき物語表現であるが、本論では同一表現の反復性や文末表現といった語法的な視点から還元される意味体系も大きな比重を占めていると考え、個別の場面を微細に読み取り、本文が呈示する一つ一つの用例の息づかいの中を分け入ることで、言葉の反復と差異によってもたらされ、深められる物語的意義および方法意識の基盤のとり直しを試みている。

本書は、全体を二部に分節し、さらにそれぞれを各章に分け、必要に応じて節を設けて論述している。思惟と身体をめぐる言説を、視線、病（「なやみ」）、対話、時間と空間といった角度から問題を立てることで分析し、思惟および身体の領域が、外的な視点と、どのように隣接し、視野としてどこまで広げることができるのかという、関連づけそのものの可能性を探ると共に、表現の細部にわたる浸透性を各章において検証している。本論では、正篇で構築された意味世界が宇治十帖において批判的に読み替えられ、乗り越えられているという見方を示しており、従って、それぞれ次元を分けて論じる必要があると考え、Ⅰ部では正篇の、Ⅱ部では宇治十帖において追究をしている。

Ⅰ「正篇における思惟と身体」では、源氏物語正篇の語りを主に考察しており、特に「ゆかり」や視線の問題、「なやみ」として表象される病の問題を個々の状況に照らし合わせつつ論じている。特に女性の視点によって映し出される世界の考察に力を入れた研究を行っており、男性が女性を見るという構造の中で進行していく物語の基本的な枠組みの反措定をめざしている。「見る／見られる」という関係の中で、「見られる」立場に置かれがちな女性の側の、まなざしを通して表されるさまざまな思いのありようを分析している。第一～三章では、男性が女性を見ることの意味だけでなく、女性がものを見ることが場面にもたらす役割をも同時に考察しており、総合して、男性視点と女性視点の相互関係を究明する内容となっている。

他者から受ける視線や、他者へ向ける視線がどのような主観を伴いながら一つの像（イメージ）を取り結ばれるのかを具体的に示すことを追求した第一～三章に対し、第四章では、感覚をより個的な次元に密着した場所で、抑圧された「私」がどのような過程を通して揺らめき立つのかという意識に基づいて考察を進めている。他を照らすとの問題を扱う第一～三章に対し、第四章では、自らを照らすことをめぐる物語的方法を追究している。

こうした問題の立て方は、正篇のみの特質としてではなく、物語全体に跨がるものであり、したがって、ⅠとⅡが完全に別次元の関係にあるということではない。たとえば、Ⅱ二～七章にわたって深められている問題は、Ⅰ四章を出発点としている。女性の思惟が身体の状況と深く連動しており、女性が妊娠したり、病気になったりするその度に、自己自身の中で隠された情念を確認し、自分の人生の意味を改めて見つめ直そうとするという構図がいつもある。女性の思惟が、彼女たちの個的な状況に即しつつ描かれていくというあり方は、源氏物語全体を通じ、重要な特質として措定することができる。本論では、その、女性がものを思う基盤のような現場としての病や妊娠とは何であるのかを、全編を通して追求している。

Ⅱ「宇治十帖における思惟と身体」では、Ⅰにおいてまとめられてきた問題意識を、光源氏世界が終焉した後に続く宇治十帖の中でどのように組み替えられているのかを探求している。宇治十帖では、正篇以上に思惟と身体がより錯綜した、流動的な複合体の中にあり、物語の中において、関係がたえず取り直されている。たとえば視点人物も、正篇のような固定的な役割ではなく、反対的な立場において機能するといった場面も見られ、人物像の中に一定の役割を追うのが不可能な状況を物語世界自体が作り上げている。したがって、その章立ても、正篇とは異なる方法で構成している。

第一章では、男性の思惟と身体の関係構造を論述し、第二章以降では、同趣の問題意識を女性という視点から捉え返している。本論で展開した宇治十帖への関心は、思惟の様式が大君、中の君、浮舟と物語の中心が移動するにつれて、どのように受け継がれ、また読み替えられていくのかということであった。つまり、三姉妹をそれぞれ単独にとらえるという旧来的なありかたではなく、それぞれの物語間の連結および断絶の構造を鮮明に洗い出そうとするところに、本論で示した宇治十帖論の最大の目的があるといってよい。むろん相互的な関連性を主張する研究も近年では高まりを見せているが、本論は、三姉妹を「思ふ」女たちと物語として解釈し、その「思ひ」のあり方にどのような対話関係が認められるのかという視点において論を進めている。

極言すれば、大君物語において切り開かれた、女性の意識描写は、中の君物語で無効化される。中の君物語で徹底して追求されているのは、個人の思惟を裏切り、意志していることとは反対の方向に動いていく身体の他者性である。それは、中の君の妊娠によって象徴されている。心では薫と精神的に結ばれることを理念としながら、それが肉体の側からはみ出していく皮肉な構造の上に、中の君の女性としての業の深さが浮き彫りにされるのであり、これは、やはり愛欲に苦しむ浮舟の像の原型となっている。その意味で、女性における意識のレベルをより高い次元に引き上げた姉の物語は妹の物語の中で下位に降ろされている。ロジカル・タイピングの崩壊が中の君物語においては行われている。しかし、その崩れは、姉を絶対視し、姉を模倣して同じ言語世界を獲得したいと切望するがゆえの現象であった。妹は姉の死んだ年齢を越え、姉の経験しなかったことを通過してもなお途方に暮れ続けている。しかし、そのことが次第に姉を妹化していくような物語として位置づけられているのである。

大君と中の君は、しばしば「声」が似ていると薫によって指摘されている。しかし、身体的な特徴は模倣できても、人格までは姉を引き継ぐことはできないのである。中の君物語によって示される生の苦しみは、姉の世界に自己同一性を求められないところに生成されている。中の君物語の章が長大化したのは、読者の関心が薄れがちな中の君であるだけに、その奥深い世界を詳細に究明する必要性を意識したからである。中でも特に力を注いだのは、従来の研究史上の盲点であった、中の君の問題と浮舟物語の対応構造の解明である。同腹の大君とは違い、異母姉妹の中の君と浮舟は、共有するところの少ない関係に見えながら、不本意にも永らえる「命」への不審と、生きていることの「恥」に苦しむ意味では共通しているのであり、中の君の挫折を浮舟が掬い取るような、見えない補完の関係がそこにはある。

本書Ⅱ六、七章では、浮舟の生きている現場が、どのような言葉で相対化されているのかということを検証している。浮舟の問いは、

たちばなの小島の色はかはらじをこのうき舟ぞゆくへ知られぬ（浮舟(6)一四三）

に象徴されるように、常に空間への意識に根差している。本論では、空間への視座を底部に認識しつつ、身体に根差したところから世界を感受し、意識と格闘する浮舟の姿を鮮明化する。

源氏物語の世界は、華やかな宮廷行事や儀式といった非日常世界が展開されており、読者の関心もとかくその華々しさに注目が流れがちである。しかし、その一方で、人物が病や妊娠、死に苦しみ、ものを思うという、それぞれのより個的な状況に根差した日常の現場もまた大きく描かれおり、独自の世界を構築し、重い分量を占めている。本論では、「なやみ」や「思ひ」などといった視座から問題を立てることで、源氏物語という、固有の文脈の中で生成される思惟と身体の言説世界に改めて光を当てている。

※本文は、小学館日本古典文学全集『源氏物語』(1)〜(6)を用いた。

I

正篇における思惟と身体

第一章　藤壺の反照
―垣間見の発動力―

はじめに

源氏物語の中でも特に有名な場面である若紫の垣間見は、実はもっと深く読めるのではないだろうか。すでに大多数の論によって言い尽くされた感の強い当巻ではあるが、より微細な表現に執拗にこだわっていくことが許されるならば、読みへの可能性は無限に広がっていくものと思われる。本稿では光源氏を縛る抑圧が解かれ、そこに藤壺を幻視するまなざしによってその意味性が規定されていく場としての若紫垣間見を、表現や語法や視線描写を通して考え、そこに投影される彼の意識のありようを解析していくことを主な目的とする。たとえばそれは、「つき」「ざし」「わたり」「ばかり」「ほど」「など」といった、付着語に代表されよう。若紫垣間見の場面においては、若紫の少女の身体(1)に関して、この種の表現が際立っている。「つらつき」「髪ざし」「眉のわたり」というようにである。こうした身体表現は、頬や眉や髪などの対象をはっきりと言い表すのではなく、漠然とつかみ取っている状態を示す語法である。つまり、それを見る主体の立場に寄り添った表現ということができるだろう。「つらつき」「髪ざし」

「眉のわたり」という言説は、見られる対象がその身体的特徴として発露させているというよりは、逆に見る側が、その対象に属する身体をそう感じ、そのように受けとめているのである。

むろん、この語法は、若紫垣間見の場面だけに存在するのではなく、源氏物語全体に多々見られる傾向である。特に、「…つき」の形で示される表現は、源氏物語や紫式部日記で急速に発展を遂げた手法であり、それ以前にはほとんど用例が見られないという。(2) しかも、「…つき」は、人物の表象としての身体を表す語にいつも接尾語として付着し、誰かと誰かが似ているといった、相関性・類同性が、物語の展開の上で重要になるような場面や、あるいは対象がはっきり見えず、いや、ぼんやりとしか映らないがゆえにかえって迫力があり、欲望がかきたてられるような状況などに限って特に集中的に用いられるようである。もし「…つき」などに代表される付着表現が、源氏物語と紫式部日記、それぞれの作品内部において方法として見出だされ、獲得され、書き進める中で増長していったことを考えると、若紫垣間見の場面で「つき」「ざし」などの語法が頻出する意味にこだわっていくことは、きわめて有効なのではないかと今考える。それらの接尾語が表現として連発されることと、桐壺巻以来光源氏の心を縛りつけ、苦しめ続ける藤壺への欲望とは密接に絡み合っていると思われるからである。このように、頬や眉などの、身体の部位を表すことばにさりげなく付着する「つき」「ざし」「わたり」などの細かな語法が積極的に用いられていることと、光源氏の中に執拗に潜伏し続ける藤壺幻想を垣間見における二本の柱とし、藤壺への深い執着(3)によって支えられた、映像としての若紫を、光源氏のまなざしの問題に焦点を当てながら考えていきたい。

一　幻想としての「紫のゆかり」

若紫の巻は、そこにはじめて登場する紫の上という一少女の斬新さ、鮮明さのみに目が奪われがちであるが、紫の上の姿ばかりを追っているだけでは、若紫の巻は読めない。そもそも、紫の上の登場のし方の凄絶なほどの圧倒感は、何によって支えられているのか。それを方向づける要素が前々からあってこそ初めて定められるのが紫の上の存在の重さなのである。つまり、光源氏の中に深く潜伏する藤壺への執念がそこに発露され、投影されるがゆえに少女としての紫の上の像はみずみずしく精彩を放つのであって、彼をして藤壺に直結的に同化せしめる要素がもしなければ、単に一少女の動きを漫然ととらえただけに過ぎず、これほど紫の上の輝かしさは光源氏の中で鮮烈な印象をもたなかったであろう。藤壺という付加的な意味合いがどこまでも紫の上にまつわりついているのだということ、そのはかり知れなさは、より強く認識化されなくてはならない。

ところで、ここに一つの疑問が浮かぶ。藤壺と紫の上がよく似ているという事実は、どうして物語の中の常識として不動の位置を占めたのであろうか。というよりも、本当にこの二人は客観的に見て似ているのだろうか。確かに藤壺と若紫は、物語の中ではそっくりだということになっている。しかしそのまぎれもないはずの事実は、一体何によって設定化されているのだろうか。私はそれは、光源氏の側からの一方的な偏った主観であり、まなざしであり、関連づけであると考える。そう見ると、藤壺から若紫へというゆかりの連関性は非常に危うい、頼りない、不安定な価値基準の上に立っていることがおのずと判明されよう。

ひょっとするとそれは、光源氏の誤認だったかもしれないのであった。その他の人が、例えば頭中将などが見れば何も感じられない、何のつながりも見出だせない存在どうしなのかもしれないのである。藤壺と若紫の結びつきは、垣間見する人が光源氏であるからこそ、意味をもち、成り立つ図式なのであることを、読者は十分に認識しなくてはならない。不確かなものを強いてつなげていく意思が、この垣間見の場面には明らかに働いているのである。この同一視への危険性、己のまなざしの頼りなさは[4]、何よりも光源氏自身が自覚している。たとえば、

この若草の生ひ出でむほどのなほゆかしきを、似げないほどと思へりしもことわりぞかし、言ひよりがたきことにもあるかな、いかにかまへて、ただ心やすく迎へ取りて、明け暮れの慰めに見ん、兵部卿宮は、いとあてになまめいたまへれど、にほひやかになどもあらぬを、いかでかの一族におぼえたまふらむ、ひとつ后腹なればにや、など思す。ゆかりいと睦ましきに、いかでか、と深うおぼゆ。

（若紫(1)・三〇一～二）

兵部卿宮の娘と分かっても、すぐに納得せず、若紫の血統の本筋を、叔母の藤壺に強いてこじつけようとする。兵部卿宮との親子関係よりも、叔母・姪の関係を「ゆかり」として、つながりを見出だせそうな関係[5]として、重視していくことを試みるものである。つまり、叔母と姪という関連づけもまた、光源氏にとっては冒険なのだといえよう。

兵部卿宮とは「ひとつ后腹」の妹である藤壺が、若紫と似ていることは、一見ごく自然なように受け取られがちだが、「ひとつ后腹なればにや」と推測する前に、「いかでかの一族におぼえたまふらむ」とまず疑問を呈していることに注意される。無意識に父娘という形の系統を否定し、叔母から姪へという流れに傾いている。「おぼえ」とあるが、これは、光源氏の心の中で、若紫の姿が藤壺の面影をかくも強く呼び覚ますことへの感動の表れなのである。若紫の父兵部卿宮は、皇族という、高貴な身分にふさわしい上品で優雅な美しさはあるものの「にほひやか」な感じはしない、と光源氏は思う。ところが、その娘である若紫と妹宮の藤壺は照り輝くような艶やかな美しさ[6]である

ことを示す「にほひやか」さが共通しているという。「にほひやかさ」という、きわめて曖昧な判断基準を軸に、親子から、叔母・姪へと、連鎖の構図がさり気なくずらされていることに注意される。

秋の夕は、まして、心のいとまなく思し乱るる人の御あたりに心をかけて、あながちなる、ゆかりもたづねまほしき心もまさりたまふなるべし。「消えんそらなき」とありし夕、思し出でられて、恋しくも、また、見ば劣りやせむ、とさすがに危し。

手に摘みていつしかも見む紫のねにかよひける野辺の若草

（若紫(1)・三二三〜四）

「ゆかり」が再び表れていることに注意される。この「ゆかり」についてであるが、たとえば「あながちなる、ゆかりもたづねまほしき心もまさりたまふなるべし」とあり、「なるべし」の形で草子地が、「ゆかり」を執拗に求めようとする光源氏の気持ちは「あながち」である、無体であると規定している。この「あながち」は「心」にかかり、幼い少女を藤壺のゆかりとして求めようとする、光源氏の無理な願望と解されている。[7]この「あながちなる」という表現の中には、やはり藤壺と若紫を強引につなげていこうとする光源氏の、一途ではあるが、無茶で無体な、身勝手でさえある欲求に対する、語り手の疑問と不審感が呈示されているのではないだろうか。つまり、光源氏にとってはせめて形代を求めたいという、やむにやまれぬ内的衝動が、語り手にとっては、「あながちなる」と、なぜ藤壺が若紫に結びつくのかという、彼の一方的なひとりよがり、思い込みとして捉えられていくのである。少女を求めることの無理以上に、少女を藤壺と関連づけていくことの無理がより強調されていると見るべきではあるまいか。すなわち、光源氏の妄執は、語り手の把握を越えたところに存するのであり、このような人物の意識と語り手の意識のずれと分離が、光源氏の秘密の深さ、独断的に事を進めていく、勝手に一人歩きした姿を逆に示すことになろう。身近なはずの腹心たち、惟光も、少納言も、語り手すらも、あらゆる存在が、彼の意図や考えから、実は、弾き出されているのである。(8) 少女に熱中する姿を、いつも周囲から、不思議がられる光源氏であり、誰からも理解されない人として、物語は語り進めていくが、彼の方こそ、他者の理解を退け、疎外し、立ち入られることを固く拒むのである。それだけ閉鎖的に藤壺・若紫を追求しているのだといえよう。

また引用最後の部分に、「さすがに危し」とあり、敬語が消失し、より彼の心に密着した書き方となっている。こうした光源氏の心に沿った表現方法をとることによって、彼の密かな危機感が際立っている。「ゆかり」がほしいと思う一方で、けれども事によると、「紫のゆかり」は幻覚なのではないかという茫漠とした不安が、幻想の裂け目としてあらわれているのである。光源氏が藤壺・若紫の秘密の関連構造に必ずしも完璧な自信をもって確信しているわけではないことは、この部分から裏づけることができよう。「さすがに危し」には、光源氏の、若紫への賭けと願いの気持ちが込められているのであり、そのような自信に揺らぐ気持ちの中から「手に摘みて…」の歌は詠出されるのである。

aわが御心地も、かつは、うたておぼえたまへど、…　(若紫(1)・三一九)

bさて通ひたまはむも、さすがにすずろなる心地して、かるがるしう、もてひがめたると、人もや漏り聞かむなど、つつましければ、ただ迎えてむと思す。　(若紫(1)・三二五)

cかの宮にわたりなば、わざと迎え出でむも、すきずきしかるべし、幼き人を盗み出でたりと、もどき負ひなむ、その前に、しばし人にも口がためて、渡してむ、と思して、　(若紫(1)・三二六)

d君、いかにせまし、聞こえありて、すきがましきやうなるべきこと、人のほどだにものを思ひ知り、女の心かはしける事と、推しはかられぬべくは、世の常なり、父宮の尋ね出でたまへらむも、はしたなうすずろなるべきを、と思し乱るれど、さてはづしてむはいと口惜しかべければ、まだ夜深う出でたまふ。

eうちそばみて書いたまふ手つき、筆とりたまへるさまの幼げなるも、らうたうのみおぼゆれば、心ながらあやしと思す。　　　　（若紫(1)・三二七）

a「かつは、うたて」b「さすがにすずろなる心して」e「心ながらあやし」という形で、自分はどうかしているのではないかと、若紫にこだわることへの反省と懐疑が導き出されている。あるいはc「すきずきしかるべし」「もどき負ひなむ」d「すきがましかしきやうなるべきこと」のように、好色めいていると噂されるのではないかと繰り返し他人の反応を強く気にするところに、若紫に執着することへのかすかなためらいが見て取れよう。　　　　（若紫(1)・三三四）

まだ定着化しない価値観と、絶対化されない把握意識がこれらの用例の中には内包されているのであり、この、本来ならば非常に頼りない視点と意味づけを何とかしてこじつけ、根拠を持たせ、おぼろげに思った瞬間的な思いつきの感覚を、物語の中で確固とした論理に変えていこうとするじりじりとした白熱感を発散させているのである。考えてみれば、藤壺を幼い少女に結びつけようとする見方ははなはだ奇妙であり、藤壺とより年齢的に近い女性を他に探しても良いはずである。例えば光源氏より四歳年長の正妻葵の上などはまさに藤壺とほぼ同年代であるが、全く考えに入れられずに素通りし、光源氏の秘密の関連構造から完全に疎外され、あえて藤壺の形代を童女に求めていこうとする動きには明らかに意図的なずらしがあるといわねばなるまい。(9)

そして、光源氏が特別に受けた垣間見による衝撃が一つの価値づけとなって以後の物語の展開を規定するという意味で、言ってみれば若紫垣間見は、光源氏のまなざしの特権性をようやく示しはじめる重要な場面になっているのではなかろうか。若紫巻の中には、全ての価値観が光源氏視点の下に統合され、統一化される、大きな力が発動しているのであり、そのことを象徴的にものがたるのが若紫の発見とその意味づけなのである。光源氏の、実はまことに頼りないまなざしが確定化していく過程を、形代としての紫の上はその成長によって具現している。当該巻に光源氏の救済の問題や王者としての復活が、北山の場面の中に同時に織り込まれていることとも決して無関係ではあるまい。[10][11]

二　視線描写の語法

序において触れたように、垣間見描写の中では、頭や額や髪など、身体を表すことばの語末に「つき」「ざし」「わたり」「さま」「…げ」「ばかり」「ほど」「気色」などが添えられた表現がしばしば見られる。これらの語によって、たとえば「頭つき」「額つき」「髪ざし」などのような形で女君たちの顔かたちや容姿、姿態などがそれを見る主体のまなざしを通して語られている。[12]先に述べたように、こうした付着語に微妙な意味合いを含める語法は源氏物語における特徴的な語法なのであるが、ここで問題になるのは、なぜいつも、垣間見の中に「つき」や「ざし」などが書き込まれるのかということである。ここでは、その問題を「見え方」にこだわりながら、その意味性を考えていきたい。[13]河添論文には「藤壺から紫の上へ、いわゆる「紫のゆかり」の身体の系譜は、具体的には、再三くり返される『髪ざし』『頭つき』の酷似により確保されることになる。思えば、藤壺と紫の上の酷似の確認は、いつも支配しえぬ身体と支配しうる身体が、光源氏のまなざしの中で交差する瞬間なのであった」[14]とあるが、これは全体の用例を包括的に見渡した上での考察であり、その用例が使われている場面性などの問題については深入りされていない。同じ「つき」表現がなされていたとしても、それがいつも同じ意味合いで用いられているとは限らない。見る主体の内部の意識の揺れやずれによってその使われ方は微妙に違ってくるのではないだろうか。本稿では、個々の場面に即してより細かく分析することによって、若紫垣間見という一回性の場面における「つき」「ざし」などの表現手法の特殊性、他の用例との差異性について解析することに関心がある。見え方の問題を重視することによって、そうした表現が構築する世界をとらえようとしているのである。あくまでも見えてくるものがこちら側に投げかけている意味を重視するものであることをここでもう一度確認しておきたい。

以下、「…つき」などが用いられている表現の例を、藤壺・若紫を中心に、一つ一つ検討を進めていく。

A人々は帰したまひて、惟光朝臣とのぞきたまへば、ただこの西面にしも、持仏すゑたてまつりて行ふ、尼なりけり。簾すこし上げて、花奉るめり。中の柱に寄りゐて、脇息の上に経を置きて、いとなやましげに読みゐたる尼君、ただ人と見えず。四十余りばかりにて、いと、白うあてに、痩せたれど、頬つきふくらかに、まみのほど、髪のうつくしげにそがれたる末も、なかなか長きよりもこよなう今めかしきものかな、とあはれに見たまふ。

きよげなる大人二人ばかり、さては童べぞ出で入り遊ぶ。中に、十ばかりにやあらむと見えて、白き衣、山吹などの萎えたる着て、走り来たる女子、あまた見えつる子どもに似るべうもあらず、いみじく生ひ先見えてうつくしげなる容貌なり。髪は扇をひろげたるやうにゆらゆらとして、顔はいと赤くすりなして立てり。「(尼君)何ごとぞや。童べと腹立ちたまへるか」とて、尼君の見上げたるに、すこしおぼえたるところあれば、子なめりと見たまふ。「(若紫)雀の子を犬君が逃がしつる。伏籠の中に籠めたりつるものを」とて、いと口惜しと思へり。このゐたる大人、「例の、心なしの、かかるわざをしてさいなまるるこそ、いと心づきなけれ。いづ方へかまかりぬる。いとをかしうやうやうなりつるものを。烏などこそ見つくれ」とて立ちて行く。髪ゆるるかにいと長く、めやすき人なめり。少納言の乳母とこそ人言ふめるは、この子の後見なるべし。

（若紫(1)・二七九～八一）

「見えず」「見えつる」「見えて」と、「見える」の表現が連発されていることに注意したい。尼や少女それ自体がどんなだ、ということではなく、ここは、どのように光源氏の目に映るかという、見え方に終始しており、どこまでも「見え」ることに重きをおいている言説であることにおのずと気づく。むろんここには語り手のまなざしが混入していることも考慮される。二重傍線を付した、光源氏の考えに密着した表現すなわち「めやすき人なめり」「この子の後見なるべし」などについてのことである。

ここに浮上するのは言説分析の問題である。「…なりけり」「…（な）めり」「…なるべし」という、敬語なしの、光源氏の判断や推量がそのまま露呈された形で言い切るのは、いわゆる自由間接言説[15]で、これは語り手の判断と作中人物のそれが同時に描き込まれた言説である。つまり、当然そこには語り手の意識も混入されているわけで、光源氏だけの完全な主観にはなりえないことになる。

しかし一方で、例えば「…と見たまふ」のような、光源氏の思いが敬語表現で括られる言い回しもあり、それらと比べた場合、「…なりけり」などの視線描写は特異的であるといわねばなるまい。すなわちそれは語り手と光源氏の距離の問題の相違として処理することが可能である。光源氏への敬語が消失している時、両者の間は完全に密着しているとみてよい。光源氏の心情をそのまま地の文の中にむき出しにさせることによって、読者は語り手の介在なしに、光源氏の心と直接向き合うことができるのである。他の例でも「思ふにも涙ぞ落つる（若紫(1)・二八二）」「思ふ心、深うつきぬ（同・二八四）」は、藤壺が光源氏の意識の深層に位置し、藤壺との秘事があったことを匂わせるのに効果的な表現といえる。言うなれば語り手は、人物の心情をそのまま描き込んだ地の文において光源氏の主観に寄り添い、彼の側に属し、その中に溶け込んでいるのである。垣間見の場面では語り手の存在を無視できないことに留意しつつも、光源氏の主観的なまなざしがそこには強くはたらいているのだということをここではあえて強調したいのである。

さらに、「…ばかり」「…つき」「…のほど」「など」というように、接尾語や接尾辞の点在が特に目立つ。光源氏にそう見えるということに、物語全体が強烈なこだわりを傾けているのであり、風景全部を描くのではなく、見える世界を、見えてくるものだけを選び取り、切り取って描出する手法をとっているのである。これは、たとえば回想場面などで、一人の登場人物の視点をそのまま映像世界全体に拡張させる、映画の手法と通じるものがあろう。

また、「尼君の見上げたるに、すこしおぼえたるところあれば、子なめりと見たまふ」とあるように、光源氏は、はじめから若紫に藤壺の面影を見出だしていたわけではない。若紫―ここではまだ「女子」という形で登場する彼女は、素性の知れない存在として、はじめ、尼君に「すこしおぼえたる」とされ、尼君の「子なめり」と推測されているのである。この一節から浮かび上がる、尼君と、若紫の連関性、相関性もまた、無視できないであろう。尼君に対しても、光源氏は「頰つき」「まみのほど」と見ており、「つき」「ほど」という語法を通して尼君と若紫はつながっている。頰や目元の感じが、親子だと思っている光源氏には共通しているように見えるのである。しかもそれは、「子なめり」という、光源氏の心理状態に立って叙述されるように、光源氏によって一方的に与えられた意味なのであった。

B頰つきいとらうたげにて、眉のわたりうちけぶり、いはけなくかいやりたる額つき、髪ざし、いみじううつくし。ねびゆかむさまゆかしき人かな、と目とまりたまふ。さるは、限りなう心を尽くしきこゆる人に、いとよう似たてまつれるが、まもらるるなりけり、と思ふにも涙ぞ落つる。（若紫(1)・二八一〜二）

Bの引用にも、「頰つき」「眉のわたり」「髪ざし」、顔の様子、眉のあたり、髪の生えぐあいに注目するさまが見える。これらの表現は、「頬」「眉」「髪」というふうに表された時とは大部響きを異にする。つまり、「頬つき」「眉のわたり」「髪ざし」は身体の部位ではなく、それが投げかける感じ、印象を表出しているのである。それらに対する光源氏の感想としての「いみじううつくし」が、そのまま地の文に投げ出されている。そして「ねびゆかむさま」、成長する様子を見届けたいものだと思う。つまり、現在の若紫に満足しているというよりは、大人になったときの姿に期待がもてるということなのであり、彼は、その期待感に満足しているのである。

ただしこの時点では藤壺と似ていることを、まだ真に確信できてはいない。そうらしいという推測を繰り返したみかけているにすぎない。垣間見の範囲のことであり、間近ではっきりと確認しているわけではないからである。実際はぼんやりとしか見えないはずのものを、かくも鮮明に描き出すのは、やはり語りが光源氏の「心的距離」[16]に即して語っているからであろう。この時点では、まだ、若紫の少女を藤壺に関連づけさせることに対して、もしかしたら違うかもしれない、だけど、ひょっとすると似ているかもしれないという、揺れるまなざしの中から辛うじて絞り出された可能性の段階にとどまっている。そうした光源氏の危険に満ちた幻想が投影されかかっているところに「つき」「わたり」「ざし」が忍び込んでいる。これはともに、若紫という一つの「像」によって、藤壺が光源氏なりに具体化されようとしているところでもある。若紫の垣間見においては、おぼろげに見える世界の中に「つき」「ざし」「わたり」が用いられている。

C姫君、いとうつくしうひきつくろひておはす。「久しかりつるほどに、いとこよなうこそ大人びたまひにけれ」とて、小さき御几帳ひき上げて見たてまつりたまへば、うち側みて恥ぢらひたまへる御さま飽かぬところなし。灯影の御かたはら目、頭つきなど、ただかの心尽くしきこゆる人に違ふところなくもなりゆくかな、と見たまふにいとうれし。（葵(2)・六一）

結婚に踏み切るところである。Bの例とはちがい、光源氏は、間近で、「大人び」た若紫に目を見張っている。「御さま（様子）」、「御かたはら目（横顔）」「頭つき（頭のかっこう）」が藤壺と「違ふところ」がないと、自己暗示的な確認がなされている。

D月いよいよ澄みて、静かにおもしろし。女君、

こほりとぢ石間の水はゆきなやみそらすむ月のかげぞながるる

外を見出だして、すこしかたぶきたまへるほど、似るものなくうつくしげなり。髪ざし、面様の、恋ひきこゆる人の面影にふとおぼえて、めでたければ、いささか分くる御心もとりかさねつべし。（朝顔(2)・四八四）

すでに藤壺は死去し、いよいよ切実に形代として紫の上を見なければならないところである。「髪ざし」「面様」という紫の上の、具体的な部分ではなく感じや雰囲気から藤壺の「面影」が浮上している。紫の上の孤独をよそに、彼は一人藤壺幻想に浸っている。C「飽かぬところなし」D「めでたければ」と、藤壺と紫の上が似ていることにいつも満足し、物思いを発散させようとする。と同時に、自分の目に狂いがなかったことを、半ば無理じいに、強引にいいきかせて、自己のたわいない思いつきによる幻想を、正当化、論理化しようとむきになっている姿勢がある。本来ならば全く相容れないかもしれないものを滑らかに関連づける役割を担うのが「…つき」「ざし」などの表現なのである。ここでは光源氏の見境ない強引な関連づけが行われていることによって、藤壺・紫の上の合致への確信が完成されている。そうした彼の押しつけが、「ざし」「さま」などの微細な表現から浮上されるところであり、その異常な妄執もそこに認められる。

E世の中をいたう思しなやめる気色にて、のどかにながめ入りたまへる、いみじうらうたげなり。髪ざし、頭つき、御髪のかかりたるさま、限りなきにほはしさなど、ただかの対の姫君にたがふところなし。年ごろすこし

思ひ忘れたまへりつるを、あさましきまでおぼえたまへるかな、と見たまふままに、少しもの思ひのはるけどころある心地したまふ。

けだかう恥づかしげなるさまなども、さらにこと人とも思ひ分きがたきを、なほ、限りなく昔より思ひしめきこえてし心の思ひなしにや、さまことにいみじうねびまさりたまひにけるかなと、たぐひなくおぼえたまふに、心まどひして、やをら御帳の内にかかづらひ入りて、御衣の褄を引きならしたまふ。

（賢木(3)・一〇二）

ここを、今までとは逆に、藤壺を見て紫の上が反照されて、彼の気持ちの重心が藤壺から紫の上に反転したとは読めない。「なほ、…」以下が示すように、彼は依然として藤壺により深くこだわっているのであり、紫の上が藤壺と似ている点が認められて鬱憤が晴れるという図式に変りはない。ここは反照ではなく確認である。藤壺に惹かれつつも、代償の確かさを確認しようとする姿勢が「つき」であり「ざし」「さま」なのである。藤壺への苛立ちを辛うじて紛らわそうとする心情が「はるけどころ」として表出されている。

これらの例によって、「紫のゆかり」は光源氏個人の主観的なまなざしで結ばれているといえよう。ただし、その視座は場面によって微妙に変わっていくことが注意される。

三　幻視が意味づける類同性—解き放たれる抑圧—

以上の用例を見渡した上で、もう一度若紫垣間見の場面に立ち返り、その特異性について分析し直すこととしたい。もう一度、前掲二のBを引用しよう。

頬つきいとらうたげにて、眉のわたりうちけぶり、いはけなくかいやりたる額つき、髪ざし、いみじううつくし。ねびゆかむさまゆかしき人かな、と目とまりたまふ。さるは、限りなう心を尽くしきこゆる人に、いとよう似たてまつれるが、まもらるるなりけり、と思ふにも涙ぞ落つる。（若紫(1)・二八一〜二）

「目とまりたまふ」というところに、若紫に引きつけられる光源氏を見て取れる。今、自分が何に最も注目しているのかを彼はここで自覚するのである。二の引用Aに見られるように、これまで尼君を垣間見、少女たちや女房に目を移したりと、落ち着きなく分散された視線の中で位置づけられ、捉られていた若紫の姿は、急速に一個の独立した存在として絞り込まれ、光源氏の中で強烈に印象づけられてくる。ここに、つまり二のAからBにかけて、光源氏のまなざしの「焦点化」[17]が行われているのである。「ねびゆかむさま」一成長する様子を見届けたいと思った時、すなわち、藤壺の幻影を重ねられそうだと思った時、光源氏のまなざしは、はじめて若紫一点に絞り込まれる。

しかし、より重要なのは、その直前の段階である。少女若紫の「つらつき」「眉のわたり」「額つき」「髪ざし」に、光源氏の目は吸い寄せられているのであるが、「…つき」「…のわたり」「ざし」と、頬・眉・額・髪それ自体を指すのではなく、その様子、そういう感じ、そのあたりと、対象を漠然ととらえているところに注意されたい。こうした表現に、光源氏の主観が忍び込んでいるのである。それは、この少女が藤壺らしいという主観である。「らうたげ」の「…げ」も同様である。受け取る側の心情に即した見え方を示すものとして、「…つき」「…のわたり」「ざし」「…げ」の語法が生じており、それはどこまでも、そこに藤壺を幻想する光源氏の主観的なまなざしで映し出される若紫の美しさなのである。決してはっきりと見ているわけではなく、おぼろげに見える様子から、若紫を藤壺に関連づけようと試みている。ありありと若紫の姿を見ているのではなく、むしろ、はっきりとは見えないからこそ、見る方の感情は高ぶっていくのである。そうした展開を物語は手法として打ち出している。涙が流れ、改めて「まもる」という態勢になる、すなわち意識が自覚の段階に入る寸前の、若紫の顔立ちが「頬つき」「眉のわたり」「額つき」「髪ざし」という形で表出された時点で、彼はすでに少女の中に藤壺らしさを知らずと見出だしている。少女の美というよりは「小さな藤壺」の美しさというべきか。

このようなきわめて感覚的なまなざしの中に、藤壺の幻影が無意識に照らし返されているのである。無自覚の段階、考えにならない考え、忘れようとしていて、考えることを拒否していた、抑圧された欲望を、心情を照らし出す表現としての[18]「つき」「ざし」「わたり」が瞬間的に代弁し、理性を裏切って、光源氏の意識を、そのおぼろげな感覚を先走っている。この意識の先取りこそがこれらの語法の特異性なのである。その意味で若紫垣間見は他の場面、たとえば二の用例のCDEなどとはやはり区別されよう。「限りなう…」以下の実感による自覚を先行する、すばやい感覚をかすめ取って藤壺の面影を浮かび上がらせるものとして、これらの語法は認識されてよいのではあるまいか。つまり意識を瞬発的に先取る動きが「つき」「ざし」「わたり」の中に見て取れるのである。若紫の姿を正確に写し取るのではなく藤壺幻想という一つのきわめて偏見に満ちた思い入れの枠組みの中で、若紫を感覚的に見ようとする姿勢がここで形作られている。

このようにして若紫に藤壺的な部分を見つけ出そうとしていく光源氏なのであるが、読者は一方で若紫の描写から逆に藤壺を実体化させていくことができるのである。それまで藤壺は、存在としては、光源氏の心理描写などによって強烈に印象づけられていた[19]が、人柄や容姿など、具体的な描写はほとんどなされてこなかった。物語の中で禁断の奥深くに閉ざされた藤壺像は、若紫巻に入って、少女の描写を通してようやく姿を見せ始める。つまり光源氏のまなざしの中で、若紫は藤壺を具現しているのである。単に若紫が藤壺に似ているだけでなく、藤壺もまた、童女のような無垢で純真な面を持ち合わせているという逆の意味合いが生じてくるのである。藤壺にも「らうたげ」

で「うつくし」い若々しさを光源氏は見出だしていたのであった。若紫の少女に藤壺がよそえられるということは藤壺という女性のみずみずしさをものがたる。桐壺帝の妃として納まっているにはあまりに若すぎて、父より自分の方がふさわしいのではないかという、不埒な野心さえそこには混入されているのだといえよう。若紫を描くことは、藤壺の映像にもつながるのである。その意味で、光源氏のまなざしの中においては、藤壺は若紫によって反照されている。しかもそれはあくまで彼の意識の内部でそれがなされていることに注意されたい。すなわち彼の幻想の視線が若紫の映像を描き出すのである。それまで物語の中で藤壺は具体的な描写はなされることはなく、描かないこと、それ自体が藤壺を想出することを自己に固く禁じる光源氏の凍結した心理状態そのものを示唆していた。執着することを断念しようと頑なになっていた心が、自然とこぼれてきた涙によって氷解したのだと読むべきであろう。藤壺への思いがいかに深いところに根差していたのかを、涙でもって彼は知ることになる。つまり涙は抑圧の解放を象徴している。かようなる幻視によって、抑圧は解かれ、藤壺の幻影は、若紫の面ざしの中に立上がり、奇跡的な形でよみがえったのである。

さらにいえば、これらの一連の垣間見を規定するのは「立ち出づ」という行為である。

＊すこし立ち出でつつ見わたしたまへば（若紫(1)・二七四）

＊後の山に立ち出でて、京の方を見たまふ。（若紫(1)・二七五）

＊日もいと長きに、つれづれなれば、夕暮れのいたう霞みたるに紛れて、かの小柴垣のほどに立ち出でたまふ。（このあと垣間見の場面が続く……若紫(1)・二七九）

＊たまさかに立ち出づるだに、かく思ひのほかなることを見るよ、とをかしう思す。（若紫(1)・二八三）

北山における光源氏は、いつも「立ち出で」て、新しい何かを「見る」。この二つはいつも呼応している。見知らぬ外界に踏み出すことが「立ち出づ」の語感あり、たえず見ることによる刺激と冒険を求めてやまない光源氏の活発な精神のありようを象徴する行動性なのである。こうした行為に出ることによって、ついに彼は若紫を発見し、さらなる藤壺幻想を心の奥に深めていったのだといえよう。藤壺の幻影を照らし返す若紫垣間見は、こうした光源氏の内なる欲望によって意味づけられ、方向づけられているのである。

[註]

（1）若紫の身体について取り上げた論としては、原岡文子「紫の上の登場」（『日本文学』一九九四・六）がある。

（2）河添房江「ゆかりの身体・異形の身体」（『源氏物語試論集』一九九七勉誠社）、「光源氏の身体と装いをめぐって」（『むらさき』一九九七・十二）。「つき」「ざし」などの表現をめぐって、河添論文がそれらを物語全体の中で包括的に述べているのに対し、本稿では一つ一つの用例の差を問題化している。

（3）原岡文子「若紫の巻をめぐって」『源氏物語　両義の糸』（一九九一有精堂）所収。

（4）例えば横笛巻で薫を見てさまざまに思いをめぐらせる夕霧のまなざしが該当しよう。

（5）ここでの「ゆかり」は「血縁」とは区別し、「つながり」「関わり」「関係」の意味としてとっておきたい。

（6）小学館日本古典文学全集『源氏物語(1)』の三〇一頁の頭注一による。

（7）完訳日本の古典『源氏物語』、原岡文子校注『源氏物語　若紫』有精堂校注叢書。

（8）例えば、惟光は「大夫も、いかなることにかあらむ、と心得がたう思ふ（若紫一・三二五頁）」とあり、少納言も「〔光源氏が〕いかなる御心にか、思ひよる方なう乱れはべる（若紫一・三二五頁）」と惟光へ訴えている。

（9）北山の光源氏が尼君や少女に新鮮な魅力を感じるのは、「女性」ではないものに惹かれる病んだ精神状態にあるためとみてよかろう。

（10）斎藤暁子「光源氏の道心の原点」（『国語と国文学』一九八四・三）。

（11）堀内秀晃「光源氏と聖徳太子信仰」（『講座源氏物語の世界第二集』有斐閣一九八〇）。
河添房江「北山の光源氏」（『源氏物語の喩と王権』有精堂一九九二）。
（12）（13）（14）（2）に同じ。
（15）三谷邦明「源氏物語の〈語り〉と〈言説〉」（『源氏物語の〈語り〉と〈言説〉』有精堂一九九四）。
（16）（17）高橋亨「物語文学のまなざしと空間」『物語と絵の遠近法』（一九九三ぺりかん社）。
（18）「つき」「ざし」「わたり」は、接尾語であり、それを心情の問題とからめるのはいささか唐突のようだが、若紫の身体を「頬」「眉」ではなく「頬つき」「眉のわたり」という形でとらえていく裏に潜在する光源氏の藤壺幻想を考えると、やはりこれらの語法は、心情を映す表現といえるのではなかろうか。おぼろげにしか見えないものに鮮烈な意味を与えているという点で、この場面は光源氏の欲望によって選択され、方向づけられた視線描写なのである。
（19）三谷邦明「藤壺事件の表現構造」（『物語文学の方法Ⅱ』有精堂一九八九）による。

第二章　紫の上の通過儀礼──若紫巻における反世界──

はじめに

若紫[1]の屈折感は、割合早くから、物語の中にみられる。光源氏のまなざしを通して、絶えず「何心なし[2]」という形でその無邪気な様子を外側から縁取られていた彼女であったが、しかし、枚挙に暇のない若紫論の中で、彼女が、すでに少女の頃から、光源氏の欲望の陰で傷つき、悩み、苦しんでいたこと、そうした状態が物語の中に早くから描き込まれてきたことの意味は、意外と見過ごしになったまま放置されてきたのではなかったか。本稿では、こうした、若紫が肉親の愛情に飢える姿に焦点を当てて、それが書かれる意味について考えていきたい。最終的には、若紫の側から発せられるもの[3]、内面性や感性などが、巻全体、ひいては物語全体の中でどのような機能を果たしているかにまで問題を発展させることを試みるものである。

一　「立ち出で」る若紫―感化される空間としての「庭」―

光源氏に半ば強奪されるかのようにして、乳母の少納言とともに二条院に引き取られた若紫は翌日、日中遅く起き出す。光源氏に「せめて」無理に起こされたのである。(4)「やうやう起きゐ」つつ光源氏の取り寄せた絵や玩具などに少しずつ関心を持ちだし「何心なくうち笑」む見たところ無邪気な様子に、光源氏もまた釣り込まれるようにして「われも打ち笑まれ」るのであった。(5)

こうして光源氏の目を通して、その可憐な姿が認められた後、次のようなくだりが続く。

［光源氏ガ］東の対に渡りたまへるに、［若紫ハ］たち出でて、庭の木立、池の方などのぞきたまへば、霜枯れの前栽絵にかけたるやうにおもしろくて、見も知らぬ四位五位こきまぜに、隙なう出で入りつつ、げにをかしき所かな、と思す。御屏風どもなど、いとをかしき絵を見つつ、慰めておはするもはかなしや。

（若紫(1)・三三二〜三）

ここは、若紫の視線がほとんどはじめてのびやかに展開される部分であるといってよいだろう。光源氏が「東の対に渡」った後、若紫はそっと「たち出でて」、「庭の木立」や「池の方」を「のぞ」く。このとき光源氏はすでにそこから退出しているので、つまり若紫は一人で「庭」を眺めていることになる。この、光源氏がいなくなってから突如として単独で行動を起こし出す若紫の様子は非常に注目される。島津講話(6)はこのような若紫の状態を「鬼の居ぬ間ではないが、男君の影が見えなくなると、其の間にはごは端の方へ出ていって物見たがる紫の無邪気さも可愛」いと評している。いうまでもなく「鬼の居ぬ間」というのは、二条院の主の光源氏が「東の対に」去ったことをたとえている。「…ではないが」の形でかえってその感を強調づけているといえる。「鬼の居ぬ間ではないが」とは、いささか誇張された表現ではあるが、しかし、若紫の心情としてはそれに近いものがあるだろう。「東の対に渡りたまへるに、たち出で」るのはまさに光源氏がいなくなって初めて自由に羽を伸ばせた若紫の解放感の表れにほかならない。この、光源氏が退出したことと、その後で若紫が「たち出で」ることは密接な関連性を持つといってよかろう。「たち出づ」に象徴される若紫の好奇心や冒険心は、光源氏のいないところでようやく展開され、繰り広げられる。それは、光源氏のいるときには塞がれていた、若紫自身の内面性・感情・感性が開花する瞬間なのであった。しかもそれは、誰もいない場所で展開されている。つまり逆にいえば、若紫は初めから光源氏にその感受性を束縛され、抑圧をしいられていた女君であったのだといえよう(7)。

若紫は庭の「霜枯れの前栽」に興趣を覚え、その風情を楽しんでいる。自らの目で庭の美をとらえ、柔軟な感性でもってそれを享受していくのである。このことは、同じように二条院の「庭」を眺める少納言のまなざしと比較したとき、非常に際立った姿勢となってくるのである。少納言は庭を見ることによって、威圧を受け、一度は眩惑されるものの、新たな希望を見出だして、西の対の女房に据えられていく。

ところが、若紫の方は、少納言とは異なり、二条院の庭を威圧として受け止めていない。少納言が「庭の砂子」「かかやく心地」といったようないくぶん類型的な表現のもとに、観念の中で庭を眺めているのに対し、若紫は「霜枯れの前栽」に心を惹かれ、慰められている。印象として庭を受け止めるというよりも、そこにある風景そのものを自分の目でとらえ、見つめているのである。少納言と若紫は、着眼点もまた、対照的である。少納言が「庭の砂子」というような、美的表現としての「砂子」をもちいて、美しい部分に目が奪われているのに対し、若紫は、「霜枯れの前栽」という、霜のために草木が枯れる、ものさびしい景にそのまなざしを向けている。枯れた景色を「おもしろ」いと感じ、「絵にかけるやうに」と、かえって美的要素を見出だしている。また「見も知らぬ四位五位」がさまざまに出入りする様子を見ながら「げにをかしき所かな」と思うに至る。

この感想は、若紫が初めて二条院に順応し、打ち解けるようになった瞬間と見ることができよう。[8] 二条院に連れてこられてからも頑なであった若紫は、「庭」に親しんでいくことを通して、あたかも洗礼を受けるかのように自然と二条院に順応し、光源氏世界の住人として、そこで庇護されながら生きていく自分を肯定的に自覚するのである。「げにをかしき所かな」という納得した満足感が、それを裏づけている。

このように、乳母は乳母で、若紫は若紫で、それぞれが別々の側面や意味合いでもって、引き取られる者としての思いを二条院の「庭」に投影させつつ、光源氏世界に参与し、溶け込んでいく。思えば、ここにおける「庭」とは、引き取られた側の心を感化させる場なのであった。若紫に関しては、こうした感化にいたる展開が「立ち出づ」という行為を機に行われたものだったことをここでふたたび強調しておく。

もっとも、若紫巻において「立ち出づ」は、実は光源氏に対しても、用いられているのであった。

a すこし立ち出でつつ見わたしたまへば　（若紫(1)・二七四）

b 後の山に立ち出でて、京の方を見たまふ。　（若紫(1)・二七五）

c 日もいと長きに、つれづれなれば、夕暮れのいたう霞みたるに紛れて、かの小柴垣のもとに立ち出でたまふ。　（若紫(1)・二七九）

d たまさかに立ち出づるだに、かく思ひの外なることを見るよと、をかしう思す。　（若紫(1)・二八三）

すべて、北山における光源氏に使われる表現である。彼もやはり、北山において「立ち出で」て、僧坊を見渡し、後にしてきた都の風景を俯観し、そして「小柴垣のもと」で少女若紫と、垣間見という形で出会うことになる。少女の垣間見に至までの段階をめぐって、「立ち出づ」が四回繰り返されていることに注目されたい。これらの用例は「出て行く・出て来る」という意味[9]だけでは説明し切れないものを語感としては抱え込んでいる。しかも、「立ち出づ」は、その後の文脈に「見る」ことが、あたかもそれに呼応するかのように続いていく。これらの一連の用例がみな若紫の垣間見に集約されていくことを考えると、やはり「立ち出づ」は、新しいものの発見・めぐりあいを暗示するために用意され、仕掛けられた、装置としての言葉であると限定してよいであろう。

藤壺をはじめとする複雑な女性関係に抑圧され、心労を重ね、それじたいを「瘧病」として自己の内側に鬱積させていた光源氏は、京を離れ、北山という異空間に身を移すことによって、ようやく忘れかけていた活発な好奇心を取り戻し、「見る」ことによる癒し[10]を求めていったのである。つまり、光源氏における「立ち出づ」とは、未知の世界に踏み出し、予期せぬ出来事に遭遇すること意味する行動表現なのである。

先に述べた若紫の「立ち出づ」においても、この意味は一致しているといえよう。光源氏も若紫も、「立ち出づ」ことによって、何かを見ている。未知の世界に自身で踏み出し、見ることによって、運命を切り開いていく点では共通している。おそらく、光源氏において使用された「立ち出づ」の用例をそのまま若紫に対して転用したのであろう。若紫は、二条院に据えられることによって、そこの西の対の女主人になっていく。一人で「庭」を「立ち出で」るその姿は、北山における光源氏と似ている。光源氏が、北山において王者としての復活を遂げた[11]ように、若紫もまた、邸内の端なる空間へ踏み出すことによって、西の対という、光源氏空間の女主人として生まれ変わろうとしていくのである。一旦、庭を見てから再び中に入り、そのときはすでに「をかしき絵」に気を紛らわす姿は象徴的である。そこには、庭を感受することによって、緊張がほぐれ、心が和んでいったことが示唆されているのだといえよう。しかもそれは、光源氏が不在のときに獲得されていった感覚なのである。

かようにして、若紫は、「立ち出で」る行為を通して、二条院の風景に馴染んでいき、またそれを彼女なりに掌握したのであった。このようなあたかも通過儀礼であるかのような過程を経て(12)、彼女は、光源氏空間に参与し、そこでの法則に従う人物として生きていくことを運命づけられていったのである。

二　繰り返し語られる朱雀院行幸—交錯する時間・重複する時間—

しかしながら、こうした若紫の密かな行動やそこに込められた思いは、光源氏が登場する場面の中ではほとんど封じ込められた状態にあると言わなければならない。光源氏にとっては、このときの若紫は藤壺の形代にほかならず、彼の管理下においては若紫の個人的な感情はことごとく抹殺され、欲望に満ちたまなざしに塗り潰されてしまうのであった。その意味では若紫は光源氏の不在のときにしか、意思表示を許されない女君なのである。

ここでは視点を変えて、光源氏の欲望の内実を探るために、彼の中で藤壺への苛立ちと若紫への執着が、どのように交差していくか、その接点を確認しておく必要がある。むろん、若紫は、北山で光源氏に発見された当初から、藤壺と関連づけられていたのであるが、ここでは垣間見の問題はひとまず措き、それよりさらに進んだ段階として、光源氏を中心とする一つの時間軸を取ったとき、その表裏となって重なり合う藤壺と若紫の対称性について論じたいと思うのである。そのことを端的に示すのは朱雀院行幸の記事(13)であると私は考える。垣間見における関連づけは、何の脈絡もなしに行われた、突発的・瞬間的な思いつきによるところが大きかったのであるが、こちらは、朱雀院行幸の時間という、一つの時間軸によって藤壺と若紫が光源氏の中で結び合わされることに特徴がある。行幸の時期は藤壺の中の胎児が成長する時間であり(14)、光源氏が藤壺に苛立ち、焦燥するする時間であり、同時にまた、彼が若紫に急速に接近していく時期でもある。若紫の引取りと時間的に微妙に交錯する朱雀院行幸について考察を加えたい。

十月に朱雀院の行幸あるべし。舞人など、やむごとなき家の子ども、上達部殿上人どもなども、その方につきづきしは、みな選らせたまへれば、親王たち大臣よりはじめて、とりどりの才ども習ひたまふ。いとまなし。（若紫(1)・三一四）

この引用部分の前段は、光源氏が若紫を引き取るべく、尼君に手紙を出す場面であり、後続部としては、行幸後の出来事として、尼君の死が語られる。一見したところ、突如として公の行事が若紫の物語の展開の中に突入された感が強いのであるが、ここであえて朱雀院の行幸を割り込むように語る意味は何であろうか。『河海抄』、『湖月抄』、『広道評釈』や『島津講話』などの指摘にあるように[15]、この朱雀院行幸のことは末摘花巻や紅葉賀巻にも繰り返し語られている。これによって、若紫・末摘花・紅葉賀の三つの巻が時間的に一致することが分かる。紅葉賀巻の行幸記事は、若紫・末摘花それぞれの巻の中に、別々の意味合いをもって、組み入れられているのである。

①（頭中将）朱雀院の行幸、今日なむ、楽人、舞人定められるべきよし、昨日うけたまはりしを、…（末摘花(1)・三五九）

②行幸のことを興ありと思ほして、君たち集まりてのたまひ、おのおの舞ども習ひたまふを、その頃のことにて過ぎゆく。（末摘花(1)・三六一）

①には行幸の際の舞楽における楽人、舞人の決定のことが描かれ、②は行幸のための舞楽の練習に、「その頃のことにて過ぎゆく」と、それぞれが熱中する姿が示されている。そうした状況下において、光源氏は「君たち」の中

の一人としてしか位置づけられておらず、いつも目立たずひかえめである。彼個人の打ち込みようについての言及がここにはない。なお、この続きとして、練習に熱中するあまり、末摘花の所へ通う時間がないというくだりが展開されている。[16]「いとまなし（若紫(1)・三二四）」「その頃のことにて過ぎゆく（末摘花(1)・三六一）」「御いとまなきやうにて（同・三六一）」と、光源氏に「いとま」がなく練習に余念がない様子が印象的にくりかえし示される。彼をして暇がなくなるほどに打ち込ませる要素は何なのだろうか。

続く紅葉賀巻においては、その本番の模様が語られる。

青海波のかかやき出でたるさま、いと恐ろしきまで見ゆ。…今日はまたなき手を尽くしたる入り綾のほど、そぞろ寒く、この世の事ともおぼえず。…少しものの心知るは涙落としけり。（紅葉賀(1)・三八七）

光源氏は、本番において、一院、帝、親王たち、そして春宮の見守る中、朱雀院における舞楽に、秘術の限りを尽くし、人々を感動させたとある。

このように、「末摘花」「紅葉賀」と、巻が進むにつれて、朱雀院行幸の全貌は徐々に具体的な記述が加わり、くわしく明らかにされてくる。しかも、「紅葉賀」巻には、今まで記されなかった、もう一つの舞楽、つまり、清涼殿の前庭における試楽の記事が巻頭に配されている。試楽が藤壺のために企画され（紅葉賀(1)・三八三）、彼女の見ている前で催され、そこで密かな藤壺の感想が語られ（同・三八四）、終わった後に光源氏と歌の贈答していること（同・三八五）を考えると、本番の行幸以上にこの試楽は物語の中で重要な意味を持っているのである。つまり、清涼殿における試楽を射程に抱え込んだ舞楽が、若紫巻や、末摘花巻における「朱雀院行幸」の意味するところであり、「行幸」と表現されてはいても、実はその中心は、光源氏の青海波は、藤壺のために演じた舞であったことが、「紅葉賀」巻に至ってはじめて判明する仕組みとなっている。舞楽の練習そのものまでもが藤壺のためであったかどうかは断定しかねるが、表現として描出される「朱雀院の行幸」は、遠くに、藤壺に関連する時間まで抱え込んでいる。若紫の巻で表面的にさり気なく語られる朱雀院の行幸の記事は、試楽において、帝と、すでに源氏の皇子を身籠もっている藤壺の前で舞った光源氏の危険で不逞な姿もおのずと含み込んでいるといえよう。つまり、藤壺に関わる隠すべき時間がその中に潜んでいるのである(17)。このことは、行幸という名目で、それに伴う舞楽のことを中心的に叙述する点や、また、そこに取り組む貴族たちの中において、当然その中にいるはずの光源氏の影が表現上の問題として薄いこと、舞楽の練習に関する記事を内容の中心としながら、あくまで「朱雀院の行幸」という表現を用いていることなどと無関係ではないだろう。つまり、「朱雀院の行幸」という表現は、その具体的な内実を、意味としてすり替え、隠すための仕掛けなのである。

若紫の巻においては、尼君の死や若紫の引取りが、そうした、試楽をもふくむ「行幸」の後のこととして叙述されている。繰り返し語り直される「朱雀院の行幸」は、叙述の展開の柱ともいえる、重要な中心的時間軸として、ある時はさり気なく、またある時は大きく、さまざまな局面から捉え返されている。

このように再三にわたって呈示される朱雀院行幸の記事であるが、繰り返し語り直されるものは、これだけではない。島津講話によると、尼君の死による「忌み」が開けてから、若紫が二条院に引き取られる前後の出来事が、若紫巻と、紅葉賀巻とに、やはり繰り返し描かれているのである(18)。若紫巻には引取りに至るまでのいきさつが、詳しく描かれるが、紅葉賀巻になると、時間的にはほぼ重なっているにもかかわらず、すでに引き取られたところから語られている。

幼き人［若紫］は、見ついたまふままに、いとよき心ざま容貌にて、何心もなく睦れまとはしきこえたまふ。しばし殿のうちの人にも誰と知らせじ、と思して、なほ離れたる対に、御しつらひ二なくして、我も明け暮れ入りおはして、よろづの御事どもを教へきこえたまひ、手本書きて習はせなどしつつ、ただほかなりける御むすめを迎へたまへらむやうにぞ［光源氏ハ］思したる。（紅葉賀(1)・三八九）

これは、ちょうど若紫の末部に相当する部分である。「ただほかなりける御むすめを迎へたまへらむやうに」、親子のように親しむ光源氏と若紫の姿が語られている。ただしそれまでの事情は一切省かれている。

ここで明瞭なのは、同じ内容を扱っていても、語り方にずれが生じていることとある。若紫巻ではあれほど詳細であった若紫引き取りに至るてん末が、ここでは簡略化されている。これは、若紫中心の巻（舞楽のことはかすかに描き、尼君の死や若紫引き取りの事情を詳しく描く）と、藤壺中心の巻（舞楽を全面的に強調づけ、若紫に関することは簡単に描く）という重きの違いによるところが大きいが、公的な形でまとめられている行幸の記事と、若紫の引き取りが、どちらにおいても問をおかずに叙述の中に組み入れられていることを考えると、この二つの要素は表裏一体であることに気づく。また紅葉賀巻における藤壺退出のことも、時期的に、それらの近辺に置くことができる。ここに藤壺と若紫を関連づけるもう一つの側面が切り開かれる。賀の存在と、若紫の引き取りという、次元のことなる時間がここで交錯し、同じ問題として扱われている。つまり、藤壺の時間と若紫の時間は、物語の中では同一であり、光源氏にとっては裏表なのである。それは時間の交錯と重複によって示されることであり、藤壺と若紫は光源氏の中でこのような形で再び関連づけられていく。その意図するところは、若紫の据え直しにあるといえよう。北山で発見した若紫の少女は、北山ばかりにとどまらず、二条院で、葵の上や藤壺との対比構造の中で、さまざまに側面を変えたところで、光源氏によってたえず据え直され、捉え返されているのである。そして光源氏による捉え直しの中で若紫の運命は二条院引取りへと定められていく。彼は決して若紫個人を見て行動するのではなく、彼を取り巻く様々な要素や女君たちとの対比・対置の上に、相対的に若紫を位置づけていこうとするのである。

そのような事情を押さえた後で、次に掲げる和歌を見た場合、それらはただの一少女への妄執ではないことが、おのずと判明されよう。

＊いはけなき鶴の一声聞きしより葦間になづむ舟ぞえならぬ　（若紫(1)・三一三）

（堀江漕ぐ棚なし小舟漕ぎかへり同じ人にや恋ひわたりなむ…古今・恋四）

＊手に摘みていつしかも見む紫のねにかよひける野辺の若草　（若紫(1)・三一四）

（紫の一本ゆゑに武蔵野の草はみながらあはれとぞ見る…古今・雑上）

＊あしわかの浦にみるめはかたくともこは立ちながらかへる波かは　（若紫(1)・三一六）

＊寄る波の心も知らでわかの浦に玉藻なびかんほどぞ浮きたる　（若紫(1)・三一六）

括弧内にある歌は、その引歌である。これらの歌を光源氏は若紫に送る。一見したところ、どの歌も少女への異常な執着を含んでいるようである。しかし、例えば「いはけなき…」の引歌をみると、本来ならばむしろ藤壺に対するものとして相応しいもののように思われる。引歌「堀江漕ぐ…」は、あえていうなれば、光源氏にはあたかも藤壺への不満を代弁するかのように見えるのであろう。そうした感情が「堀江漕ぐ…」を引歌に用いる心なのだという見方は穿ち過ぎだろうか。そのような藤壺向けの歌を若紫を対象にして、新たにことばを作り替えているところに、光源氏の、わが子を宿した藤壺に対する焦りや苛立ちが見て取れよう。つまり、藤壺への鬱屈した情念を、彼は歌を通して身代わりとしての若紫にはき出すのである。(19)

三　「もどき」としての兵部卿宮

ところで、若紫の少女を考えるに当たって、見逃すことのできないのが、兵部卿宮の存在である。宮は光源氏の「もどき」として機能している。若紫の中で、この二人の男性は重なり合い、ずらされる。むろんそこには父なる人を求めんとする心がはたらいている。玉上琢彌が『源氏物語評釈』（角川書店）の中で指摘するように、尼君の死後、嵐の夜に光源氏が若紫邸を訪れ、若紫と共に一夜を過ごして帰っていったちょうどその後、兵部卿宮がやはり若紫を見舞いに来るのであるが、宮の来訪は、その前夜の光源氏とほとんど同じ設定下に置かれるのである。すなわち、宮は昨夜来た光源氏と同じような言葉を発言し、尼君を恋い慕う若紫の、その肉親の情愛に飢えた姿と向き合う。つまり宮は昨夜の光源氏の繰り返しであり、「もどき」なのである。[20] 若紫の父宮という、絶対的な保護者としての権利を有しているように見えながら、光源氏に一歩先を越されたことによって、父親としての主導権を奪われ、遅れてきた者としての滑稽感をどこか漂わせている。兵部卿宮と光源氏は限りなく近似する存在として、若紫の前に配置される。光源氏を中心に藤壺と若紫、あるいは葵の上と若紫は常に対置されていたのであったが、物語は全く同じ手法を若紫に転用させて、若紫を中心として光源氏と宮がそれぞれ比較され、交互に描き分けられていく形をとっているのである。この見舞いの繰り返しはまったく同じ事の重複ではない。宮は「もどき」を演じることによって、皮肉なことに光源氏との差異性が逆に際立っていくのである。

〔光源氏〕
　さりとも、かかる御ほどをいかがはあらん。なほ、ただ世に知らぬ心ざしのほどを見はてたまへ

〔兵部卿宮〕

かかる所には、いかでか、しばしも幼き人の過ぐしたまはむ。なほかしこに渡したてまつりてむ。何の所せきほどにもあらず。乳母は、曹司などしてさぶらひなむ。君は、若き人々あれば、もろともに遊びて、いとようものしたまひなむ （若紫(1)・三一八）

若紫を心配し、安心するよう優しくなだめる点は共通しているといえよう。しかし、光源氏が自己の「世に知らぬ心ざし」を訴えるのに対し、宮は少納言に「曹司」を与えてやろうとまで言い、将来を約束する。つまり、ひたすら熱意や愛情を強調し、若紫の信頼をかちえることに心を砕くのが光源氏であるならば、宮の方は、この破格な待遇でもって、愛情よりもむしろ物質面で解決しようとする。「曹司」まで与えようという、女房としては破格の扱いを宣言する宮は、そうすることで勿体をつけて少納言に恩を売り、乳母ごと若紫を引き込もうとするのである。

また、若紫や少納言たちを説得する様子として、

〔光源氏〕

今はまろぞ思ふべき人。なうとみたまひそ （若紫(1)・三一八）

〔兵部卿宮〕

「…何か、さしもおぼす。今は世に亡き人の御ことはかひなし。おのれあれば」など語らひきこえたまひて、…宮うち泣きたまひて、「いとかう思ひな入りたまひそ。今日明日渡したてまつらむ」など、かへすがへすこしらへおきて、出でたまひぬ。 （若紫(1)・三二三）

などが挙げられるが、ここも光源氏が「まろ」と、親愛の気持ちをこめた自称を使うのに比べて、宮は「おのれ」

である。ここにおける「おのれ」という言葉遣いには、言うなれば重々しい威厳すら滲み出ている。光源氏の方が、若紫に自分を近づけようとする姿勢がうかがえる。

このように、光源氏と宮とでは、言動が似ていながら、次第にどこかが違っていく。つまり、宮の来訪場面から、逆にやがては光源氏が実の父に代わって若紫を庇護するであろうという光源氏の優位性を予想できるのである。宮の言動は、至極穏当で、堅実である。また、面痩せたことなど光源氏にはつかめなかったことも、宮には、父親のまなざしから感知したりしており[21]、若君に優しさと誠意があり、宮なりの考えを実はもっていたことも判断できる。

しかし、光源氏の思い切った強行手段と比較したとき、宮の器量は相対的に線が細くならざるをえない。この相対性こそ宮の来訪場面においては重要なのであり、物語は、同じ設定の繰り返しを手法として意識的にとるよって光源氏と兵部卿宮を比較し相対化させ、光源氏こそ若紫の庇護者に相応しいことを強調するのである。宮の言葉は、逆に若紫の手をとらえ、髪をなで、自己の「世に知らぬ心ざし」を力説した一見奇異な光源氏の意味を照らし返し、その行動力と決断の速さを裏づけ、反対に宮自身は、頼りなく、優柔不断な父親になってしまうのである。このように、宮は光源氏を相似形としてもどきつつも、皮肉なことに、だからこそ、父親としての資格を光源氏に譲り渡しているのである。

本来ならば、兵部卿宮が紫の上の正当な父親であり、いってみれば「本物」であった。それに対して、光源氏の方こそは、実は兵部卿宮の「もどき」であった。もどかれるはずの立場が、逆に「もどき」となっているのであり、「もどき」の方が、反対にもどかれている。つまり、本物と「もどき」の位置が完全に逆転しているのであり、もどくことをめぐる倒錯が、兵部卿宮の登場の「遅れ」を通して、ここでは皮肉なかたちで、そしてかつ鮮やかに展開されているのである。

四　若紫の屈折―面痩せ・なごり・つとふたがり・屈す―

ところが、若紫の側から宮を見た場合、必ずしもそれが当てはまらないのである。

君は何心もなく寝たまへるを、抱きおどろかしたまふに、おどろきて、宮の御迎へにおはしたる、と寝おびれて思したり。御髪掻きつくろひなどしたまひて、「いざたまへ。宮の御使いにて参り来つるぞ」とのたまふに、あらざりけり、とあきれて、おそろし、と思ひたまひければ、……

（若紫(1)・三二八）

光源氏が強引に引取りに来た場面であるが、若紫は、眠っているところを無理やり起こされたとき、それが初めは父宮かと「寝おびれ」て勘違いしている。そしてそうではないと知って戦慄が走っていくのであるが、ここで分かることは、若紫が第一に考えている存在は光源氏ではなく兵部卿宮だということである。宮こそ、尼君と死別した今となっては、若紫の心に身近な存在であり、彼女が真に心を開き、無意識に切実に求めてやまない存在は、誰よりも宮でなのであった。つまり、光源氏はまだ彼女の中では疎外された「他者」でしかなかったのである。そんな若紫にとって、遠慮もなしに自分を「抱きおどろかし」て馴々しく「御髪掻きつくろ」う光源氏の様子は恐怖以外の何物でもなかったといえよう(22)。若紫が最も必要としていたのは、甘い優しい言葉、いうなれば、恋愛がらみの大人の男女関係ではなく、あの尼君のような親身でかつ力強い庇護と愛情、すなわち子どもとしてしっかり守られることであり、それが期待できるのはやはり兵部卿宮なのであった。嵐の一夜の時も、光源氏にはまだどこかなじめず、遅れて見舞に来た頼りない父宮の方に心を寄せている。父宮に帰ってほしくない(23)心情が示す執着心と渇望感は、あの大胆だった光源氏には決して示されていない。読者にはどんなに軟弱に見えても、兵部卿宮こそ、若紫の心を最も占めているのだ、物語はそんな語り方をしている。

尼君の死後、若紫は急速に心の飢えと渇きを感じ始めていく。尼君という唯一の心の拠り所であり、庇護者であった尼君が亡くなって、彼女は始めて打撃を受け、深刻な感情にさいなまれるのであった。まだこのとき彼女は十歳であるが、大人でも幼児でもない中途半端な段階に達しており、尼君の死後は、無邪気さを脱しつつある少女の姿が描かれるようになり、彼女の屈折感を示す語が、尼君の死に関して非常に目立つ。それは「面痩せ」「なごり」「つとふたがり」「屈す」などで表されている。ここへきて、若紫の内面性がさらに深められているといえよう。(24)

尼君を失った、現在の若紫の少女は、身体的にも精神的にも打ちひしがれている。それはたまさかの父宮の見舞いによって、いっそう深刻化するものであった。乳母が「はかなきものも聞こしめさず」と証言するように食欲が上がらず、元気がなく、また兵部卿宮が認めるところの「面痩せ」の状態にある。ここで彼女は、

行く先の身のあらむことなどまでも思し知らず、ただ年ごろたち離るるをりなうまつはしならひて、今は亡き人となりたまひにける、と思すがいみじきに、…　（若紫(1)・三二三）

と尼君をうしなった喪失感を身にしみて自覚している。つまりここには、光源氏の藤壺幻想とは何の関わりもない若紫の孤影が描かれているのである。彼女の心中思惟がここでようやく明確に表される意味は十分に注意するべきであろう。尼君との別れは若紫に、自己の感情に気づき、我が身を内省する契機を与えているのである。

尼君と死別してからの若紫には、恋しさや恐怖心など、何か強烈な思いにこらえきれずに泣く場面が非常に目立つ。また、同時に寝ることに異常なまでに執着する。これらはいずれも彼女の幼児性、あるいはいつまでも幼い子どもの立場にとどまろうとする捩じれた姿勢を示すものである。

涙に関していえば、「君は、上を恋ひきこえたまひて泣き臥したまへるに、（若紫(1)・三二七）」「いと心細しとおぼ

いて泣いたまへば、（同・三二三）」「なごりも慰めがたう泣きゐたまへり。（同・三二三）」「乳母も泣きあへり。（同・三二四）」「若君も、あやしと思して泣いたまふ。（同・三二九）」「いとわびしくて泣き臥したまへり。（同・三三二）」などが用例として挙げられよう。これらを見ると、ただ漠然と泣くというよりも、恋しさや不安、恐怖心など、特定の感情がまずあって、それが高ぶるとこらえきれずに泣き出すという仕組みが若紫の場合共通してあるように思われる。また、睡眠への強烈な欲求については「いざかし。ねぶたきに。（若紫(1)・三一七）」「寝なむといふものを（同・三一八）」「君は何心もなく寝たまへるを、抱きおどろかしたまふに、おどろきて、宮の御迎へにおはしたる、と寝おびれて思したり。（同・三一八）」「君は御衣にまとはれて臥したまへるを、せめて起こして、（同・三三二）」とあり、これもやはり、難しいことを直視して感じたり考えたりするのを拒否する現実逃避の手段であると意味づけられよう。寝ることと泣くことは、ともに子どもらしさや甘えの表象でもある。子どもは、眠る行為に逃避を見出だすとともに、泣くことによってもまた、幼児性という母胎の中に逃げ込むのである。用例を見ると、「泣き臥す」という語も見られ、これは泣きながら横たわることであり、泣く行為と寝る行為は、ある意味で同一かと思われる。

＊げにいといたう面痩せたまへれど、いとあてにうつくしく、なかなか見えたまふ。（若紫(1)・三二三）

＊［兵部卿宮ハ］かへすがへすこしらへおきて、出でたまひぬ。なごりも慰めがたう泣きゐたまへり。（若紫(1)・三二三）

＊幼き御心地なれど、胸つとふたがりて、例のやうにも遊びたまはず、昼はさても紛らはしたまふを、夕暮となれば、いみじく屈したまへばかくてはいかでか過ごしたまはむ、と慰めわびて、乳母も泣きあへり。（若紫(1)・三二四）

ここでは泣くよりも深刻な感情が表出している。それが、「なごり」への気づきであり、「胸つとふたがる」という抑圧であり、「例のやうに遊びたまはず」であり、「いみじく屈」した態度なのであろう。玉上琢弥が『源氏物語評釈』の中で説くように、彼女は将来を心配しているのではなく、尼君を失った喪失感にみずから気づいて深く苦しんでいる。しかもその自覚は、宮が去った後の寂しさによって培われたものなのである。

「胸つとふたがる」については、光源氏の中に、帚木巻で「ありがたき中にも、いとど胸ふたがる」など、恋愛の苦しみの表現として認識されていたが、ここでは、肉親を失ったことによる苦渋として、その意味する内容がずらされている。「つと」はじっと動かないまま密着した状態が空間的にぴったりと添い続ける、する、そんな付着感を示す語である[25]。これによって、ずっと動かざる抑圧に苦しめられている若紫の、屈折感と心の渇きにあえぐ姿が浮かび上がってくるのだといえよう。

さらに、「屈す」であるが、以後この言葉は、若紫に対してよく用いられる。

＊いといたく屈したまへば　　（紅葉賀(1)・三九〇…日暮れの時間に）

＊姫君、例の、心細くて屈したまへり。　　（紅葉賀(1)・四〇四…「大殿油まゐ」るころに）

どちらも、光源氏が外出する際に表出される語である。庇護者の愛情に飢える姿が「屈す」の語感なのだといえよう。ここでは、特に「夕暮」にそうした渇望感にあえいでいることに注意される[26]。「夕暮」という時間帯については、光源氏も意識しているが[27]、若紫も同様に、単に父宮が帰っていった時間と重なるからというだけでなく[28]、死を感じる寂寥の時間帯として[29]「夕暮」を迎えているのであろう。なお、前の用例もまた、ともに日暮れの時間に感じたことである。若紫にとって、夕暮は、後に、光源氏が退出する時間帯として認識が変質していく。若紫もまた、光源氏が彼女に思うのとは違った側面で、彼の愛情を渇望し、恋しさや執着をかみしめる時間なのである[30]。

「武蔵野といへばかこたれぬ」と紫の紙に書いたまへる、墨つきのいとことなるを取りて見ゐたまへり。すこし

小さくて、

ねは見ねど、あはれとぞ思う武蔵野の露わけわぶる草のゆかりを

とあり。…（中略）…せめて見たまへば、

かこつべきゆゑを知らねばおぼつかないかなる草のゆかりなるらん

（若紫(1)・三三四）

若紫のまなざしと、光源氏の藤壺幻想が、衝突しつつも、通じ合わずに逸れていくのがわかる場面である。[31]「武蔵野といへばかこたれぬ」も「ねはみねど…」の歌も光源氏の内なる執念が渦巻いた恐るべき文句であるが、しかしそれが若紫の目にかかった時、その書かれた意味までは伝わるべくもない。若紫の見たところでは、ただ「すこし小さくて…とあり」と処理されるのみある。但し、何とも思わなかったのではなく、若紫なりの感想が「かこつべき…」の中に詠み込まれている。すなわち、光源氏が形成しようとする「ゆかり」への疑問と不審がほかならぬ若紫その人から投げ掛けられているのである。

結び

若紫の少女の内面は屈折と渇きに満ちている。光源氏の欲望の陰に若紫の視線が当初から織り込まれていたことは決して無視できない。特にその心情表現は「屈す」などの語にみられるように、肉親の愛情をたえず強烈に求めてやまない渇望感において顕著であった。彼女によって、光源氏の藤壺幻想は相対化される。若紫巻が光源氏の中に潜在する「藤壺の影[32]」に貫かれていることはいうまでもないが、しかし若紫を単なる光源氏の欲望の対象として位置づけるだけでなく、藤壺と光源氏の物語から弾き出されたところにこぼれ落ちてくる若紫自身の側からの思い

やまなざしをも同時に描き込むことを物語は忘れてはいないのである。決して無邪気とばかりはいえまい。その内情は、愛情の飢えにあえぐ姿であった。

巻末には若紫が光源氏に過剰に馴れ親しむ姿が語られる[33]が、彼女は庇護者としての愛情を求めつつも、その中に異性に対する無意識の媚態を深めていくのである。

［註］

（1）本論では、若紫巻における少女としての紫の上を特に「若紫」と称することにする。光源氏の妻ではない段階における危うい状態にある彼女の特異性を追求することを目的とするからである。

（2）原岡文子「紫の上の登場」（『日本文学』一九九四・六）。

（3）たとえば、（2）の原岡論文では、若紫の少女の髪や眉などが野性的な「荒ぶる力」を持つものとして、その特異性が意味づけられているが、しかしそれは、最終的には、光源氏のまなざしに収束されていく要素である。本論は、どこにも収束されない若紫ひとりの持つものが物語に浮上される意味を問題にしたい。

（4）若紫巻では、少女が光源氏に無理やり起こされる場面が二回描かれる。

＊君は、何心もなく寝たまへるを、抱きおどろかしたまふに…（若紫(1)・三二八）

＊君は御衣にまとはれて臥したまへるをせめて起こして、…（同・三三二）

これらの描写には、寝ているところをしいて起こすことと、子どもの世界にいつまでも安住したい少女を強引に大人の世界、すなわち性に目覚めさせようとすることが、意味として両方重ね合わされている。

（5）（2）に同じ。

（6）島津久基『源氏物語講話』による。以下、「島津講話」で表記を統一する。

（7）光源氏は、当初から、和歌を通して、若紫に感受性を教育する。たとえば、「いはけなき鶴の一声聞きしより葦間になづむ舟ぞえならぬ（若紫三一三）」の歌を女房たちが「御手本に」とするところに、その一端が見える。「やがて本に（同・三三三）」。

（8）若紫が二条院の庭を見る場面は、『うつほ物語』で、仲忠が三条宮に迎え取られる場面と共通した構図をもっている。「『あこは、そこに。眠たからむ』とて、御几帳のもとに臥せ給へど、端の方に出で給ひ、御前の有様を見る。」（俊蔭巻）寝ることと見ることとの関係構造の源泉をここに見ることができる。

（9）岩波古語辞典による。

（10）三田村雅子『源氏物語』（ちくま新書一九九七）。

（11）（10）に同じ。また堀内秀晃「光源氏と聖徳太子信仰」（『講座源氏物語の世界第二集』有斐閣一九八〇）、河添房江「北山の光源氏」（『源氏物語の喩と王権』有精堂一九九二）。

（12）（10）に同じ。

（13）朱雀院行幸の考察に関しては、清水好子『源氏物語論』（塙書房一九六六）に詳しい。

（14）大朝雄二「宮廷の風雅　紅葉賀・花宴」（『國文学』一九八七・十一）。

（15）河海抄・花鳥余情「十月の行幸は紅葉の賀の事なるべし」、細流抄「紅葉賀は此巻の中末摘の中とにあたるなり」、萩原広道「この行幸の事末摘花巻にも見えてそのいとなみのことも見えたり。これ紅葉賀巻と引合せてとりつなぎたる照応の法なり」（『源氏物語評釈』）。

（16）末摘花⑴・三六一～二頁。

（17）（14）に同じ。

（18）島津講話は、若紫巻と紅葉賀巻を照合させて、行幸と藤壺退出と、若紫の引取りがほぼ同時期に集中していると断定する。

（19）（7）を参照されたい。光源氏は歌の表現技巧（縁語「鶴」「葦間」「なづむ舟」「江」、掛詞の「みるめ」など）を教育する一方で、藤壺の「ゆかり」としてもつべき理想的な感受性を若紫に植え付け、根付かせようとするのである。

（20）ここでは光源氏の相似形として兵部卿宮を取り上げているが、先帝の后腹の皇子であり、天皇にもなり得た存在であったことを考えると、彼は帝の「もどき」でもある。

(21) 若紫巻三一三頁「げにいといたう面痩せたまへれど、いとあてにうつくしく、なかなか見えたまふ」

(22) 若紫は光源氏の行動に、予測不可能の絶望的な不安と恐怖を抱く。若紫巻三一九頁「若君は、いと恐ろしう、いかならんとわななかれて」、三二一頁の「若君はいとむくつけく、いかにすることならむ、とふるはれたまへど、さすがに声たててもえ泣きたまはず」。それは未知の存在に対する生理的な拒絶反応のあらわれであった。

(23) 若紫巻三二三頁。

(24) 藤井貞和は『物語の結婚』（一九八五有精堂）の中で若紫を十歳とすることに疑問を呈している。実際はこの時は十歳以上であった可能性は考えられるが、ここでは少女が成人する前の微妙な段階を暗示する年齢としてあえて十歳ととりたい。

(25) 小学館の本文は「ある状態が変わらず持続するさま」とし（三二四頁頭注一）、「つと」を「じっと」と訳すが、山口仲美「王朝文学における『つと』の意味」（日本古典文学会々報一九八一・一）は時間的持続感よりも空間的付着感を強調する。また原岡文子はこれを受けて「つと」を「ぴったりと」と解釈している（『有精堂校注叢書源氏物語　若紫』）。語釈としての「つと」は密着性を生かすのが適切であるが、ここにおける若紫の心情に即して見た場合、その動かざる付着感はやはり内面に潜在する抑圧として、継続性を考慮に入れなければ理解不足になるであろう。

(26) 若紫が「夕暮」に「恋」う例として、他に「君は、男君のおはせずなどしてさうざうしき夕暮などばかりぞ、尼君を恋ひきこえたまひて、うち泣きなどしたまへど…（1）・三三五頁）」を挙げておきたい。ここにあるのは光源氏への「さうざうし」さと尼君への「恋」が若紫の中で微妙に響き合い、同一化する瞬間である。かようにして彼女は孤児としての欲求不満の中に、男女関係における執着心を知らずと芽生えさせていく。

(27) 若紫巻三一三頁「秋の夕は、まして、心のいとまなく思し乱るる人の御辺りに心をかけて、あながちなる、ゆかりもたづねまほしき心もまさりたまふなるべし。消えんそらなきとありし夕、思し出でられて」。短い中に「夕」が二回出てくるが、藤壺思慕から尼君の歌へ、連想によって、時間意識が切り替わっている。「夕」という時間帯によって、藤壺と尼君は光源氏の中で結び合わされていくのである。

(28) 若紫巻三二三頁「暮るれば帰らせたまふ」。
(29) 河添房江「源氏物語における夕べ」(『むらさき17』)
(30) 若紫の欲求は、光源氏の中で屈折して受け止められる。例えば、前にも述べた若紫の「寝なむといふものを」という、子どもとしての睡眠欲が、光源氏には共寝の幻想が脳裏をかすめつつ響くのである。
(31) 清水好子「源氏物語の作風」(『論集源氏物語とその前後1』新典社一九九〇)では、若紫の歌「おぼつかな…」から、若紫の藤壺への意識を浮き彫りにすることが試みられている。
(32) 原岡文子「若紫の巻をめぐって」(『源氏物語　両義の糸』有精堂一九九一)
(33) 「むすめなどはた、かばかりになれば、心やすくうちふるまひ、隔てなきさまに臥し起きなどは、えしもすまじきを…(若紫(1)・二三六)」と、光源氏の視線を通して語られている。

第三章　朝顔巻における「ゆかり」の変容
―異化をめぐる方法―

はじめに

源氏物語の第二十帖目に位置する朝顔巻は、光源氏の栄華を主題とする第一部の中間地点を形成している印象を与えており、巻全体が混沌を背負っている空気が強い。というのは、光源氏の朝顔の姫君への求婚に始まり、それゆえに生じる紫の上の苦悩を描きつつ、巻末は唐突な藤壺の霊の出現で閉じられている。

そもそも、朝顔の姫君の登場の仕方が突然であった。直前の薄雲巻では、藤壺の死が語られているのだが、続く朝顔巻ではこれを受けずに、突如として、朝顔の斎院の服喪を語り、その父式部卿宮の死が示されている。女五の宮、源典侍、いずれもその登場は唐突であり、朝顔巻全体が、突発性の連続であることに改めて気づくのである。

それぞれの人物の現れ方がいずれも突発的であるために、展開がまとまりに欠け、各話題のつながりが不鮮明に見えるのであるが、逆に言えば、それは広範囲な問題性を含んでいることを意味するのであり、それだけに多岐にわたる観点からの研究方法が許容されているといえよう。

実際、従来より、さまざまな角度から重要な指摘が提出されてきた。巻名にも象徴されている朝顔の姫君の機能を中心に論じる傾向、[1]秋山虔のように光源氏の姫君への懸想に懊悩する紫の上に焦点を当て、その造形の転換を説く方向、[2]また、藤壺物語の一環としてとらえる立場、森藤侃子の一連の論に示されるような、[3]桐壺巻以来の女性問題の一応の終焉、及び新たな六条院物語への始動という、第一部全体における転換点と見る方向、また原岡文子のように、巻全体を通して多層的に混在する「視点」そのものを読み取る立場[4]など、朝顔巻をめぐっては、あらゆる方向からその問題性が展開されている。

そうした中で、本論でとりあげたいと考えている巻末の藤壺の霊については、十分な言及がなされてこなかったように思う。[5]光源氏の憧憬と賞賛を一身に浴びて、理想的な永遠の女性としての役割を完璧にこなし、ゆるぎない栄華を上りつめた藤壺は、なぜその死後、霊となって光源氏の夢に浮上し、そして彼を恨むのか。彼女が出家者として熱心に贖罪の道を進んできた人であったように語られていただけに、その霊はいっそう深刻な意味を照らし出すのである。

本論は、朝顔巻を藤壺物語の延長上に据えながら、巻末に突如として出現する藤壺の霊の意味を考え、霊を呼ぶものについて追及し、そこに具現される藤壺という偶像の亀裂を明らかにすることを試みるものである。

一　「ゆかり」の意味について—藤壺生前—

ここで、まず彼女を母体とする「ゆかり」の問題をふりかえってみよう。藤壺の霊は、それまで脈々と続いてきた藤壺幻想に亀裂を与える、いわば偶像破壊を意味するように思われ、それによって藤壺像の本質がゆらいでいるように見受けられるからである。

藤壺の生前は、疑いなく物語が彼女の存在性を軸に動いていた[6]。実際似ている似ていないに関わらず、藤壺に列しうる女性は次々と光源氏に迎え入れられ、葵の上や末摘花といった女性たちは疎外されてきたのであった。光源氏は、常に自分の内なる幻想に基づいて女性を選択し、そぐわない存在は退けてきたのである。

そのような、藤壺病原体とでもいうべき光源氏の女性観を徹底して呪縛せしめた存在が薄雲巻で三十七歳の生涯を閉じ、いわばそこで、「ゆかり」の根源的存在が消失したことになるのである。続く朝顔巻では、本体を失った、残された「ゆかり」たちの運命の行方が問題化される。その意味では、本論は、秋山虔や森藤侃子らの論と交錯するところとなる。ただ、彼らの論が、主に紫の上という一人物にそうした性質を帰結せしめたのに対し、本論は、「ゆかり」総体の問題として扱っていきたい。藤壺の死によって、「ゆかり」そのものの意味が問い直されているように思われるからである。つまり、光源氏によって藤壺の「ゆかり」とされる女性たちの個我が藤壺の死後、必然的に追及されるのである。

これまで光源氏が交渉を持った女性は、みな、結局のところ藤壺の身代わりであり、形代であった。六条御息所・夕顔・空蟬・紫の上・朧月夜・朝顔姫君・秋好中宮、彼女たちはいずれも「ゆかり」という連鎖の糸でつながっている。

そして、彼の根底に暗い藤壺思慕があるために、彼女たちは、その影響を受けて、場面によって重い存在になったり、軽く扱われたりするのである。「ゆかり」として意識されるときは中心として取り上げられ、一個の他人として機能するような場合は点描にとどまる。

藤壺の死後、依然として光源氏の中で藤壺幻想がくすぶり続ける一方で、その身代わりたちである女君は、身代わりとしての「ゆかり」と、置換不可能な一個人としての間をあやうく彷徨する。つまりただ光源氏の「ゆかり意識」が示されるだけでなく、その影響を受けざるをえない女君の限界をも同時に語っていくのである。

藤壺という「ゆかり幻想」が明確に崩壊していくのは、若菜上巻以降であるが、第一部はまだその崩壊意識が光源氏の中でも自覚的でなく、彼の中で、ゆかりと他者の区別意識が曖昧であるように思われるのである。物語の中でその食い違いは裂け目のようにして、暗示されているといえよう。「ゆかり」が同じであること、個性を滅して同質性を強調するのに対し、他人であることに気づくということは、その差異性への意識なのであり、この二つの認識のかたちは、それぞれ、本質的に相矛盾するものだからである。

その意味では彼女たちは危うい存在であった。中でも紫の上に至っては、藤壺のみならず、明石の君、朧月夜、朝顔の斎院、そして女三宮と、光源氏をめぐる女性たちが次々と出現するそのたびに、つねに危機にさらされ、他の女君たちと相対化されることによって、その存在意味を問われていたのだといえよう。紫の上もまた所詮は身代わりでしかなく、光源氏と藤壺の交渉がさまざまな側面から語られるそのたびに、完全に藤壺を代行できない紫の上の限界が一方では印象づけられるのである。つまり藤壺が存在しつづけるかぎり、ゆかりの女君たちは立場を保証されつつも、つねに限界を突き付けられていたのである。

こうした光源氏のゆかり幻想は、他者との区別が曖昧なまま、進められていく。藤壺の身代わりとしてとらえられうる女君はつねに「ゆかり」と「個人」としての間で揺らいでおり、幻滅の危機にさらされているのである。

前にも述べたように、「ゆかりの幻想」の崩壊が光源氏の中で自覚的に痛感されたのが若菜巻であり、女三宮は幻滅そのものの体現者と見ているのだが、第一部においてもそうした崩壊の可能性はきざしとして現れている。そうした「ゆかり幻想」の意味をとりあげ、光源氏にとっても、女君にとっても他者が「ゆかり」ではなく、あくまで他人であることの危機が初めて浮上するのが、藤壺死後まもない朝顔巻である。ただしこの危機感は、まだ光源氏の中では意識化されていないと見受けられる。こうした「ゆかり幻想」の揺ぎの中に、藤壺の霊は浮上してくるように思われる。

清水好子や伊藤博がいうように、(7)朝顔巻で藤壺は一個の自我をもつ「女」になり下がったのであり、生前さまざまな制約と抑圧に縛られてできなかったことから解放されている。しかし、この解放によって、藤壺は初めて本質をさらけ出したともいえるであろう。光源氏の中に現れる亡霊としての藤壺は、もはや権威も栄誉もかなぐり捨てた一女性でしかないのであり、藤壺自身もまた光源氏の幻想する虚像としての藤壺を異化しているのであった。

要するに、知らずのうちに偶像破壊が行われているのである。ところが光源氏は藤壺自身によって体現されたその破壊の意味に気づかず、把握の決定的齟齬をつきつけられてもそれを受け止めることができない。なおもさらなる愛執を深めていくところに藤壺物語の限界とそして救いがあるのであった。

彼女の本質は光源氏の偶像などではなかったのであり、亡霊出現にはそうした理想的偶像にはなりえない藤壺の自我とあくまで彼女を偶像視してやまない光源氏との認識の錯誤が描かれているのだと思われる。そして、藤壺の自我は、光源氏の幻想する藤壺から、少なくとも叙述の上では異化されていくのであった。すなわち、朝顔巻では藤壺像の分裂が実は深刻に問題化されているのであり、藤壺がどれだけ犠牲を払っても決して片付けられなかった、暗黒の罪が再び浮上されるのである。ここで、「鎮魂」(8)いう発想を導入すると、逆に混乱を招きかねない。

以下、「ゆかり」と他者の相関や、霊がもたらす偶像破壊の問題に重きを置いて、朝顔巻を貫く藤壺幻想の意味を以下に検討していくこととする。

ところで、源氏物語における物の怪で、まず俎上に乗せられるのは、六条御息所であり、彼女をめぐる物の怪論は枚挙にいとまがない。また、桐壺院、柏木や一条御息所、大君の霊が研究において問題化されることも少なくない。

それに反して、藤壺の亡霊についての論考は、本格的になされてはこなかったように思われる。清水好子が、藤壺の霊が出現するその直前の場面で、光源氏が藤壺の話題を出したからであるとし(9)、藤井貞和が藤壺の亡霊出現を、帝に罪が知られたためと解している(10)。

数多い物の怪論の中で藤壺の霊への言及が極端に乏しいのは、藤壺の亡霊出現の問題が殊に難しいからというよりも、やはり他の死霊とは異質とみなされてきたからなのではなかったか。何よりも、藤壺の亡霊が物語の中で「物の怪」と把握され、認識されているかどうかが疑わしいのである。「物の怪」と把握されない「けはひ」が藤壺の亡霊の特徴かと思われる。何も意味づけられない、意味というものを不問に付された霊といえようか。

それにしても、朝顔巻において、藤壺の亡霊が突如として出現することは、非常に疑問とせねばならない問題である。なぜ浮上するのか。なぜ恨むのか。この問いかけに答えるために、霊になった藤壺が投げかける意味、恨む意味を考えていきたい。

二　浮上する霊

贖罪のために出家を果たし、「たゆみなく」勤行に励んだとされ、死ぬ時は、「燈火などの消え入るやうにて」と、釈迦の入滅になぞらえられうるような望ましい死に方を呈示しつつ、なぜその死後、亡霊となって再び浮上するのであろう。その意味で藤壺の霊は、矛盾を見せているといえる。これまで光源氏によってつくり上げられてきた藤壺の理想性を覆すかの勢いで、霊になった藤壺は朝顔巻に登場する。最後まで世の人の賞賛を浴び続けた、いわば外側から見た藤壺と、その実罪の露顕に恐怖し続けた個人としての藤壺の、外側と内面の間に生じるひずみが、亡霊の出現を通して浮かび上がるのである。

入りたまひても、宮の御ことを思ひつつ大殿籠れるに、夢ともなくほのかに見たてまつるを、いみじく恨みたまへる御気色にて、「漏らさじとのたまひしかど、うき名の隠れなかりければ、恥づかしう。苦しき目を見るにつけても、つらくなむ」とのたまふ。御答へ聞こゆと思すに、おそはるる心地して、女君の「こは。などかくは」とのたまふに、おどろきて、いみじく口惜しく、胸のおきどころなく騒げば、おさへて、涙も流れ出でにけり。今もいみじく漏らし添へたまふ。女君、いかなる事にかと思すに、うちもみじろかで臥したまへり。

（朝顔(2)・四八五）

藤壺の霊はこのようにして浮上する。光源氏が「宮の御ことを思ひつつ大殿籠」った時に「夢ともなく」現れたとする。つまり夢という自覚もないままに藤壺と対面したことになり、「見たてまつる」という光源氏の心境に即した叙述の中に「たてまつる」という謙譲語があることによって、光源氏が夢とも意識されない夢で「ほのかに見たてまつ」る人が藤壺であることがわかる。「御気色」「ほのか」といったことばが、夢という光源氏の内面世界における映像のありようを伝えている。

夢という場面性にも注意されよう。桐壺院、柏木など、源氏物語の中では、夢の中で霊となった死者と出会うということがしばしば見られる。夢という、きわめて曖昧で、個人的な内面世界は、異界への通路ともなっているのである。[11]

夢ともない夢の中の藤壺を、光源氏の思い込みによる映像か、それとも藤壺の意思によるものなのかは問題になるところであるが[12]、藤壺自身の言葉が示され、またそれに対して「御答へきこゆと思す」とあるので、光源氏としては対話を望んでいた形跡があることが見逃せない。霊にはたらきかけようとする光源氏がいた。空想の産物ではない、光源氏とは別の意思をもった行動主体としての藤壺がいたともとれるのである。

光源氏だけの問題ともいえないし、藤壺の意思の現れとも決めがたい。夢という磁場は、どこまでも曖昧さがつきまとうことを認識せねばならない。ここではひとまず、それまで語られることが禁じられていた藤壺の本質、すなわち「執念」そのものが霊の形を借りて光源氏に突き出されたとみておく。

ところで、ここで、藤壺の内面的な問題に思いをめぐらしてみたい。彼女は現世に心を残して世を去っていった。光源氏との満たされない関係に「飽かず思ふこと」と内省し、帝が罪を何も知らずにいることを「さすがに」、「心苦し」く思い、「うしろめたくむすぼほれたること」としている。藤壺の死の場面をふりかえってみよう。

○宮いと苦しうて、はかばかしうものも聞こえさせたまはず。御心の内に思しつづくるに、高き宿世、世の栄えも並ぶ人なく、心の中に飽かず思ふことも人にまさりける身、と思し知らる。上の、かかることの心を知らせたまはぬを、さすがに心苦しう見たてまつりたまひて、これのみぞ、うしろめたくむすぼほれたることに思しおかるべき心地したまひける。（薄雲(2)・四三五）

○院の御遺言にかなひて、内裏の御後見つかうまつりたまふこと、年ごろ思ひ知りはべること多かれど、何につけてかはその心寄せことなるさまをも漏らしきこえむとのみ、のどかに思ひはべりけるを、いまなむあはれに口惜しく」とほのかにのたまはするも、ほのぼの聞こゆるに、…などかうしも心弱きさまに、と人目を思し返せど、いにしへよりの御ありさまを、おほかたの世につけてもあたらしく惜しき人の御さまを、…燈火などの

消え入るやうにてはてたまひぬれば、いふかひなく悲しきことを思し嘆く。（薄雲(2)・四三六～七）

光源氏が須磨・明石より帰京し、中央政権に復帰してからは、藤壺はその役割を一変させ、女院としての特権を存分に発揮させて、良き理解者・相談相手として光源氏をきわめて友好的に、強力に支持しつづけてきた。その様子は澪標巻や絵合巻などに見られた通りである。冷泉帝の父母として、社会的・政治的に助け合うというかたちで彼らの関係の問題は決着がついたかに見えた。

ところが、物語はより深くきびしいまなざしで、藤壺を見据えるのであった。(13) 語りは、決して藤壺と光源氏を、政治的な関係に改変させたまま、放置するのではなかったのである。彼女は、あれほど嫌悪し疎んじていた己が「宿世」(14)を、今までとは違ったかたちの、「高」いものであったと捉え返し、「心の中に飽かず思ふ」ほど深く根差していた光源氏への愛情を思っている。(15)「さすがに心苦しく」「うしろめたくむすぼほれたる」、藤壺は罪を残して死んでいく自分を十分に自覚し、そのことを強く懸念する。そして「何につけてかは心寄せことなるさまをも漏らしきこえむ」と、愛情がありながらそれを意思表示できなかった自分を告白し、最後のことばは「口惜しく」という言い差しのかたちで閉じられる。この言い差しは、何もかも悟り澄まして往生を遂げる姿とは程遠く、死の直前に、このような強い憂いと残念な気持ちが示されていることに注意せねばならない。死に至る病の中で、藤壺は一女性としての立場に戻るのである。

このような藤壺の精一杯の言葉がどこまで光源氏に響いたか。それを物語は明示しないけれど、彼もまた、「あたらしく口惜しき人の御さま」と藤壺のことを思っている。死んで行く藤壺も、残される光源氏もどちらも互いに「口惜し」く相手に執着を残しているのであり、藤壺という高徳であるはずの女性の死の場面に、このような不穏な空気が張りめぐらされていることを見逃すことはできない。臨終の藤壺に強く印象づけられる深刻な懸念や執着も、後に彼女を亡霊にせしめる一要因に数え入れることができなくもあるまい。

さて、再び朝顔巻の巻末に戻ってみる。もう一度、霊と化した藤壺の言葉に耳を傾けてみよう。

いみじく恨みたまへる御気色にて、「漏らさじとのたまひしかど、うき名の隠れなかりければ、恥づかしう。苦しき目を見るにつけても、つらくなむ」とのたまふ。（朝顔(2)・四八五）

亡霊と化した藤壺の言葉は、生前の藤壺とは違っているという。それは「恨み」とか、「つらし」の言いさしといった表現によって確認される。[16]この言いさしに、さらに続く藤壺の鬱情が、つまり、まだ言いたいことが他にもたくさんあったような藤壺の様子が忖度され、感情が言葉に追いつかない藤壺の鬱屈が見て取れよう。

自分に責任があると認められ、そのために内向する苦痛が「憂し」で表されるのに対し、「つらし」は同じ苦痛であっても相手に責任を追及する気持ちが含まれている。生前の藤壺はずっと「うし」で自己把握を繰り返してきたが、いま彼女は「つらくなむ」と光源氏に恨みを訴え、生前犯した罪が隠れなく知れ渡り、「恥づかし」く、「苦しい目にあっているのだという。「恨み」「つらし」によって、藤壺の語調における攻撃性が意味づけられよう。[17]

ここで、「つらし」を考えるに当たって、六条御息所を引き合いにしてみよう。「つらし」について最も連想されるのは御息所であり、物の怪と化した六条御息所の言葉の中で執拗に展開される表現だからである。

○宵過ぐるほど、すこし寝入りたまへるに、御枕上にいとをかしげなる女ゐて、「おのがいとめでたしと見たてまつるをば、尋ね思ほさで、かくことなることなき人を率ておはして、時めかしたまふこそ、いとめざましくつらけれ。（夕顔(1)・二三八）

○わが身こそあらぬさまなれそれながらそらおぼけする君はきみなり

いとつらし、つらし（若菜下(4)・二二七）

これらの引用はいずれも六条御息所とおぼしき霊の言葉であり、明らかな悪意と怨恨のあらわれとして「つらし」が存在している。

しかし、注意せねばならないのは、御息所は常にその言語生活の中で、「つらし」をもつ女性ではなかったということである。

○袖ぬるるこひぢとかつは知りながら下り立つ田子のみづからぞうき　（葵(2)・二八）

○身ひとつのうき嘆きよりほかに人をあしかれなど思ふ心もなけれど、　（葵(2)・二九）

右の用例にみるように、通常時における御息所は、和歌の中や、心中思惟で「うし」が表出されるのであり、彼女は物の怪になると「うし」が「つらし」に変じるのであった。つまり光源氏への恨みをしいて自分への「うし」で把握しようとしてきた自己抑制が、物の怪になると破壊され、本心そのものが躍動されていくのである。「つらし」は「うし」の言い換えというのか、御息所における「うし」の本質を意味するのであった。このように「つらし」は物の怪のことばとして物語の中では存在する。

では、こうした「うし」から「つらし」への転換の論理は、藤壺の霊の場合、どのような形で適用されているであろうか。くどいようだが、さらにまた同じ場面を引いてみる。

入りたまひても、宮の御ことを思ひつつ大殿籠れるに、夢ともなくほのかに見たてまつるを、いみじく恨みたまへる御気色にて、「漏らさじとのたまひしかど、うき名の隠れなかりければ、恥づかしう。苦しき目を見るにつけても、つらくなむ」とのたまふ。御答へきこゆと思すに、おそはるる心地して、女君の「こは。などかくは」とのたまふに、おどろきて、いみじく口惜しく、胸のおきどころなく騒げば、おさへて、涙も流れ出でにけり。今もいみじく漏らし添へたまふ。女君、いかなる事にかとおぼすに、うちもみじろかで臥したまへり。

前にも述べたように、この時の藤壺は、「つらし」を用いており、攻撃的である。また、「おそはるる心地して」（朝顔(2)・四八五）「おどろきて」「胸のおきどころなく騒げば」によって明らかであるように、光源氏はまさしく物の怪に憑異された、あるいはされかかった形跡が認められる。襲われるような感じがして目が覚めて、起きたときに激しく動悸している。これは、取り付かれた人の様子と何の変わりがあろう。逆に言えば、藤壺の霊が物の怪のふるまいと全く同様であったことはもはや疑えないのである。

亡霊の藤壺をめぐる表現は、彼女が物の怪のようであることを匂わせていた。ところが、実際に対面している光源氏はそうは捉えない。捉えることを拒んでいる、というよりも、彼は藤壺を招き寄せたいのである。「物の怪」とは、元来、排除したい存在を、受け止める側がそう名づけた発想である。(18) たとえ藤壺が、表現的には限りなく物の怪に近い様相を呈していたとしても、光源氏にとって受け入れたい気持ちがある以上、彼女は「物の怪」にはならない。

この点が、六条御息所の場合と大きく違っていよう。彼の把握によって、一歩まちがえればおぞましい怨霊ともとらえられかねない藤壺の言動は、その危険性を辛うじて免れているのである。こうした反応のかたち一つで、藤壺の霊と六条御息所の霊は、その「意味」の明暗を境にしているところに、光源氏の精神構造が透けて見えるかのようである。つまり、六条御息所の霊は排除したい存在であり、藤壺のそれは迎え入れたいと思っているのである。夢から覚めた後も、彼は「いみじく口惜しく」「おさへて、涙も流れ出でにけり」「なかなか飽かず悲し」と、藤壺を名残惜しく思い返すのであり、もっといてほしかった、もっと話し合いたかったという、無念の思いが彼をつつみこんでいくのである。夢の中で藤壺の霊と出会ったことによって、彼は恐怖するどころか、かえって根強い執着にかられていく。

さらに、御息所の「物の怪」は、夕顔、葵の上、紫の上、女三宮といった光源氏の傍らの女君に取り憑くことで、光源氏に戦慄を与え続けて来た。それに対して、藤壺の亡霊は、他でもない光源氏その人に向かっていく。それは、重い罪を共に生きたただひとりの存在が彼だからである。藤壺が最も話したいことは、密事がことごとく露顕して、あの世で成仏できない苦しみであった。自分の恥部を訴えることができるのは、共犯者の光源氏だけなのである。この論理は、周辺の女君に次々と取り憑いて恐怖させる六条御息所の物の怪とは次元を異にしている。例を見よう。

1髪を振りかけて泣くけはひ、ただ、昔見たまひし物の怪のさまと見えたり。あさましうむくつけしと思ししみにしことの変らぬもゆゆしければ、…　（若菜下(4)・二二六）

2うつし人にてだに、むくつけかりし人の御けはひの、まして世かはり、あやしきもののさまになりたまへらむを思しやるに、いと心うければ、中宮をあつかひきこえたまふさへぞ、このをりはものうく、言ひもてゆけば、女の身はみな同じ罪深きもとゐぞかしと、なべての世の中いとはしく、かの、また、人もきかざりし御仲の睦物語にすこし語り出でたまへりしことを言ひ出でたりしに、まことと思し出づるに、いとわづらはしく思さる。　（若菜下(4)・二三一～二）

右に挙げたのは、現れ出た霊に対して、不快感を隠そうともせず、忌まわしいものとして嫌悪し、憎しみすら抱く例である。傍線部分にそうした戦慄が滲み出ている。1の波線のように判断として陰惨な物の怪を捉え、2の波線部では物の怪が現れた条件に思いをめぐらし、「わづらはし」と生理的に嫌悪する。紫の上を挟んで霊と対峙する状況は、朝顔巻の藤壺の場合と全く同じであった。しかし彼女には御息所のように「女の身はみな同じ罪深きもとゐ」などとは思わなかった。同じ現象が光源氏の把握一つで全く異質なものとなる、そんな「意味」の可変性を物語は呈示するのである。

また、前述したように、夢の中に霊が出現するのは、朝顔巻に限らない。そして、夢の中の亡霊の意味もまた、見る側の心情によって左右されていくのである。

「こは、など。かく鎖し固めたる。あな埋もれや。今宵の月を見ぬ里もありけり」とうめきたまふ。「…かかる夜の月に、心やすく夢みる人はあるものか。すこし出でたまへ。あな心憂」…すこし寝入りたる夢に、かの衛門督、ただありしさまの袿姿にて、かたはらにゐて、この笛をとりて見る。夢の中にも亡き人のわづらはしうこの声をたづねて来たる、と思ふに、

（横笛(4)・三四六〜八）

夕霧が夢の中で柏木の亡霊を見る場面である。「夢の中にも亡き人のわづらはしうこの声をたづねて来たる」とあり、夕霧が親友の霊を疎んでいるのがわかる。また、「この声をたづねて来たる」とあり、霊は現世の音を聞いて到来するという発想も注目される。

さらに、「夜の月」と「すこし寝入りたる夢」に現れたという霊の現れ方が注意される。六条御息所も、夕顔巻で「いさよふ月」の夜、「すこし寝入りたまへる」時に現れたのであった。月も、亡霊を招来する重要な装置といえそうだ。

夢の中で死者と対面する用例として、さらに、桐壺院の場合を見てみよう。

心にもあらずうちまどろみたまふ。かたじけなき御座所なれば、ただ寄りゐたまへるに、故院ただおはしましさながら立ちたまひて、…御手を取りて引き立てたまふ。…いとうれしくて、…飽かず悲しくて、御供に参りなんと泣き入りたまひて、…月の顔のみきらきらとして、夢の心地もせず、…胸つと塞がりて、なかなかなる御心まどひに、…夢にも御答へをいますこし聞こえずなりぬることと、いぶせさに、

夢における故桐壺院との対面に、光源氏は「いとうれしくて」と感激し、消えた後は、「胸つとふたがりて」「なかなかなる御心まどひ」などの表現で読み取れる状況は、藤壺の場合と共通している。「夢にも御答へをいますこし聞こえずなりぬること」、対話ができなかったことを悔いる気持ちも、亡き父に対する思慕の現れといえよう。院の亡霊は感動をもって受入れられ、藤壺と同様、愛着と哀惜が示されているのである。

このように、霊には嫌悪の対象として忌避される場合と、藤壺や院のように、対話を切に望み、歓喜や執着が生じる時とがあり、対象によって受け止め方が異なってくる。院は父であり藤壺は義母であった。そうした「親」に対する「子」としての甘えや郷愁も、一方では反映されているともいえよう。

桐壺院の夢において感じた、「飽かず悲しくて、御供に参りなん」「御答へをいますこし」といった、慕わしい存在に対する接触への願望は、そのまま藤壺に引き継がれている。

なかなか飽かず悲しと思すに、とく起きたまひて、さとはなくて、所どころに御誦経などせさせたまふ。「苦しき目見せたまふと、恨みたまへるも、さぞ思さるらんかし。行ひをしたまひ、よろづに罪軽げなりし御ありさまながら、この一つ事にてぞ、この世の濁りをすすいたまはざらむ」と、ものの心を深く思したどるに、いみじく悲しければ、「なにわざをして、知る人なき世界におはすらむを、とぶらひきこえに参うでて、罪にもかはりきこえばや」など、つくづく思す。かの御ために、とりたてて何わざをもしたまはむは、人咎めきこえつべし。内裏にも、御心の鬼に思すところやあらむ、と思しつつむほどに、阿弥陀仏を心にかけて、念じたてまつりたまふ。おなじ蓮にとこそは、

なき人をしたふ心にまかせてもかげ見ぬみつの瀬にやまどはむ

と思すぞうかりけるとや。（朝顔(2)・四八五〜六）

彼は藤壺の霊を霊とも捉えず、生ける女性に対するかのように藤壺のことを考える。彼女に同情し、いたわり、「罪にもかはりきこえばや」と、じしんも彼岸に赴いて、罪業を代わりに受けたいとさえ思う。「人」の目を恐れつつ、忍びやかに「阿弥陀仏」を「念」じる光源氏の姿があり、「おなじ蓮にとこそは」とさらなる愛執を思う。それは、光源氏が、藤壺の全てを受け入れているためであった。霊という、客観的にはあさましい姿さえ、彼には慕わしく映る。換言すれば、このような、成仏できない藤壺すら引き受けたいと思う彼の姿勢から、その暗い熱情が透視されるのである。

以上のようにして、霊が浮上する意味を考えてきた。霊にはさまざまな次元があり、六条御息所などのように、「物の怪」として嫌悪されるものと、桐壺院や藤壺のように、「物の怪」とはならずに、慕わしい存在として、よりいっそうの執着を誘う場合とがある。

これまで見てきた夢の中の霊は、みな、故人であった。亡魂に対する残された者の意識を反映させる「霊」出現の場面を通して、光源氏は死者そのものと対面し、無意識に抱いていた心情を自覚するのである。

ところがその中で、藤壺の霊は、そうした光源氏の思慕に亀裂を入れるような言動を残している。光源氏は、生前の藤壺を、「行ひをしたまひ、よろづに罪軽げなりし御ありさま」であったとずっと思っていた。しかし、実際の藤壺は理想的な大往生とは程遠い立場にいたのである。知られざる事実がいまここに浮上しようとしている。藤壺の霊は、生前ずっと付与されてきた理想性を、みずから打ち消しているのだといえよう。

双方の認識の齟齬を、霊の問題は具現しているのである。こうした現象は、たとえば、それまで語られなかった時間を後になって語るというような、「出来事」の語り方と連動しているように思われる。次節より、そのことについて考えてみたい。

三　秘められた出来事

藤壺死後の展開で注意されるのは、それまで言及されてこなかった過去の出来事が語られていることである。

Ⅰわが君孕まれおはしましたりし時より、故宮の深く思し嘆くことありて、御祈祷仕うまつらせたまふゆゑなむはべりし。くはしくは法師の心にえさとりはべらず。事の違ひ目ありて、大臣横さまの罪に当りたまひし時、いよいよ怖ぢ思し召して、重ねて御祈祷ども承りはべりしを、大臣も聞こしめしてなむ、またさらに事加へ仰せられて、御位に即きおはしししさままで仕うまつる事どもはべりし。（薄雲(2)・四四一）

Ⅱひと年、中宮の御前に雪の山作られたりし、世に古りたる事なれど、なほめづらしくもはかなきことをしなしたまへりしかな。何のをりをりにつけても、口惜しう飽かずもあるかな。いとけ遠くもてなしたまひて、くはしき御ありさまを見ならしたてまつりしことはなかりしかど、御まじらひのほどに、うしろやすきものには思したりきかし。…もて出てらうらうじきことも見えたまはざりしかど、言ふかひあり、思ふさまに、はかなき事わざをもしたまひしはや。…やはらかにおびれたるものから、深うよしづきたるところの、並びなくものしたまひしを、君こそは、さいへど紫のゆゑこよなからずものしたまふめれど…（朝顔(2)・四八一～二）

いずれも、藤壺の生前には叙述の上では表面化されない出来事であった。Ⅱの雪山の話は枕草子を意識しているのが明白であり、「中宮」としての藤壺がより強調される。[19]生前は全く語られなかった「雪」が死後の今になって語られる意味は大きい。「雪」とはいうなれば秘密の象徴であり、Ⅰと同様、藤壺死後、秘密語りが行われているのである。

人の御容貌も光まさりて見ゆ。「…冬の夜の澄める月に雪の光りあひたる空こそ、…おもしろさもあはれさも残らぬをりなれ。…」…月は隈なくさし出でて、ひとつ色に見えさせたまふ。（朝顔(2)・四八〇）

こうした秘密の過去回想は「おもしろさもあはれさも残らぬ」ような目もくらむ雪景色と、それを照らす「隈なき「月」によって呼び起こされてくる。雪と月から喚起された秘密の過去語りによって藤壺の霊出現は決定づけられたのだといえなくもない。枕草子の美意識をあえて批判して、雪の美を持ち出すのも、「雪」という風景に、藤壺との思い出が結晶されているためである。

ところで、朝顔巻には宮たち・皇女たちが印象的に点描されている。巻頭に示されるのは式部卿宮の崩御であり、宮の死に誘発されて、女五の宮との交流が描かれ、朝顔姫君への交渉に連動していく。

なお、同巻では、源典侍も登場している。荒れ果てた庭園は、「忘却」そのものを象徴するのであり[20]、式部卿宮の死によって、遠い時空に押しやられた人々が、ここで新たに誘導されるのである。光源氏の、皇女たちとの対面の場面を眺めてみよう。

①宮、対面したまひて、御物語聞こえたまふ。いと古めきたる御けはひ、咳がちにおはす。このかみにおはすれど、故大殿の宮は、あらまほしく古りがたき御ありさまなるを、もて離れ、声ふつつかに、こちごちしくおぼえたまへるも、さる方なり。（朝顔(2)・四六〇）

②おほかたの空もをかしきほどに、木の葉の音なひにつけても、過ぎにしもののあはれとり返しつつ、そのをりをり、をかしくもあはれにも、深く見えたまひし御心ばへなども、思ひ出できこえさす。（朝顔(2)・四六五）

③「…入道の宮の御齢よ。あさましとのみ思さるる世に、年のほど身の残り少なげさに、心ばへなども、ものは

かなく見えし人の、生きとまりて、のどやかに行ひをもうち過ぐしけるは、なほすべて定めなき世なり」
（朝顔(2)・四七四）

①は、女五の宮と光源氏の対座を引用したものであるが、彼は、五の宮を前にしながら、葵の上の母で、姉に当たる女三の宮（大宮）のことを思い出している。大宮の理想的な身の処し方と引き比べて、眼前の五の宮の老醜ぶりに閉口を示している。女五の宮と大宮という、二人の年老いた皇女たちが、光源氏の中で交差している。その女五の宮が、故式部卿宮に、姫君を縁づかせる意思があったことが告げられるのであり、女五の宮の昔語りによって、故宮の遺志という、語られないまま蓄積された過去が浮上するのである。[21]

②は、「空」「木の葉の音なひ」から過去「過ぎにしもののあはれ」がよみがえり、姫君の美質を思い出す。しかし、この「深く見えたまひし御心ばへ」というのもまた、これまで十分には示されてはいない。過去が意識されるのは、光源氏が中年期に移ったことを意味している。

③は、偶然に源典侍と遭遇したことから生じる感想である。尼になっても未だはなやぎを捨てきれない源典侍を見て、逆に藤壺の人生を想起している。

式部卿宮の死に誘発されて連鎖的に登場する、①生き残りの皇女たち、②朝顔姫君、③で源典侍は、いずれも桐壺院のゆかりの女性たちであり、「残存」の総体であった。桐壺朝の残像との再会から、光源氏の中に潜在する皇女幻想がよみがえり、最終的には、老残の源典侍の醜態から逆に藤壺の理想性が次第に露呈されていくのである。

このように、朝顔巻には、物語の時間全体の二重性が示されている。藤壺をめぐる知られざる事実は、その死後に至って、あたかも解禁されたかのように、ようやく明らかにされていく。密事の贖罪と、中宮御殿での雪山作りという、二つの出来事は、藤壺の生きている間は封印されてきた事柄であり、その死後になって叙述化されるのである。このことは、藤壺という存在が物語に見えざる制肘を与えていたことを意味しよう。

朝顔巻に登場する式部卿宮一族もまた、藤壺の死によって導かれた存在であった。女五の宮らの昔語りと、藤壺をめぐる過去の表白は、共に響き合う。藤壺の存在それ自体が語ることを阻止し続けてきた物語は、その死によって切り開かれるのであり、そのことは、藤壺という人物の裏側をも想到させるに十分であった。つまり、時間の組み替えが、一人物の人格すら再構築しているのである。亡霊出現もまた、その延長上にあるといえよう。

結び 「異化」される他者――「ゆかり」の決裂――

以上のようにして、朝顔巻を検討しながら藤壺の霊が浮上する意味について考察を進めてきた。

振り返ってみると、亡霊を招く装置は、至るところに散在していたと思う。浅い眠りにおける夢という場面性が直接の引き金として挙げられたのだが、遠因としては、密事による良心の呵責を最後まで残して死んでいった藤壺の臨終場面の不穏な空気が想到された。また自然現象からいえば、月や雪といった風景もまた、霊の浮上に作用しているといえた。つまり、ばらばらの視点から、それぞれに原因が考えられるのであり、そうしたさまざまな角度からの可能性が、霊という現象に集結されているのである。

こうした個々の装置を包括するのが、語りの方法であった。前にも述べたように、朝顔巻は、これまでとは違った語られ方をしている。叙述化されてこなかった出来事を語り返すことで、時間が再構築され、それとともに人物像も違った一面を見せているのであった。

亡霊が出現する直接の契機は、光源氏が、藤壺のことを考えながらまどろんでいたことに起因するが、それに至るまでには、女五の宮や朝顔姫君らによって喚起される皇女幻想があり、そこから転移されていく藤壺幻想が強くはたらいていたのであった。

朝顔巻における藤壺幻想の仕組みは、二通りある。一つは、前半の女五の宮・朝顔の姫君・源典侍といった、桐壺朝の「残像」から藤壺が導き出される過程であり、もう一つは、後半の、彼自身の女性論の中で抽出される過程である。前者の、皇女幻想の中で藤壺を追想する道筋は、受け止める彼自身の内面的な問題として処理されるのに対し、後半の回想かたちは、彼の、女性批評という言語活動の中で営まれている。彼が自分自身で導き出す藤壺幻想は、聞き手の紫の上によって、相対化されているのである。

尚侍こそは、らうらうじくゆゑゆゑしき方は人にまさりたまへれ。浅はかなる筋など、もて離れたまへりける人の御心を、あやしくもありけることどもかな　（朝顔(2)・四八三）

光源氏が滔々と語る「紫のゆゑ」や朝顔の姫君評を、紫の上はまともに受けずに、朧月夜に興味を移し、話頭を転じる。藤壺も朝顔の姫君も紫の上の中を素通りしていく様子が描かれている。光源氏の中では藤壺の「ゆかり」とされている紫の上だが、当の本人は関心を示すよしもない。藤壺が引き合いにされても、紫の上には受け止めかねるのである。こうした認識のすれ違いは、おのずと光源氏の幻想の偏差を突いているといえよう。

月いよいよ澄みて、静かにおもしろし。女君、

こほりとぢ石間の水はゆきなやみそらすむ月のかげぞながるる

外を見出だして、すこしかたぶきたまへるほど、似るものなくうつくしげなり。髪ざし、面様の、恋ひきこゆる人の面影にふとおぼえて、めでたければ、いささか分くる御心もとりかさねつべし。（朝顔(2)・四八四）

紫の上の和歌「こほりとぢ」は、彼女の心のこわばりを詠んだ歌である。自身を「石間の水」によそえて、遠ざ

かって行く「月」、すなわち光源氏を嘆いている。月下の雪景色は、紫の上の孤独な心象風景として認識されるのであり[22]、偽らざる彼女の凍てついた内面が露呈されているのであるが、光源氏は紫の上個人の心の動きに注意を払わない。彼は藤壺を追想する気持ちから、眼前の紫の上を、あくまで身代わりとして見ている。紫の上の個我は、残酷なまでに無視されているのである。

「髪ざし」「面様」「面影」が似通うということで紫の上の問題を終わらせようとする光源氏であるが、これに続く亡霊の藤壺は、そうした彼の充足された「ゆかり幻想」に亀裂を入れていく。

女君の、「こは。などかくは」とのたまふに、おどろきて、いみじく口惜しく、胸のおきどころなく騒げば、おさへて、涙も流れ出でにけり。今もいみじく濡らし添へたまふ。女君、いかなる事にかと思すに、うちもみじろかで臥したまへり。（朝顔(2)・四八五）

紫の上の再三のはたらきかけと、それに対して何の反応も示さずに沈黙を続ける光源氏[23]は対照的である。「こは。などかくは」という呼びかけ、「いかなる事にか」という心内語は、単に相手を介抱しようということだけでなく、自分から遊離しかけている光源氏の心に対する営みであり、問いかけであった。身じろぎすらせずにじっと横たわる光源氏は、こうした紫の上の懸命なはたらきかけを退ける。同じ空間にいながら、光源氏の沈黙にきびしく拒絶される紫の上がここでは語られているのである。

藤壺の亡霊は、藤壺と紫の上が全くの他人であることを強烈に認識づけている。面差しが完璧に似ていることへの充足を描いた後で、夢の中で藤壺が恨むという展開の道筋の中に、異化の問題が浮上する。藤壺の問題は、身代わりを得れば解消される次元のものではなかった。光源氏の夢に現れて罪業そのものを光源氏に突きつける藤壺は、紫の上の役割を規制して、「ゆかり」として機能することを阻止し、彼女を一介の主婦にとどまらせる。紫の上は

「他者」として疎外されている。どんなに容貌が似ても、紫の上に罪は背負えないからである。

冥界の藤壺と、紫の上は、光源氏をめぐって対立する。ここでは、「ゆかり」というかたちで同列化されてきた女君たちの分裂と、個人としての独立が示されているのである。かくして紫の上は、藤壺から異化される。

朝顔巻は、藤壺の理想性を想起させる装置が散在している。女五の宮や朝顔姫君といった皇女たち、源典侍、紫の上らは、みな藤壺という「記憶」の残像であった。ところが、巻末では藤壺の霊は、残像から想起される理想性を裏切るような姿・声が浮上する。救済されない藤壺を見せられた光源氏は、それでも彼女への意識を変えないが、そうした光源氏の心情とは別に、「残像」たちは揺らいでいく。光源氏の中の幻想それ自体は変わらずとも、叙述全体の中で、女君たちは身代わりと、「他者」の間をあやうく彷徨しているのである。そして藤壺自身もまた、光源氏の中で偶像化された自分を否定していく。

こうした錯綜を繰り返しながら、朝顔巻の語りは、「ゆかり」というかたちで括られた女君たちの「個」を識別していく。形代であることの限界に直面した女君たちの、光源氏に強制的に付与された役割からの自立と、新たな活路を模索する姿の中にこそ、藤壺物語という「時代」の終焉と、世代の交替が胚胎しているのだといえよう。

〔註〕

（1）今西祐一郎「朝顔の姫君」（『源氏物語必携Ⅱ』学燈社一九八六）、加納重文「朝顔斎院の意味」（『源氏物語の探求』風間書房一九八〇）。
（2）秋山虔「紫の上の変貌」（『源氏物語の世界』東京大学出版会一九六四）。なお今井源衛「紫上」（『源氏物語講座三』有精堂一九七一）も、朝顔巻における紫の上の位置の重要性について述べている。
（3）森藤侃子「槿斎院の初期をめぐって」「槿斎院をめぐって」「槿巻の構想」（『源氏物語―女たちの宿世―』桜楓社一九八四）。

（4）原岡文子「朝顔の巻の読みと『視点』」（『源氏物語　両義の糸』有精堂一九九一）

（5）清水好子『源氏の女君』（塙書房一九六七）、藤井貞和「密通というタブーの方法」（『物語の方法』桜楓社一九九二）に示唆的な言及がないわけではないが、中心的なテーマとして取り上げた論は見られない。

（6）「ゆかり」についての先駆的な論考としては鈴木一雄「源氏物語におけるゆかりについて」（『むらさき』4一九六五・十一）、広田収「源氏物語における『ゆかり』から他者の発見へ」（『中古文学』20一九七七・十）などがある。また、「ゆかり」という観念の主観性については、石阪「照らし返される藤壺」（『日本文学』一九九九・九）で既に検証している。

（7）前出の清水論文、伊藤博「藤壺」（『源氏物語必携Ⅱ』学燈社一九八六）。

（8）小学館日本古典文学全集『源氏物語⑵』朝顔巻巻末の頭注。

（9）（10）（5）に同じ。

（11）高橋文二『王朝まどろみ論』（笠間書院一九九五）は、眠り（「まどろみ」）によってのみ「体験」できる「風景」があることを説いており、夢の場面性を考える際示唆的である。

（12）西郷信綱『古代人と夢』（平凡社ライブラリー1一九九三）は、「古代人」における夢を、「他界からの信号」であると論じており、夢が他者からのはたらきかけによってこそ現象化されるものであることを述べている。

（13）関根慶子「藤壺物語はいかに扱われているか」（『源氏物語Ⅲ』有精堂一九七一）では、密通の罪を核心とする藤壺物語が決して清算されてはおらず、藤壺の救われない姿を通して最終的には否定的に処理されているさまを論じていて、説得的であった。

（14）「あさましき宿世」（若紫⑴・三〇七）、「宿世のほど思し知られて、いみじと思したり」（賢木⑵・一〇三）などには、光源氏との関係性に対する、藤壺の否定的な認識がみとめられる。

（15）臨終の場面における藤壺については、第四章参照。

（16）「憂し」「つらし」の語法は鈴木日出男『源氏物語の文章表現』（至文堂一九九七）で定義されている。

（17）大久保優子『源氏物語研究―抑圧された嘆き―』（フェリス女学院大学一九九七年度卒業論文　未刊　一九九七・十二）で

は、女君の言葉が「憂し」から「つらし」に転換していく過程を検証する。

(18) 三田村雅子「物の怪という〈感覚〉―身体の違和から―」(『源氏物語の魅力を探る』フェリスカルチャーシリーズ①翰林書房　二〇〇二) 参照。

(19) 小嶋菜温子「秘められた雪祭り」(『源氏物語批評』有精堂一九九五)

(20) 小林正明「自閉庭園の美しき魂―朝顔姫君論」(『人物造型からみた「源氏物語」』至文堂一九九八)

(21) 本文(2)四六二頁「この亡せたまひぬるも、さやうにこそ悔いたまふをりをりありしか」

(22) 鈴木日出男「藤壷から紫の上へ―朝顔巻論」(『源氏物語試論集』勉誠社一九九七)

(23) 本文に用いている全集本には「うちもみじろかで臥したまへり」の主体を紫の上と解するが、とらない。光源氏の状態とみておく。

第四章　源氏物語における「なやみ」と身体——藤壺をめぐる病理学——

はじめに

源氏物語の藤壺における「病」の論理を分析し、一つの試みとして、「なやみ」の描写を通して藤壺像を明らかにしていきたい。

藤壺をめぐる論考は、従来より盛んに行われてきており、その研究状況は複雑化をきわめている。[1]その中で、本論では、藤壺の存在を形成する叙述のかたちに焦点を当て、身体叙述としての「病」を読みの視座に据えながら、藤壺という女性の自我を造り上げる語りのしくみを問題化したいと思う。[2]

藤壺を表す叙述を改めて振り返ってみると、「なやみ」という身体表現が著しく目立つことに気づく。「なやみ」は、一般には病など、体力の減退や衰弱を意味するが、特に女性の場合は懐妊の状態を表す場合が少なくない。藤壺の「なやみ」は、ある時は懐妊の兆候として、または病気の表現として、場面によってかたちを変えて浮上する。身体論は藤壺においてこそ有効といえそうである。すなわち彼女の身体は常に「なやみ」を繰り返し、再生産する身体といえよう。藤壺と、彼女をさいなむ「なやみ」は、密接に分かちがたく結びついているように見受けられるのであり、藤壺像を造り上げる叙述の中で、「なやみ」は一つの重要な問題を築いているのである。

もっとも、この問題は、藤壺だけに集約されるものではない。それはむしろ、紫の上や女三宮の病において連想されやすいであろう[3]。若菜下で「暁方より御胸を悩みたまふ」発病し（④二〇三）、御法巻で死に至るまで久しく続いた紫の上の病は、「ありしよりはすこしよろしきさまなり。されど、なほ絶えず悩みわたりたまふ」（④二二三）、「そこはかとなく悩みわたりたまふこと久しくなりぬ」（御法④・四八四）と語られ、小康は得ても完治には至らず、微力ながらも長期に渡って執拗に進行し、彼女の生命をむしばむ様子が認められた。つまり紫の上の病の特徴は、その継続性にあるといえるのであり、不治の「病」の中で、彼女は死期を悟るのである[4]。これは、発現それじたいが再三強調される藤壺の「なやみ」とは対照的といえよう。また、女三宮の「なやみ」は、彼女じしんが自覚しないにもかかわらず、周囲が病だと意味づける様子が印象強い。「悩ましげになむとありければ」（若菜下④・二三一）、「かく悩みたまふ、と聞こし召してぞ渡りたまふを」（同・二三五）、「悩みたまふと聞きてもほど経ぬるを」（同・二三六）、「いと悩ましげにて」「かく悩ましくさせたまふを」（二三六）というように、女房たちが「悩ましげ」と認定したり、また光源氏がその判断を信じて見舞いに来たりする。すなわち、女三宮の「なやみ」はそのような外側からの認識によって決定づけられるのであり、本人の把握については不問に付されている。柏木と密通した後の女三宮の内的な苦悩が周囲には病と受け取られるのであり、「なやみ」をめぐる誤解の構図が女三宮の場合にはみられた。外的な意味での「病」が、女三宮じしんの内的な実態よりも先行して、語りの中で氾濫していたのである。

密通と懐妊から「なやみ」が生じるという点で、女三宮は藤壺の延長上にあるといえそうである。しかし、後で述べるように、懐妊や病苦を通して心理的な葛藤が展開され、肉体の衰弱に向かって内なる抵抗力を獲得していく藤壺の「なやみ」に対して、紫の上や女三宮のそれは、「病」に拮抗するような精神力の生成過程をなしているとはいいがたい。女三宮は結果として、周囲が決めつけたところの「病」に妥協し、流されていくのであり、紫の上は、「病」を自ら選択し、引き受けていく。「なやみ」を切り口とした場合、藤壺だけに問題がとどまらないことは十分に認識されるのだが、他の女君についての言及はひとまず措き、ここでは藤壺の「なやみ」を特に取り上げて論じたい。紫の上や女三宮の存在を視野に入れつつも、藤壺論の中で「なやみ」という角度を導入し、「身体」の描写が藤壺の自我といかに関わるかを当面の課題としてみていく。

また、本論では、藤壺の動きを多く引用しているが、むろん叙述の現場では、藤壺側の描写ばかりで成り立っているわけではなく、全体の構造から見た場合、そこには光源氏の側の視線や思惑も無視できない。(5) 本来ならばむしろ光源氏から藤壺に注がれるまなざしの問題こそ重要であり、中心化されるところであるが、しかし、そうした、藤壺の造型を支える光源氏の野望の重要性を配慮しつつ、光源氏の幻想からこぼれ落ちてくる藤壺側の問題を、私はあえて重視したいのである。

光源氏が思念する理想の人としての藤壺は、所詮は実体のない虚像であり、幻影であった。ところがそれに反して、藤壺の側に即して描かれる叙述においては、懐妊や出産、病など、むしろ逆に、彼女の「生理」の問題や「身体」に関する具体的な叙述が際立っているように思われる。つまり、彼女の自己把握の中では、その身体性が強烈に意識されているのである。こうした把握の分裂と断層のなかで、「なやみ」を内に含んだ藤壺の心身を考えることは有効といえよう。(6)「なやみ」は、藤壺の心境であり、また同時に肉体性をも言い表している。身体と内面を、別次元のものとして割り切るのではなく、出産をめぐって肉体と精神が分かちがたく結びついて進行する藤壺の「生理」のしくみそのものに、あえてこだわっていきたい。「なやみ」との対応構造から、藤壺像の本質の一端を見出すことができると考えるからである。

一　受胎と「なやみ」

藤壺に関する叙述の中で「なやみ」が多く繰り返されることは、次の用例などで散見される。物語において、藤壺は、意外なほど身体叙述が多かったことが改めて確認できよう。

Ⅰ藤壺の宮、なやみたまふことありて、まかでたまへり。（若紫(1)・三〇五）

Ⅱ宮も、なほいと心うき身なりけり、と思し嘆くに、なやましさもまさりたまひて、とく参りたまふべき御使しきれど、思しも立たず。…（中略）まことに御心地例のやうにもおはしまさぬは、いかなるにかと、人知れず思すこともありければ、心うく、いかならむとのみ思し乱る。暑きほどはいとど起きもあがりたまはず。三月になりたまへば、いとしるきほどにて、人々みたてまつりとがむるに、あさましき御宿世のほど心うし。（若紫(1)・三〇七）

Ⅲ御物の怪にや、と世人も聞こえ騒ぐを、宮いとわびしう、このことにより、身のいたづらになりぬべきこと、と思し嘆くに、御心地もいと苦しくてなやみたまふ。（紅葉賀(1)・三九七）

これらの例は、光源氏からの把握だけでは、決して掬い上げることのできない藤壺像が、物語の現場において確かに存在することを雄弁に証明している。(7) 光源氏の幻想の裂け目として浮上するのが、藤壺の生理の苦しみの描写であり、生理を通して自覚される罪の苦しみの描出、ということになるのである。彼女の精神的苦悩が語られる時、必ず「なやみ」を始めとする身体の異変を表す表現が共に呈示されていることに注意しておきたい。Ⅰ「藤壺の宮、なやみたまふことありて、まかでたまへり」であれば、宮廷生活の心労が退出を促し、[8] ⅡやⅢでは「と思し嘆くに、なやましさもまさり」「と思し嘆くに、御心地もいと苦しくてなやみたまふ」といったように、罪による不安や身の破滅への恐怖がそのまま身体的な苦しみとして作用していく過程を表している。特にⅡ「なやましさもまさりたまひて」は、罪の子の懐妊という精神的な打撃と、女性としての生理の苦しみから生じる鬱情が、さらなる肉体的な苦痛を引き起こすことになる。Ⅲ「いと苦しくて」も、身体性と内面性を、両方抱え込んだ表現といえよう。

Ⅱ「宮も、なほいと心うき身なりけり、と思し嘆くに、なやましさもまさりたまひて」は、鬱積する心痛に加えて、身籠もったために必然的に生じるつわりの苦しさと吐き気がひとしおこみあげてくるさまが描かれている。「なやましさ」とは、語義としては、苦しい気持ち、病気のような感じであり、それ以上の解釈は望めないように見えるが、しかし、「なやましさ」があくまでも感覚、感じを表すことばであることに着目し、これを、不快感をもよおす身体感覚という、より広い視野で考えると、つわりによる吐き気の感覚をも言い表すのではあるまいか。「なやましさ」は単なる気分の悪さを意味するにとどまらず、胎児を身籠もった兆しとして、必然的に伴う嘔吐の感覚をも広く含むと認識したい。つわりは出産における生理的な現象であり、いわゆる病とは完全には同一視しがたい。しかし、そのような、病気とはいいきれない感覚を、あえて「なやましさ」としてとらえていく曖昧さそのものに、逆に注意されてくるのである。[9] 決して病気ではないのに病気であるように感じられてくる、そんな感じがするという、生理と病の苦痛が分かちがたく結びついた、二重の意味性を、この「なやましさ」という感覚は含んでいる。体内の異変の意味が把握されて、その打撃に「思し嘆」くと、藤壺は吐きたい衝動にかられるのであった。胎児を生みたくない、生むことに対する激しい拒絶が「なやましさ」を呼びおこすのだと考えられよう。自分の体内で、「罪」そのものが胚胎し、形をなして膨らんでいくことが、藤壺には忌まわしいのである。

このように、Ⅱ「なやましさ」は、懐妊および出産への生理的な嫌悪が、身体の描写を通じて、強烈に具現された部分といえる。先にも述べたように、不義の子を生むことへの憂苦と強い抵抗は、「夜一夜悩み明かさせたまひて、日さし上るほどに生まれたまひぬ。（若菜4・二八八）」という、女三宮の出産風景においても共通であった。生むことをぎりぎりまでためらっていた様子が女三宮の身体でもって語られている。[10]

しかし、藤壺の特徴は、出産の苦痛を自覚的に把握するところにあった。藤壺においては、自己把握の磁場として、「なやみ」が設定されているのである。藤壺の心内語の中にしばしば反復される「心うし」の表現も、効果的といえよう。つらいから気分が悪くなり、身体の異変が他人の目にも明らかになったから、また苦しくなる。何か思うと、その度に嘔吐の感覚が藤壺を襲うのであり、そこに、思うことと身体性の連動関係を見ることができよう。決して表出できない煩悶が、表出されないそのかわりに、身体を通して浮上するのであった。つまり藤壺の内面の重苦しさは、つねに身体の異変でもって体現されているのである。いいかえれば、物語は身体叙述でもってしか描出できない藤壺の閉ざされた鬱情を、逆に照らし出しているといえよう。

二　「世人」との対比―藤壺の孤立―

次に、罪に恐怖する藤壺が、世間から内面的な意味で孤立し、他者への配慮や意識から心身共に衰弱していく叙述を追っていきたい。

○御使などのひまなきもそら恐ろしう、もの思すこと隙なし。（若紫(1)・三〇八）

○人々見たてまつりとがむるに、あさましき御宿世のほど心うし。（若紫(1)・三〇七）

○御物の怪にや、と世人も聞こえ騒ぐを、宮いとわびしう、このことにより、身のいたづらになりぬべきこと、と思し嘆くに、御心地もいと苦しくてなやみたまふ。…二月十余日のほどに、男皇子生まれたまひぬれば、なごりなく、内裏にも宮人もよろこびきこえたまふ。命長くも、と思ほすは心うけれど、弘徽殿などの、うけはしげにのたまふと聞きしを、空しく聞きなしたまはましかば人笑はれにや、と思しつよりてなむ、やうやうすこしづつさはやいたまひける。（紅葉賀(1)・三九七〜八）

○宮の、御心の鬼にいと苦しく、人の見たてまつるも、あやしかりつるほどのあやまりを、まさに人の思ひ咎めじや、さらぬはかなきことをだに、疵を求むる世に、いかなる名のつひに漏り出づべきにか、と思しつづくるに、身のみぞいと心うき。（紅葉賀(1)・三九八）

○いと見たてまつり分きがたげなるを、宮いと苦しと思せど、思ひよる人なきなめりかし。…月日の光の空に通ひたるやうにぞ、世人も思へる。（紅葉賀(1)・四二〇）

○世人も見たてまつる。（賢木(2)・九〇）

○「…必ず人笑へなる事はありぬべき身にこそあめれ」（賢木(2)・一〇六）

○世のわづらはしさのそら恐ろしうおぼえたまふなりけり。（賢木(2)・一〇八）

○世人めでたきものに聞こゆれど、（澪標(2)・二七二）

これらの例からわかるように、世間の人とのとらえ方と藤壺の把握の食い違いは、点描であるものの、その対立性が執拗に繰り返されており、それによって、世間から隔絶した位相にある藤壺の孤立が意味づけられていく。中でも皇子と光源氏の容姿の共通性をめぐって著しい。藤壺の苦悩は常に他人の思惑との対応関係を通して語り出されるのである。

もっとも、これは、出産をめぐって藤壺と世間が実際に反目しあい、対立していたということではない。藤壺は、「世語りに人や伝へむたぐひなくさめぬ浮き世を夢になしても」の歌があるように、密通の当初から世間の噂を意識していたのであり、世人に対する疑心暗鬼も現実の心配ではなく、あくまで藤壺内部のものであり、自分からそのような枠組みを作り、一人で他人のまなざしに恐怖しているのであった。したがって、藤壺と「世人」は二項対立的にはとらえられないことに注意しなければならないが、何度も繰り返される「世人」への気兼ねは、藤壺の世間に対する意識を強烈に印象づけていくのだが、しかし決してそうした他者意識に気圧されるままに終わらないことにも注意されるのである。

命長くも、と思ほすは心うけれど、弘徽殿などの、うけはしげにのたまふと聞きしを、空しく聞きなしたまはましかば人笑はれにや、と思しつよりてなむ、やうやうすこしづつさはやいたまひける。（紅葉賀(1)・三九七〜八）

「命長くも」で引き起こされる憂苦は、弘徽殿方の噂や、想定としての「人笑はれ」に対する反発によって、逆に弾き返され、覆されていく。このまま死にたいと思う一方で、このまま死んで弘徽殿などに笑われてはならないという意地も見せていくのである。この発想転換は、ある意味で矛盾している。激しい感情の振幅を経て、不撓不屈の意思をかため、新たな決断を生み出すことになるのであるが、「世人」の噂によって精神の衰弱に追いつめられると共に、反対に弘徽殿の「うけはしげ」な動向に対抗しようする意地を発揮していく過程に注意されるのである。衰弱の原因が逆に「おぼしつよ」る気力を与えもするのであり、文字通り身をさいなむ絶望が強烈な意志に変じる瞬間がここにとらえられているのであった。弘徽殿女御の存在と、「人笑はれ」のために、彼女が「思しつよりてなむ、やうやうさはやいたまひける」となる展開は、非常に重視されよう。係助詞「なむ」は単なる偶然ではあるまい。明らかに彼女は「思しつよ」る気力と意地をもつことによってはじめて、ようやく回復のきざしを見せたのである。この「なむ」は気力のもちこたえのみが癒しの原因になりえたことを言い表しているのであり、語法として無視できまい。他人のまなざし、他者の存在性は、藤壺にさらなる「なやみ」と疑心暗鬼を与える一方で、居直る原動力をも同時に獲得させていることに気づくのである。感情的な振幅と意識の反転を、まさに身をもって痛感し、あがきつつも、意思で「なやみ」を弾き返し、意地で克服していく展開を切り開いているのだとみなすことができよう。

ここでくじけてはならない、弘徽殿方につぶされてはならないことを意識化する藤壺の強烈な自我は、こうした体内の「なやみ」をめぐる、きびすを接した肉体と精神の拮抗と相克の上に培われるのである。

三　賢木巻と「なやみ」

賢木巻に入ると、再び藤壺の「なやみ」が強調されるのに注意される。

賢木巻は「悩み」が若紫・紅葉賀巻以上に立て続けに連発していることがわかる。胸の病気にかかっているのだが、神尾暢子によれば[11]、胸の病にかかるのは、光源氏を別として、主に女性であり、藤壺の他にも紫の上や中の君などがかかり、胸が痛いという形で表されるといわれている。胸の病は、他の部位の病とは異なり美的な印象を与える病といえよう。心痛を最も端的に表象し、具現するものとして胸の病が語られている、というべきか。

＊はてはては御胸をいたう悩みたまへば、…御悩みにおどろきて、人々近う参りてしげうまがへば、我にもあらで、塗籠に押し入れられておはす。御衣ども隠しもたる人の心地ども、いとむつかし。宮はものをいとわびし

と思しけるに、御気あがりて、なほ悩ましうせさせたまふ。（賢木(2)・一〇〇）

＊けはひしるく、さと匂ひたるに、あさましうむくつけう思されて、やがてひれ臥したまへり。（賢木(2)・一〇二）

＊男も、ここら世をもてしづめたまふ御心みな乱れて、うつしざまにもあらず、よろづのこと泣く泣く恨みきこえたまへど、まことに心づきなしと思して、いらへも聞こえたまはず。ただ、「心地のいと悩ましきを。かからぬをりもあらば聞こえてむ」とのたまへど、尽きせぬ御心のほどを言ひつづけたまふ。さすがにいみじと聞きたまふ節もまじるらん。（賢木(2)・一〇三）

さらには、「御気あがりて」と興奮状態に至る。光源氏に対する極度の戦慄が藤壺の「なやみ」を引きおこすのである。光源氏の芳香に対する過敏な反応も、彼に対する生理的な嫌悪のあらわれとみてよいかと考えられよう。ところが、そうした興奮も、出家後は薄れていく。(12)

風はげしう吹きふぶきて、御簾の内の匂ひ、いともの深き黒方にしみて、名薫の煙りもほのかなり。大将の御匂ひさへ薫りあひ、めでたく、極楽思ひやらるる世のさまなり。（賢木(2)・一二三～四）

出家によって、藤壺は罪を清算しようとし、光源氏との新しい関係のあり方を打ち出し、春宮の父と母という役割と、それにふさわしい演技を、彼に求め、藤壺自身もそうふるまうことをあえて決めたのだといえよう。その上で、光源氏の「大将の御匂ひ」が抵抗なく感受され、切り捨てたはずの執着が、逆に呼びさまされる矛盾が露呈される。心労から「悩み」を患い、引き付けを起こして興奮し、極限状態に追い詰められるものの、そこから出家の道を切り開いていくことになるのである。「なやみ」によって追い詰められ、また反対に、「なやみ」によって自己犠牲という選択が決断として導かれる、屈折した論理にあえて注意したい。

四　臨終と「なやみ」――藤壺の死闘――

しかし、この選択が決して藤壺を真に解放するものではなかったことが、彼女のさらなる衰弱を語ることで明らかにされる。源氏が栄華を築いた後も、藤壺の病は依然として潜伏し続けている。

いとあつしくのみおはしませば、参りなどしたまひても、心やすくさぶらひたまふことも難きを、すこし大人びて、添ひさぶらはむ御後見は、必ずあるべきことなりけり。（澪標(2)・三一一～二）

光源氏の栄華に巻全体がつつまれたかに見える澪標が、「いとあつし」とされる藤壺の側の暗い叙述で終わっていることに注意されよう。これは、いわば光源氏の栄華の代償として、藤壺の衰弱が語られていることを意味している。藤壺は光源氏の栄光の犠牲であり、彼女の生命と引き替えに光源氏の王権が築かれていたことに気づくのである。

①入道后の宮、春のはじめより悩みわたらせたまひて、三月には、いと重くならせたまひぬれば、行幸などあり。（薄雲(2)・四三三）

②宮いと苦しうて、はかばかしうものも聞こえさせたまはず。御心の中に思しつづくるに、高き宿世、世の栄えも並ぶ人なく、心の中に飽かず思ふことも人にまさりける身、と思し知らる。（薄雲(2)・四三五）

①②はともに藤壺の生命を蝕む死の病を示している。[13]①に「悩みわたらせ」とあり、病気の継続した状態から、その深刻さが認識される。②を見ると、藤壺は「はかばかしうものもきこえ」られないほど「苦し」い状態にまで進行し、悪化していたことがわかる。ここには言葉を発する力を病によって奪われてしまった藤壺の死期せまった

姿を映し出しているといえよう。ものが言えないということが、病の重さを意味している。

しかし、「おぼしつづくるに、高き宿世、世の栄えも並ぶ人なく、心の中に飽かず思ふことも人にまさりける身、とおぼし知らる」には、「思しつづくるに」「思し知らる」のたたみかけが注目され、思うことに対する強烈な執着がみとめられよう。また、「御心の中」「心の中」という繰り返しは、藤壺の心の問題の重要性を雄弁に呈示している。つまり、彼女は、生命を剥奪されかけながらも、せめてものを思おうと努力することでもって、病魔に逆らおうとするのであり、たとえ言葉を発する力は失っても、藤壺はものを思う力は、意識する力は失なうまいとして死ぬことと格闘するのであった。「御心の中に思しつづくるに…」と続く文の運びは、あたかも「はかばかしうものも言えないことへはむかうかのような展開といえよう。彼女は言う力を奪われる代わりに、思うこと、意識することに強烈なこだわりと執念を見せていくのである。

「御心の中に思しつづくるに…」以下の藤壺の自己内省は、死に追い込まれながらも、渾身の力をふりしぼって生み出された心内語であった。彼女は、言葉が言葉として表出されない、はっきりした声にできないもどかしさを越えて、意識の内側で言葉を紡ごうとしていく。声として聞こえる言葉をかりに外側の言葉とすれば、彼女は反対に、内なる言葉を生み出していこうとして苦闘する。声にならない声、と言うべきものが彼女の中をかけめぐるのである。

このように死際の藤壺は、死ぬことと向き合いつつ、しかし、生きることへの飽くなき執念と妄執が反対に露呈されている。というよりも、最後の告白の場として、藤壺を死に追いやる病は、叙述の中に用意されているといえようか。場面としての「病」が、藤壺という女性の社会性を捨象し、個的な問題をありありと浮上させ、個としての「我」に立ち戻らせるのである。

生命を剥奪されつつある中で、最終的に彼女の心をとらえたことは、罪を隠し通した成功感ではなく、それを礎に苦心して築いたはずの栄華でもなく、また、国母、女院としての権力でも誇り高さでもなく、女性としての情念であったと語られる[14]。それは、光源氏に惹かれながらもそれを否定しつづけた苦しい自己抑制のために生涯満たされることのなかったことへの内省であった。そのような潜在する熱情を、自然と悟るに至ったとする展開は、非常に問題があるといわねばなるまい。生命を病に蹂躙される中で、女院としての威厳を捨て、出家の身である立場も忘れて、ただ女性としての「身」を追求する姿は、明らかにそれまでの彼女には決して見られなかったことであり、そうした欲望を思い返すことが、生命をむしばむ病に対する、捨身の闘いを意味するのである。彼女はものを言う力を奪われているものの、反対に、強靭な精神力でもって、内面と向き合うことを志向する。その結果、ふだんはずっと押し隠してきた潜在願望を、つまり、かけがえのない光源氏との関わりを、おのずと自覚するに至るのであった。

死の淵に立たされ、もがきつつも、抗いを見せる藤壺の姿は、実は物語冒頭の桐壺更衣の描写の反復であり、ずらしであった。

まみなどもいとたゆげにて、いとどなよなよと、われかの気色にて臥したれば、いかさまにと思しめしまどはる。…女もいといみじと見たてまつりて、

「かぎりとて別るる道の悲しきにいかまほしきは命なりけり

いとかく思ひたまへましかば」と息も絶えつつ、聞こえまほしげなることはありげなれど、いと苦しげにたゆげなれば、（桐壺(1)・九八〜九）

傍線部「たゆげ」「きこえまほしげ」「いと苦しげにたゆげ」と、更衣の衰弱は、彼女を見る帝のまなざしによっ

て描かれ、しかしそのためにその内面は掬い上げられないまま終わっていった。

藤壺の死の病は、それを受けつつも、その意思表示の仕方において展開がずらされていく。外側からの藤壺へのまなざしを描く一方で、藤壺自身の自我をも描き入れていくのである。更衣は「聞こえまほしげなることはありげ」とされながら、とうとうそれを言わずに死んでいったが、藤壺はやはり苦しみながらも、渾身の力で光源氏との対話を求め、内面を表出していくのである。

院の御遺言にかなひて、内裏の御後見仕うまつりたまふこと、年ごろ思ひ知りはべること多かれど、何につけてかはその心寄せことなるさまをも漏らしきこえむとのみ、のどかに思ひはべりけるを、いまなむあはれに口惜しく」とほのかに思ひのたまはするも、（薄雲(2)・四三六〜七）

こうした重大な告白は、生命をあやぶまれる段階においてはじめて可能となっていることは見逃せまい。「思し知らる」で導き出された、「心に飽かず思ふこと」を、今度は光源氏に向かって、あえて声に出そうと苦心するのである。「何につけてかはその心寄せことなるさまをも漏らしきこえむ」は、こうした病苦とのすさまじい死闘の果てに、獲得された力によって可能となった発言であったといえよう。そしてこの臨終の言葉は、突発的になされた発言ではなく、「心の中に飽かず思ふことも人にまさりける身と思し知らる」という、身体的受苦と精神の内なる葛藤の末にたどりついた、めざめと気づきから連結しているのであり、病の床で培われた、対話する意思によってもたらされたものだったと考えたい。

病苦とのせめぎあいの中で、「心の中に飽かず思ふことも人にまさりける身」と、個的な自己を見つめ、人生を結論づけた、あの死の間際まで女性として光源氏に固執しつづけた激しい情念は、追悼の中では全く問題にされない。世の人がとらえる藤壺は、彼女自身が「高き宿世、世の栄えも並ぶ人なく」と振り返っていたように、天皇の四の宮に生まれ、中宮となり、ついには国母・女院にまで上りつめたという、崇高な栄誉の具現者であった。

ところが実際、死に立ち向かう藤壺自身は、そのような重荷のような栄誉を振り捨て、そうした社会的安泰を獲得するためのおびただしい犠牲に気づき、女性として何ら満たされることがなかった人生にひそかに執着していたのである。病が、消え去ったはずの、なくなったと思ったはずの、藤壺の情念のくすぶりを蘇らせ、光源氏との対話の意思へつなげていく力を生み出していく役割を果たしている。言うなれば、物語は、女君が自分を把握するかたちの一つに「病」があることを、語りの中で呈示しているのである。

結び　―「罪」「宿世」の超克―

以上のようにして、藤壺の自我を表すことばとして「なやみ」を考え、それが、藤壺像の本質に、深く関与していることを指摘した。藤壺には、精神的憂苦の発露としての「なやみ」がさまざまな形で張り巡らされている。それは、「心うし」「思し嘆く」「思し知らる」などとの組みあわせによって、明らかにされた。何度も繰り返される藤壺の「なやみ」描写は、病名や症状が問題にされることはなく、精神の衰弱そのものを端的に具現しており、感情がそのまま肉体に浮上するよりほかはなかった藤壺の、苦しい身体性を如実に表しているといえよう。女性の生理と精神の苦痛が密接に結びついて叙述の上に表れ、出産の身体の重苦しさをも言い表す藤壺の「なやみ」は、あたかも、もっぱら光源氏の理想の女性として機能することが多かった藤壺の、閉ざされた内面を代弁するかのようである。鬱積した感情の身体化されたかたちが、「なやみ」であった。また、こうした彼女の鬱然とした心境は、一貫して他人への意識に連動していることも重視された。それは、死の間際まで貫かれていたのであった。

しかし、既に述べたように、「なやみ」を否定的ばかりにとらえることもできまい。藤壺の身体的受苦には常に二重性が内在するのであり、肉体の異変が何度も起き上がるからこそ、そのたびに、語りの中で抹殺され、麻痺されていた藤壺の自我は覚醒され、決断の実行につなげられいく。「身体」の問題に遭遇したところに、藤壺の個我は立ち現れるのである。女君を精神的に追いつめるのは「病」であるが、内省する力を養うのもまた「病」であった。この論理は、紫の上、女三宮、大君においても応用され、形を変えて発展していくものと見える。[15]

これまで見たように、藤壺の感情面を浮き彫りにする「なやみ」に対して彼女は挑み、病による受苦と意識とが衝突し、相克することもまた見逃すことができない。藤壺の中の意志と感情のせめぎあいは、「病」という磁場において展開されている。皇子出産でいえば「命長くも」と心を滅入らせながら、「思し強る」ような精神力を反対に生み出すのであった。また、死の病に抵抗して、「心に飽かず思ふこと」、満たされなかった情念を思う。「なやみ」は、単にそれが、抑圧された自我の身体化であるだけでなく、病苦を意思で弾き返し、退けようとする強靭な力を、逆に生産する自己運動として展開され、機能しているのである。

繰り返される「なやみ」の中で、藤壺は「罪」と「宿世」を捉え返し、超克していると思われる。[16]

①あさましき御宿世のほど心うし。（若紫(1)・三〇七）
②いと心うく、宿世のほど思し知られて、いみじと思したり。（賢木(2)・一〇三）
③われにその罪を軽めてゆるしたまへ（賢木(2)・一三〇）
④御宿世のほどを思すには、いかが浅くおぼされけん。（須磨(2)・一八三）
⑤高き宿世、世の栄えも並ぶ人なく、心の中に飽かず思ふことも人にまさりける身、と思し知らる。（薄雲(2)・四三五）

③までは否定的に把握する姿勢が目立つが、④「御宿世のほどを思すには、いかが浅く思されけん」では、自分の運命をかけがえのないものとして認識されていくように思われる。⑤では「高き宿世」となり、それまでの把握が覆されている。意味の把握の変革を繰り返すことで「宿世」に抗い、「罪」を捉え返していく姿が認められよう。「なやみ」に対する内なる格闘が、運命観の変容すら呼び込んでいくともいえるのであり、物語は、藤壺という一女性を通して、自分自身を照らし出す装置としての「身体」を、その病理の中で具現するのである。

[註]

（1）藤壺の人物論の研究史は、個人の内面を探る立場から出発した。清水好子『源氏の女君』（塙書房一九六七）、森一郎「藤壺宮の実像」（『源氏物語作中人物論』笠間書院一九七九）、阿部秋生「藤壺宮と光源氏」（『文学』一九八九・八〜九）鈴木日出男『源氏物語の文章表現』（小学館一九九七）は、いずれも、具体的な像が示されない藤壺の心情や意思のありようを探ることに力点を置く。しかしその後、藤壺の個性についての言及への批判が生じ、彼女の物語における機能を追求する姿勢へと関心が移行した。大朝雄二「藤壺」（『源氏物語講座三』一九七二）、三谷邦明「藤壺事件の表現構造」（『物語文学の方法』有精堂一九八九）は、もはや藤壺個人の問題にはふれず、作品の中で果たす役割、すなわち藤壺という記号がもたらす社会的な波紋を明確化する。本論は、人格をもった個的な存在としてとらえる立場と、作品の中における記号性を問う立場の両方を視野に入れつつ、個的な側面と社会性を合わせもつ存在として藤壺をとらえたい。人物の「身体」が表す「なやみ」の意味性を考えることで、個人と社会の力学が際立ち、完全な個人ではなく、また完全な記号でもない曖昧なその存在性が浮上されるように思われるのである。本論は藤壺論の中で「身体」を考えていくことになるが、藤壺の自己表現のしくみとしての身体のかたち＝「なやみ」を構造分析することで、新たな人物論の可能性を呈示していきたい。

（2）源氏物語における「病」の問題を取り上げた論考には、島内景二「源氏物語における病とその機能」（『むらさき』一八、一九八一・七）、飯沼清子「源氏物語における〈病〉描写の意味」（『国学院雑誌』一九八二・二）、神尾暢子「源氏物語の疾病規定」(『王朝文学の表現形成』新典社一九九五)があり、物語における病が、その内的要因すら規定し、人物の心境をも意味づける特性を持つものであることが既に論証されている。また、人物の病身からその内面を考える発想は、松井健児「柏木の受苦と身体」(『源氏研究2』翰林書房一九九七)参照。本論では、こうした従来の指摘をふまえながら、「なやみ」と表される病と人物の出合いの中で開示される問題を析出したいと考えている。

(3) 三田村雅子『源氏物語　物語空間を読む』(ちくま新書一九九七)

(4) 「あながちにとどめまほしき御命とも思されぬ」(御法(4)・四七九)、「何ごとにつけても心細くのみ思し知る」(四八三)、「さかしげに、亡からむ後などのたまひ出づることもなし」(四八七)。

(5) M・メルロ＝ポンティ「絡み合い　キアスム」(中山元訳『メルロ＝ポンティ・コレクション』ちくま学芸文庫一九九九)は、ひとつの存在が、見られる客体であると同時に見る主体でもあるという「身体」の二重性を導いた点で本論の趣旨と交錯する。また、石阪「照らし返される藤壺」(『日本文学』一九九九・九)では、光源氏のまなざしによって捉え返される反照としての藤壺像を論じた。合わせて参照されたい。

(6) 懐妊や出産の時間をめぐる論考に、大森純子「源氏物語・孕みの時間」(『日本文学』一九九五・五)、小嶋菜温子「光源氏と明石姫君」(『国文学』一九九九・四)がある。産後にあるはずの産養の問題に力点を置く小嶋論文、懐妊の言説の曖昧さに注目し、浮舟の懐妊の可能性を見る大森論文に対し、本論では懐妊が「なやみ」でとらえられることの意味を問題化する。

(7) 井上眞弓「性と家族、家族を越えて」(『岩波講座日本文学史』3、一九九六)は懐妊する身体が美的にとらえられる点について論及するが、本論は外側からどう見えるかではなく、受胎と内面の連動性を重視する。

(8) 同様の状況で里下がりした女君に朧月夜がいる。「そのころ尚侍の君まかでたまへり。瘧病に久しう悩みたまひて、まじなひなども心やすくせんとてなりけり」(賢木(2)・一三五)。しかし、後に「修法などはじめておこたりたまひぬれば」と続くように、「瘧病」と名付けられた朧月夜の「なやみ」は即座に治癒され、一回性の病であることがわかる。これに対して、病名すら判然としない藤壺の「なやみ」は、慢性的であり、それだけにそれが深刻な苦悩に根差していることに気づくのである。

(9) S・ソンタグ『隠喩としての病い　エイズとその隠喩』(みすず書房一九九二)は、病の実態よりもそれが与える特定の印象が人々に先行するメカニズムを分析し、現代における病の記号性を問い直す。ソンタグは、結核や癌、エイズといった「病名」のもつ象徴的な意味性に関心を寄せるが、源氏物語には、この藤壺の「なやみ」のように、具体性に欠け、一定の現象をもたず、名前すらない、原因もわからない不透明な病がしばしば描かれ、名づけるところからはみ出たところに現象化される病を問題化する必要性を思う。まして、つわりは病でさえない。外的な意味での病があって気分が生じるのではなく、気持が反対に「病」なるものを引き出していく曖昧さにこそ「なやみ」の本質が見出せるのであり、医学的に整理しきれない「病」なるものが人物の中で占める重さを源氏物語は全編を通して問いかけているともいえるのである。

(10) 産婦の状態を「なやみ」で表すことじたいは一般的である。例えば藤壺の同じように皇子を出産した明石の女御には「あやしく御気色かはりて悩みたまふに」「いたく悩みたまふこともなくて、男御子にさへおはすれば」とあり、また、『紫式部日記』の中宮彰子「なやましうおはしますべかめるを」、彰子の方は忖度としての「なやまし」である。但し、明石の女御や彰子の「なやみ」が一回的な生理現象として処理され、苦痛そのもの以上に、結果としての安産と男子誕生のめでたさに収斂されていくのに対し、藤壺や女三宮のそれは、執拗に「なやみ」が繰り返し展開され、産出に向かおうとする身体と、生みたくないという潜在的な心理状態の葛藤を認めることができるのである。

(11) 「源氏物語の疾病規定」(『王朝文学の表現形成』新典社一九九五)。

(12) 薫香の効果については尾崎左永子『源氏の薫り』(求龍堂一九八七)、三田村雅子「方法としての〈香〉」(『源氏物語　感覚の論理』有精堂一九九六)を参照。

(13) 藤壺の死の場面には、既に、森一郎「藤壺宮の造型(下)」(『王朝文学研究誌』第八号一九九七・三)に指摘があり、藤壺が光源氏への愛情を思いながら死に臨む様子を論証している。森氏の意見を支持しつつ、本論は、そうした藤壺の心境を、病との対応性の中から導き、意味づけた。

(14) 「飽かず思ふこと」は、光源氏との関係に対する感慨ととらえた。また、阿部秋生「六条院の述懐」(『人文科学研究科紀要』一九六三、六九、七二）では述懐を通して自己把握する姿勢が光源氏、藤壺、紫の上に共通することを指摘する。病苦の中で光源氏への執着に気づく点に藤壺の特異性があるといえよう。宗教を志し、諦観でもって人生をとらえ返す光源氏や紫の上に対し、藤壺は自我への固執をその生の終わりに見せる。このことは、やはり病床で薫への愛情を認める宇治十帖の大君の姿勢とも通底し、その意味で大君は藤壺の延長上にあるともいえよう。

(15) 病苦の中で対話する意思を奮い起こす女君の造型は、大君が継承している。「心地にはおぼえながら、もの言ふがいと苦しくてなん」（総角⑸・三〇八）。また、先にも述べたように、紫の上は藤壺とは異なり、「病」を自認し、その身に引き受けたところにその特異性が切り開かれ、発揮される。「病」を生きる人と、弾き返す人のどちらもが存在している。

(16) 「罪」や「宿世」の問題はさらに深く考察されるべきだが、藤壺だけでなく源氏物語全体の問題であるため、ここでは整理できない。機会を改めて考えたい。

Ⅱ

宇治十帖における思惟と身体

第一章　「なやみ」とぶらふ薫

はじめに

　源氏物語の宇治十帖は、病を表す表現が多く、登場人物のほとんどが「なやみ」を体験していることがわかる。(1) 彼らの「なやみ」は、それぞれ別々に発生しているのであるが、全体として眺めてみた時、相互的に関与しているようにも見える。本章以降では、そのような、宇治十帖の人々の「なやみ」に注目し、それを思惟の問題と関係づけながら論じていくことで、身体と思惟の意味構造を明らかにしてきたい。(2)

　本論では、宇治十帖の「なやみ」を男性と女性に分けて考えつつ、その関係性を探っていきたいと思う。女性の「なやみ」については、次章以降で触れていく。本章では、主として、男性の「なやみ」を中心に取り上げていくこととする。

　宇治十帖では、男性の「なやみ」の用例は、女性と比べて少ない。「なやみ」描写が明瞭に描かれる男性は、椎本巻で発病して死去する八の宮と、そして、匂宮である。

その中にあって、薫の「なやみ」との関わり方は、非常に特異的なものとなっている。彼自身が「なや」む場面はほとんど見られない。それよりも、他者の「なやみ」を見舞う＝とぶらふ役割の方に際立った特徴を見ることができる。薫が他者の「なやみ」に立ち会い続けるのに対し、匂宮は、「なやみ」を繰り返す。宇治十帖において、薫が匂宮に「とぶらひ」をする場面はしばしば見られるが、薫と匂宮の対照性は、こうした身体への関わり方においても見ることができるのである。

宇治十帖の薫が匂宮を見舞うという構図は、物語正篇の光源氏と頭中将、夕霧と柏木が想起され、彼らの延長上に位置づけることができる(3)。正篇より培われてきた、「見る／見られる」の関係が病と結び合わせながら語られているところに、宇治十帖に特有の問題意識があるといえよう。

こうした、当事者と視点人物とに役割を分けながら語り進められてきたホモソーシャルの構造が、宇治十帖ではどのように引き継がれ、脱構築されているのだろうか。薫の「とぶらふ」行動に注目しながら、宇治十帖における人物の関係構造を、「見舞う／見舞われる」という、病という現場を基盤とすることであらためて考え直してみたい。

一　御帳の中の匂宮

所につけて（宇治の山里の趣向に合わせて）、御しつらひなどをかしうしなして、碁・双六・弾棊の盤どもなどとり出でて、心々にすさび暮らしたまひつ。宮は、ならひたまはぬ御歩きに悩ましく思されて、ここにやすらはむの御心も深ければ、うち休みたまひて、夕つ方ぞ御琴など召して遊びたまふ。（椎本(5)・一六二）

匂宮の「なやみ」は、宇治十帖の序盤から早くも指摘することができる。慣れない旅に「悩ましく」感じる匂宮は、制約の多い都の生活を離れて別世界に来た興奮と、姫君姉妹への関心に心身ともに刺激されている[4]。薫には匂宮のような、遠出をして「なやみ」を感じるという記述はない。宇治を舞台に移しつつある物語の中で「なやみ」を背負うのは薫ではなく、匂宮であることがここではかすかではあるが、象徴的に先取られている。

このような身体における感受性の強さは、匂宮特有のものとして今後も位置づけることができる。しかも、ここに描かれるのは、「なやまし」（苦しい感じがする）という、より個人の感覚に根差した表現になっている。行動したことによる反動が、直ちに身体化されるような、匂宮の並外れた想像力をここでは確認する必要がある。

> （匂宮は）帳の内に入りたまひぬれば、若君は、若き人、乳母などもてあそびきこゆ。人々参り集まれど、悩ましとて、大殿籠り暮らしつ。…宮（匂宮）、日たけて起きたまひて、（匂宮）「后の宮（明石の中宮）、例の、悩ましくしたまへば、（お見舞いに）参るべし」とて、御装束などしたまひておはす。（東屋(6)・三八）

匂宮が「なやみ」を感じるのは、都を離れ、遠出したときばかりではない。気分が悪いといって「帳の内」に入ったきり外に出ようとせず、「大殿籠り暮らし」て、翌日昼過ぎまで起きない彼は、「なやみ」を日常生活の中でも手放さない。この、匂宮の、異常な「大殿籠り」の長さの記述は、彼の生活に対するだらしない一面を印象づける。そして、彼が「籠る」場として「帳」という空間が改めて注目されてくるのである。

文脈に即して考えれば、この「悩まし」は仮病であろう。そして、彼はおそらく中の君と「帳の内」に昼ごろまでいたのであろう。しかし、匂宮の「なやみ」は、そうした、文脈上の解釈を越えて、日常的であるといえるのである。

ここで突然明石中宮の病気の見舞いが告げられ、それが匂宮を外界に出させる契機となっている[5]。匂宮の「悩まし」と母明石の中宮の「悩ましく」が奇妙なかたちで叙述の上で交錯している。既に宿木巻から点描されている明石の中宮の「なやみ」も詳しい描写はなく、すぐに回復しているようである（五三頁「后の宮は、ことごとしき御悩みにもあらで、おこたりたまひにければ」）。この母子は、不思議な「なやみ」構造を見せながら、それぞれ「なやみ」で自己主張をしているのである。

◇若君をえ見棄てたまはで遊びおはす。（東屋⑹・三八）

◇若君の這ひ出でて、御簾のつまよりのぞきたまへるをうち見たまひて、たち返り寄りおはしたり。（東屋⑹・三九）

◇明くるも知らず大殿籠りたるに、…若君も寝たまへりければ、そなたにこれかれあるほどに、宮はたたずみ歩きたまひて、西の方に例ならぬ童の見えけるを、今参りたるかなど思してさしのぞきたまふ。（東屋⑹・五三）

匂宮の「大殿籠り」の異様性は、若君の動きを挟みながら描かれている。この若宮を匂宮が非常に溺愛する様子はたびたび繰り返されているが、それは、さしてわが子に愛情をもたないように見える中の君とは対照的である。しかし、溺愛する匂宮もまた、父として若君と向き合っているとはいいがたい。匂宮が息子と接触する姿は、決して父性愛の現れというよりは、子どもが子どもに対する態度と同種のものである様子が、「遊ぶ」という表現や、「若君も寝」るという描写から印象づけられる。ここでもやはり匂宮は中の君と共に遅くまで休んでいると思われるが、[6]こうした匂宮の性欲とないまぜになった睡眠欲は、その若君の動きとともに、幼児性を帯びたものとして理解することができる。そして、彼が遅くまで屋敷で寝ていたことが、「童」の発見につながり、浮舟との出会いの引き金となっていくのである。

匂宮の「寝る」ことへの異常な願望は、浮舟物語の前奏となっている。「なやみ」を、日常的な生活手段として半ば利用しながら過ごす匂宮は、浮舟との密通を機に深刻化していく。

いとよく似たるを思ひ出でたまふも胸ふたがれば、いたくもの思したるさまにて、（匂宮は）御帳に入りて、大殿籠る。女君（中の君）をも（御帳台の中に）ゐて入りきこえたまひて、「心地こそいとあしけれ。いかならむとするにか、と心細くなむある。まろは、いみじくあはれと見おいたてまつるとも、御ありさまはいととく変りなむかし。人の本意は必ずかなふなれば」とのたまふ。（浮舟⑹・一二九）

「御帳」の中で中の君を引き入れながら「心地こそいとあしけれ」と弁明する匂宮は、妻を裏切って浮舟と密通したことによるうしろめたさを、全て「なやみ」に押し着せようとしている。そして、自分の死をほのめかし、薫との結婚をあてこすることで、浮舟と密かに関係したことを触れないようにしている。妻よりも新しい女に心を奪われている匂宮は、妻を浮舟見て、浮舟を「思ひ出」し、「胸ふたが」り、「いたくもの思」うのだが、次の瞬間、「御帳に入りて、大殿籠る」という展開となり、「思ひ」への言及は、そこで中断されてしまう。

その少し前の記述に「心やすき方に大殿籠りぬるに、ねられたまはず、いとさびしきにもの思ひまされば、心弱く対に渡りたまひぬ」（一二八）とあった。「ねられ」ないことに苛立つ匂宮に、「大殿籠る」ことへの強い執着を意味づけることができる。思い詰める前に「大殿籠」ろうとするのは、あたかも考えることを拒否するかのようである。思惟の領域さえ全て身体の中で感受されたものが、匂宮の「なやみ」として語られてくるのである。こうした匂宮の感受の在り方は、物語が進むにつれて、さらに過剰なかたちで確認することができる。

①内裏より大宮の御文あるに、驚きたまひて、なほ心とけぬ御気色にて、あなたに渡りたまひぬ。「昨日のおぼつかなさを。悩ましく思されたなる、よろしくは参りたまへ。久しうもなりにけるを」などやうに聞こえたまへれば、騒がれたてまつらむも苦しけれど、まことに御心地もたがひたるやうにて、その日は参りたまはず。上

達部などあまた参りたまへれど、御簾の内にて暮らしたまふ。

夕つ方、右大将参りたまへり。「こなたにを」とて、うちとけながら対面したまへり。「悩ましげにおはします、とはべりつれば、宮（中宮）にもいとおぼつかなく思しめしてなむ。いかやうなる御悩みにか」と聞こえたまふ。（浮舟⑹・一三一）

②かやうの帰さは、なほ二条にぞおはします。いと悩ましうしたまひて、物などたえてきこしめさず、日を経て青み痩せたまひ、御気色も変るを、内裏にもいづくにも思ほし嘆くに、いとどもの騒がしくて、御文だにこまかには書きたまはず。（浮舟⑹・一四八）

③宮、例ならず悩ましげにおはすとて、宮たちもみな参りたまへり。上達部など多く参り集ひて騒がしけれど、ことなることもおはしまさず。（浮舟⑹・一六三）

浮舟物語において、匂宮が「なやみ」のため「御簾の内」に引きこもり、周囲が「とぶらひ」に大騒ぎするという様子を語る叙述は、しばしば繰り返される。①明石の中宮・上達部②今上帝、③親王、上達部がそれぞれ匂宮の「なやみ」を聞き、見舞いを送ったり、駆けつけたりしている。匂宮の「なやみ」は、周囲の注目と心配を集めながらも、彼を自閉の場としての「御簾の内」に引きこもらせる。もはや中の君さえ疎外して、匂宮は、一人だけでいられる場所にしがみつかずにはいられないのである。「悩まし」くなればなるほど、周囲の注目は過熱化していく様子が、②に示される。そのような自閉への欲望が「なやみ」として処理され、人々の視線を引き付けていくのであり、一人になりたい一方で、他者の思いやりを無意識に求める皮肉な「なやみ」構造がそこには展開されている。

注目されるのは、①〜③に呈示される匂宮の「なやみ」が全て「悩まし」とあり、あくまで匂宮の感触として語られていることである。③「ことなることおはしまさず」は、実際上はさしたる病ではないことを明らかにする叙述である。中の君を裏切り、薫を裏切った上に成立した浮舟との恋が、匂宮には全て「悩まし」で処理されていく。②③は、匂宮が宇治川の対岸の隠れ家における二度目の密会をした後の叙述となっており、深刻化された状況として、彼の拒食と面瘦せ、そして「御気色」の異常が強調されている。

このとき、宇治では浮舟も同じ状況の中にいた。

◇悩ましげにせさせたまふ　（浮舟(6)・一五六）

◇悩ましげにて瘦せたまへるを、　（浮舟(6)・一六〇）

「悩ましげ」とされる語り方は、周囲にそう見える状態としての、他者の主観に即した「なやみ」となっている。匂宮と浮舟がどちらも面瘦せし、「悩まし」くしている様子を語ることで、彼らが共振する様子が強調されていくように見える。

しかし、その実匂宮の病は、多くの見舞い客を集める反面、曖昧であり、不確かなものであった。外側には派手にはなばなしく苦しさが伝えられ、周囲もそれに反応していく。また、曖昧な感覚でしかなかった苦しさが、状況が深刻化するにつれて、次第に本格化し、「なやみ」が実体を伴う物になっていくようにも思われる。けれども、追い詰められた状況が身体化されるという展開は、真剣な恋の苦しみの結果であり、悲劇的な男君の造形を踏襲しているようでありながら、複雑な人間関係を自ら招いたゆえの面倒な処理は、全て従者の時方にまかせて自身は京から動かないという、甚だ無責任な状況を露呈する。

密通に苦しみ、光源氏に憎まれた衝撃から立ち直れずに発病した柏木は、恋の形も、人々の嘆きを呼ぶ点でも、浮舟物語における匂宮と共通するが、柏木物語の病が女三の宮に出家をもたらし、柏木に「みづからながら知らぬ命」と、臨終の予感のうちに死を与えるという破滅的な結末を方向づけていくのに対し、匂宮の「なやみ」は、世間からは病であると解釈され、自身は恋の病であると思っているが、恋死とは無縁である。(7) 事件が生じるたびに繰り返し発生される匂宮の「なやみ」は、一回限りの柏木の病とは異なり、より日常的であり、習い性のものとして生につなげられていくのであり、彼の本質と深く関わるのである。

宮の御とぶらひに、日々に、参りたまはぬ人なく、世の騒ぎとなれるころ、ことごとしき際ならぬ思ひに籠りゐて、（匂宮の見舞いに）参らざらんもひがみたるべしと思して、（匂宮の居所に）参りたまふ。…

人々まかでてしめやかなる夕暮れなり。宮、臥し沈みてのみはあらぬ御心地なれば、うとき人にこそあひたまはね、御簾の内にも例入りたまふ人（薫）には、対面したまはずもあらず。見えたまはむもあいなくつつまし、見たまふにつけても、いとど涙のまづせきがたさを思せど、思ひしづめて、「おどろおどろしき心地にもはべらぬを、皆人はつつしむべき病のさまなりとのみものすれば、内裏にも宮にも思し騒ぐがいと苦しく。げに世の中の常なきをも、心細く思ひはべる」

（蜻蛉⑹・二〇七～八）

浮舟の失踪後、再び「御簾の内」に引き籠もる匂宮を「とぶらふ」薫は、柏木物語における臨終の柏木と夕霧を彷彿とさせるものであるが、最後に「出でさせたまひね」（柏木⑷・三〇八）と夕霧を退け、独りで死と向き合おうとした柏木に対し、匂宮は、薫だけは中に入れ、悲しみの共有を薫に求める。柏木の子である薫が、父とは逆の立場に転換している興味深い場面となっている。夕霧が柏木と女三の宮の密通の外に存在していたのに対し、同じ女性を愛し、同じ傷心を抱えながら、なおかつ役割が病者と視点人物に分かれるところに、第二部の方法の反措定と再編成が読み取れる。(8)「ことごとしき際ならぬ思ひに籠りゐて、（匂宮の見舞いに）参らざらんもひがみたるべし」とあるのは、世間体を気にする薫の様子を表している。匂宮はかけがえのない人として薫を迎えるのに対し、薫はあくまで「とぶらひ」を儀礼的なものと考えている。

ここで注意されるのは、「臥し沈みてのみはあらぬ御心地なれば」「おどろおどろしき心地にもはべらぬを、皆人はつつしむべき病のさまなりとのみものすれば」というように、匂宮の中で自分の「なやみ」の実体をつかみきれていない一方で、「世の騒ぎ」がますます白熱していくのをどうすることもできないでいる状況が自覚されているところである。自分を「悩まし」と規定しつづけ、「なやみ」の中で自分を確かめようとしてきた匂宮は、同じ女を奪い合いながら、「なやみ」を見せず、律義に自分を見舞いに来る薫を見て、そうした今までの一方的な身体に対する意味づけを信じきれなくなっていく。薫に対するいささか弁解がましい自分の「なやみ」への言及も、薫に対する自信喪失というよりも、「なやみ」を演じることの幼さと無効性が次第に彼の中で自覚されていくことのあらわれといえるのであり、あらゆる困難を「なやみ」で感受する匂宮の在り方は、「なやみ」を拒否する薫によって再考を迫られているのである。

匂宮の「なやみ」は、たびたび繰り返されており、苦悩や悲しみがそのまま身体化されていくという性格づけがなされている。しかし、すべてを「悩まし」という身体的な感受につなげられていくことが、正篇の恋死のような展開を見せず、安易な逃避手段として最終的には意味づけられていくところに、匂宮における身体の本質的な問題が露呈する。彼は思惟を拒否し、身体に逃げ、困難に当たると、「大殿籠」る。思惟で処理される問題も全て身体で感受することで直面を避けていく。その意味で、彼がたびたび籠もる「御簾の内」は、外界からの刺激を排除する自閉の母胎として機能している。こうした身体の在り方は、想念の世界のみで生きようと志す大君や薫らと対照的であるといえよう。

匂宮の「なやみ」は、当初は仮病のような印象で語られていたが、それを続けていくうちに、実質化されていくような錯覚を与えていく。当事者はそれを恋による病と理解し、そのようにして自己増殖された「なやみ」の母胎の中に逃げていくのであるが、薫の介入によって、そのような「なやみ」に溺れるような身体の在り方に、匂宮自身が違和感を抱きかけたところで終了している。そうした意味においても、薫の存在は匂宮にとってかけがえのない人物と認識されていく。薫を受け入れ、「なやみ」幻想に気づきかけたとき、初めて匂宮は生に直面する勇気と自信をもちはじめるのである。

二　薫をめぐる思惟と身体①—大君・中の君—

先述したように、薫の身体が「なやみ」に苦しむ場面はほとんどない。(9) 薫は匂宮、大君、中の君、明石の中宮、女三の宮をそれぞれに見舞い・あるいは看病を繰り返す。「とぶらひ」は、薫における重要な表現として認識することができる。(10)

「なやみ」を繰り返す人物における、現実の苦しさや困難による心労が、身体化されていくという物語の展開は、苦しみを身体で感受するという意味では、悲劇的な役割を付与されているようにも見えるが、一方では、それは、当人たちが意識するとしないとに関わらず、身体に妥協し、同調する面も持ち合わせており、非常に楽な逃避手段でもあった。寝たり臥したりすることによって、頭や心で考えたり思い詰めたりする必要がなくなるからである。前節で、「なやみ」を繰り返す匂宮が、逆にその安易性を露呈させていく過程を確認しているが、正篇の柏木や紫の上、女三宮たちを通して築き上げられた病の論理と似て非なる構造が新たに作り直されている。宇治十帖では、人物が「なやむ」ことの意味もまた反措定されているのである。

そうした中において、「なやみ」から疎外され、また「なやみ」を肯んじえない薫の、身体への関わり方は、彼の孤立した像を浮き彫りにする。[11]

他者の病を見舞うという意味で、薫の視点人物としての役割は、特異的である。病という、相手が体を動かすことができない所へやって来て、様子を伺うことを習い性とする薫には、相手の最も弱い部分に立ち会うことで、同じ場面を共有しようとする願望が濃厚にある。薫はそのような形で、他者に対する思いやりの具現化を試みる。「なやみ」に苦しむ相手と、「とぶらひ」によってそれを理解し支えるという役どころを彼は生きようとしているのである。

①（匂宮を）待ちきこえたまふ所（宇治）は、絶え間遠き心地して、なほかくなめり、と心細くながめたまふに、中納言おはしたり。（大君が）悩ましげにしたまふ、と聞きて、御とぶらひなりけり。いと心地まどふばかりの御悩みにもあらねど、ことつけて、対面したまはず。（薫）「おどろきながら、遥けきほどを参り来つるを。なほかの悩みたまふらむ御あたり（大君の所）近く」と、切におぼつかながりきこえたまへば、うちとけて住まひたまへる方の御簾の前に（薫を）入れたてまつる。いとかたはらいたきわざと（大君は）苦しがりたまへど、けにくくはあらで、御ぐしもたげ、御いらへなどきこえたまふ。（総角(5)・二九六）

②山里には、いかにいかに、ととぶらひきこえたまふ。この月となりては、すこしよろしくおはす、と聞きたまひけるに、公私もの騒がしきころにて、五六日人（お使者）も（宇治に）奉れたまはぬに、いかならむ、とうちおどろかれたまひて、わりなき事のしげさをうち棄てて、参でたまふ。（総角(5)・三〇五）

薫は大君の病を知り、必死で看護を申し出る。従来「まめ」といわれている薫であるが、ここで注目されるのは、恋人の病を聞いて即座に行動を起こす薫の反応の素早さである。これは、浮舟物語で、浮舟の「なやみ」を見舞うどころか、本気で心配することさえしなかった匂宮と対照的である。相手が動けなくなったときこそ、薫の活躍は始められる。

彼は大君の弱みに付け入るかのようにして、①「悩みたまふらむ御あたり近く」と申し出、また、②「いかにいかに」とこまごまとした心づかいを示す。窮地に陥った他者への援助を通しての薫の自己主張が大君の「なやみ」の場面からは伝わるのであり、弱さをいたわることこそが、最も相手の心に寄り添った理解であり愛情であると彼は信じて疑わない。困難な状況になるほど雄弁になり、手紙や使いを送る薫の「とぶらひ」には、相手が弱くなった時こそ最も相手に歩み寄れるという行動論理によって支えられているのである。

そのようにして看護という形で自分の誠意と愛情を示そうとする薫を、大君は拒まない。「さすがに、ながらへよと思ひたまへる心ばへも、あはれなり」は、自分の病のために力を尽くす薫に対する感動を表している。別の場面でも、大君は、「かの片つ方の人に見くらべたてまつりたまへば、あはれとも思ひ知られたり」（三〇九）とある。大君は、薫の愛情を看護を通して感受し、自分もそれに対して応えていこうとする。

（大君の病状は）夜々は、まして、いと苦しげにしたまひければ、うとき人（薫）の御けはひの近きも、中の宮の苦しげに思したれば、（女房→薫）「なほ、例の、あなたに」と人々聞こゆれど、（薫）「まして、かく、（大君が）わづらひたまふほどのおぼつかなさを。思ひのままに参り来て、出だし放ちたまへれば、いとわりなくなむ。かかるをり（病気）の御あつかひも、（私以外に）誰かははかばかしく仕うまつる」など、弁のおもとに語らひたまひて、御修法どもはじむべきことのたまふ。（大君としては）いと見苦しく、ことさらにもいとはしき身を、と（大君は）聞きたまへど、思ひ隈なくのたまはむもうたてあれば。

（総角⑸・二九七〜八）

病が進行するにつれて、大君の中で薫の占める位置はさらに重くなっていく。「誰かははかばかしく仕うまつる」と、看護できるのは自分だけであることを周囲に説得し、采配する権利を主張する薫は、それまで大君につききりであったはずの中の君が内心迷惑していることさえ無視しているのであり、一方では、非常に独善的であった。到着して早速看病の指揮をとりはじめる薫を、大君は決して好もしく眺めていたわけではない。薫の、看護という形をとった采配願望は、思い詰める生活に疲れ、命への執着を棄てている大君の心情とすれ違う。大掛かりな「御修法」の開始も、大君には、救いであるどころか、強引に俗へと引きずり出す行為として耐え難かったにちがいない。けれども大君は、薫に看病をやめてほしいとは主張できない。「思ひ隈なくのたまはむもうたてあれば」には、むしろそのような薫の強引さの中に愛情を確かめ、それを壊さないようにしようとする配慮がこめられている。相手の思いを無視しているのは薫の方であるにもかかわらず、大君の方で相手の好意を無にしないようにするという、「思ひ隈」をめぐる錯綜した関係構造が病の現場をめぐって浮上している。

「思ひ隈」（思いやり）がない女であると見られたくないために薫を受け入れるというのは、薫の愛情を受け入れる姿勢としては、あまりに屈折した語り方となっている。相手の弱さを守ることが愛であるとする薫の信念に、大君もまた、ひそかに違和感を感じてはいても認めることがやはり薫に示すことのできる愛なのだという信念で報いようとしているのであり、大君もまた薫の意向に添おうとつとめているという意味で、彼女は愛される女性を演じているのである。

こうした、作られた共感世界の中で、大君と薫は同じ「なやみ」を共有するという設定が成立する。

（大君が）いと苦しげにしたまへば、修法の阿闍梨ども召し入れさせ、さまざまに験あるかぎりして、加持まゐらせさせたまふ。我も仏を念ぜさせたまふこと限りなし。（総角⑸・三一八）

正篇の、紫の上の病を看病する光源氏が、たえず物の怪への疑心暗鬼にさらされていたのに対し、薫と大君はそのような対決すべき存在を外部に持たない。大君物語の病に特有なのは、相手の苦しさを担うことで愛情による結び付きを深めようとする共同幻想の強調である。「苦しげ」な大君に対し、薫は「我も」と、大君の「苦し」さに耽溺しようとする。共に苦しみ、共に病み、死んでいくという幻想を、仏を祈念する薫の「我」は最後まで志向する。そして、薫の対幻想に応えるかのように大君は死んでいくのである。

続く中の君物語においても、薫は、故大君の時と同じように「とぶらひ」を繰り返す。

◇さばれ、かの対の御方（中の君）の悩みたまふなるとぶらひきこえむ。今日は、内裏に参るべき日なれば、日たけぬさきに」とのたまひて、御装束したまふ。（宿木(5)・三八〇）

◇「悩ましく思さるらむさまも、いかなれば」など問ひきこえたまへど、はかばかしくも答へきこえたまはず、常よりもしめりたまへる気色の心苦しきもあはれに思ほえたまひて、こまやかに、世の中のあるべきやうなどを、はらからやうの者のあらましやうに、教へ慰めきこえたまふ。…うち悩みたまへらん容貌ゆかしくおぼえたまふも、なほ世の中にもの思はぬ人は、えあるまじきわざにやあらむ、とぞ思ひ知られたまふ。（宿木(5)・三八三）

大君の死後、薫は、今度は中の君の「なやみ」を聞き、やはり「とぶらひ」に赴く。薫は、つねに匂宮不在の時間を見計らって中の君を訪れているが、「とぶらひ」もまた同様であり、相手が弱っている状況をたった二人だけで共有しようとする願望がそこにははたらいている。薫は大君の時と同じように中の君の「悩み」を心配し、「まめ」を発揮する。このときの中の君の「なやみ」は、懐妊によるものであったが、この時点では薫は中の君の妊娠を知らずに見舞いをしている。これは、語りの偏差によるもので、薫が女君の実情を知らないようにあえて語られているのである。

中の君は、薫に「なやみ」の具合をたずねられても明瞭に返事をしない。おそらく彼女は自分の妊娠を相手に伝えることを恥じているのであろう。ところが薫はそれを誤解し、大君の「なやみ」と重ね合わせながら中の君の「なやみ」を見つめる。

「のどかに思せ。心焦られして、な恨みきこえたまひそ」など教へきこえたまへば、（総角⑸・二九六）

弱っている相手に、所有願望をおぼえ、心構えを「教へ」るという姿勢は、大君の「なやみ」の例と同様であり、「なやみ」の生じた時こそ、薫は積極的に他者に関わっていこうとする。

ところが、既に中の君の妊娠が読者には明らかにされている中、薫のそうしたいたわりは、いかに薫自身が心をこめようとも、的をえない印象を残していく。

こちたく苦しがりなどはしたまはねど、常よりも物まゐることいとどなく、臥してのみおはするを、まださやうなる人のありさまよくも見知りたまはねば、ただ暑きころなればかくおはするなめり、とぞ思したる。さすがにあやし、と思しとがむることもありて、「もし。いかなるぞ。さる人こそ、かやうには悩むなれ」などのたまふをりもあれど、（宿木⑸・三七五）

当初は中の君の「なやみ」を暑気のためと軽く判断していた匂宮は、しだいに懐妊を疑い始め、確信は持てないながらも、中の君に単刀直入に尋ねていく。匂宮の夫としてのまなざしは、中の君の「なやみ」の本質を鋭く指摘するのであり、観念的な薫の「なやみ」観と比べ合わせると、好色で軽薄と目される匂宮の方が、中の君の様子を的確にとらえようとしているのである。

中の君は、自身でも自分の「なやみ」を大君と同じであると考えており、だからこそ妊娠に対する自覚が希薄であるように語られている。それが、夫に対しても、薫に対しても明確な返事をしようとしない一因をつくるのであり、中の君物語の「なやみ」構造をよりいっそう複雑化させている。それでも正しく妻の「なやみ」の意味を見ようとする匂宮に対し、薫は、自分の「なやみ」幻想の中で中の君をとらえようとしている。

大君の「なやみ」が死に向かうのに対し、中の君の「なやみ」は懐胎という、次の生命につなげられていく内容をもつのであり、姉妹の「なやみ」は、それぞれ全く異質であった。しかし、薫の想念は、中の君のそのような現実を越えて、「とぶらふ」ことの責務に縛られる。その薫の幻想に対して、中の君の「なやみ」は排他的にはたらいていく。

まだ宵、と思ひつれど、暁近うなりにけるを、見とがむる人もやあらんとわづらはしきも、女（中の君）の御ためのいとほしきぞかし。「悩ましげに聞きわたる御心地はことわりなりけり。（自分に言い寄られて中の君が）いと恥づかしと思したりつる腰のしるし（腹帯）に、多くは心苦しくおぼえて（中の君との交渉を）やみぬるかな。例のをこがましの心や」と思へど、（宿木(5)・四一八）

中の君の「なやみ」が実は妊娠によるものであると知った時の薫の衝撃は、激しい調子で語られている。再び匂宮の不在中に薫は中の君を訪れ、女君に近づくが、実事に至らなかったのは彼女に腹帯があったからであった。重要なのは、中の君が激しく拒否したというよりも、薫の方から意志的に中の君を諦めたというように語られている点である。こうした文脈は、中の君の妊娠が、当の中の君よりも、薫の側に重い事実として受け止められていることを意味する。「悩ましげに聞きわたる御心地はことわりなりけり」と心内語で受けられる薫の真相への衝撃は、動かぬ事実として現前する身体の絶対性に愕然としたことによるものである。薫の視点によって、中の君が産婦であることは宿木巻全体の中で本当の意味で刻印づけられるのであり、それは、薫が中の君を所有する可能性を完全に断たれたことを明らかにする。中の君の腹帯は、彼女が匂宮の所有する女性であることをまざまざと薫につきつけ、中の君が大君の身代わりになりえないことを知らしめる。中の君の「なやみ」は、薫によって意味づけられているのである。

中の君が薫と精神的に深く結ばれていることを語る場面は、たびたび繰り返されていた。しかし、そうした中の君の心とは別に、腹帯をした彼女の身体は夫以外の男性を排除する。薫に共同全線を敷設した大君の「なやみ」とは対照的に、中の君は薫に対して非常に排他的な「なやみ」構造を示していくのである。

薫は、中の君の妊娠発覚の後、中の君の「なやみ」に対して冷ややかな対応をするようになり、中の君を彼が想念する「なやみ」の領域から疎外する。

（薫）「いかなれば、かくしも常に悩ましくは思さるらむ。人に問ひはべりしかば、しばしこそ心地はあしかなれ、さて、また、よろしきをりありなどこそ教へはべしか。あまり若々しくもてなさせたまふなめり」とのたまふに、いど恥づかしくて、（中の君）「胸はいつともなくかくこそはべれ。昔の人（大君）もさこそはものしたまひしか。長かるまじき人のするわざとか、人も言ひはべるめる」とぞのたまふ。　（宿木⑸・四三三〜四）

中の君が未だに母になる自覚を持つことを肯んじえないのに対し、薫の方では大君の「なやみ」と今の中の君の産婦としての「なやみ」の、鮮明な区別がつけられている。薫は、ひたすら「悩まし」と訴える中の君に対して否定的な態度でのぞむようになり、自分を避けるための口実でしかないと規定する。「人」から「教」わったという、産婦の知識を示すことで、妊娠は病ではないという無神経な発言をし、中の君は侮辱を感じた。中の君の「なやみ」に対する過小評価は、産婦への幻滅を表している。

なぜ中の君はかくも反撥するのか。男君に懐妊をあからさまに指摘されてむきになるという関係の構図は、うつほ物語・国譲巻の仲忠と女一の宮と類似する。

①何心地とも知らず。いと苦しきは、死ぬべきにこそあんめれ　（『うつほ物語』）

②「さりとも、しるく思さるらむものを、のたまはせで、心魂を惑はかさせたまふものかな。…一日二日、涼み

給へ。…」とのたまへば、宮、「苦しきに、いづちか」とのたまふ。（同）

母性が容易に育たない中の君の姿は、うつほ物語の女一の宮に先蹤を求めることができる。①は、懐妊が典侍によって告げられた時の女一の宮の発言であり、②は、妻の懐妊を知った仲忠に、今まで明かさなかったことを恨まれつつ、気分転換に桂行きを勧められている。それに対し、うかない態度を示す女一の宮が語られている。他者に妊娠を規定されることに、どこか嫌悪を感じ、やり場がないと知りつつも、ごねてしまう。①では死んでしまうのではないかと、反対のことを意識し、②では、苦しさを理由に納涼どころではないとする。女君本人が、「苦し」いと感じ、訴えていることが重要なのである。そして、いかに自分が苦しいかという主張は、周囲によってもたらされる、妊娠はめでたいことという祝祭的な発想に対する反動のようにして表れている。

女君にとっては、胎児は異物として作用している。けれども自分なりに徐々に受け入れる準備をしたい。そして、わが子を生むということの意味を自己自身で見つめ直したい。源氏物語の中の君が置かれている状況は、女一の宮と同質である。「なやみ」に対して独自の意味構造を持とうとする中の君は、たとえ薫の言動に理があるとしても、自分の身体は自分で意味づけるのだという意思表示を薫に向かって主張しつづけている。合理的な解釈さえ退けてしまう不思議な論理を中の君の「なやみ」は有している。

そのような、中の君の内側で芽生えはじめた、産婦としての自我の欲求に、薫は一切関知しない。懐妊と病は異質だという薫の解釈は、彼の観念性を強調づけるだけでなく、女性の生理に対する根本的な無理解を露呈している。そして、産婦となった中の君の前に、薫の「とぶらひ」幻想は破綻していくのである。

こうした中の君への「なやみ」への醒めた視線は、総角巻で大君の病に誠意を尽くして看護した時の薫とは別人のようである。薫にとってやはり心が残るのは大君であり、中の君は大君とは差をつけているかのように見える。

しかし、それは、薫の対応が相手によって違うということではない。大君に対しても中の君に対しても、薫は全部同じ姿勢で接している。繰り返すが、薫は、他者の弱さに寄り添うことができるという幻想を「なやみ」の中に見出している。それは薫のねじれた所有願望であった。大君はそのような論理をもつ薫を引き受けようとし、彼の一方的な自己主張をしいて受け入れることで、彼に報いようとしていた。そこに大君の許しの意思表示があったのであり、大君の意志的な共感と協力によって、共に病み衰える苦しみの中に落ちていくという、「なやみ」による共同幻想は完璧な結実をみたのである。

それに対して中の君は、そのような薫の想念に共感を見せず、引き受けることを放棄する。薫は大君の死後、大君と同じような「とぶらひ」と「あつかひ」の対象を中の君に求めようとした。しかし、それは妊娠という、大君と似て非なる構造をもつ「なやみ」によって崩されていく。共感を伴わない共同幻想が、独自の生き方を密かに模索する中の君が示す、薫への違和感によって露呈されているのである。夫以外の男性を考えられず、報われなくても夫に賭ける人生を歩み始めた中の君には、美しいが息苦しい薫の「なやみ」幻想に従うことは無理だからである。

薫の「とぶらふ」という姿勢は、姉妹の間で対照的な結果を見せている。他者の「なやみ」に立ち会い、苦しみの中でいたわりあうことを至上の美学として追求する薫のねじれた欲望は、一度は完結を見たものの、最終的に反措定されている。

匂宮はその身体に逃げる生き方を、安易な手段として相対化されていたが、想念の世界に生きる薫もまた、行き詰まりを見せている。自身は病むことなく、観念だけで「なやみ」と関わることもまた不可能であることが明らかにされているのであり、身体だけでなく、思惟もまた、「なやみ」を軸とした空間の中で問い直され、意味づけ直されているのである。

三　薫の思惟と身体②

匂宮と薫の、感受性の本質的な差異は、浮舟物語を通して最も鮮烈に描かれている。

薫が「とぶらふ」相手は、大君や中の君といった女性たちだけではない。身体的に弱っている相手を本気で心配し、いたわりを見せようとする姿勢は、匂宮に対しても向けられる。宇治十帖の「なやみ」空間は、異性愛だけでなく、男性と男性といった、ホモソーシャルの現場においても重要な役割をはたしているのである。夕霧と柏木が、夕霧が柏木を見る現場の一環として「なやみ」が設定されていたのに対し、薫と匂宮は、「なやみ」を中心に結び付きを深めているといった色彩が強い。身体が、正篇以上に日常空間において描写されているのである。

夕つ方、右大将参りたまへり。「こなたにを」とて、うちとけながら対面したまへり。「悩ましげにおはします、とはべりつれば、宮（中宮）にもいとおぼつかなくおぼしめしてなむ。いかやうなる御悩みにか」と聞こえたまふ。…不便なるわざかな。おどろおどろしからぬ御心地のさすがに日数経るはいとあしきわざにはべる。御風邪よくつくろはせたまへ」など、まめやかに聞こえおきて出でたまひぬ。（浮舟⑹・一三一～二）

匂宮の「なやみ」が何に起因するものであるのか、このときの薫はまだ判断できない。ただ「まめやかに」匂宮を見舞い、中の君の場合と同様、大事をとるように注意を与え、「おどろおどろしからぬ御心地」も放置すると「御風邪」につながると発言する。

この薫の「まめやか」さは、普通に考えれば、事情を知らずにまじめに見舞いをするということで、滑稽な一面も持ち合わせている。しかし、匂宮は、逆に同じ女を所有しながら、他人の「なやみ」への気遣いを見せる薫に、自分にはない落ち着きと冷静さを見出し、畏怖している。状況を全て身体の問題にしてしまう匂宮が、身体と無縁に生きているように見える薫に追い詰められている様子が語られている。

（匂宮は）このごろかく悩ましくしたまひて、例よりも人しげき紛れに、いかではるばると（浮舟に）書きやりたまふらむ。……さやうのことに思し乱れてそこはかとなく悩みたまふなるべし。昔を思し出づるにも、えおはせざりしほどの嘆き、いといとほしげなりきかし」とつくづくと思ふに、女のいたくもの思ひたるさまなりしも、片はし心えそめたまひては、よろづ思しあはするに、いとうし。「…この宮の御具にてはいとよきあはひなり」と、思ひも譲りつべく、退く心地したまへど、「…今とて見ざらむ、はた、恋しかるべし」と、人わろく、いろいろ心の中に思す。

（浮舟⑹・一六六～七）

繰り返すが、薫は匂宮のように身体的な感覚で状況に対応することができない。のみならず、他者の「なやみ」を合理的に意味づけずにはいられない。宿木巻で「悩ましげに聞きわたりつるは、ことわりなりけり」と、中の君の「なやみ」の実体を知った時の状況が思い起こされる。一回目に匂宮の「なやみ」の理由が理解できなかった薫は、浮舟と匂宮が密かに交渉があったことを知り、そのためであると気づき愕然とする。そして「思ひ乱れ」のために「悩みたまふ」匂宮と、「思ひ乱れ」ても「なやみ」とは無縁である自己の差異を痛感する。思惟から身体への移行を、他人においては理解する薫は、自己の問題としては肯んじえないのである。この、「思ふ」表現の異様な反復はどうであろうか。「思し乱れ（主語匂宮）」「思し出づ」「つくづく思ふ」「いともの思ひたる（主語浮舟）」「よろづ思しあはする」「思ひも譲りつべく」「いろいろ心の中に思す」と積み上げられる。匂宮の「なやみ」の真相を推定し、ばらばらの事実を統合して状況を把握する。そして、浮舟を軽蔑して匂宮に明け渡そうとする方向に思考がねじれていく。これは、衝撃を観念に転換しようとする薫の必死の営為を表しているのである。彼は、自分が裏切られたことで感情的にならないように苦心している。けれども浮舟に幻滅したことにしようととして、それができない「恋し」さも一方で自覚されるのであり、「いろいろ」とは、まさに矛盾する内容が同時に吹き出すさまを表しているのである。わずかに漏れ出した「うし」という感情を、思惟で打ち消そうとすることで、苦しくももちこたえようとする薫の切実な意識をここに認めることができる。

ただ今は、さらに思ひしづめん方なきままに、悔しきことの数知らず、「かかることの筋につけて、いみじうもの思ふべき宿世なりけり。さま異に心ざしたりし身の、思ひの外に、かく、例の人にてながらふるを、仏などの憎しと見たまふにや。人の心を起こさせむとて、仏のしまたふ方便は、慈悲も隠して、かやうにこそはあなれ」と思ひつづけたまひつつ、行ひをのみしたまふ。(蜻蛉⑹・二〇六)

浮舟の訃報を知った時も、彼は、匂宮のように「悩ましく」なったり、寝込んだりするようには描かれない。薫の、感情さえ合理的に解釈しようとするさまは、逆に彼の切実さを映し出す。ここでは、思惟が宗教と結び付けられていくことに特徴がある。大君が死ぬ場面でも、仏の教えと結び合わせるくだりがあったが(総角⑸・三一八)、ここでは宗教が、「思ひしづめ」るための、それこそ「方便」として意識されている。浮舟に死なれたことを「宿世」のためであるとし、「仏」によるものであるとする薫の思惟は、個別の悲劇を普遍的真理として一般化しようとする苦しい解釈となっている。こうした発想は、ただの的外れというよりも、浮舟事件を、特殊な問題として自分の中で引き受けることができないという意味で、やはり匂宮と同様、自己逃避をしているともいえるのだが、逆に、生の感情や身体の異変から身を守ろうとするぎりぎりの選択ともなっている。ひたすら勤行に専念する薫は、現実逃避でありながら、同時に耐え抜くための手段を模索している。

このように、宇治十帖には、「なやみ」を常に「とぶらふ」を繰り返す薫がいる。彼は「なやみ」における視点人物と位置づけることができよう。

他の人物が身体に問題を引き入れていく中、薫は「なやみ」から疎外されており、また、彼自身、「なやみ」を自己の問題として引き受けることを肯んじえない。匂宮が身体的な感覚の中で自己同一性を探るのに対し、薫は思惟の中で自身を確かめようとする。他者の「なやみ」の原因や意味に対して、たえず解釈をせずにはいられない彼は、病を理由に停滞したり休息したりする生き方を拒否しており、思惟で決着するべきだという信念を持っている。身体と思惟を異質なものとして区別している彼は、思惟の領域を身体に持ち込み、すり替える態度が許しがたい。浮舟事件の衝撃に対しても、彼は思惟によってもちこたえていこうとしているのである。

しかし、身体を弱者の逃げ場として排除し、思惟することが強い人間の証しと考える薫ではあるが、思惟のみで生きられるということも幻想であるとして、やはり最終的には自己矛盾に満ちた破綻を見せていく。匂宮と薫は、互いに異質な感受の方法を模索しながら、相手に安易さや息苦しさを見出しつつも、自分の限界を補い合うかけがえのない対象として共振しているのである。

自身が他者の「なやみ」を見つめ、他者の弱さを知っているつもりである薫は、実はその他者に逆に身体を見られており、自身が軽蔑して認めようとしない弱さをひそかに指摘されている。

①いといたう痩せ青みて、ほれぼれしきまでものを思ひたれば、心苦しと見たまひて、まめやかにとぶらひたまふ。ありしさまなど、かひなきことなれど、この宮にこそは聞こえめ、と思へど、うち出でむにつけても、いと心弱く、かたくなしく見えたてまつらむに憚りて、言少ななり。音をのみ泣きて日数経にければ、顔変りのしたるも見苦しくはあらで、いよいよものきよげになまめいたるを、女ならば必ず心移りなむと、おのがけしきらぬ御心ならひに思し寄るも、なまうしろめたかりければ、

（総角⑸・三二八　匂宮→薫）

②尽きせず思ひほれたまひて、新しき年とも言はず、いやめになむなりたまへる、と聞きたまひても、げに、うちつけの心浅さにはものしたまはざりけりと、いとど、今ぞ、あはれも深く思ひ知らるる。

（早蕨⑸・三三八　中の君→薫）

③そのころ、式部卿宮と聞こゆるも亡せたまひにければ、御叔父の服にて薄鈍なるも、心の中にあはれに思ひよそへられて、つきづきしく見ゆ。すこし面痩せて、いとどなまめかしきことまさりたまへり。

（蜻蛉⑹・二〇七　語り手→薫）

④この君は、悲しさは忘れたまへるを、「こよなくもおろかなるかな。…さ言ふばかり、もののあはれも知らぬ人にもあらず。世の中の常なきことを、しみて思へる人しもつれなき」と、うらやましくも心にくくも思さるるものから、真木柱あはれなり。これに向ひたらむさまも思しやるに、形見ぞかし、とうちまもりたまふ。

（蜻蛉⑹・二〇八～九　匂宮→薫）

①③では「面痩せ」が、②は「いやめ」がそれぞれ匂宮、語り手、中の君によって見つめられ、あるいは知られている。薫自身は自分の中で「面痩せ」も「いやめ」も認めないが、それに接したり、聞き知る匂宮や中の君は、そのような薫の身体の異変から逆に彼の思惟の深さを感じ取る。①では、薫は匂宮に大君を失った自分の苦しさを打ち明けようとするのだが、自尊心に抑制されてそれができない。けれども青ざめて面やつれし、「顔がはり」している薫を見つめる匂宮は、薫が自分で思っているような醜さや弱さをそこには見ない。むしろそうした崩れを美しいと感じ、愛着さえおぼえる。また②では、薫の従者から、正月になっても相変わらず涙がちに彼が過ごしている話を聞き、薫の「いやめ」から、逆に彼の亡き姉に対する愛情の深さを理解する。こうした領域は、薫は自覚せず、また、自覚を拒むものであったが、匂宮と中の君は、何よりもまず薫の崩れを発見し、逆にそれによって、彼の異

常性を確認していく。薫の「なやみ」は、そのような、他者からのまなざしの中で、逆に存在化され、意味づけられているのである。

③は、浮舟の失踪事件の後、薫が匂宮を「とぶらふ」時の場面である。彼はここで叔父式部卿宮の喪に服しており、「薄鈍」の喪服を着ている。しかしこの服喪は、同時に、表立っては行えない浮舟へのひそかな追悼になっている。喪服に対して、「心の中にあはれに思ひよそへられて、つきづきしく見」ている薫は、そのような形で、自己の悲しみを喪服を通して外に表出するのであり、外部と内部が薫において価値転倒している。思惟では満たされない部分が身体によって代弁されているのである。そして「面痩せ」した薫を、語り手は「いとどなまめかしきこと」ととらえる。

このようにして随所に示される薫の身体は、薫自身は決して「なやみ」とはとらえない。けれども薫を見る他者は、その、自覚されない部分の中に薫の「なやみ」を見出している。薫の隠された本質は、本人には自覚されず、つねに他者によって掬い取られるのである。薫が「とぶらひ」を重ね、密かに弱者として低く見ていた匂宮や中君の方が、薫の身体を鋭く剔出し、そして包容していた。④に見る匂宮の思惟は、薫の思惟以上に素直でありしかも、寛大な内容になっている。泣いたり騒いだりしない薫を冷淡であるとしながら、一方で「真木柱」と考え、浮舟の「形見」にしようと思うようになる。同じ女を争った男が、憎しみを越えて結ばれ合う、不思議な同性愛が、匂宮の思惟を通して表明されている。ここに描かれるのは、「見る／見られる」の逆転構造であり、見ているはずの薫が逆に匂宮から、より深く透徹したまなざして見つめられているのである。身体を拠り所としていた匂宮の中で、気丈な冷静さが覚醒されていく逆説が生じる。そして、薫もまた、そのような匂宮の言葉や思惟に抱き取られるようにして、自己の抑圧を解放していく。

①いと籠めてしもはあらじ、と思して、「…心やすくらうたし、と思ひたまへつる人の、いとはかなくて亡くなりはべりにける。なべて世のありさまを思ひたまへつづけはべるに、悲しくなん。聞こしめすやうもはべるらむかし」とて、今ぞ泣きたまふ。これも、「いとかうは見えたてまつらじ。をこなり」と思ひつれど、こぼれそめてはいととめがたし。（蜻蛉(6)・二〇九〜二一〇）

②「いみじくも思したりつるかな。…まして、今は、とおぼゆるには、心をのどめん方なくもあるかな。さるは、をこなり、かからじ」と思ひ忍ぶれど、さまざまに思ひ乱れて、「人木石にあらざればみな情あり」とうち誦じて臥したまへり。（蜻蛉(6)・二一二）

薫の見舞いを受けた匂宮は、「御簾の内」に薫を入れるが、涙を隠すことができない。薫ははじめは、何も感じないかのようにして、匂宮が泣いているのを見ている。そして、そのような匂宮を前に、薫は、自分の心境を素直に語ろうという気力を奮い起こす。①②ともに、感情を身体において剥き出しにすることに対する自覚として、「をこなり」という意識が繰り返されていることに注意される。ともに心内語の中で反復されており、これは、薫が身体の見せ方を過剰な抑制の中で、注意していたことを意味する。けれどもここには、見苦しい姿を見られたくないという自意識が解消されて、抑制してもどうにもならない情念が身体を通して吹きこぼれていく瞬間が描かれている。①「思ひつれど」②「思ひ忍ぶれど」は、ともに思惟が逆接に流れた表現であるが、この言説は、薫における思惟の無力化を意味する。

①では、薫の涙が語られ、②では、薫が、女に迷った自分を悔やむ意を暗に示唆する漢詩を口ずさみながら、身を横たえている。①「今ぞ泣きたまふ」②「臥したまへり」は、それぞれ、悲しみに打ちひしがれる薫を象徴する身体表現として注目される。①「今ぞ」とあるように、挫折を認めようとせず、感情に身をまかせることを拒み続

けてきた薫は、匂宮の「なやみ」に立ち会い、彼の涙に感応するようにして、涙があふれ出たのである。その意味で、匂宮は、薫の抑圧を解放している。匂宮以上に取り乱し、堰を切ったように一旦流れ出た涙の前に、思惟は無力である。

匂宮の涙は随所に描かれている（浮舟⑹・一四七、蜻蛉⑹・二一四等）。また、匂宮だけでなく、蜻蛉巻では、母、女房、乳母、従者と、浮舟の死を悲しむ人の涙がそれぞれの位相において繰り返されている。それに対して、薫が泣く場面は、常に他者の目を通してとらえられる。泣いたり倒れ臥したり、感情を身体で剥き出しにすることは、薫にとって挫折であった。挫折を認めない生き方を、薫は、涙を見せ、自分の弱さをさらけ出そうとする匂宮によって訂正を余儀なくさせられている。二人は共に泣き、同じ悲しみを共有し、橘の唱和をする。同じ女を愛した相手として、彼らは傷みを分かち合おうとしていく。

薫が涙をこぼし、倒れ臥すさまは、①では匂宮への発言の中で、②では「人木石にあらざればみな情あり」を口ずさむ中で発生してくる。薫の引用する李夫人の諷喩詩は、引用されない部分「如かず、傾城の色に遇はざらんには」に真意があるとする解釈が一般的であるが、引用部の中において見れば、それは、薫もまた「人」であり、自分の中にも「情」があったことへの気づきとしても理解できる。「情」を押し込めて生きて来た今までの在り方があらためて内省されるのであり、その意味でも薫の引用するこの漢詩は、彼の本質を言い当てている。会話も吟誦も、ともに発話である。薫は声に出して発語するという、自らの発声の中で抑制を失い、力尽きていくのである。薫における声は、隠し続けた情動を汲み上げ、引き出す方法として重視される(12)。

浮舟物語の薫と匂宮は、役割が逆転しており、自分が無視していた領域の中にこそ、本質があったとする皮肉な構造を展開している。不得意だと思っていた領域に、無意識の願望があることを、思惟と身体の葛藤において方法的に描いている。そして、匂宮が思惟を、薫が身体をそれぞれ自覚することによって、挫折を掬い上げ、いたわりあい、次の生に直面するというかたちの友愛が、新たに作り上げられているのである。

◇「御供に具して失せたる人やある。なほありけんさまをたしかに言へ。我をおろかに思ひて背きたまふことはよもあらじ、となむ思ふ。いかやうなる、たちまちに、言ひ知らぬ事ありてか、さるわざはしたまはむ。我なむえ信ずまじき」　（蜻蛉⑹・二二一）

◇「我は心に身をもまかせず、顕証なるさまにもてなされたるありさまなれば、…我には、さらにな隠しそ」　（蜻蛉⑹・二二三）

蜻蛉巻には薫の「我」がたびたび強調されている。浮舟の失踪の真相を探るべく、宇治に赴き、右近たちが動揺まだ醒めやらず、泣き叫ぶ状況の中で、薫の自己言及は発生する[13]。わたしを冷淡な男と思っていたはずはない、私は浮舟が死んだとは思えないと発言することで、薫は浮舟と関わった自分とは何であるのかを問わずはいられない。右近の話を聞き、むせ返る右近につられるようにして、自身の涙もよおされていく（二二三頁）。そして自分は心のままに身を動かすことができないとし、また、自分には隠し事をしないでほしいと、もう一度薫は自己の存在理由を主張する。

「我」の表出は、表層においては、匂宮を意識した上でなされるものと思われるが、深層においては、「心に身をもまかせず」とあるように、そして、その発言が涙が「せきあへたまはず」とされた後の表現であることが示すように、自分の本質そのものに対する根源的な懐疑と関わっている[14]。周囲の人の涙の渦に巻き込まれるようにして、薫の「我」は揺らぎ、自らも、あらゆる猜疑心や葛藤も消えて、泣き出していく。

涙と薫の「我」は深い連動構造をもっている。他者の涙の前に、彼は「我」の問題を見つめ直し、思惟と身体の間に揺れる自分の存在を知る。それは、どちらにも立たないということである。薫は思惟にも身体にも回帰しえない「我」の中に立っている。「我」への気づきは、身体と思惟の差異をも消滅させている。しかし、そのような揺れの中に、薫の新しい生への模索が暗示されているのである。

結び

宇治十帖の「見る／見られる」は、固定的ではなく、流動的に位置づけられている。同時に思惟と身体の関係構造もたえず結び直されている。「なやみ」を「とぶらふ」ことにおいて際立った役割を見せていた薫も、最終的には全く逆の本質を他者のまなざしによって掬い上げられている。薫本人が向き合えない無意識の部分の重要性がそこには展開されているのであり、所定の距離から動いていないはずの自身もいつのまにか感染してしまうという、視点人物たりえない人として薫が位置づけられ、見ることが「なやみ」を通して意味づけ直されていることに、宇治十帖の特質を認めることができるのである。

薫の関わる「なやみ」は、世間と個人、内と外の関係をたえず取り直す生の現場として方法化されている。最も排除しているものに救われていく薫の逆説を通して、他者の想像力や、他者によって補われる感受の力が、正篇以上に、個的な問題と有機的な融合を果たす役割として価値を与えられているさまを確認することができるのである。

〔註〕

（1）　身体の苦痛を意味する表現は、「わづらふ」「苦しむ」「乱る」などさまざまであるが、ここでは、病だけに限定せずに、苦しさそのものを意味する語として「なやむ」に注目し、そこに用例を絞って考えていくこととしたい。宇治十帖の「なやみ」の用例は次の通りである。

◆薫「なやまし」三例
◆匂宮「なやむ」二例、「なやみ」一例、「なやまし」三例
◆八の宮「なやみ」一例、「なやまし」一例
◆大君「なやむ」四例、「なやみ」三例、「なやまし」五例、「なやましげ」一例
◆中の君「なやむ」六例、「なやまし」十例、「なやましげ」三例
◆浮舟「なやむ」三例、「なやまし」四例、「なやましげ」三例
◆明石の中宮「なやむ」七例、「なやみ」二例、「なやまし」三例、「なやま　しげ」二例
◆女三の宮（宇治十帖のみ）「なやむ」三例
◆女一の宮（一品の宮）「なやむ」一例、「なやみ」一例
◆六の君「なやましげ」一例
◆浮舟の妹「なやむ」一例
◆母尼「なやむ」一例

薫の「なやみ」が極端に少ないこと、また、中の君が「なやむ」よりも「なやまし」に倍近く用例があることの意味などが注目される。中の君の「なやみ」については、五章で詳述する。

（2）源氏物語における「なやみ」の意味づけについては、本論I四章参照。

（3）薫と匂宮の対応構造の基本的なあり方については、神田龍身『物語文学、その解体』（有精堂一九九二）参照。薫と匂宮を正篇・夕顔巻の光源氏と頭中将と関連づけた論としては、徳江純子「蜻蛉巻の表現構造に関する研究—『夕顔取り』の後日談をめぐって—」（昭和学院短大紀要34号　一九九八・三）参照。また、病の現場をめぐる夕霧（見舞う人）と柏木（病者）の、共振性については、松井健児「受苦の深みへ」（『源氏物語の生活世界』翰林書房二〇〇〇）参照。

（4）椎本冒頭の部分は伊勢物語の初段や、若紫巻の設定と共通するという指摘が従来あり、奈良の昔男—北山の光源氏—宇治の匂宮という系譜を確認することができるが、ここではそうした影響関係については立ち入らない。

（5）宇治十帖における明石の中宮の位置づけについては、加藤昌嘉「源氏物語　宿木巻の機構　—反 - 明石の力、浮舟の力—」（『詞林』27号二〇〇〇・四号）、三村友希「明石中宮の言葉と身体—『いさめ』から『病』へ—」（『中古文学』二〇〇一・五）に詳しい。

（6）「中君をうつくしむ意にて書けるなるべし」（『源氏物語新釈』）

（7）柏木の病に対する認識の特異性については、三田村雅子「もののけという〈感覚〉」（『源氏物語の魅力を探る』フェリス・カルチャーシリーズ①翰林書房二〇〇二）参照。

（8）なお、この場面は、幻巻で、光源氏が螢宮ひとりを御簾の内側に入れる構図とも響き合う。息子の夕霧は途中から受け入れられている。ここでも「御簾の内」という空間が方法的に措定されていた。

（9）薫の身体をめぐる論考は、三田村雅子「濡れる身体の宇治」（『源氏研究』第2号翰林書房一九九七・四）、神田龍身「源氏物語＝性の迷宮へ」（講談社選書メチエ二〇〇二）など参照。

（10）薫が母女三の宮の病の平癒祈願のため、石山参籠をする意味は、匂宮が明石の中宮の病にかけつけるのと相似形をなしており、重視されるべき問題であるが、本論では指摘のみにとどめておく。母たちの「なやみ」が息子に与える波紋は大きい。浮舟の訃報が、唐突に説明される女三の宮の「なやみ」と同時に薫の中に認識されている。そして彼じしんは、宇治にも京にもいずに、突然石山に来ている。これは、母からも恋人からも薫が無意識に逃避していることを暗示しており、山の中から出られないことと出たくないことの葛藤の中にたたずむ薫を描いているといえるのだが、ここでは、それには深入りしない。

（11）薫の変身や逃避への願望は、松井健児「薫独詠歌の詠出背景」（『源氏物語の生活世界』翰林書房二〇〇〇）、またそれを受ける鈴木裕子「薫論のために」（『源氏研究』第6号翰林書房二〇〇一・四）は、その独詠歌にあるとする。薫の、独詠に逃避を求める姿勢は、彼の疎外された状況をものがたる。そして、そのような薫の問題は、身体の中でもとらえることができる。

(12) 吉井美弥子「物語の『声』と『身体』―薫と宇治の女たち―」(『王朝の性と身体』森話社一九九六)では、他者の「声」に対する薫の想像力を論じている。それに対し、薫の吟誦場面は自らの声を聞き、感情を催される場面として異彩を放っている。

(13) 匂宮の涙に対しても薫は「我」を感じている。蜻蛉巻(6)・二〇八頁参照。

(14) 「身」と「心」に関する自己言及としては、匂宮も同趣の発言がある。「心に身をもさらにえまかせず、よろづにたばからむほど、まことに死ぬべくなむおぼゆる」(浮舟(6)・一二四 浮舟への発言)、「ところせき身こそわびしけれ」(一二六 浮舟への発言)。やはり「涙落ちぬ」(一二四)の直後の発言となっている点、第三者を意識する状況の中でなされていることにおいても、蜻蛉巻の薫と共通の構造をもっている。発言対象が異なることと、薫の発言には「我」が用いられているることが問題となる。薫が自分だけの特異性と思っていることが、先に匂宮によって発言されていたという意味では、薫の自己言及は、匂宮に皮肉にも相対化されているともいえるが、同じ言説を共有しながら、匂宮は浮舟との放蕩の現場でそれを発言し、薫は浮舟の死後、残された人々に、それを「我」の問題として語る。語る場面と相手の位相差が注目されるが、匂宮の場面が言説を破るために用意されるのに対し、苦しみの中で同じことを発言する薫は、残された人々との関係を温め合う中で浮舟の思い出を守り続けようと志向する姿勢が強い。両者は、共通の行動論理を言説化しながら、その内実は、認識する場面が対極的であるという意味で、似て非なる様相をもっている。

第二章　大君物語の思惟と身体

はじめに

本論では、宇治十帖における思惟の様式を考えていきたい。源氏物語の思惟そのものを研究したものとして池田節子「源氏物語の心情語―『心』の付く形容語[1]」がある。池田節子は、この論文の中で、通常の形容詞と「心」の付く形容詞（例「憂し」と「心憂し」）の表現性の差異に注目している。池田によれば、一般の形容詞には出せない感覚の幅を「心」表現はもつのだという。

物語の心情表現に微細に分け入ることを目的とした、注目すべき論考であるが、本論では、共通の問題意識を、「思ふ」表現の中で考えていきたい。そして、池田論が語彙分析を中心に行ったのに対し、ここでは、本文の文脈の中で思惟を意味づけ直していくことを試みるものである。宇治十帖の大方を占める大君物語、中の君物語、浮舟物語という三人の女性を描いた物語の中で、思惟の流れがどのように受け継がれ、変貌を遂げたのかを見ていきたい。ここでは、宇治十帖において、女性の思惟をはじめて大きくとりあげた大君の思惟の問題を、身体と関わらせながら分析していくこととする。

一　正篇第二部の思惟

通常、思惟は、自然に発生するものと考えられがちである。源氏物語においても、正篇まではその傾向が強かった。会話がたてまえで心内語が人物の真実を描くという意識に支配されていた。たとえば、

いとつれなくて、「あはれなる御譲りにこそはあなれ。ここには、いかなる心をおきたてまつるべきにか。めざましく、かくてはなど咎めらるまじくは、心やすくてもはべなんを、かの母女御の御方ざまにても、疎からず思し数まへてむや」と卑下したまふ（若菜上(4)・四六）

光源氏から女三の宮の降嫁を告げられた紫の上は、「いかが思すらん」（同頁）と紫の上の嫉妬に気兼ねする光源氏の心配をよそに、「いとつれなく」対応し、「卑下」の言葉をそつなく返す。ところが、その後に、紫の上の思惟が、「心の中」の描写として語られる。

心の中にも、「かく空より出で来にたるやうなることにて、のがれたまひ難きを、憎げにも聞こえなさじ。わが心に憚りたまひ、諫むることに従ひたまふべき、おのがどちの心より起これる懸想にもあらず。堰かるべき方なきものから、をこがましく思ひむすぼほるさま、世人に漏りきこえじ。式部卿宮の大北の方、常にうけはしげなることどもをのたまひ出でつつ、あぢきなき大将の御事にてさへ、あやしく恨みそねみたまふなるを、かやうに聞きて、いかにいちじるく思ひあはせたまはん」など、おいらかなる人の御心といへど、いかでかかばかりの隈はなからむ。（若菜上(4)・四七～八）

「いとつれな」い会話に対し、屈折に満ちた複雑な胸中が、「心の中にも」として示される。自分の嫉妬を外に出さないようにしようとする抑制の決意が、たびたびこの心内語の中には繰り返されており、さらに、継母である式部卿の北の方の思惑にまで意識がはりめぐらされていく。ここで紫の上の心中思惟が長く語られるのは、心の中そのものを語ろうとするためであり、夫が若い妻を新たにめとる衝撃と嫉妬を認めつつも、なおそれを封じ込めようとする葛藤を示そうとするためである。このような抑制が強くはたらくのは、体裁が保てなくなることを気にするからである。嫉妬や傷心といった生の感情にではなく、それを隠そうとするところにまで本音の部分をもってくる所に紫の上の思惟の興味深さがある。「世人」「式部卿宮の大北の方」に象徴されるように、自分の心以上に第三者の視線や臆測をおそれる姿勢が、紫の上の本質としてあぶりだされるようになっていく。紫の上も、いつしか、世間体や体面を第一に考える女性になっていたことがはからずも理解されるような思惟を見せている。語り手はそのような紫の上を、外見は「おいらか」だが、内側は「隈」があるはずであると規定していく。

表面が平然としていて内側が深刻であるという紫の上を、会話と心中思惟の両側から掘り起こそうとする語りの方法があるのは、会話と思惟にはずれがあるという意識が根底に潜在するためである。言葉は演技で真実は心の中にあるという発想が若菜巻をつらぬくものであった。

今はさりとも、とのみわが身を思ひあがり、うらなくて過ぐしける世の、人わらへならんことを下には思ひつづけたまへど、いとおいらかにのみもてなしたまへり。（同・四八）

言っていることと心の中が一致しないという語り手の認識は、「下」という表現に明らかである。人から笑い者にされる恥を恐れる真実を表す「下」に対して、「いとおいらか」な「もてなし」はうわべにすぎないとする。これは、外側に見える会話よりも見えない思惟が上位に置かれており、心に嘘は入り込めないという信念のあらわれである。

だからこそ「いとつれなく」「いとおいらか」な紫の上の態度がうわべだけのものとして際立ってくるのである。

これまでほとんど明らかにされなかった女性の思惟そのものを詳しく展開しようとすることは、若菜巻の画期的な試みであったといってよい。けれども、会話と思惟が外側と内側としてはっきり区別されているところが若菜の巻の語りのぎりぎりの到達点となっている。また、思惟は自然にあるものとして位置づけられている。第二部の思惟は、このような会話との対立的な構造の中でとらえることができるのである。

二　総角巻の思惟

従来の大君研究においても思惟への注目は少なくなかったが[2]、本論では思惟を、「思ふ」表現に対して意識的になることの中で考えていきたい。女性が「思ふ」ということは、どのような姿勢をいうのか。思惟が感情なのか、あるいは観念なのかという、意味づけの分かれ目を、大君物語の「思ふ」表現の中で確認することが主な目的となっている。「思ふ」という行為そのものの質的な見直しをここでは行う。

大君物語の思惟様式は、第二部で開発された、思いそのものを語るという方法意識の影響を受けている。ここで、総角巻における「思ふ」表現の用例を確認しておこう。

◆大君
◇思ふ・思す・思ほす　二一例　　◇思ひきこゆ　六例
◇思ひわく　一例　　◇思ひ残す　一例
◇思ひあはす　一例　　◇思ひ乱る　七例

◇思ひなる　一例
◇思ひ続く　六例
◇思さる　二例
◇思ひ出づ　三例
◇思ひの外　一例
◇思ひ弱る　一例
◇思ひほる　一例
◇思ひ入る　一例
◇思ひ沈む　三例
◇思ひ果つ　一例
◇思ひそふ　一例
◇思ひわづらふ　一例
◇思ひあつかふ一例
◇思ひ隈なし　二例
◇思ひ惑ふ　一例
◇思ひたどる一例
◇思ひなほる　一例

◇思ひ寄る　四例
◇思ひ知る　四例
◇思ひなす　二例
◇思ひめぐらす　一例
◇思ひ侮る　一例
◇思ひやる　二例
◇思ひあふ　一例
◇思ひ移る　一例
◇（もの）思ひ加ふ　二例
◇思ひ沈む　四例
◇思ひ構ふ　二例
◇思ひのどむ　一例
◇思ひ忘る　一例
◇思ひしむ　一例
◇思ひ慰む　二例
◇乱れ思ふ　一例

※関連表現

◇この君も思すらむ　◇思はずやあらむ
◇人の思ふらむこと・人の思はむこと　◇思ひきこゆるに
◇見じと思ひしものを　◇おのおの思ふらむ
◇思はぬを　◇思へど
◇思ひながら　◇思ひたまへりつるを
◇思しうとまむ　◇思ふらむことの苦し
◇思ひかけはべらざりしに

地の文六五例　会話文三〇例　心内語二九例　和歌二例

大君だけの「思ふ」表現を厳密に区分して括ることは困難である。たとえば、匂宮の中の君への思いについて大君が思うといったように、大君の「思ひ」であるからといって、主語も同じである例ばかりではない。実際、主語が複雑に入り組むのが宇治十帖の思惟の特徴でもあるのだが、ここでは、主語の違いについては、ひとまず度外視し、大君の文脈における「思ひ」の用例をみるという姿勢をとっている。

四一種類という、多彩な「思ふ」表現を展開させる大君であるが、「思ひ構ふ」「思ひ果つ」といったような、意志の強さと、自分で自分の心を規定するような意味あいをもった表現が目立つ。その一方に「思ひ乱る」「思ひ続く」「思ひ沈む」「思ひ寄る」といった例が大君には多く、思いを決める姿勢と、思いが定まらない意を表す語彙という相反する心情表現がいずれも展開されている様子が伺える。また、一例のみだが、「思ひしむ」も思いを固くする雰囲気を濃厚にもった表現であり、大君の観念の固さを言い表す表現となっている。なお、総角巻の「思ひしむ」は他に中の君にも一例見られ、姉妹共通の心情語となっている。さらに、「思ひ知る」四例は、そのうち二例が自発表現となっており、[3]思惟が自然に流出するさまをとらえている。いずれも意識が重い方向に流れていくのに注意される。

関連表現には、逆接や婉曲がどのように展開されているのかを中心に見た。「思へど」「思ひながら」などの、「思うけれど」という文脈には、思惟のねじれをみることができ、また「思はぬを」「思ひかけはべらざりしに」は逆に、思わないことの逆接というかたちでねじれていく。

それ以上に見逃せないのは、推量・婉曲の「む」「らむ」を用いて表す、他者の思いを臆測する用例である。「この君（薫）も思すらむ」（二三二頁）「人の思ふらむことのつつましき」（二三〇）「（薫が中の君を見劣りするとは）思はずやあらむ」（二三三）「（中の君が）思すらむことのいといとほしければ」（二四五）、「おのおの思ふらむが人わらへにをこがましきこと」（二八九）「さすがに中納言の思はんところを（匂宮が）思して」（三〇〇）、「む」「らむ」のない表現でも「人の聞き思ふことつつましく」（二八八）がある。中の君の思いを推し量る例が圧倒的だが、薫の思いや、自分の女房、世間一般の人の思いまで、臆測する例も少なくない。また、匂宮の薫への思いを大君が推し量るという、複雑な回路をもつ推量にも注意される。

見えないものに対する推量を意味する「む」「らむ」の語法が示すように、このような、他者の思惟を、来るべき未来のうちに推測するという姿勢は、大君物語の思惟において重要である。自分の思いそのものを生の感情として出すというよりも、他者の自分に対する思いを、実体としてではなく、近い将来そうなるはずだという推測として認識せずにはいられないところに、大君の思惟様式がもつ観念性が読み取れる。[4]

さらに大君の意識のもち方に関して特徴的なのは、心内語の中に「思ふ」表現が入り込むという現象である。総角巻において、大君の心中思惟における「思ふ」表現は二九例とあり、これは地の文の約半分を占める。[5] 先ほど述べた、他者の思惟を推し量るという行為は、大君の心内語の中でしばしば表されていく。つまり、思うという行為の中に、また別の思いが入れられていくという思惟表現の方法がそこには見られるのであり、思いを思いで囲うという、思惟の重層性と入れ子構造が大君物語では注意されるのである。

「思ふ」人としての印象の強烈な大君であるが、その彼女の思惟様式が、こうした他者の思惟を予感のうちに激しく意識しながらそれを自己意識に転換していく過程が、総角巻には持続的に展開されていくことをここでは再確認しておきたい。

このようにして、「思ふ」内容が多様に語られ、「思ふ」という行為の奥深さをあぶり出し、それが大君という女性の全てを表すかのように語る思惟構造は、しかし、女性の本当の感情そのものであるかどうかは、改めて別に考えていかなければならない問題となっている。

◇（薫に対して）思ひ隈なくのたまはむもうたてあれば。さすがに、ながらへよと思ひたまへる心ばへも、あはれなり。（総角(5)・二九八）

◇こよなうのどかにうしろやすき（薫の）御心を、かの片つ方の人（匂宮）に見くらべたてまつりたれば、あはれとも思ひ知られにたり。（総角(5)・三〇九）

薫に対する「あはれ」という愛情の自然なかたちの流出は、心内語の中では決して掬い取ることはできない。薫に対する「あはれ」は、思惟としてではなく、心が地の文と密着した、自由間接言説の中で展開されていくのであり、意識で全てを理解しようとする大君の、無意識の感情であることがおのずと了解されていくのである。[6]

総角巻の思惟は、女性の思惟を丹念に語り、女性の、意識するという論理的行為そのものへの強い意欲を語りながら、思惟の中にさえ偽りが潜在するのだということを明らかにしている。女性の意識を過剰に描くことがどのような方向に向かっていくのかについては、その思惟を支える身体との関わりにおいて見ることができる。(7)

三　大君をめぐる思惟と身体

①思しめぐらすには、この人（薫）のけはひありさまのうとましくはあるまじく、故宮も、さやうなる御心ばへあらばと、をりをりのたまひ思すめりしかど、みづからはなほかくて過ぐしてむ。我よりはさま容貌もさかりにあたらしげなる中の宮を、人並々に見なしたらむこそうれしからめ。人の上になしては、心の至らむ限り後見てむ。みづからの上のもてなしは、また誰かは見あつかはむ。この人（薫）の御さまの、なのめにうち紛れたるほどならば、かく見馴れぬる年ごろのしるしに、うちゆるぶ心もありぬべきを、恥づかしげに見えにくき気色も、なかなかいみじくつつましきに、わが世はかくて過ぐしはててむ」と思ひつづけて、音泣きがちに明かしたまへるに、なごりいと悩ましければ、中の宮の臥したまへる奥の方に添ひ臥したまふ。

（総角⑸・二三〇～一）

②なほ音に聞く月草の色なる（匂宮の）御心なりけり。ほのかに人の言ふを聞けば、男といふものは、そら言をこそいとよくすなれ。思はぬ人を思ふ顔にとりなす言の葉多かるものと、この人数ならぬ女ばらの、昔物語に言ふを、さるなほなほしき中にこそは、けしからぬ心もまじるらめ、何ごとも筋ことなる際になりぬれば、人の聞き思ふこともつつましく、ところせかるべきものと思ひしは、さしもあるまじきわざなりけり。あだめきたまへるやうに、故宮も聞き伝へたまひて、かやうにけ近きほどまでは思し寄らざりしものを、あやしきまで心深

げにのたまひわたり、思ひの外に見たてまつるにつけてさへ、身のうさを思ひそふるが、あぢきなくもあるかな。かく見劣りする御心を、かつはかの中納言もいかに思ひたまふらむ。ここにもことに恥づかしげなる人はうちまじらねど、おのおの思ふらむが人わらへにをこがましきこと」と思ひ乱れたまふに、心地も違ひて、いと悩ましくおぼえたまふ。

（総角⑸・二八八〜九）

③我も、世にながらへば、かうやうなること見つべきにこそはあめれ。中納言の、とざまかうざまに言ひ歩きたまふも、人の心を見むとなりけり。心ひとつにもて離れて思ふとも、こしらへやる限りこそあれ。ある人（弁の君）のこりずまに、かかる筋（薫との結婚）のことのみ、いかで（実現させよう）、と思ひためれば、心より外に、つひにもてなされぬべかめり。これこそは、かへすがへす、さる心して世を過ぐせ、とのたまひおきしは、かかる事もやあらむの諫めなりけり。さもこそはうき身どもにて、さるべき人にも後れたてまつらめ。やうのものと、人わらへなる事をそふるありさまにて、亡き御影さへ悩ましたてまつらむがいみじさ。なほ我だに、さるもの思ひに沈まず、罪などいと深からぬさきに、いかで亡くなりなむ」と思し沈むに、心地もまことに苦しければ、物もつゆばかりまゐらず、ただ亡からむ後のあらましごとを、明け暮れ思ひつづけたまふに、もの心細くて、…など思しつづくるに、言ふかひもなく、この世にはいささか思ひ慰む方なくて過ぎぬべき身どもなめり、と心細く思す。

（総角⑸・二九〇〜一）

④今は限りにこそあなれ、やむごとなき方に定まりたまはぬほどの、なほざりの御すさびにかくまで思しけむを、さすがに中納言などの思はんところを思して、言の葉のかぎり深きなりけり、と思ひなしたまふに、ともかくも人の御つらさは思ひ知られず、いとど身の置き所なき心地して、しをれ臥したまへり。（総角⑸・三〇〇）

⑤むなしくなりなむ後の思ひ出にも、心ごはく、思ひ隈なからじ、とつつみたまひて、はしたなくもえおし放ち

たまはず。夜もすがら人をそそのかして、御湯などまゐらせたてまつりたまへど、つゆばかりまゐる気色もなし。（総角⑸・三〇九）

⑥「なほかかるついでにいかで亡せなむ。この君のかくそひゐて、残りなくなりぬるを、今はもて離れむ方なし。さりとて、かうおろかならず見ゆめる心ばへの、見劣りして我も見えむが、心やすからずうかるべきこと。もし命強ひてとまらば、病にことつけて、かたちを変へてむ。さてのみこそ、長き心をもかたみに見はつべきわざなれ」と思ひしみたまひて、とあるにてもかかるにても、いかでこの思ふことしてむと思すを、さまでさかしきことはえうち出でたまはで、中の宮に、「心地のいよいよ頼もしげなくおぼゆるを、…」（総角⑸・三一三〜四）

総角巻の語りは、大君の長い心中思惟が何度も繰り返されるのが特徴となっているが、思いを積み重ねて行くことが常に身体に影響を与えているところに注目すべき問題がある。①は大君が中の君を薫と結婚させようと決意する場面であるが、長い思惟を「思しめぐらす」と「思ひつづく」で囲い、思いが延々と続くさまを強く印象づける。意識する内容も、はじめの部分に「みづからはなほかくて過ぐしてむ」とあり、結びも「わが世はかくて過ぐしはててむ」とされ、一生独身を通そうという決意がだめを押すように再確認されており、思惟全体が強い自我と意志に貫かれている様子が窺える。これは、自分の決意を論理的にしようとする意識に支えられている。そしてその延長に「なごり」の「悩ましさ」が訪れていく。

②は、紅葉狩りに宇治を訪問した匂宮が、中の君に会わずに帰京したことを大君が激しく侮辱を感じる場面である。「思ふ」表現を畳み掛ける思惟の在り方がここでも確認できるが、自分の中で思いを深めていくような①に対して、②では、「人」や「中納言」などの「思ひ」を過剰に気にする姿勢が顕著であることが特徴となっている。また、

「男といふものは」で始まる男性観や、「女ばら」の「昔物語」を引き合いにする姿勢は、非常に観念的であり、また、「人」に左右されている。他者の自分への思惟にさいなまれるのが大君の「思ひ乱る」の内実であり、それによって「心地」が乱れ、「悩ましく」なっていく。この「心地も」の「も」は、「思ひ乱る」に対する「も」であり、心だけでなく身体も同じ方向に「乱れ」ていくのだということを言い表している。

③は、②と同じ場面であり、中の君の様子を見て結婚拒否の決意をますます固くしていくところである。生き続けることの恥を確認し、八の宮の意向に背く自分を意識したその果てに「亡くなりなむ」という、死の欲動が引き起こされている。すると、そう「思し沈」んだことにより、身体がそれに添うようにして「苦し」くなっていき、拒食が語られる。そしてまたさらに「思ひつづけ」る様子が息苦しく展開され、「思ふ」ことで状況に抵抗する様子が明らかにされていく。

④で大君は既に病に臥している。病床で匂宮の新たな縁談のうわさを女房の陰口から聞き、さらに愕然としていく大君が語られる。「中納言などの思はんところを思して」とあるような、薫の思いを匂宮が意識することを、大君が推量するという複雑な思考回路、「なりけり」で断ち切られる絶望的観測は、大君の閉塞した心境を余すところなく伝えていく。そして「思ひなし」たときに、「しをれ臥」すより外何もできない状況に悪化していく。それは、匂宮の薄情を恨む余地すら与えないほどであった。

③より後、死を意識した大君は、いよいよ身体が衰弱していく。⑤では、自分の印象を永久に美しいものとして保存させようという「思ひ出」のためにあえて拒食を実行するのであり、⑥では、死がかなわないならせめて出家を敢行したいと「思ひしみ」て、中の君に命が絶望的であることを訴える。これは、普通には出家をするための口実と考えられるが、口実かどうかということよりも、ここでは、深く思い詰めたときに、大君の中ではじめて身体

が意識されることを再確認できる文脈として問題としたい。

このように、大君の思惟が語られるとき、身体は必ずそれに寄り添っていく。思惟から身体へという動きが大君物語を貫く問題として重要視されるのである。

大君の心内語には、「てむ」「なむ」「じ」で結ばれる文末が繰り返される。これは、彼女の思惟が意志を固めるために用意されたものであることをものがたる。意志とそれに到る思考過程を併せて語ろうとするために思惟の叙述が長大化していくのであり、思ったことそのものだけではなく、なぜそう思うのかという筋道からはじめるところに大君物語の思惟の特質が見られるのである。

たびたび繰り返される思惟の中で①結婚拒否を決意し、③死によって「罪」から逃れようとし、⑥出家を強く希望する。息苦しく思いを積み重ねたことによって生じるこれらの意志には、揺るぎがない。けれどもそのように世界のすべてを意識で固めようとする大君を、身体は支えることができない。長い思惟の後に短く示される「悩ましさ」や「苦し」さは、閉塞に落ち込んでいく思惟に同調するように衰弱するというだけでなく、大君の意識に歯止めをかける役割も表しているのである。大君の病は、弁の君によって、それほどの重病でもないのに自分から病を呼び込んでいるようなところがあると証言される場面がある（三〇五～六）。大君の「悩ましさ」も「苦しさ」も、客観的に判断されるような病というよりは、大君にそう感じられるという本人の感覚に根差した表現として示される。これは、蹉跌や閉塞が、思惟だけで終わることなく身体に連動することを意味している。大君の身体は、物事を全て高い意識で括ろうとする過剰な欲求に耐え切れないからこそ、このように身体からの破綻が生じていくのである。その意味で、大君における身体は、思惟に同化するものでありながら、思惟を引き受けることを拒むものでもあるという二重性を担っているといえよう。

大君が特にその心中思惟を展開させるのは、薫と中の君を結婚させせようとする時や匂宮の縁談など、物語を進ませる重要な節目が提示されるときである。つまり、都の男性という、外部の存在を受け入れなければならない時、それを拒否するようにして彼女は「思」わざるをえない。「思ふ」ということは、状況を彼女なりに把握して世界観を獲得しようとする唯一の手段なのである。特に匂宮の行動は大君を追い詰めていく。妻である中の君以上に大君が苦しむのはなぜか。大君にとって、匂宮と中の君は、そのまま薫と自分の関係になぞらえられる。どちらかといえば結婚に関して傍観者的な立場にいながら、他人事と割り切れずに、思惟と身体が追い詰められていくのである。物語には、大君が食べ物を拒否する場面がしばしば繰り返されるが、これは、状況を受け入れようとしない意識と一致する。自分から老いと死を呼ぶようなこの自虐的な行為は、自分の身体さえ否定しようとする観念に裏付けられている。

思いが積み重ねられることと、身体が衰弱することが連動関係にあるのは、第二部の紫の上から続く問題であるが、思わないようにしようとして逆にそれが身体の破綻につながれていた紫の上に対し、意識を過剰に立てようとするからこそ身体が追い詰められていくのが大君である。そして、なおかつ大君は、「思ひ隈なからじ」（思いやりのない女と思われたくない）と死ぬ時に思う。これは、情がないように見られている自分にも、思いがあることを薫に伝えようとすることを意味するのであり、それが同時に大君にできる意思表示となっている。正篇の思惟は、初めからあるものであり、それを隠そうとするところの苦悩が語られるだが、宇治十帖の思惟は、意識して作り上げるものである。思惟に対する語りの姿勢において、正篇と宇治十帖は明らかに異質である。思惟がおのずと生じるという前提を取り払ったところから、宇治十帖の心中思惟は出発するのである。

四　「我」と「身ども」

先に引用した文の中にもたびたび見られたが、大君の心中思惟の中には、「我」「身ども」への言及が目立つ。大君にとって「我」と「身ども」は何であり、そのことが他者との関わりとどのように結びつくのかを考える必要がある。

「我」は総角巻に一九例ある。内訳を述べると、薫地の文四例、薫会話文二例、薫心内語一例、薫和歌一例、大君地の文一例、大君心内語八例、中の君地の文一例、中の君心内語一例となっている。大君の全九例は、薫全八例をわずかに凌いで最も多く、さらに九例中八例が心内語の中で用いられていることになり、大君の自我意識が異様に際立ち、心の中で自己言及を掘り起こしていこうと熱望する様子を確認できる。(8) 同一の心内語で二度繰り返される例があることも注目される（総角⑤・二七一、二九〇）。

◆我よりはさま容貌もさかりにあたらしげなる中の宮を　（二三〇）
◆我もやうやうさかり過ぎぬる身ぞかし。　（二七一）
◆我あしとやは思へる。　（同）
◆我も人（薫）も見おとさず、心違はでやみにしがな　（二七八）
◆我も、世にながらへば、かうやうなること見つべきにこそはあめれ。　（二九〇）
◆なほ我だに、さるもの思ひに沈まず、罪などいと深からぬさきに、　（同）
◆我にさへ後れたまひて、いかにいみじく慰む方なからむ　（二九一）

◆見劣りして、我も人（薫）も見えむが、心やすからずうかるべきこと。　（三一三）

大君の思惟における「我」は、中の君に対して用いられる例と、「我も人も」という、薫との対幻想の中で意識される例に主に集中するが[9]、女房たちに同化するように「我」を意識する例も見逃せない。つまり、他者との対立あるいは同調の中で「我」という自覚が織り成されていくのである。それは、絶対的な「我」というよりは、相対的であるといってよい。他者の生き方に対して自分はどう行動するべきかという意識が、大君の「我」には強く生かされている。そしてその上で他者とは相容れない自己を確立しようとする熱望が大君の中であわだつ。

「我」の存在を信じ、意味づけようとする衝動を抑えきれず、「我」という自画像を作り出そうと苦心する大君であるが、その一方で繰り返される「身ども」とは何であろうか。

◆すべてはかばかしき後見なくて落ちとまる身どもの悲しきを思ひつづけたまふに、　（二四三）

◆さもこそはうき身どもにて、さるべき人にも後れたてまつらめ。　（二九〇）

◆この世にはいささか思ひ慰む方なくて過ぎぬべき身どもなめり、と心細く思す。　（二九一）

◆「…かくいみじくもの思ふ身どもをうち棄てたまひて、夢にだに見えたまはぬよ」と思ひづけたまふ。　（三〇一）

◆罪深げなる身どもにてと、後の世にをさへ思ひやりたまふ。　（三〇二）

「身ども」は総角巻に六例あり、弁の君の発言の中で用いられる「御身ども」一例を除き、すべて大君の文脈として用いられる[10]。しかもそのほとんどが、やはり大君の思惟の中で繰り返されている。「身ども」は大君と中の君姉妹を指し示すのであるが、それを用いるのは大君だけであり、「私たち」という連帯意識は、大君の側に特有の対感覚となっている。大君は「身ども」を、不遇であり、悩み多く、罪深い存在であると意味づけている。境遇の同一性が心にもいえることだという意識が大君の中ではたらいている。

この「身ども」と先に述べた「我」がどのように関わるのかについては、意味づけが容易ではない。

我も、世にながらへば、かうやうなること見つべきにこそはあめれ。…さもこそはうき身どもにて、さるべき人にも後れたてまつらめ。やうのものと、人わらへなる事をそふるありさまにて、亡き御影さへ悩ましたてまつらむがいみじさ。なほ我だに、さるもの思ひに沈まず、罪などいと深からぬさきに、いかで亡くなりなむ（総角⑸・二九〇〜一）

大君には同一の思惟の中に「我」と「身ども」が混在して表される例がある。我への規定と「身ども」の規定が同じ次元において行われているのである。「私は」と独自の生き方を追求しつつ、「私たちは」という文脈においても同じ問題を認識していく。この後もう一度「我にさへ後れたまひて」と「我」を出し、さらに「この世にはいささか思ひ慰む方なくて過ぎぬべき身どもなめり、と心細く思す」と「身ども」で問題を意識する。「我」が孤立を象徴するなら、「身ども」は連帯の現れである。大君をめぐって、孤立と連帯が交互に交錯する様子がここには浮き彫りにされている。結婚拒否という独自の論理を提出していく一方で、個と対の区別が実は明らかにされていない。「我」と「身ども」の差が不鮮明なまま進む大君の思惟の語り方は、大君が「我」を意識しつつ、妹を掌握するという所有意識を示唆している。これは、たびたび繰り返される、薫に対して「身を分ける」という意識とも通底する。いわば「身ども」とは大君の中の君に対する所有の感触を映し出しているのである。

これ対し、運命は同じでも思いまでは共有はありえないことを露呈するのは、むしろ妹の中の君の方であった。妹は、思惟において姉とは異なる性格づけを見せていく。

①君たち、なまわづらはしく聞きたまへど、移ろふ方異ににほはしおきてしかば、と姫宮思す。中の宮は、思ふ

方異なめりしかば、さりともと思ひながら、心憂かりし後は、ありしやうに姉宮を思ひきこえたまはず、心おかれてものしたまふ。（総角⑸・二五二）

②「…おのおの思ふらむが人わらへにをこがましきこと」と思ひ乱れたまふに、心地も違ひて、いと悩ましくおぼえたまふ。

正身は、たまさかに対面したまふ時、限りなく深きことを頼め契りたまへれば、さりともこよなうは思し変らじと、おぼつかなきも、わりなき障りこそはものしたまふらめと、心の中に思ひ慰めたまふ方あり。（総角⑸・二八九）

③ともかくも人の御つらさは思ひ知られず、いとど身の置き所なき心地して、しをれ臥したまへり…ほど経るにつけても恋しく、さばかりところせきまで契りおきたまひし、さりとも、いとかくてはやまじ、と思ひなほす心ぞ常にそひける。（総角⑸・三〇〇、三〜四）

大君と中の君の比較は、橋姫巻から始まっており、特に容姿においてその差異性を際立たせていくが、総角巻では、思惟において姉妹を比較し、その差異化を図ろうとするところに特徴がある。大君ほど多くはないが、中の君にも「思ふ」表現はあり、しかも大君にはない固有の思い方を見せている。

①では、大君が「姫宮思す」とあるのに対し、中の君は「さりともと思ひながら」と思惟が反転し、さらに姉に対して「ありしやうに姉宮を思ひきこえたまはず」と説明される。自分が薫と一夜明かしたことについて、姉を同情しつつ、一方でそのような状況に自分を立たせた姉に心を閉ざされるという、複雑な心境を語る。薫をめぐって、単に姉妹がすれちがっているというだけでなく、「思す」とだけで断定的に決める大君と、「思ひながら」と別の方面に思惟をめぐらさざるをえない中の君は、その思惟の構造においてもずれを見せているのである。

直線的な大君の思惟と、曲線的な中の君という差異は、薫だけでなく、匂宮をめぐっても繰り返される。他者の思惑を意識して苦悩がそのまま身体化していく大君に対し、中の君は「さりとも」と逆転させ、別の点から匂宮の行動を考え直していこうとしていく。中の君の思惟に「さりとも」はたびたび繰り返されるが、ここでは、「思し変はらじ」と信じる方向へはたらいていく。苦痛を持続させる大君とは反対に、「思ひ慰め」る中の君は、状況を素直に受け入れようとしている。こうした姿勢の違いは③においても同様であり、「思ひなほす心ぞ常にそひける」中の君には、発想の転換が日常化されている様子が明らかにされている。

もっとも、③と同じ場面における中の君の匂宮への答歌は、

あられふる深山の里は朝夕にながむる空もかきくらしつつ（総角⑤・三〇四）

とあり、夫を恨む歌となっている。苦しい状況であることは、中の君も大君と同じなのであるが、中の君の思惟は、「思ひ慰」め、「思ひなほ」していくことで均衡をはかろうとするような語りが展開されているのである。

中の君は大君から「憎しとな思し入りそ。罪もぞ得たまふ」（総角⑤・二六二）と「思ひ入る」ことは「罪」なのだと戒められ、匂宮からも「罪深くな思しないそ」と言われている（総角⑤・三二七）。共に自分に対して激しい感情を心に抱くことが「罪」であるとする発言である。姉と夫から、奇しくも同じことを言われる中の君であるが、このことは、思い詰めるのではないかと危惧されているのはむしろ中の君の方であることを意味している。特に、自身が思いを繰り返す大君が、妹に対してそれが罪であると諭すのは、皮肉な構図となっている。「罪」は、大君物語で繰り返される言葉であるが、これは正篇に描かれたような密通の罪とは全く異質の、観念性に満ちた意識として浮上されている。ここでは、「思ふ」ことそのものが「罪」だという認識が貫かれているのであり、女性が思惟をもつということがそれだけ奇異なものとして受け止められていることが逆に理解されるのである。自身は思いなが

ら妹には思惟を禁じる大君もまた、思惟は自分だけのものであるという意識にとらわれている。

このように、総角巻の思惟は、姉妹の意識のずれと、本質的な差異を明らかにする方法として新たに語り起こされている。大君の長い心中思惟にさりげなく付される中の君の思惟は、大君の追い詰められた内部世界をおのずと反措定していく。それを可能にするのは思惟であった。それまで身体の側から主に求められてきた姉妹の差異が、総角巻では、思惟において再考されている。単に姉妹の内面がすれちがっていることを明らかにするだけでなく、直線的な思考をもつ大君が死に向かい、くよくよした迷いと不安を露呈させるような思惟を見せる中の君は生の方向をたどるように展開される。大君が「我」の規定を熱望しつつ、「身ども」という、妹に対する所有意識をおのずと露呈させ、孤立しながら連帯の意識にとらわれる大君に対し、中の君の思惟は、「身ども」では括り切れない自立性を獲得している。これは、「罪深げなる身ども」「もの思ふ身ども」と再三にわたり「身ども」の規定を繰り返す大君が、中の君の心までは所有できないことを意味している。語りにおける、姉妹の思惟様式の差異は、運命の対照性を引き出す方法としても有効化されているのである。

結び

以上のようにして、大君物語における思惟の意味を、身体との関係および中の君との比較を通して考察をすすめてきた。

女性の思惟内容を丹念に語るという意味で、宇治十帖の大君物語は画期的な試みを果たしている。いわばそれは、自意識を括弧で括るという作業である。男性の長い思惟は、正篇から光源氏をはじめとしてたびたび繰り返されていたが、女性の思惟は、あまり見られず、あったとしてもごく短いものであった。女性の比較的長い思惟は、第二部の紫の上などにさきがけとして現れていたが、心内語が直感の反映としてあるのではなく、思いを積み重ねた結果として意識が確定していくという形式の語り方は宇治十帖の思惟の特質と位置づけることができる。そう考えるに至るまでの過程まで思惟の視野を広げるという姿勢が大君物語では、より徹底化されている。単発的に独白として浮上する紫の上から、同じ独白ではあっても、その長い思惟が常に繰り返される大君物語では男性だけでなく、女性にとってもまた思惟は日常的であり、持続的なものであることが証明されている。感じることだけでなく、考えるという論理的なところにまで思惟の幅が広げられるのは、大君物語以降に特有の語りとなっており、そこには女性の、知に対する渇望すら潜在されている。(11)

大君物語の思惟は、独身を通し、死を思い、出家をしようと決意する女主人公に顕著であるように、中でも特に女性の意志とつなげられながら語られていく傾向が強かった。事実大君は苦悩が思惟から身体に転化されていくのであり、その意味で思惟は人物の運命に関与する方法として位置づけられている。大君にとって生きることは意識することであった。

自ら病を呼び込むような大君の身体は、思惟が身体を支配し、動かしていく力をもっているようにも見えるが、これは、大君の意識の透き間に入り込んできたものであった。唯心論に生きる大君であるが、実は、意識と身体は対立的に割り切れるものではなく、一体であり、その中間項の中でこそ出来事が進んでいくことを、大君の「なやみ」は、彼女のほころびをつくようにして語る。

それでも大君物語の段階では、思惟に高潔性があるように語られている。姉妹の固有性を語る方法として思惟が存在しうるのも、それが比較の資料としての有効な価値をもっているからである。

大君物語では、身体は醜い物であり、有限であるという認識につらぬかれている。

「我もやうやう盛り過ぎぬる身ぞかし。鏡を見れば、瘦せ瘦せになりもてゆく。おのがじしは、この人どもも、我あしとやは思へる。後手は知らず顔に、額髪をひきかけつつ色どりたる顔づくりをよくしてうちふるまふめり。わが身にては、まだいとあれがほどにはあらず、目も鼻もなほしとおぼゆるは心のなしにやあらむ」とうしろめたく、見出だして臥したまへり。「恥づかしげならむ人に見えむことは、いよいよかたはらいたく、いま一二年あらば衰へまさりなむ。はかなげなる身のありさまを」と、御手つきの細やかにか弱くあはれなるをさし出でても、世の中を思ひつづけたまふ。（総角(5)・二七〇～一）

ここで三回繰り返される「身」は、すべて身体の意で用いられた表現である。大君の「身」は、基本的に観念的な意味で表出される中、ここでは、肉体そのものを意識させる語彙として異色の位置づけをすることができる。髪、額、目、鼻、そして手と大君は細かく、そして容赦なく身体を意味づける。「身」を「盛り過ぎぬる」「はかなげ」と規定し、さらに、近い将来かならず「衰へまさ」るにちがいないと予感する大君は、身体を否定している。[12] これは、直前の女房の言葉「かくあたらしき御ありさまを」（二七〇）と呼応するものである。これは、単に大君が現実を見ないで独善的な思い込みをしているというだけの問題ではない。この心内語に語られているのは、身体そのものに対する厳しいまなざしである。化粧で美しく見せることへの嫌悪も、女房たちを軽蔑して自分は彼女たちを超越しているとする、自分の驕った心を見てしまうのも、身体の脆さに目をそらさずにはいられないからである。遅かれ早かれ容色は衰え、消滅していくという認識が、ここでは究極のものとして言説化されている。数多い思惟の中で、純粋に大君が一個人としての「我」を考えているのは、この場面だけである。「我」と「身ども」の中で自分をとらえる大君が、自分独自の問題を身体の中で考えようとしたことは皮肉である。この心内語の「身」と「身ども」は、全く次元が違う語となっており、最も否定する身体に唯一無二の問題を求めていく矛盾がここには深刻に露呈している。

大君物語の思惟は、意識が身体を乗り越えようとする力に支えられている。人間にとって重要なのは必ずしも身体とは限らないのだという論理が、大君物語には貫かれているのである。容色や身体以上に確かな何かを、思惟の中で探ろうとするのが大君物語の語りの基盤になっている。しかも、そのことが男性によってではなく、女性自身によって行われているところに宇治十帖の特異性がある。

女性の長い思惟を克明に展開させる物語は、その妹たちを中心とした物語の中にそれぞれ引き継がれていく。大君が挑戦し闘い抜いた、身体の限界性との葛藤が今後どのような方向をたどるのかについては、宇治を離れて上京する中の君物語、姉よりさらに流転を重ねる浮舟物語の中でそれぞれに自問自答されていくことになる。妹たちは、それぞれ、姉が築き上げてきた世界を受け継ぎながら批判的に乗り越えようとしていく。

が、こうした妹たちの物語は、大君物語がないならば、達成されるはずはなかった。認識への欲望に激しく取り憑かれ、容色に頼らず思惟に自分の全てを賭けるという女性像を確立することで思惟様式を脱構築し、物語が語ることのできる意識の領域を広げるという手続きがないならば。

〔註〕

（1）池田節子「源氏物語の心情語」（『源氏物語研究集成　源氏物語の表現と文体下』風間書房一九九九）。また、総角巻の文体そのものの意味づけについては、「会話、消息の、人称―体系―宇治の大い君生存伝承―」（『物語研究』第二号物語研究会二〇〇二・三）で試みられている。

（2）大君研究では、千原美沙子「大君・中の君」（『源氏物語講座4』有精堂一九八二）をはじめとして、池田節子「大君―結婚拒否の意味するもの」（森一郎編『源氏物語作中人物論』笠間書院一九九三）など、思惟の特異性への言及はしばしば繰り返されている。本論では、大君物語で特異的とされている思惟様式そのものを、大君の「思ふ」表現を中心に分析しながらその息づかいと奥行きを探り、思惟の基盤となるものを改めて意味づけ直すことを目的としている。

（3）宇治十帖における自発表現の重要性は吉井美弥子「薫をめぐる〈語り〉の方法」（『源氏物語の〈語り〉と〈言説〉』一九九四）参照。

（4）大君における「思ひ知る」の意味は、三田村雅子「大君物語―姉妹の物語として―」（『源氏物語研究集成　源氏物語の主題下』風間書房一九九九）で示唆的に触れられている。

（5）総角巻において、他の人物で「思ふ」表現が顕著な例を掲げておく。

◆中の君　地の文四一例　会話文三例　心内語六例　和歌二例

◆薫　地の文五六例　会話文四五例　心内語二一例　手紙文五例

◆匂宮　地の文四二例　会話文一例　心内語二例　和歌二例　手紙文二例

◆弁の君　地の文一例　会話文一一例

◆大君の女房たち　地の文一三例　会話文七例

薫は宇治十帖中、最も多く「思ふ」人だが、総角巻では、大君の想念は、薫のそれを凌いでいる。逆に、大君と比較して、あまり「思ふ」ことをしないように見受けれられる匂宮や中の君も、それぞれ総じて四九例、五二例に上り、「思ふ」人として重要な位置を占めていることがわかる。特に中の君の思惟は、「（匂宮との結婚は）思ひ寄らざりしこととは思ひながら」（二七三）、「（薫が匂宮に）思ひよそへらるれど」（三一二）、というように、特に匂宮への感情を中心として、大君にはない心のねじれが文脈から掬い取れる。全集頭注に「恋する女」とたびたび意味づけられる中の君だが、大君と比べて、読者の印象の薄れがちな中の君は、大君以上の屈折した心境を早くも総角巻から展開させている。この問題については、三章以降で詳しく検討したい。さらに、総角巻の特徴として重要なのは、弁の君や女房たちといった、侍女たちの思惑が大君たちに大きな影響を与えている点である。弁の君は、彼女の思いがどうかということよりも、特に薫への言葉の中で、八の宮や大君、中の君の思いを述べる例の方が中心となっており、「思ふ」表現が地の文よりも会話文の方に多いことも、弁が感情の代弁者として機能していることを言い表している。女房たちの「思ふ」表現は、地の文にも会話文にも見受けられ、彼女たちの思惑が、発言からはもとより、無言の圧力としても無視できない要素となっていることを表している。今回は、心内語を中心に、大君の「思ふ」表現を分析しているが、心内語とほぼ同じ用例数の会話文三〇例も見逃せない数値である。これは薫四五例に次ぐもので、薫と大君が思いを会話を通して伝えようとする動きも同時にあることの現れとなっている。大君には、心内語の後、薫や弁、中の君などへの発言が続く展開を見せる場面が少なくない（二二三・二三八・三二八頁など）。これは、大君が思惟を内面で掘り起こすだけでなく、外に向けても意思表示しようとする意識が旺盛であることを意味する。会話における「思ふ」表現の展開を考えることも、重要な問題として提起できる。原岡文子「大君」（『源氏物語事典』大和書房二〇〇二）参照。

（6）沢井あかね「宇治大君物語論―壁の中の姫君―」（『フェリス女学院大学日文大学院紀要』第7号二〇〇〇・三）は、大君物語の空間に注目しながら、張り巡らされた「隔て」の中で女性としての情念に耐える大君の孤独な姿を浮き彫りにする。

（7）近年の大君研究において、身体への言及は高まっている。「髪」「声」の意味については、三田村雅子「黒髪の源氏物語」（『源氏研究』第1号翰林書房一九九六・四）、吉井美弥子「物語の『声』と『身体』」（森話社一九九六）など参照。また観念の人としての印象の強い大君における官能性を徹底的に追求した論として、神田龍身『源氏物語＝性の迷宮へ』（講談社選書メチエ二〇〇一）の第三章「薫と大君」参照。ここでは、大君の思惟が、状況を利用しながら妄想的に思いを膨らませていく戦略的な行為として意味づけられている。

（8）この後続く中の君物語には、大君物語で展開されたような「我」はみられない。宿木巻において、「我」は一四例あるが、薫二例、匂宮二例、中の君五例、夕霧一例、産養の祝儀を作る職人一例、按察使の大納言一例、一般貴族一例、中の君の心を臆測した草子地として一例、という内容になっており、担い手もばらばらな印象が強く、本人の意で用いられる例が一般的である。心内語では薫が一例、中の君の中に二例あり、大君ほど強烈な印象は与えていない。「我」の位相の変容に、

（9）大君物語と中の君物語の本質的な差異の一つを見ることができる。「我も人も」の言及は、（2）の池田論文にも多少ある。池田氏は、大君の「我も人も」を関係の「対等」を意味すると論じる。なお、この表現は、薫の弁の君への発言にも見られる。「同じくは昔の御ことも違へきこえず、我も人も、世の常に心とけて聞こえ通はばや、と思ひ寄るは」（総角⑸・二一七）。両者が共に同じ連帯を意味する表現を所有することは、二人が共同幻想を共にもつことを意味していよう。

（10）「身ども」を軸に、総角巻が姉妹の関係の共振と緊張が方法的に描かれていることは、（3）の三田村論文や（6）の沢井論文に詳しく展開されている。

（11）大君の言動には、総角巻以前から「知る」ことへの言及が見られる。「何ごとも思ひ知らぬありさまにて、知り顔にもいかがは聞こゆべく」（橋姫⑸・一三四薫への発言）、「げに、いとあまり思ひ知らぬやうにて、たびたびになりぬるを、なほ聞こえた間へ」（椎本⑸・一八四　中の君への発言）。いずれも、男君への対応に際し、表出される言葉である。大君は「思ひ知」らない自分を強く感じ、そうでないように振る舞おうとする。大君の、「知」で結ばれた関係に対する渇望の潜在が垣間見られる叙述といえる。

（12）大君が自分の身体を極度に恥じるさまは「何心もなくやつれたまへる墨染の灯影を、いとはしたなくわびしと思ひまどひたまへり」（総角⑸・二二五）や、病の場面、薫に見取られながら死ぬ場面などで確認できる。

第三章　「思ふ」女の未来学——中の君物語における思惟——

はじめに

源氏物語・宇治十帖における注目すべき特徴の一つとして、女性の思惟に関する語り方の傾向を指摘することができる(1)。

既に述べたように、総角巻に至るまでは、心の中の動きを示す文体は、主に男性の方に偏りがちで、女性の思いは殆ど明示されないままであった。女性が葛藤し、自己を把握する過程そのものをたどるような思惟の在り方を示したのは、総角巻の大君においてであったといえる。女性の思惟描写が長大化し、地の文や会話文、心内語、和歌と、多彩な言説の中で、「思ふ」表現がさまざまにちりばめられていく、その思惟様式の多様性は大君物語の中で新しく敷設された語り方であり、このような思惟のあり方は、中の君物語、浮舟物語といった、それ以後の語りの特質を大きく規定している。その意味で、大君の存在とは、いわば、「思ふ」女の本格的な登場といえるのであり、女性の魂そのものの彷徨が、大君を通して始めて描かれていたといってよい。

自分はこう生きてこう死のうという、はっきりした人生設計を掴み取ろうし、実際その通りに自己自身を全うした大君の思惟は、非常に意志的な動きによって方向づけられている点に、その特異性をみとめることができた。それに対し、その妹である中の君の思惟は、どのように展開されていくのだろうか。本論では、宇治十帖の中盤から始まる中の君物語における思惟をめぐる語りの方法を改めて見つめ直し、特に大君物語との関係構造に注目しつつ論じていきたい(2)。それが姉妹の本質的な違いを知る手掛かりになると思われ、また、宇治十帖全体の思惟様式の流れを考える上で重要な資料になると考えられるからである。

従来より中の君物語は、大君物語と同様の緊張と強度を期待していた読者に失望を与えてきた。それは、これまでの研究が、大君論・浮舟論というように、宇治十帖の女性を、女主人公として捉えようとする動きが大きかったことを背景にしている(3)。本論では、その読者の関心が薄れがちな中の君について、思惟叙述の面から問題を立てながら、その新しい位置付けを試みると共に、先行の中の君物語研究の中で築き上げられてきた成果に対しても、このような視点から反措定していきたい。女主人公論としてではなく、「姉」と「妹」という関係のかたちを思惟という視点から捉え返してみたいのである(4)。従って、ここでは主に宿木巻を中心に扱う。大君の「二番煎じ(5)」でもなく、さりとて浮舟の前座的存在(6)でもない中の君という女の登場の意味が、改めて明らかに見えてくるはずである。

中の君物語の中で、中の君は、「私は…と思う」という形式で、自分に対する言及を執拗に続けていく。これは、感情を括弧で括る行為であり、決して生の感情を剥き出しにしない時に用いる語り方である。また中の君は、大君以上に物思いを多く重ねており、その内容も姉よりずっと複雑化・多様化している。中の君が自己言及する場面では、「思ひ知る」「思ふ思ふ」「思ひくらぶ」といった複合語がさまざまにあり、文脈も、「思ひながら」「思ふべきを」「思すにも」「思ふには」というようにねじれていく場合が顕著である(7)。このような傾向は、心中思惟の物語全体の中における意味を考える上で非常に興味深い。思惟が全てを完結する大君に対し、中の君の思惟は、屈折して展開される文体のうねりそのものに特質があると見ることができる。

　しかし、彼女が「苦悩」しつづける期間とは、実は、彼女が匂宮の子を懐妊し、出産するまでの期間とほぼ一致していた。(8)それに際し、本論のもう一つの試みは、中の君の思惟を、妊娠および出産の問題と関連づけながら考えていこうというものである。妻としては不安定な身の上である中の君にとって、その子どもを懐妊したことは、物語的展開の上では、めでたいこととしてみなされるべき出来事である。けれども物語の文脈は、栄養をつけて、丈夫な子を生むように身体に注意して、という展開を選ばない。中の君は、自分が身ごもることの意味を顧みようとせず、自分は不幸であると認識し続ける。こうした混乱した認識は、今現在の自分の身体さえ隠蔽し、取りこぼしているのである。思惟と身体の齟齬と乖離こそが、中の君物語の重要な本質をつくっているにちがいない。

　こうした「思ふ」表現の過剰性を考える時、思いを示す叙述とは、果たして、内面の表れといえるのだろうかという疑問に突き当たらざるをえない。確かに中の君は、煩悶しつつも男子を出産した。(9)しかし、その「煩悶」とは一体何だったのだろうか。思惟そのものを改めて意味づけ直す契機が、中の君物語の読みを通して与えられているようである。

一　宿木巻における思惟

　宿木巻の中の君は、都を離れ、匂宮の妻・「対の御方」として、二条院に住んでいる。総角巻では、大君の妹として以上の印象は薄い存在であったが、姉の死後は、「妹」という役割を離れた、一人の女性としての特異性が問い直されている。ここでは、都における中の君の姿が大きく描かれる宿木巻の語り方の全体的な傾向と特質を、思惟という視点から考察したい。

宿木巻の特徴で注目すべきことは、思いをめぐらせる人物が、中の君一人だけではなく、登場人物全般に見られるところにある。(10) 巻の冒頭は、女二の宮の身の振り方に苦慮する帝の思いがしばらくは語られる。

朱雀院の姫宮を六条院に譲りきこえたまひしをりの定めどもなど思しめし出づるに、「…さらずは、御心より外なる事どもも出で来て、おのづから人に軽めたまふこともやあらまし」など思しつづけて、ともかくも御覧ずる世にや思ひ定めまし、と思し寄るには、（宿木⑸・三六六〜七）

朱雀院女三の宮が光源氏と結婚したときの先例を引き合いにしながら、母親を失った女二の宮の配偶者について悩む帝の胸中は、娘の采配に対して慎重になるあまり、「思ひ」が乱れている。「思しめし出づるに」の後に心内語が導き出され、「思しつづけて」で閉じられる。さらに自分の在世中に娘の婿を「思ひ定めまし」ことを「思し寄る」というように、「思ひ」が新たに派生されていく様子が、「思ふ」表現の畳み掛けによって、克明に示されている。帝の「思ふ」表現は、地の文に一五例、心内語に一例あるが、このような具体的な内容と共にその思いが描かれる傾向は、第二部の若菜巻冒頭の方法と酷似している。(11) 思い悩む姿と最も無縁でありそうな人の心中思惟によって巻全体の色調が規定されていくという意味で、宿木巻は、都の論理が改めて大きく表れる巻であるといえる。(12)

若菜巻の朱雀院の苦悩が、あくまで女三の宮の婿選びのためにあり、朱雀院の問題として収束されたのに対し、宿木巻では、帝の思惟が、帝一人の問題として終わるのではなく、同じような語りの傾向が、他の人物にも波及されるところにあるところに、その異質性があるといえよう。

夕霧の心中思惟もまた、「思ふ」表現が近接している。

「…まめやかに恨み寄らば、つひにはえ否びはてじ」と思しつるを、思ひの外の事出で来ぬべかなり、とねたく思されければ、「水漏るまじく思ひ定めんとても、…」と思しなりにたり（宿木(5)・三七〇）

自分の娘を薫と結婚させたいと密かに思っていた夕霧は、帝の意向を「ほの聞き」して、内心穏やかではない。ここでの「思ふ」表現の重用は、自慢の娘として養育しながら盛りを過ぎかけている六の君の婿選びに、父親として焦りを感じている夕霧の屈折した心中を映し出している。「ねたく思」う姿に、夕霧の、帝への激しい対抗意識を窺い知ることができる。また、改めて婿を匂宮にと「思しなる」様子は、何としても我意を通そうとする強引さと、無理に薫を諦めようとする力がはたらいている。天皇と臣下という上下関係が度外視されたところで、娘の結婚にいろいろ思う父として、帝と夕霧が対として同列化されている状態が、思惟叙述の類似を通して理解されてくるのである。縁談の噂を聞いて思いをめぐらす夕霧の心理描写は、その前の場面に見られた帝の思惟様式からの連鎖構造の表れとみなすことができる。

さらに注目されるのは、女二の宮の婿の候補である当の薫の思いが、夕霧に続いて展開されることである。薫の心中思惟の文脈は、その前段の夕霧と様式が似ており、夕霧の文脈から伝播しているように見える。

さも聞こえ出でば、と思しめしたる御気色など告げきこゆる人人もあるを、あまり知らず顔ならんもひがひがしうなめげなり、と思しおこして、…そのほどに思し定めたなり、と伝にも聞く。（宿木(5)・三七二）

皇女を妻として与えようとされているにも関わらず、その僥倖に酔えない薫は、それでも帝の意向に感謝すべき態度を取らなければ「なめげ」であると「思しおこ」す。自由間接言説の「伝にも聞く」は、より薫の心に密着した語り方になっているが、その中で問題にされるのは、他者の思惑である。近接し合う「思しめしたる」「思し定めたなり」の主語はいずれも帝であるが、重要なのは、これが薫の思いを述べる文脈の中で繰り返されるということなのである。先に取り上げた帝や夕霧には見られない薫の特徴は、その心内語の中に他者の「思ひ」が入り込み、第三者の思惑を意識しながら自分の態度を決めていくということであり、人物の本音の部分を映し出しているとはいいがたい内容となっていることである。第二部で、皇女を妻にすることに、動揺と恍惚の間で揺れていた光源氏の過剰な反応とは違い、薫は、嬉しくないというのではないが、それほど積極的に喜んではいない。しかし、そういう薫の思いよりも、帝の面目をつぶさない努力をしようとする意図的な動きの方が、むしろ、彼の心中思惟の中では強調されているのである。この、他者の意識を考慮に入れた上で態度決定するあり方は、薫の思惟叙述の重要な特質をつくっているといえる。

このように、宿木巻は、巻の始めから、「思ひ…」「…思ふ」といった、さまざまな「思ふ」表現が、複雑にそれぞれ累積を始めている。こうした思惟のあり方は、帝から、夕霧、薫へというように、次々と伝染するようにして語り進められており、特定の人物だけが思いを重ねているのではなく、群像として思う人たちを取り上げようとしているところに特異性があるといえよう。そして、冒頭で述べた中の君の思惟の問題は、こうした都の男性たちの思惑や欲望のかたちを具現する文脈の影響を受け、宿木巻において改めて語り起こされていくのである。中の君の思惟のみが際立って語られているのではなく、「思ふ」人々の一人として位置づけられていることに注意しなければならない。

宿木巻の薫の「思ふ」表現は、全体で一一六例（地の文五四例、会話文三四例、心内語二七例、手紙文一例）あり、巻の中でもっとも多い用例となっている。次いで中の君の一〇三例（地の文五八例、会話文二二例、心内語二一例、手紙文二例）が注目すべき用例数であるが、この二人の「思ふ」表現の用例は、単に数量だけが特異的なのではなく、「思ふに」「思ひながら」「思へど」といった、逆接的な展開の中で用いられる場合が非常に目立ち、質的にもその特徴を共有している。その意味で、薫と中の君は類似した存在といえるのであり、傍観者としての立場に甘んじながら、その一方で完全な視点人物になりきれない要素も露呈している。思惟の反転構造が繰り返し描かれる彼らの姿を通して、葛藤と屈折に満ちた生の現場が、透視されるのである。[13]

薫と中の君に代表される、このような、「思ふ」表現の累積は、恐らく大君物語で形成された方法の継承、踏襲といえよう。果てしなく「思ひ」を積み上げ、その結果、全体として大きな意志に転化させていく大君物語的なあり方は、そのまま宿木巻に引き継がれたと見ることができる。しかし、大君においてはさほど大きく描かれてこなかった、ひたすらなる心の迷いや矛盾が、薫や中の君の思惟の中心的な内容になっている。その意味で彼らは、解決しようのない世界に投げ出されたということもできる。大君の思いに焦点を絞った総角巻に対し、帝、夕霧など都の権力者の内面をも場面の中に描き入れながら物語が進められていくところに、宿木巻の錯綜性と、他の巻にはない奥行きがあるといえよう。

このような、あたかも、内面への関心にめざめたかのような語りの構造は、逆に思惟の新たな意味づけを迫るものとなっており、会話が表層で意識が深層であるという発想は、もはや無効化されている。中の君の思惟もまた、大君的な思惟様式を縦の軸とし、宿木巻に見られる都の雑多な思惟の連鎖構造を横の軸とした状態のような所に、その位相を置きつつ、錯綜に満ちた自己対話を出発させているのである。誰かの「思ひ」を意識しながら自身の「思ひ」を決めていくような、互いに互いの思惟を相対化し、関係づけ合うようなしかたの語りが、新しい方法として宿木巻には形成されている。

二　大君・中の君――「思ふ」女の登場――

ここで、中の君の研究史を改めて振り返ってみたい。近年の宇治中の君をめぐる研究は、大君・浮舟ほどではないが、量産を続けており、質的にも優れた高まりをみせている(14)。前にも述べたように、従来の宇治十帖研究は、女主人公論としての捉え方が圧倒的であり、特にその傾向は、大君と浮舟において顕著であった。中の君は、地味な印象を読者に与えていたので、彼女の役割を、独自の生き方としてどう意味づけるかということは、難しい問題であった(15)。大君や浮舟と同じようなかたちで大きく捉えようとすると、逆にその像が浮かび出てこないのである。したがって、中の君研究においては、特に大君との比較を通して、役割を鮮明化するという方向に流れるか(16)、あるいは浮舟物語へとどう接続していくかという問題に注目しつつ、浮舟の登場を要請する役割として中の君を位置づけるという動きに二極化された(17)。

しかし、人物論、構想論的な中の君研究は、大枠においては大君論・浮舟論の再生産であった。確かに、中の君が他の二人を際立たせる媒体であるという捉え方は正しいが、そのような位置づけは、論の関心そのものが、結局のところ大君、浮舟に収束されていることを裏付けているのであり、中の君物語を本格的に論じようとすることとは少し別であったように思える。

そのような流れの中で、中の君という視点が改めて導入されたのは、ここ十年間のことといってよい。「女主人公」ではなく、大君や浮舟を見るというその測定的な役割に注目し、姉妹の相互的な関係の力学の問題を追求する研究姿勢によって見出された可能性は大きい(18)。中の君は「幸ひ人」と規定されながら、実は苦悩に満ちた生を歩んでいるのであり、中の君物語は、非常に皮肉な運命が描かれているのだという見方が現在では定着している。[19]
しかし、その中でも中の君の思惟については、大君や浮舟ほどには真剣な議論はなされてこなかったように思える。確かに、中の君が夫の不実や自分の運命に悲嘆する場面は、何度も繰り返されているが、そうした叙述を今までは、額面通りに苦しみとして受け止め、中の君によって示されるさまざまな悩みに対し、研究姿勢そのものが、いく分同調ぎみであったように感じられる。

宿木巻の中で、中の君が、長い心中思惟を展開する場面は九場面ある。[20] その意味で、中の君物語とは、いわば自己言及の絶え間無い繰り返しの物語である。

二条院の対の御方には、（匂宮と六の君の縁談を）聞きたまふに、「さればよ。いかでかは。数ならぬありさまなめれば、必ず人わらへにうき事出で来んものぞとは、思ふ思ふ過ぐしつる世ぞかし。あだなる御心と聞きわたりしを、頼もしげなく思ひながら、目に近くては、ことにつらげなることも見えず、あはれに深き契りのみしたまへるを、にはかに変わりたまはんほど、いかがは安き心地はすべからむ。ただ人の仲らひなどのやうに、いとしもなごりなくなどはあらずとも、いかに安げなき事多からん。なほいとうき身なめれば、つひには山住みに還るべきなめり」と思すにも、やがて跡絶えなましよりは、山がつの待ち思はんも人わらへなりかし、かへすがへすも、宮ののたまひおきしことに違ひて草のもとを離れにける心軽さを、恥づかしくもつらくも思ひ知りたまふ。（宿木⑸・三七三）

中の君の思惟は、宿木巻から本格的にはじまる。中の君は、宇治を離れて都に移り、匂宮の妻として二条院で生活しはじめるが、彼女の「悲嘆」は移って早速のようにはじめられる。

ここでは、何が語られているかという内容よりも、どのように語られているのかという思惟の形式に分析的に詰め寄りたい。ここには「思ふ」表現が、わずが十行程度の引用の中で五回用いられている。前にも述べたように、中の君に関して用いられる「思ふ」表現は、薫に次いで多いが、中でも注目されるのは、心中思惟の中においても「思ひ…」「…思ふ」といった表現が入り込んでいることである。「思ふ」という表現が地の文において用いられるのが物語の一般的な在り方であったことを考えると、思いを表す文脈の中に、さらにいくつもの「思ひ」が、まるで入れ子のように細かい単位で括られていくというような思惟様式は、異様といえる。こうした文脈一つを取ってみても、思惟が、ありのままの感情の吐露というよりは、考えを述べているという印象が強く、自分の感じたことを、既成の認識を借用することで精一杯割り切ろうとする営みであることがわかるのである。あたかも傷つかない努力をしているかのように。

中の君は、早くも夫に持ち上がった縁談を聞いて、「やっぱりだ」と確認する。「思ふ思ふ」は、「思いながら思いながら」といった心持ちである。「思ふ」ことがほとんど慢性的に繰り返されていることを表すが、この、「思ふ思ふ」は、後に、中の君の中でもう一度繰り返されており、彼女のみに用いられる語としても注意される。物の数にも入らないような自分は、辛い思いをして人から笑い者になるのはまちがいないということを「思ふ思ふ」過ごしてきたというのである。

都へ来て、妻として苦労することはわかっていたのだ。みじめな思いをするにちがいないと、思っては思ってはここまで来たのだ。中の君は今ある現実を、前から予期していたこと、と認識する。

けれども早速その後で、匂宮が自分から離れて行くようなことがもしあったらと想定し、その想定の上に、彼女は傷つく。「頼もしげなく思ひながら」、「…ながら」で、匂宮があてにならない夫であるという自覚がそこで一度反転していることがわかる部分である。夫の誠意をもとから期待してなどいなかったと振り返りながら、もし心変りされたら「安き心地」がしない、「安げなき事」が絶えないにちがいない、という、全く相反する感情が、自覚を認識することで逆に強く打ち出されていく。ある一つの「思ひ」が十分な展開を見ないまま、さらなる「思ひ」に連鎖し、別の思念に飛び火していき、自己破綻を起こしていく。「思ふ」が、正篇の時以上に、より軽い表現意識で語られているのである。苦労するとは思っては思ってはいた、夫が浮気な性分であることもよくわかっていた、けれども中の君の思念はそこで終わらない。「思ひながら」でねじれることで、匂宮にほんとうに飽きられたらやはり苦しいのだというところまで語りは続く。そして「なほいとうき身なめれば」と自己規定し、やはり宇治へ戻った方が良いのだと結論づける。

ここまでの思惟は、中の君の内話文として一括できるが、この独白の中では、臆測を表す語法として「む」と「めり」が多様されていることも注目される。「必ず人わらへにうき事出で来んもの」「にはかに変わりたまはんほど」「いかに安げなき事多からん」とあり、「もし…ようなことがあったら」「…だろう」というかたちで想定される不幸は、実際の現実の中では起きていないことであり、いわば中の君は、ありえない状況の中に不幸を見出し、虚構の未来の中に悲劇を予感しているのである。「数ならぬありさまなめれば」「なほいとうき身なめれば、つひには山住みに還るべきなめり」とある自分を「数ならぬ」と決めつけようとし、つらい運命のもとに生まれてきたと解釈する自己規定に「めり」が付着するのは、冷静に自分を対象化し、観察しているようでありながら、いまひとつその自己解釈に自信がもてず、推量するにとどまるしかない状態を指し示しているのだといえよう。

ところが内話文の中自体が屈折した思惟の展開をみせているにもかかわらず、それが、全体として、さらに、「と思すにも」と引き継がれ、前の思惟で、やはり自分は「還」った方がよいのだと見通しながら、それそのものを覆すかのようにして、「還」ったら逆にそれこそ「人わらへ」になると意味づけ直す。そして、宇治を離れなければ良かったと、「思し知」る。

後半は、移り詞になっており、内話文のように始まりながら、いつの間にか地の文に流れていく。「山がつ」が待ち構えていて自分を笑うに違いないことも、「待ち思はんも」であり、やはり、想定の上での「恥」意識である。中の君をめぐる語りは、「不幸」や「恥」を、実際それに直面させることなしに体験させていくのである。

約一頁にわたる長い思惟であるが、内話文の中の、敬語のない部分では、「思ふ思ふ」「思ひながら」とつづく。内話文の中で「思ふ」が存在するのは、大君物語にも通じる傾向であったが、地の文でないところに「思ふ」が示されるとき、特にそれが「思ひながら」などのように逆接的な展開に流れていくとき、いささか、自己弁解的な印象を与えていく。つまり自分について言及する形式の思惟が複雑に入り込んでいるのである。「思ひながら」「思すにも」で反転を重ねていくが、その都度今までの思惟は全面的に否定されて、別の思惟に飛び火し、そこでもまた行きづまる。惨めな思いをすると思いながら思いながら過ごしてきたとしておきながら、現状を嘆き、夫の愛情など頼りにならないと断りながら、無意識に夫に執着するという流れは、ひたすらなる思惟の累積であり、解決への見通しが全く見出されておらず、果てしない日常の惰性そのものである。

このように、上京後の中の君の心中思惟は、「思ふ」の趣旨をそのつど変更させながら展開され、しかも、その思惟は、現実に対する錯誤がみられる。都で妻のひとりとして「苦労」することがわかっていたという認識も、夫があてにならないという「思ひ」も、みな、一時の自覚に止まっている。「還」ろうとしてすぐそれを思い止まるのも、そうした上滑りした「思ひ」の上にある。状況を単独で判断する中の君の閉塞した世界を語ることが、中の君物語の重要な特徴の一つとなっていることは注目すべき興味深い点である。つまり、結婚の「苦悩」を告白してはいても、本当の意味での深刻さを見る前に「苦悩」の思惟が始められているのである。つまり、思惟が出来事を先取っているのであるが、しかし、その思惟は、匂宮が中の君から離れて行くということの予兆には決して肉薄していかない。物語的展開を決定する要因とはならないのである。自らの疎外を感じる中の君の思惟には、はやくも価値の転倒と、現実に対する混乱した考えが表れている。傷ついている自分を執拗なほど追い詰めているようでありながら、自意識の球体に閉じこもることで実は傷つくことから逃げているのである。

こうした中の君における思惟の肥大化は、宿木巻に入って突然起きた現象ではない。中の君が「思ふ女」として新たに位置づけ直されていく背景には、たびたび言及したように、大君物語の影響が深いことを否定できない。[21]

「…なほ我だに、さるもの思ひに沈まず、罪などいと深からぬさきに、いかで亡くなりなむ」と思し沈むに、心地もまことに苦しければ、…明け暮れ思ひ続けたまふに、もの心細くて、…など思しつづくるに、言ふかひもなく、この世にはいささか思ひ慰む方なくて過ぎぬべき身どもなめり、と心細く思す。

（総角⑸・二九〇～一）

宿木巻の中の君の思いや考えは、意識の中で自己対話を繰り返しつづけた大君の心理描写と同じ方法意識でもって語られている。その意味で、宿木巻の中の君は、姉を模倣し、再演しているともいえる。大君は、「思し沈」むことで実際に発病し、「明け暮れ思ひ続」け、自分たち姉妹は結局恵まれない運命にあるのだと「心細く思」っている。ここでさまざまに「思ひ」を重ねる姉は、まさしく妹の前身である。

しかし、大君物語の思惟は、長く脈々として語られているには違いないが、薫や中の君とは異なり、直線的であり、くよくよした迷いがない。彼女の「思ひ」は、「いささか思ひ慰む方なくて過ぎぬべき身ども」という結論で終結されており、意識に問い尋ねるという姿勢を全うしている。匂宮の縁談を噂に聞いた大君は、失意のあまり、発病する。

ともかくも人の御つらさは思ひ知られず、いとど身の置き所なき心地して、しをれ臥したまへり。
（総角(5)・三〇〇）

しかし、そのような大君に対し、総角巻の中の君は、姉とは別の考え方を持っていた。

ほど経るにつけても恋しく、さばかりところせきまで契りおきたまひしを、さりとも、いとかくてはやまじと思ひなほす心ぞ常に添ひける。
（総角(5)・三〇四）

姉に完全に庇護されているという印象の強い中の君であるが、その彼女が総角巻から、独自の思惟内容を展開していることは、意外に見落とされている。大君が匂宮の不実を徹底して恨み抜くのに対し、中の君は、あえて夫を信じようとし、状況を前向きに捉え返そうとしている。「さりとも」「思ひなほす」という、反転的な姿勢は、既に大君生前から萌芽を見せていることは十分に注意されるべきである。「しをれ臥」す姉と「思ひなほす」妹の、その対比性が、思惟のありようを通して浮かび上がるところである。そもそも、大君物語における中の君の思惟は、常に姉との比較の中で描かれており、中の君の思いそのものを問題にするというよりは、大君の思惟の観念性を逆に際立たせるために用意されているといった方が正しい。けれども、大君物語の中では、姉との質的な差異を対比的に示すための思惟叙述であったのが、単なる姉との比較の手段という領域を越えて、宿木巻で本格的に語られ直されているのである。

このように、中の君物語における思惟は、大君の影響を深く受けていると同時に、その時に同時に提示された中の君自身の思いをめぐる描写を拡大化するようにして進行している。しかし、中の君の思惟の形式は、その構造においては姉と酷似しているが、内実においては、一途に思いつめて何らかの結論を出す姉に対し、逸脱、空転を繰り返し、くよくよした迷いがある。そして、感じていることを描くというよりは、むしろ、意識的に思惟にしようとしている姿勢の方が顕著に表れている。これが自分の思惟なのだとけんめいに言い聞かせる中の君の行為とは、いわば玉ねぎの皮をはぐような営みといっても差し支えない。自己自身を突き詰めた結果、何も残らないようなものを追いかけるような思惟の構造が、中の君によって新しく展開されているのである。

そして、妹の運命が、姉と決定的に差異化されていくのは、妊娠という物語設定の導入であった。

さるは、この五月ばかりより、例ならぬさまに悩ましくしたまふこともありけり。こちたく苦しがりなどはしたまはねど、常よりも物まゐることいとどなく、臥してのみおはするを、（宿木(5)・三七五）

中の君が懐妊していることがここで明らかにされているが、中の君の煩悶は、このような「悩み」と裏腹に始まっている。彼女自身は、夫の新たな結婚のために悩んでいると思っているのだが、実はそうではなく、妊娠したことによる体調の不安定があるからこそ、逆にさまざまに過剰な反応を見せている。しかも、中の君自身は、自分が妊娠したことさえ、受け入れようとはしないのである。大君のように、思惟から身体への移行ではなく、身体によって規定されていくような思惟のありかたが新たに中の君物語によって形成されようとしている。

大君物語までは、内面を追い詰めていけば、何かが得られると信じられていた。それは、悩んだ末に発病し、死に至るという大君の生き方に象徴されている。ところが中の君の思惟を叙述する上で重視されているのは、思うことによって何かか導き出されるという、弁証法的な流れではなく、同じことを繰り返し思い続ける、ひたすらなる反復と集積である。そう思うことにしている、「思い」として認めようという次元のところを何度も主張し続けていく。その意味で、中の君の心中思惟は、姉とは似て非なる世界を形成しているといえよう。大君を模倣すればするほど、中の君は、反大君的になっていくのである。しかし、それは、姉よりも妹が劣っていることを証明するものではない。そのような無限に錯誤し続ける運動そのものこそ、妹の物語において追求しようとしているものだからである。

三　隠蔽の構造

中の君の「思ひ」が注がれる対象は、概ねにおいて、夫・匂宮に関係したことであるか、大君を回想する時のいずれかに分かれる[22]。それは、現在の中の君の関心が、夫および姉に集中していることであり、言い換えれば、「妻」および「母」としての立場、「妹」としての立場を、中の君が必死で自己把握し、意味づけ直そうとする欲求に目覚めていることの表れともいえる。本節では、匂宮に関連する文脈の中で中の君が何をどのように「思ふ」のかを、改めて注目したい。

中の君は、大君生前は、「中の宮」という呼称が与えられていたが、都に移転の後は、「二条院の対の御方」「女君」というように、妻を意識化させるような呼称に変わっていく。このことは、中の君が、大君の妹という役割を捨て、宇治的なものから脱皮して、都社会で、妻という役割をもつ大人の女性として位置づけ直されていることを示している。この物語展開はなかなかに見逃しがたいことである。姉妹という身内世界の中ではなく、夫婦という世俗的な交わりの中に、関係概念が置き換えられているからである。自分が相手にとって唯一無二であると信じられた世界から、そうでなくなる関係へと中の君をめぐる環境が位置づけ直された時、女君の「思ひ」は膨らみ始める。結婚・上京・懐妊といった外部との交渉を経たことと、内部的な思惟の増大化は大きく連動している。同じ「思ふ女」であっても、世俗との関わりを最後まで拒絶した姉とでは、「思ひ」を起こす出発点が決定的に異なっているのである。

先述したように、宿木巻の中の君の長い苦悩の描写は、匂宮と夕霧の女・六の君との縁談の噂を発端としている。妻としての地位が早くも脅かされているのではないかという思いが、彼女をそのような思いに駆り立てている。

女君は、日ごろもよろづに思ふこと多かれど、いかで気色に出ださじと念じ返しつつ、つれなくさましたまふことなれば、ことに聞きもとどめぬさまに、おほどかにもてなしておはする気色、いとあはれなり。（宿木⑸・三九二）

妻として苦しむ中の君の心境は、同じことの繰り返しである。「思ふこと多かれど」としながら、「念じ返す」という思惟の回路は、先の、匂宮に縁談が持ち上がった時の中の君の状態と、共通した反転構造をもっており、中の君の問題を掘り下げていく上で、注目される資料になっている。夫の縁談を聞いては、「忍び返し」、実際に匂宮が六の君のところに迎えられると「念じ返」す。そのたびごとに「我慢」が確認されるのである。とすれば、前出の「忍び返す」も今の「念じ返す」も、本当の我慢であり、辛抱であったとはいえない。「忍び返し」ても、「よろづに思ふこと多」いのは消すことができず、再び顔にはそれを出すまいと「念じ返す」。美徳としての我慢をしようとしては失敗し、また辛抱し直す。この果てしない反転の連続がほとんど日常的に繰り返されるのが、中の君の思惟の特徴であった。もはや思惟は女性にとって特別な叙述ではない。日常であり、惰性である。

この我慢は、さらに、匂宮が、六の君のもとから一夜過ごして帰ってきた後にも強調されている。

日ごろも、いかでかう思ひけりと見えたてまつらじと、よろづに紛らはしつるを、さまざまに思ひ集むることし多かれば、さのみもえもて隠されぬにや、こぼれそめてはとみにもえためらはぬを、いと恥づかしくわびしと思ひていたく背きたまへば、強ひてひき向けたまひつつ、（匂宮→中の君）「きこゆるままに、あはれなる御ありさまと見つるをなほ隔てたる御心こそありけれな。さらずは夜のほどに思し変りにたるか」とて、わが御袖して涙をのごひたれば、「夜の間の心変わりこそ、のたまふにつけて、推し量られはべりぬれ」とて、すこしほほ笑みぬ。（宿木⑸三九七〜八）

ここでも「思ふ」表現の展開をたどってみよう。「思ひけり」「思し集む」「思し変る」と重用される。また、「御心」「心変り」というように「心」表現も反復しており、思惟のかたちをあらゆる面からかきあげようとしている様子がくみとれる。

「いかでかう思ひけりと見えたてまつらじ」は、中の君が、匂宮に、自分の苦悩を感づかれまいという意識を表し、「かう思ひけり」の主語は中の君で、匂宮に「見えたてまつらじ」と思っており、複数の主体が錯綜する複雑な思惟形態となっている。「思し集む」（あれこれ思う）も主語は中の君であり、心の中でさまざまなことに苦しんでいる複雑な胸中が表されている。「いと恥づかしくわびしと思ひて」は、不覚にも涙をこぼしてしまったことへの中の君の感情であり、匂宮の言葉の中の「思し変り」は、自分が六の君のもとに通い始めたことを隠すために、中の君の心の変化を逆に憶測する。思惟だけでなく、会話の中にも「思ふ」が入り込んでいることがわかる資料となっている。

以上のようにして、匂宮と六の君の結婚に起因する中の君の「悲嘆」を、「思ふ」表現に注目しながら分析すると、さまざまに累積されながらも、何ら進展性をみせず、次の段階で、また同じ内容の思惟が展開されていく。時間的な流れからいえば、一晩しか進行していない。にもかかわらず、思惟が長大化していくという描かれ方そのものが、自分の妊娠にもかえりみず、ひたすら思惟を増殖させ、京の生活を受け入れられない中の君の閉ざされた生活を象徴する。

しかし、女君の意識が克明化されればされるほど、中の君は自分を捉え損なっている。「思ひ」を重ねるたびに、その内容は、より類型的になり、中の君固有の苦悩とはなりえず、思いの在り処が逃げていく。日増しに自覚せざるをえない産婦としての自分を、思惟に生きようとすることで、必死で隠蔽を試みるのが中の君物語の想念のあり方なのである。彼女が必死で試みる自己対話は、いうなれば、そのような妊娠した自分の身体に対する抵抗ともいえよう。実は妊娠したからこそさまざまに「思」わされているのだとも知らずに。そして、強調されるのは、過剰なまでの不幸の自覚である。

◆心憂きものは人の心なりけり、と我ながら思ひ知らる。（宿木(5)・三九一）

◆わが心ながら思ひやる方なく心憂くもあるかな。（宿木(5)・三九三）

◆わが身になりてぞ、何事も思ひ知られたまひける。（宿木(5)・四〇一）

中の君物語の思惟は、自分の「身」への言及がしだいに目立つようになり、不幸の自己言及が過剰に累積されていく。「私」において物事を理解するという姿勢を顕著に出そうとする。中の君の自己言及への強い欲求は、このような、都における生活及び夫との関わりにおいて色濃く打ち出されていることに注意しなければならない。

実は、中の君が、匂宮と結ばれた「我」を「思ひ知」り、内省する場面は、既に上京前において示されていた。

久しくとだえたまはむは、心細からむ、と思ひならるるも、我ながらうたて、と思ひ知りたまふ。（総角(5)・二七三）

恋の喜びと不安に目覚めていく自分をかみしめると同時に、「我ながらうたて」として、自分も普通の女性の感覚と変わりはしないのだという堕ちた思いに誇りを傷つけられている。「思ひならるる」は、中の君の夫への執着を素直に示し、「思ひ知りたまふ」は、そのようして夫に無条件に惹かれていく自己分析の意識を表している。この「思ひ知る」は、匂宮と結ばれる前と後では、心の持ち方において決定的に違う中の君の姿を初々しく刻印づける表現であった。そして女君もまた、いやだという感情も含めて、さまざまに心が波立つ「我」をいとしげに眺めていたのである。

しかし、上京後の中の君の思惟に表れる「我」「思ひ知る」は、上京前の時のような、素朴な感動の所産としては表れてはこない。単に夫が好きであるというだけではすまされない厳しい夫婦生活の描写と共に、「我」や「思ひ知る」は投げ込まれている。上京後の「我ながら」「わが心ながら」「わが身になりてぞ」というかたちで語り出される、自己自身で何らかの理解を獲得したのだという感覚は、結局のところ嘘の自覚であった。閉塞した日常生活から脱却しようとして、偽りの自覚で自分を納得させようとしたところで、逆にまた、別の思惟にとらわれる。中の君の思惟は、自覚の感触を見出したその瞬間、それが欺瞞であることを裏付けるような意識が再び語り始められていくのである。そして、その夫婦生活における実感も、積み重なるにつれて類型化され、結婚した女性であれば誰もが思うようなことを中の君も通過儀礼のように思っているといった趣を呈してくる。

このように、必死で思いを紡いでいこうとする態度の裏には、実は、夫を信じることができない強い不安が潜在していた。(23)

◆山里の松のかげにもかくばかり身にしむ秋の風はなかりき　（宿木(5)・三九三・中の君独詠）

◆おほかたに聞かましものをひぐらしの声うらめしき秋の暮れかな　（宿木(5)・四〇一・中の君独詠）

◆秋はつる野辺のけしきもしのすすきほのめく風につけてこそ知れ　（宿木(5)・四五三・匂宮への答歌）

宿木巻には、中の君の歌は五首あるが、そのうち三首に「秋（飽き）」が詠み込まれている。「飽き」への予感が、秋の景に託されている。これは全て、匂宮の心が、いつかは自分から離れていくのではないかという漠然とした思いに根差しているといってよい。妻としても女性としても自信が持てず、身の安泰を約束するはずの自分の懐妊も、夫の愛を確証する武器になりえていない。そのような、夫の心を捉えきれず、愛されているという確信もまた、いつまでたっても得られないもどかしさが、歌中の「秋」には象徴されているのである。大君が、いつかは薫に捨てられるのではないかと臆測していた姿と似ている。

しかし、皮肉なことに、そのような中の君の、暗いものであるはずの内面は、草子地の無遠慮な介入によって、簡単に打ち消されていく。

◆もどきあるまじければ、人も、この御方いとほしなども思ひたらぬなるべし。かばかりものものしくかしづきすゑたまひて、心苦しき方おろかならず思したるをぞ、幸ひおはしける、と聞こゆめる。（宿木(5)・四〇〇）

中の君物語は、全般的に、語り手の批評が目立つが[24]、特にその傾向は、中の君が、自分の結婚生活について苦悩する場面において著しい。草子地は、夫の結婚に対する中の君の苦悩は、社会的な常識と大きく乖離することを指摘するとともに、正妻がいながら身に余る待遇を受けていることこそ「幸ひ」であるという解釈で中の君を突き放す。中の君の内側にある、自信のない思いと、草子地の語り手が認識する、六の君よりも中の君の方が匂宮の寵愛がまさっているという認識が食い違いを見せているところであり、こうした再三にわたる草子地からの中の君批評によって、中の君の心中思惟は相対化されている。中の君の独善性と、彼女が、社会に目を向けようとせず、自意識の球体に閉じられていることを草子地は明らかにしていくのである。彼女の「思ふ」表現が、過剰であればあるだけに、現実に逆行した、上滑りした印象がぬぐえないのは、中の君を「幸ひ」であると外圧的に意味づける、語り手の側の規定の力の強さと連動している。

草子地から痛烈な皮肉を浴びる中の君の「不幸」の質は、それを語り手が「幸ひ」として、中の君の見方とは反対の意味に覆している点で、たえず価値の決定不能性に揺れている。そして、自分の内面を見つめ直すという、素朴で無垢な思惟ではなく、今の自分が最も不幸であるとする自覚こそ、「不幸」から回避する手段となっていく、防御線のような思惟が中の君物語にはりめぐらされていることが逆にわかるのである。彼女の思惟は、非常に視点が偏っており、しかも「思ひ」を重ねることで逆に現実の状況への観察から逃げているような印象さえ与えかねない。結果として現実に肉薄していかないような心中思惟が、中の君を通して無限運動として展開されているのである。

このように、中の君の思惟は、一貫して語り手の露骨な解釈と分析を通して語られているところに大きな特徴がある。自己自身にとってはこの上ないほど苦しく感じられることが、実は社会的にはそれほどでもないという、中の君と語り手のまなざしの分離は、大君物語には決して見られないものであった。宿木巻の文脈は、中の君の結婚を、決して特殊なものとして捉えようとはせず、同調や共感を拒否する語り手の強烈な自己主張が、中の君の思惟の空転性が裏付けられている。のみならず、都における夫婦関係の心得を解さない見識の狭い女性というイメージさえ、皮肉にもかぶせられていく。(25) その意味で、宿木巻の語り手は、一貫して都の人間の立場に立った視点から、生粋の都人ではない中の君を、いく分意地悪く反措定している。そして、中の君本人の思いよりも、語り手の視点の方を信じるように、暗に読者に要求する。語り手が女君を爪弾きし、読者の感情移入を阻むような語りのありかたは、中の君物語に固有の方法といえる。

このような、永久に決定打の出ない、何の生産性もない自己対話の運動は、最後に語り手によって外圧的に終止符を与えられていく。語り手は、中の君が状況に折り合うまでの熟成であれ到達を、待とうとはしないのである。

御みづからも、月ごろ、もの思はしく心地の悩ましきにつけても、心細く思しわたりつるに、かく面だたしくいまめかしき事どもの多かれば、すこし慰みもやしたまふらむ。（宿木(5)・四六一）

草子地は、中の君における身体と思惟の関係をこのように説き明かす。ここにも中の君を平凡化する姿勢がはたらいている。語り手は、匂宮の第一子を出産すれば、中の君には不満はないはずという発想で、中の君の「苦悩」に区切りをつけようとする。彼女の「苦悩」は、懐妊するその身体の状態に起因していたのだと解釈し、女君が自分で思っていたのとは違う意味付けが示されていく。意識に問いたずねているつもりでいた中の君の思惟は、実はその反対で、「心地の悩まし」さによってこそ左右されていたのだという語り手の解釈は、それまでの中の君物語の思惟を不毛化させ、自分の妊娠の意味をあいまいにし続けてきた彼女の混乱した内的状況を明らかにするとともに、中の君の出口のない思惟を手早く切り上げようとする。

悲劇を予感させるようなさまざまな「思ひ」は、全て懐妊と関係したことよるものであった。中の君自身は、そう考えることを避けて、姉に倣い、思惟で全てを決着すべきであるとしていたが、実は思惟の方に問題があるのではなく、妊娠による身体的変化にこそ要因があったのである。草子地による語り手の言葉は、このような、意識と身体の一致と錯誤を繰り返す中の君の混乱した状況を指摘して痛烈である。そして、大君物語では、思惟が死と深く結び付いていたのに対し、中の君物語では、限りなく大君と同趣の構造を踏襲しながらも、その思惟は、生の方向へと導かれていくのである。「姉」と「妹」は、「生／死」という、根源的なカテゴリーによって分断されている。

それにしても、草子地からのかくも冷たい視線を浴びながら、なぜ女君の「思ひ」は繰り返されるのか。内容的にも、物語が展開される上でも不毛であるにかかわらず、あえて「思ひ」の過剰な氾濫が描かれることの意味をどう考えるべきなのか。

既に多くの指摘があるように、中の君と似たような境遇に置かれた人物として、紫の上がいた(26)。女三の宮の結婚に際し、彼女は、決して自分の懊悩を見せようとしない。

今はさりとも、とのみわが身を思ひあがり、うらなくて過ぐしける世の、人わらへならんことを下には思ひつ

づけたまへど、いとおいらかにのみもてなしたまへり。（若菜上(4)・四八）

「いとおいらか」な様子で光源氏に対して自分を「もてな」す紫の上は、「下」の「思ひ」は、激しく動揺し、苦しんでいた。表層が演技で、深層が本当の思いであるという論理が、紫の上を通して確認できる。そして、これ以後夫の新たな結婚に関し、紫の上には、主だった心中思惟は表れない。しかし、それは、紫の上が真に何も思っていなかったということにはならない。思うまいとする意識こそがむしろ、病を呼び込んでいたのである。何も感じないように、気にしないように、衝撃を隠し、女三の宮の存在を意識するまいとつとめていたことが、反対に彼女を追い詰めていた。

心の内側を見せない紫の上に対し、「思ひ」をひたすら繰り返し続ける中の君は、しかし、その気にしつづけるというところにおいて、辛うじて生を持ちこたえていく。妻として、妊婦として、都社会の一員としてのさまざまな鬱積は、貴族の女性の誰にも当てはまる感情であった。それを代弁する中の君の内面告白もまた、偏りに満ちており、また、一見無駄な描写のようではあるが、紫の上や大君を逆照射しているという意味で、決して不毛な言葉ではないのである。屈折した混迷の連続それ自体が、逆に生の本質を導き出しているのであり、中の君を通して描こうとされているのは、まさにそうした、「思ひ」を追い詰めることで反対に危機から脱出していくという、逆説的な浄化作用だったのである。

先述の通り、都に移る以前から、中の君は「思ふ」人であった。大君からは、匂宮を容認したことについて、「憎しとな思し入りそ。罪もぞ得たまふ」（総角(5)・二六二）となだめられ、匂宮からもまた、姉の死及び自分の無沙汰について、「罪深くな思しないそ」（総角(5)・三二七）と慰められている。いずれも「思ふ」ということは「罪」であるという発想による発言である。姉や夫が考える「思ひ」は、煩悩という言葉と置き換えることができる。

しかし、中の君物語における「思ふ」表現は、思惟を、そのような仏教的な罪とは違うところから捉え返されている。気にしないようにして逆に心労を鬱積させていくのが紫の上的な生の在り方であるならば、中の君によって具現されるのは、むしろ気にしなければ生きていけない世界である。中の君物語は、そのような、思わなければ自分と向き合えない姿を、人間の本質として捉え、紫の上や大君に対する対立概念として、思惟の空転を敢えて描いてみせているのである。

四　「姉」を「思ふ」

中の君の想念の在り方において、もう一つ注目されるのは、それが、自分の心を反映するための語りとしてあるだけでなく、他者の思惑をあれこれ想像する現場として機能していることである[27]。夫婦関係についてさまざまに心が乱れる中の君の「思ひ」は、常に語り手の手厳しい批評によって、結局は甘い認識に過ぎないものとして処理されており、思惟そのものに、信用出来ない不確実性が潜在していることが逆に照らし出されていた。そして、そのような思惟の空転およびその集積が、逆に女君の凡庸性をえぐり出していたのである。

否定的な自己把握を再認しつづける中の君の現実から乖離した認識は、しかし、かくありたいという超自我を背景としていた。「思ひ」をめぐらし、苦悩に生きる自分の姿が、一種の理想形のようにして存在しており、中の君は、自身で敷設した生き方の模型に、自分をなぞり返していたのである。そのことは、草子地の語り手と、徹底して食い違う展開をみれば明らかである。

何故そのような、自分から苦しむことを望むような、屈折した超自我が中の君に生じるのか。我々は、その手掛かりを、中の君の、故大君へのまなざしの中に求めることができる。

故姫君の、いとしどけなげにものはかなきさまにのみ何ごとも思しのたまひしかど、心の底のづしやかなるところはこよなくもおはしけるかな。中納言の君の、今に忘るべき世なく嘆きわたりたまふめれど、もし世におはせましかば、またかやうに思すことはありもやせまし。それを、いと深くいかでさはあらじと思ひ入りたまひて、とざまかうざまにもて離れんことを思して、かたちを変へてんとしたまひしぞかし。必ずさるさまにてぞおはせまし。今思ふに、いかにこよなきあはつけさと見たまふらん」と、恥づかしく悲しく思せど、何かは、かひなきものから、かかる気色をも見えたてまつらん、と忍びかへして、聞きも入れぬさまにて過ぐしたまふ。

（宿木(5)・三七四）

先述したように、中の君の思惟は、主に夫と姉に対して向けられている。[28] 妻として「身」を「思ふ」時と、妹として姉を回想する時とでは、場面によってその視座は異なってくるが、この二種類の「思ひ」は、連動している。夫婦生活に絶望すると、あたかも救いのよすがであるかのようにして、姉の生き方を改めて確認するというふうにである。新しい未知の場面に遭遇するたびに今までの体験に資料を求める女君に、「妻」と「妹」の間で視点が揺らいでいる姿を捉えることができる。

「故姫君の…」で語り出される中の君の大君に対する測定意識は、今まで大君の傘下で考え、行動していた時には決して表れてはこないものであった。単身で宇治を離れ、都社会の一員となった今の彼女は、大君の「思ひ」であり「心」をたどり返す。物語が、それを、中の君の心内語として語っているところに、大きな意味がある。相手の心境を臆測しようとするはたらきが、大君を思う場面では顕著に表れていることがよくわかるからである。匂宮のことであれこれ悩む場面では、中の君の中で問題にされるのはひたすら自分の「身」であり、匂宮の心中を忖度するという動きは見られなかった。自分について思い、姉の心境を推し量るという流れを考えた時、中の君が、姉の存在を、きわめて自分に近いものとして見なしていることが明らかである。姉が生前に立ち向かって来た問題が、改めて自分の問題として受け取られてくる瞬間が、妹が姉の思いを推し量る場面では何度も捉え直されている。

同一の内話文の中で、「思しのたまひしかど」「心の底」「いかでさはあらじと思ひ入り」「もて離れんことを思して」「かやうに思すことはありもやせまし」（自分と同じように夫の浮気に苦しんだにちがいない）のそれぞれの「思す」は、全て、大君を主語としており、大君と薫の関係を、自分の思惟においてとらえ直す。

一つの思惟の中に「思ふ」が重用され、しかも、自分以外の人物の「思ふ」が、何度も意識されるという語りの方法は、前にも述べたように、宿木巻全体にみられるが、中の君において固有なのは、大君の「思ひ」を中の君の「思ひ」で臆測しようとするところにある。大君は「心の底」が「づしやか」で、「重りか」だったと中の君は「今思ふ」。けれども、それは、あくまで、中の君のとらえる大君像であって、大君が矛盾と葛藤に実は苦しんでいたことは、総角巻で見た通りである。中の君は、姉の「心の底」は「重」く、自分は「あはつけさ」があると規定するが、真実に「重い」大君と「浅薄な」中の君という区分けができるかどうかは疑問なのである。

中の君は、大君の「思ひ」をなぞりつつ、自分の思惟を「今思ふに」と再確認しようとする。思惟の中で「今思ふ」としながら、またその直後で地の文の中で、「恥づかしく悲しく思せど」と、地の文にも思惟を表す表現が入り、さらにそれが逆接で受けられて、「何かは、かひなきものから、かかる気色をも見えたてまつらん、と忍びかへし」ていくという展開に流れていく。今まで悶々と感じていた大君と八の宮への「恥」を「何かは」と打ち返し、「忍び返す」（忍耐を重ねる）という選択をとるのだが、紆余曲折を重ねた上での「我慢」は、もはや、何に対するそれなのか見分けがつかない。文脈をたどれば、匂宮と六の君の縁談を意識しているにはちがいないが、このような屈曲を経た後で結論された、「忍耐」の内実は、決定不能性に追い込まれている。つまり、思惟が思惟を重ねるうちに、矛盾と、不毛性が露呈されているのである。

「今思」い、「恥づかしく悲しく思」し、「忍びかへ」す。けれども、激しい苦悩の上での結論というふうには展開しない。事実、彼女は、今後の物語でも、似たような回路を何度も経過するのである。しかし、それを大君の問題と関わらせると、姉の生き方を今更振り返っても仕方がないという居直りとも解釈できなくない。薫を拒み通して死んだ姉と、結婚し懐妊した自分では、生き方が全く違うことが中の君自身の中で理解されるからこそ、彼女は姉を追求することを放棄するのであり、結局は中の君は、姉への追憶に生きるよりも、今現在の自分の苦境を乗り越えなければならないことに気づくからである。

それにしても、妹が姉を推し量るということは何をものがたるだろうか。先述したように、大君生前では、姉妹の思惟がそれぞれ対照的に呈示される場面がしばしば見られていたが、妹の視点が全面的に浮き出てくるのは、姉の死後である。その流れは、中の君が「個」に目覚める過程を象徴しているといってもよい。姉妹の思考方法の比較という段階にとどまっていた総角巻に対し、宿木巻では、妹から姉への視線があり、交渉性が付加されたという意味で、思惟は、より厚みのある方法として発展されている。

既に述べたように、死んだ姉への臆測的なまなざし、そして、中の君自身の心中思惟の長大化は、疑いなく、中の君物語が大君物語の方法を模倣していることを意味している。そのことは、とりもなおさず当の中の君に潜在する大君願望の反映ともなっている。そして、読者もまた、中の君に大君の再来を期待していたのである。姉のように生きようという意識がモラルのようにして内在しており、姉の価値観を共有し、また実践したいという、大君的世界への郷愁と憧憬が過熱していく、その高まりそのものが、中の君の思惟の本質であったといってよい。
けれどもその大君的な物語文脈は、実は皮肉に読み替えられている。むろんそれは、物語の中の君が大君を直接批判しているということではない。読みの中で、中の君物語がそのように読ませるのである。中の君自身は、姉を理想視しているが、そのような中の君を動かす語りの構造が、彼女を反大君的な方向へとずらしていく。語り手による中の君批判は、単に中の君個人に対するだけでなく、彼女が崇拝する姉を相対化する運動も含まれていたのである。

中の君の物語は、姉大君が一切削ぎ落として無視してしまった問題を改めて拾い上げ、追求している。薫を愛しながらも、やがては飽きられることを、観念の上で恐れ[29]、理性で抑制し、かつ妹の結婚采配にも尽力し、異性愛を完全に振り切って世を去った姉大君の生き方は、非常に意志的であり、貫徹していた。そして悲劇的であった。大君によって体現されたものとは、いわば、意志で全てが完結されていく世界であった。悲しいけれど美しい。しかし、それだけが全てかという問いを中の君の存在は投げかけている。

かばかりめでたげなる事どもにも慰まず、忘れがたく、思ひたまふらむ心深さよ、とあはれに（薫を）思ひきこえたまふに、おろかにもあらず思ひ知られたまふ。（故大君が）おはせましかばと、口惜しく（薫は）思ひ出できこえたまへど、「それもわがありさまのやうにぞ、うらやみなく身を恨むべかりけるかし、何ごとも、数ならでは、世の人めかしきこともあるまじかりけり」とおぼゆるにぞ、いとど、かのうちとけはてでやみなんと、思ひたまへりし（姉の）心おきては、なほ、いと重々しく思ひ出でられたまふ。

（宿木(5)・四六六）

中の君が大君を推し量る場面は、彼女の出産後に再び繰り返される。男子出産は、中の君に危機的な状況の脱出を与えた。出産によって盛大な産養が行われ、中の君は、それまでの自閉的な立場から、急遽、匂宮の第一子の母として注目を浴び、世間の中でも立場をもつようになった。さらには、中の君が八の宮の女であることまでが持ち出されて(「劣るべくもあらぬ御ほどなるを」四六〇頁)、その出自の高さが周囲に確認され、正妻六の君との社会的な力関係が急に逆転し、中の君の状態もまた、そのような環境の変化において動かされていく。

しかし、周囲の熱狂に女君は酔えない。中の君は、薫を「思」い、もう一度、大君を「思」う。それだけでなく、薫の内側を忖度し、大君の心を臆測する。同一の中の君の心中思惟の中、「思ひきこえたまふ」「思ひ知られたまふ」「思ひ出できこえたまへど」「おぼゆる」「思ひ出でられたまふ」は、中の君自身が主語になっており、「思」っては打ち消し、また新たな「思ひ」を再生産させるというように、文脈がねじれていく。その中で、「思ひきこえたまふ」は、薫への思惟であり、「思ひ出できこえたまふ」は、大君に向けられた思惟となっており、子持ちとなってもう一度大君の生き方を確認している。大君を思い、薫を思い、そして彼らの関係を思いながら、一児の母となった今現在の自分を捉え返そうとしているのである。薫を「思ひ知り」、大君を「口惜しく思ひ出」すが、反転して「おぼゆる」こともあり、また別のことを「思ひ出」していく。

また、「思ひたまふらむ」は、薫が大君を未だに慕っていることを中の君が認識する言葉であり、「思ひたまへりし心おきて」は、絶対に薫とは結婚するまいという心構えを大君が「思」っていたことを表す。薫の「思ひたまふらむ心深さ」に中の君が「思ひきこえ」、さらに「思ひ知り」、また、大君の「思ひたまへりし心おきて」を「思ひ出」す。薫・大君その人を意識するというよりも、彼らの「思ひ」を臆測の中に「思」うのである。

そのような状況の中で、大君もまた、自分と同じ「身を恨む」運命をたどったにちがいない、自分と同じような思いをしたに違いないと、中の君は姉を規定する。薫はこの時女二宮を正妻に迎えており、これは、先に結婚しながら六の君が正妻である状況に甘んじている自分の立場と照応していく。もし大君が死なずに薫と結婚していたら、まちがいなく、今の自分の立場であると中の君は推定する。むろん、本当にそれが正しいかどうかは決定不能である。けれども中の君には、そう断定する確信がある。中の君の心内語の、大君も「身を恨」んだに決まっているとするときの、「…べかりけるかし（…であったに決まっている）」「…あるまじかりけり（絶対にあるはずがない）」という文末の推量と「けり」を併用させる語調に、確信の強度が表されている。

出産の段階で、中の君は、二十六歳になっていた。奇しくもそれは、死んだ大君と同年齢である。姉の年齢に追いついた今、妹は、これまでとは、少し違った視点から姉を捉え返している。姉を尊敬すべき絶対者というよりは、半ば同輩のように眺めている。結婚や出産といった、姉が生前拒んできたことを経験したからこそ獲得することができる見方を妹は今、亡き姉に対して向けているのである。姉もまた、他の世の女性と同様の待遇を受け、風化していくに違いなく、いつまでも特別な存在ではありえないということがここでは見据えられているのであり、姉の生き方は妹によって、そのようなかたちで相対化されている。その意味で、妹はもはや「妹」である。

そして、そのように「おぼゆる」瞬間、大君の意志の強さが改めて反芻されている。そのような惰性を見る前に生を完結した大君の想念の力が、自分との決定的な差異として「重々しく」中の君の中にのしかかり、大君が「思った「心おきて」（決意）は、自分には真似られなかったと認識する。ここで注意したいのは、大君に意志があり、自分はそれを持てなかったという対比で語り出される意識的なレベルにおいての差異の認識が、しかもそれが中の君自らの思いを通して浮上していることである。意志を貫徹した姉に対し、中の君は、実生活の中で姉のように想念に生きることを放棄した。生活の一つ一つに「思ひ」をめぐらせて拘泥していては、生きていけないことに気が付いたからである。今妹は、結婚後の姉の運命および、自分との本質的な違いを明視している。こうした差異への明視は、大君的な生き方こそが理想であるという意味での姉の呪縛から、妹がはじめて離脱したことを指し示している。この後の中の君には、大君に関して臆測する姿勢は消えているが、それは、妹が姉の幻影と訣別したことと連動していよう。一切を自意識の上で処決させていくような自己完結的な厳しい生き方ではなく、同じ段階でいつも同じように苦しむという、慢性的に起きる好ましくない外界の刺激を一切引き受け、解決しようのない俗の世界の中にまみれながら生きることの肯定が、中の君をめぐる語りの中で見えてくるのである。中の君の固有の存在性及びその特異性は、あらゆる苦しみを悉く彼岸へと送り込む大君的な想念のあり方に対する反措定の上においてしか、あらわれてはこない。

中の君物語おいて、大君を仮想的に位置づける文脈群が大きな比重を占めていることを考えるとき、中の君の思惟が、究極のところ、姉に向けられているものであることが自ずと理解されるのである。彼岸の姉に問いを投げかけ、応答を仮想する、「姉」への対話を重ねる営みとして、中の君の、その過剰に集積された「思ひ」が語られていると位置づけることができる。むろんそれは、妹から姉へ、此岸の者から彼岸の死者へ一方的に話しかけているだけである。しかし、読みの問題として大君物語から中の君物語へという移行を考える時、中の君の内なる声を通して、「思ふ女」たちの対話構造を、物語の深層に見ることができるのである。

結び　―中の君物語における思惟の位置づけ及び「妹」の物語―

中の君物語は、「思ふ」という問題との関わりにおいて、大君物語の続編となっている。姉を模倣しようとすればするほど、中の君は、反大君的になっていく。しかし、それは妹が姉より劣ることを証明するものではない。無意識を容認しようとしなかった大君が切り落としてきたさまざまな問題を背負う役割を引き受けているからである。

中の君物語は、姉という存在を一つの世界として規範化しつつも、それを同時に切り崩しており、女が女を追い詰めていくテクストとなっている。「妹」の物語は、「姉」の物語によって引き上げられた、女性における意識のレベルを下位に降ろしており、発話が表層で思惟が深層であるという図式は、完全に崩壊している。

宿木巻の中の君の心中思惟によって表されているのは、本当の思いではなく、考えれば考えるほど思いの在り処を見失っていく、逃げ水のような想念の世界である。いかに思いを意味づけたとしても、また新たな思念をつくってしまう。もはや思惟は、内面の告白ではなく、意識に塗り固められた表向きの言葉である。自分の苦しみを余すところなく告白しているようでありながら、それで精一杯であるという姿勢そのものがある予防線となっているのである。次第に中の君の諦観に満ちた想念は、「…に」「…を」「…ど」といった逆接を背負うようになり、表層のレベルにおける虚勢はとりはがされていく。夫の愛を信じられない不安や、宇治から都に出て来た負い目と裏腹に合わせ持つ八の宮の娘としての矜持が踏みにじられるように思われてならない屈辱、そして亡くなった姉に対する密かな劣等意識といった、物語表現としては顕在化されずに、奥底の目をつぶっている部分を想像させるように語られている。再三にわたり差し挟まれる草子地の痛烈な皮肉は、単に中の君を揶揄するために用意されているというよりも、そのような、中の君の中で渦巻く、自意識のレベルで観念的に事を処理しようとする動きを鋭く指摘し、疑問を投げかける声として、物語の中で大きな比重を占めているといえよう。そして、最終的には、彼女の心中思惟の文脈群は、その全体を通じて、死んだ姉大君との間に、仮想の対話空間を構築しているのである。

しかし、その同じことの繰り返しの中にこそ、思惟の新しい本質が隠されていた。中の君における思惟の氾濫は、自己自身を明らかに見ようとして決定的に捉え損なう姿そのものでもあった。しかしそれは、実は彼女の妊娠期間と一致しており、出産の完了によって、自己を意識の中で規定しようとする運動は頓挫する。ここに、身体と思惟の価値転倒を見ることができよう。思惟が上位で身体が下位であるという図式を逆転するというふうに、語りが革命を起こしているのである。宇治十帖の思惟は、正篇とは異質な方法意識で物語空間を斬新に切り開いている。

男子出産以降の物語において、中の君は、自分を否定的に捉えることを断念していく。そうしなければ、現実を泳いでいけないからである。思い詰めることをやめた時、始めて中の君は将来に目を向け始めていくことを物語は暗示しつつ、浮舟物語へと移行していく。己を知りたいとする、中の君物語で十分に煮詰めることのできなかった問題は、到達されない状態のまま、浮舟物語の問題への引き渡されていくといえる。浮舟物語では、より身体に根差したところから自身を掬い取ろうとする営みが新たに展開されているのである。のみならず、さらには源氏物語という一個の物語の枠を越えて、後期物語においても方法的に引用されているといえよう(30)。

例えば、寝覚物語の寝覚の上には、自身の運命や男君との関わりに関して、真剣に思い詰める場面が源氏物語以上に過剰に繰り返され、男君と訣別することばかりを考えているが、その一方で、懐妊及び出産を重ね、母になることに直面せざるをえない場面が描かれている。執拗に反復される心中思惟以上に肉体的な問題が、男君と無縁に生きられない女君の本質を、皮肉にそして雄弁にものがたっており(31)、心理的な問題として事を処理しようと一方づく女君の意識を身体は裏切る。女君の多産性が、反対に思惟の意味を空転化させているという点で、源氏物語の宇治中の君の系譜上に位置づけることができよう。宇治中の君では一回の出産の意味が強調されていたのに対し、多産そのものが克明に描かれる寝覚の上の物語は、より「母」という問題を意欲的に追求しているといってよい。また、彼女たちは、同じ「中の君」と呼ばれる女性たちであり、しかも寝覚物語では、中の君こそが女主人公としてその本領を発揮している。「姉」幻想を大きく描いてきた源氏物語に対し、寝覚物語では、より「妹」の問題が中心的に浮き彫りにされている。後期物語は、大君以上に中の君が、その視点の置き方に深い影響を受けているのである。

前期物語においても、思惟の意味づけは変転を辿っている。例えば、竹取物語では、かぐや姫は、天の羽衣を身につけた瞬間、「思ふ」ということから離れていった。(32) 伊勢物語では、「思ふ」ことを、理性にまさる情念すなわち恋として位置づけている。(33) 思惟は、人間の本質的な営みであることが、どちらかといえば否定的に措定されている。

そのように考えた時、「思ふ」ことの禁忌性は、源氏物語において、解放されているといってよい。繰り返すが、宇治十帖に展開されている思惟は、煩悩という仏教的な罪の概念とは無縁である。姉に倣って「思ひ」に目覚めようとする中の君は、むしろその否定的な態度から逆にひたむきな生きる意志が読み解かれていくからである。思惟によって人は成熟し、深化を遂げるはずであるという、自意識万能主義的な想像力に対し、中の君物語は問いを突き付ける。混乱した考えを空転させ続ける展開そのものが、中の君が、姉とは違う生き方を志向することをきわやかに宣言しているのである。

断念の美学を貫いた大君の生涯は確かに悲劇的であり、その死後も強い影響を与え、感動を呼ぶ。しかし、それは本当の人生といえるだろうか？　一方で大君は、浮世で味わわざるをえない生の辛酸から悉く免れていた。それに対し、果てしなく堂々巡りに落ち込み続け、たえず世間に脅かされる中の君は、姉以上に生き下手であり、あらゆることにおいて不徹底であるように語られている。しかし、意識で心を囲いつづける生き方それだけが全てだろうか？　「妹」は「姉」に問いかけるが、冥界の「姉」は答えない。そして「妹」は、「姉」の死んだ年齢を通り越してなお、途方にくれつづけている。姉以上に生きようとすることへのためらいと後ろめたさにおののきながら、姉の幻影を必死で振り払おうとする格闘そして鎮魂こそが中の君の葛藤的な運動の本質だったにちがいない。大君物語までは死の方向に流れがちであった思惟を生の側に転換させているところに、新しい物語方法を認めることができるのである。

本論では、中の君物語の思惟を、主に「妹」という視点において考察した。中の君は、源氏物語作者・紫式部の投影であるという。(34)紫式部もまた「中の君」を生きた人であったことを、(35)今なお新鮮な意味合いでもって受け止めたい。一夫多妻の社会を観念しつつも、夫にとって自分が唯一無二ではないことを責め、結婚や出産の意味を見つめ直したいとする。死んだ姉を誰よりも愛しているからこそ、同性として追い詰めずにはいられない。宇治十帖の中の君は、とかく視点人物的に理解されがちであるが、(36)「姉」の魂に語りかけ、「思ひ」に振り回されつづけるという地味だが激しいエネルギーの中に、生の感触と未来(37)への予感を、確かに掴み取っている。

［註］

（1）本書Ⅱ―第二章「大君物語における思惟と身体」にて詳述している。

（2）「姉妹」という視点から宇治十帖を研究した論考は、三田村雅子「第三部発端の構造―〈語り〉の多層性と姉妹物語」（初出『日本文学』一九七五・十一、『感覚の論理』有精堂一九九六所収）、土方洋一「〈姉妹連帯婚〉的発想―源氏物語から」（『日本文学』一九八九・五）等参照。姉妹という構造が視点として重要であることが説かれている。本論では、今まで一対として捉えられることの多かった姉妹の断絶性を改めて問い直すことを目的としている。

（3）藤本勝義「宇治中君造型―古代文学に於けるヒロインの系譜」（『国語と国文学』一九八〇・一）は、中の君が女主人公性を十分に備えながら、大君や浮舟に主題性を奪われていくことを不審としている。吉井美弥子「宇治の中君」（『國文学』一九九一・五）、「宇治を離れる中君―早蕨・宿木巻―」（『源氏物語講座四』勉誠社一九九二）は、反対に、中の君の属性そのものが「女主人公」という概念を相対視する役割を持つことを主張する。

（4）日本の平安時代の物語において、思惟を本格的に注目した論考はほとんどないといってよい。そのような発想は主に近代文学の研究において活発に行われていた。柄谷行人「内面の発見」「告白という制度」(『日本近代文学の起源』一九八八講談社文芸文庫所収)では、日本の近代小説において、「内面」を「告白」することは、きわめて意図的で作為的な行為であるとする。「告白という形式、あるいは告白という制度が、告白さるべき内面、あるいは『真の自己』なるものを産出するのだ。…隠すべきことがあって告白するのではなく、告白するという義務が、隠すべきことを、あるいは『内面』を作り出すのである」(「告白という制度」)。柄谷氏は、そうした語りの発生を「言文一致」の中に見出すが、「内面」の欺瞞性は、源氏物語の文体の中に既にみとめることができる。

(5) 千原美沙子「大君・中君」(『源氏物語講座四』、有精堂一九七一)。

(6) 浮舟物語の構想の中に中の君物語を位置づけた論考は、藤村潔『源氏物語の構造』(桜楓社一九六八)における中の君論、池田和臣「浮舟物語の方法をめぐって―源氏物語による源氏物語取り」(『国語と国文学』一九七七)、大朝雄二「浮舟巻の発端―中君の位置をめぐって」(『源氏物語続篇の研究』桜楓社一九九一)等参照。

(7) 中の君の「思ふ」表現が逆接的に流れる例は、二〇例ある。

①「思ひながら」「思しながら」地の文一例、心内語二例
②「思ひしを」心内語一例
③「思はねど」心内語二例
④「思ふこと薄らぎてありつれど」心内語一例
⑤「思ふべきを」心内語一例
⑥「思へど」「思せど」地の文二例
⑦「思ひしかど」会話文一例
⑧「思ふに」「思ふには」「思ふにも」「思すにも」地の文五例、心内語一例
⑨「思ふこと多かれど」地の文一例
⑩「思はざりしに」心内語一例

⑪「思ふまじけれど」会話文一例

中でも③④⑩のように、「思わない」ことが逆接でねじれていく例も少なくなく、薫以上に屈折した心理構造が語られていることが窺い知れる。

（8）原岡文子「幸い人中の君」（『源氏物語　両義の糸』一九九一）では、早蕨巻まで中の君の心に密着していた語り手が、妊娠によって女君から乖離していくことを説く。

（9）『小学館日本古典文学全集　源氏物語⑸』の宿木巻の梗概の表現を念頭に置いている。

（10）宿木巻に登場する人物の「思ふ」表現の用例を文体別にまとめてみる。

・帝一六例（地の文一、心内語一）
・薫一一六例（地の文五四、会話文三四、心内語二七、手紙一）、
・匂宮四一例（地の文三四、会話文三、心内語四）
・中の君一〇三例（地の文五八、会話文二二、心内語二一、手紙二）
・夕霧八例（地の文七、心内語一）
・明石中宮二例（地の文一、会話文一）
・弁の尼九例（地の文一、会話文六、心内語一、和歌一）

また、草子地の中にも、「思ふ」「思す」「思ひ出づ」「思ひ寄る」「思しく」「思し置く」といったように、「思ふ」表現が入り込み、人物の思惟を推し量る姿勢が顕著に表れている。

（11）吉井美弥子「宿木巻の方法」（『国文学研究八六』一九八五）。

（12）三村友希「『源氏物語』今上女二宮試論」（『日本文学』二〇〇一・八）。

（13）薫の思いと自発表現の関わりについては、吉井美弥子「薫をめぐる〈語り〉方法―宇治十帖の〈語り〉と〈言説〉」（『源氏物語の〈語り〉と〈言説〉』有精堂一九九四）で既に論じられており、想念よりも、自発表現が彼の本当の心を掬い上げているとする。それに対し中の君の思惟は、後述するように、たとえ自発表現であっても彼女の心に抵触していかないとこ

ろに大きな問題が残る。

(14) 現在の中の君研究に直接に影響を与えている論考には、原岡文子前掲（8）の論文及び「中の君」（『別冊国文学・源氏物語必携Ⅱ』學燈社一九八〇）、井野葉子「宇治十帖の中君―大君・浮舟を評価する主体として―」（『論集源氏物語とその後5』一九九四）、斎藤昭子「中の君物語の〈ふり〉」（『源氏物語を〈読む〉』若草書房一九九六）等が挙げられる。

(15) 工藤進思郎「『源氏物語』宇治十帖の中君についての試論」（『文学・語学』五五、一九七〇・三）は、宇治中の君に独自の役割を見ようとした先駆的な論考として注目されるが、中の君の本質を聡明性に求めていく点に疑問が残る。また、武谷恵美子「宇治の中の君について」（『源氏物語とその周縁』和泉書院一九八九）は、中の君を理知的な存在であると見なす考え方に異論を唱えており、「恨み」「恨めしさ」などの負の感情を表す語が中の君を支配することを読み解き、彼女の中に潜在する情念を主張する。武谷氏の論は、細かい言説分析を研究手法として駆使した本格的な中の君論として重要であり、本論の関心や方法とも共通するところが多いが、本論では、あえて中の君をそのように語ることの意味をより強く求めている。

(16) 森一郎「宇治の大君と中君」（『源氏物語作中人物論』笠間書院一九七九）等。

(17) （6）で取り上げた論考の他、中島尚「宇治『中の宮』試論」（『国語と国文学』一九七一・一二）、山田利博「宿木の屈折」（『源氏物語とその前後3』新典社一九九二）等。中島氏の論は、中の君における「宮」呼称の意味を用例を丹念に検討しながら、中の君の運命の高さを暗示し、同時に限定的な役割を象徴する呼称として重要であることを指摘しており、示唆に富むが、「中の宮」の特異性が最終的には浮舟物語構想論に流れていく点が惜しまれる。

(18) 前掲（14）の井野論文参照。

(19) 前掲（8）（14）の原岡論文参照。

(20) ①三七三〜四頁（匂宮の縁談を聞く）、②三九〇〜三九三頁（匂宮が夕霧につれ去られる）、③三九七〜八頁（匂宮、中の君を慰める）、④四〇一〜二頁（六の君の手紙を見る）、⑤四〇九〜一〇頁（匂宮の疎遠が続く）、⑥四一二頁（薫を匂宮と比較する）、⑦四二一〜二頁（匂宮を迎える）、⑧四三一〜二頁（薫の態度に困惑する）、⑨四六六〜七頁（生まれた若君を薫に見せる)。複数の思惟叙述であっても、場面が同じものは一括している。

(21) 中の君物語が、大君物語を反復していることは、三田村雅子「宇治十帖、その内部と外部」(『岩波講座日本文学史　第3巻』岩波書店一九九六)が、「隔て」「しるべ」といった視点から浮き彫りにしている。

(22) 本論では薫という視点は、ひとまず切り離している。中の君における薫の位相については、鷲山一雄「薫と中君」(『源氏物語主題論』塙書房一九八五)参照。中の君が薫をどのように規定しているのかという問題は、本書Ⅱ四章において視角を述べている。

(23) 古注には宿木巻の中の君に関する注釈が濃やかで、充実している。殊に岷江入楚(三条実枝説)は、度重なる心理描写の中に、女君の匂宮に対する執着を積極的に読み取っている。例えば「ただ枕の浮きぬべき心地すれば、心憂きものは人の心なりけり」(宿木⑸・三九一)には「中君の、我には何とも心にかからぬと思へども、枕のうくばかりなるは、よく我も心に深く思ふに、先は我ながら心うきと思ひしるなり」と解説し、また、「海人も釣すばかりになるも、我ながら憎き心かなと、思ふ思ふ聞き臥したまへり」(宿木⑸・四〇二)は、「中の君の心に、匂宮に執着のふかきよと、我ながらにくく覚すとなり」と説かれている。涙を表す歌ことばが、中の君の無意識の欲望と深く結び付いている点を剔出している。

(24) 「来し方忘れにけるにやあらむ」(宿木⑸・三九三)も、同様に、感ずる苦しさそのものに信用価値を置いていない。この用例については、(8)の原岡論文、(14)の井野論文にも指摘がある。

(25) 同様のことは匂宮から中の君への発言にも見られる。「げに、あが君や、幼の御の言ひやな。…むげに世のことわりを知りたまはぬこそ、らうたきものからわりなけれ」(宿木⑸・三九八)。結婚を一般論的に解釈する夫と、個的な問題として見つめたいと望む妻のすれ違いがここには浮き彫りにされている。

(26) 前掲(5)の千原論文、(8)の原岡論文参照。

(27) 殊に、薫を意識する場面において顕著に表れる。

①思ひの外なりける御心かな。人の思ふらんことよ」(宿木⑸・四一六)

②かくあやしと人の見思ひぬべきまでは聞こえはべるべくや(四二五)

③この近き人の思はんことのあいなくて、さりげなくもてなしたまへり（四三七～八）
④もの思ひ知らぬさまに思ひたまふらむなど思ひたまひて（四一二）
④において、「もの思ひ知らぬさまに思ひたまふらむ」と臆測する中の君の意識は、大君の「思ひ隈なからじ」（総角⑸・三〇九）を想起させる。しかし、「思ひ」を知っているように振る舞おうとする妹と、「思ひ」がないように自分を見せようとする姉は、知に対する姿勢において対照的な違いを示している。

(28) 三九三頁においても、大君を含む宇治の思い出を回想する場面がある。また四三二頁にも「故姫君を思ひ出できこえたまはぬをりなし」とあり、追想の反復が示されている。中の君は、大君を「おはせましかば」（四三二、四六六）と仮想し続けており、この追憶が、生きてほしかった存在としての姉を浮き彫りにしている。

(29) 三田村雅子「大君物語―姉妹の物語として」（『源氏物語研究集成　源氏物語の主題下』笠間書房一九九九）で示唆されている。

(30) 後述する寝覚物語だけでなく、浜松中納言物語においても「思ひ」が重要視されている。八島由香「『浜松中納言における親子のつながり―仏の方便と『考の心』―」（『別冊論輯』駒澤大学大学院国文学会編二〇〇三・二）参照。

(31) 宮下雅恵「病と孕み、隠蔽と疎外」（『日本文学』二〇〇一・五）は、寝覚物語で語られる病や懐妊の本質を、「女の精神を隠蔽し疎外する」ものと捉えている。しかしそれは、思惟の価値を身体よりも上においた理解である。女君の、自分の病や出産の意味と向き合おうとしない姿勢を考えた時、むしろ身体こそが思惟によって否定的に扱われているといえる。

(32) 「ふと天の羽衣うち着せたてまつりつれば、翁をいとほしく、かなしと思しつる事も失せぬ。此衣着つる人は、物思ひなくなりにければ、車に乗りて、百人ばかり天人具して昇りぬ」（竹取物語）。

(33) 伊勢物語六十五段「思ふには忍ぶることぞ負けにける逢ふにしかへばさもあらばあれ」などが想到される。

(34) 今井源衛『紫式部』（吉川弘文館一九六六）、榎本正純「物語と家集―宇治十帖の再検討」（『国語と国文学』一九七四・七）。最近ではこれらの指摘は、否定的に見なされているが、作家論になるからというだけの理由で無視したくない。

(35) 紫式部集十五番歌詞書参照。「姉なりし人」を失って後、「人のおとと失ひたる」女性に第二の「姉」を求めている。尚、菅原孝標女も『更級日記』の中で「中の君」とされている。「妹」が物語に与える想像力の重さが改めて注目されるのである。

(36) 中の君が姉と妹の人生を捉え返すところの、「あはれにあさましきはかなさのさまざまにつけて心深き中に、我一人、ものの思ひ知らねば今までながらふるにや。それもいつまで」(蜻蛉⑹・二一三)を念頭においている。

(37) ここでいう「未来」は、例えば(3)の吉井論文で主張されるような王権的な次元とは少し違うところで捉えている。筆者が考えようとしている「未来」とは、より一個人としての生の進路という意味においてである。

第四章　東屋巻の思惟――「知る」ことをめぐる逆説――

はじめに

ここでは、宿木巻において切り開かれてきた思惟の世界が、中の君の胎児出産後、どのような展開を辿るのかを検討していきたい。中の君の思惟のありようは、出産前と後では大きな変化があることは前の章でもたびたび示唆したが、ここでは、「上」と呼称され、母として新たに登場する中の君が、浮舟の登場とあいまって、妹をどのように「思」い、また自己自身をどのように捉え直していくのかについて、引き続き「思ふ」表現に注目しながら素描を試みたい。

一　「幸ひ」への自覚

浮舟物語の中の中の君は、宿木巻の時とは到底比較にならぬほどの衝撃を受けている。

「…わが身のありさまは、飽かぬこと多かる心地すれど、かくものはかなき目も見つべかりける身（＝浮舟）の、さはふれずなりにけるにこそ、げにめやすきなりけれ。今は、ただ、この憎き心添ひたまへる人（＝薫）のなだらかにて思ひ離れなば、さらに何ごとも思ひ入れずなりなん」と（中の君は）思ほす。（東屋⑹・六四）

六の君と匂宮の結婚に苦悩したのは、六の君が正妻という資格を有しているからであり、中の君は、身分という点で六の君に脅かされていたのであるが、浮舟の場合は、異母妹ではあっても身分的には召人同然としかみなしておらず、夫が身分の低い女と関係しているという程度の認識しか持ち合わせていなかった。東屋巻から、彼女は「上」「御方」と呼称され、その社会性が強調されるようになる。中の君の感情が、東屋以降淡白になるのは、そのような身分に対する自負に起因している。

しかし、その取るに足らない存在として彼女がひそかに差別している異母妹こそが、物語の中では中の君の「幸ひ」を侵食しているのである。夫が異母妹の浮舟に言い寄ったと聞いたとき、中の君はただ妹をあわれと思うだけで、同性としての嫉妬がなかったとは言い切れない。けれども語り手は、そのような中の君の胸中にもはや関心を示さない。妹を心配する良き姉としての立場に徹し、さらには、薫の自分への懸想に思いをめぐらすという、状況とはいささか次元のことなる問題をあえて思惟の中に入れていく。

彼女は「わが身のありさま」を、「飽かぬ」（満たされない）ことがないわけではないが、「めやす」い位置にいるには違いないのだと認識することにつとめる。そう思わなければ、妹に夫が心を奪われたという屈辱と折り合えないからである。宿木巻においては、六の君は、身分は上であるが、愛においては自分の方が勝っていたという自信が中の君にはあった。ところが、浮舟の出現によって、その愛における自信さえも追い詰められている。その意味で、東屋・浮舟巻は、宿木巻以上に中の君にとっては深刻な事態が語られている。

また、薫の「憎き心」という、いささか場違いなことを想起し、それが「思ひ離れ」てくれたら、自分には何も「思ひ入れ」ることはあるまいと「思ほす」。心情をそのままでむきだしにせず、「…と思う」で、文字通り括弧でくくり、感情を思惟で囲うような語りがそこにはある。「思ひ入れ」ないということを「思」うというのは、感情を二重に間接化した、思惟に対する厳重な規制が透視できる。少し見当違いな判断をあえてすることによって、中の君は、今度は、問題をそらすことで、苦しい現状に直面することを迂回するのである。「飽かぬこと」の「心地」を打ち消して、「めやす」さに目を向けようとしていく。

自らの「幸い」をひたすら認めようとし、「思わない」ことを「思う」中の君は、こんどは、「幸い」への自覚に傾いていく。この図式は、出産前までにひたすら不幸を意識していた時の換骨奪胎である。彼女は宿木巻で「苦悩」を認識したように、母になってからは、「幸福」への妥協に徹しようとする。これは、匂宮と自分との、直接の夫婦関係の問題に立ち入ることを避けるための迂回の方法であった。中の君の思惟をめぐる語りは、中の君が、夫の不貞に傷ついても大丈夫であるような意味構造の装置を、体系として有していたのである。そこには「飽かぬこと多かる心地」にわずかに掠められる本心を別として、状況に根差した感情であり反応を表す「思ひ」はまるでなく、みな偽りの思惟である。

二　薫への測定意識

浮舟物語が深刻化するにつれて、中の君は、いよいよ薫への嫌悪をあらわにする。東屋巻の引用においてもみられたが、匂宮と浮舟が関係している状況を知ったとき、彼女は夫を直接恨むのではなく、代わりにその苛立ちの矛先を薫に向ける。これは、自分が薫に浮舟を紹介したことと無関係ではなかろう。薫にとって中の君が代用であったように、中の君にとっても薫への反発は、はけ口として用意されているのである。匂宮も、浮舟との密通をはぐらかそうとして、中の君と薫の関係をあてこすり、やはり薫を引き合いにする。このようにして、夫婦の間で引き合いにされ、あてこすられる、話題としての薫の対象性は重視されねばならない。中の君は、本来関係ないはずの薫の懸想をあえて意識する。そう思うことそのものが、あたかも自分を裏切った夫と妹に対する報復であるかのようにである。(1)

・(匂宮が)まめやかなるをいとほしう、いかやうなることを聞きたまへるならむ、とおどろかるるに、答へきこえたまはむこともなし。ものはかなきさまにて見そめたまひしに、何ごとをも(匂宮は私を)軽らかに推しはかりたまふにこそはあらめ、すずろなる人(=中の君にとっての薫)をしるべにて、その心寄せを思ひ知りはじめなどしたる過ちばかりに、おぼえ劣る身にこそ、と思しつづくるもよろづ悲しくて、いとどらうたげなる御けはひなり。かの人(浮舟)見つけたることは、しばし(中の君には)知らせたてまつらじ、と(匂宮は)思せば、異ざまに(中の君に)思はせて恨みたまふを、(中の君は)ただ、この大将(薫)の御ことをまめまめしくのたまふと思すに、人やそらごとをたしかなるやうに聞こえたらむ、など思す。ありやなしやを聞かぬ間は、(匂宮に)見えたてまつらむも(中の君は)恥づかし。

(浮舟(6)・一三〇)

浮舟事件に関して、中の君は、匂宮その人への追及を徹底して避けている。自分たち夫婦関係が修復不能になりつつあることを触れないように、会話も思惟も注意深く切り取る。浮舟との関係を隠すために、中の君と薫の関係を故意に非難する匂宮の演技としての「まめやか」さを、中の君は真に受け、匂宮の嘘の攻撃の上に、薫への意識を思惟の中で展開させる。宿木巻で、あれほど接近し、限りなく共生への可能性を見せた中の君と薫であったが、いま中の君は、何の躊躇もなく薫を「すずろなる人」と呼ぶ。そして、「思ひ知り」「思しつづくる」「思せば」「思すに」「など思す」と展開されていく。「思すに…思す」に、思惟の連鎖性が現れる。けれどもそれは、匂宮に「異ざまに思はせ」られた上で成立する思惟なのであった。

語りの中で考えていけば、匂宮の演技に乗せられて、中の君が複雑に思惟を展開させるということになり、どこか滑稽な印象も与えなくはないが、中の君はむしろそのように乗せられることで、妹に夫を奪われたことの意味をまともに考える窮地から逃れているのである。知っているがゆえに、知ることを彼女は無意識に拒否しようとするのである。

中の君は、当初から、匂宮が浮舟に執着していることを知っていた。

「…とてもかくても、わが怠りにてはもてそこなはじ」と思ひ返したまひつつ、いとほしながらえ聞こえ出でたまはず。ことざまにつきづきしくは、え言ひなしたまはねば、おしこめてもの怨じしたる世の常の人になりてぞおはしける。（浮舟(6)・九八）

自分が浮舟を薫に紹介したことが、逆に裏目に出で、夫が妹に接近してきた事態に直面し、中の君は、匂宮を「いとほし」と思う。「いとほし」の語義を決定不能性に追い込みながら、中の君は、「いとほし」に形象化された複雑な胸中を退けることで、「え聞こえたまはず」という反応に出る。「おしこめてもの怨じしたる世の常の人」は、匂宮からそう見えることを語り手が言い直した表現である。ここには、中の君の「思ひ返」す様子が見えるが、これは、言いたいことを我慢するという意味で用いられている。この反転は、今までの反転のかたちから逸脱し、冷静さを失うまいとする強い意地が現れている。「よその人よりは（妹と匂宮の関係）聞きにくくなどばかりぞおぼゆべき」（九八頁）が、中の君が認められる精一杯の傷であった。もはや彼女は自分の嫉妬を直視しない。「もの怨じ」していると語り手に解釈されることが、逆に彼女の嫉妬の隠蔽につながっているのである。最も直面していることが、もっとも回避することにつながるような回路が、浮舟物語における中の君の思惟には、新たなかたちで形成されている。

中の君は、薫を意識しながら匂宮を思う。

（薫が）ねびまさりたまふままに、人柄もおぼえもさま異にものしたまへば、宮の御心のあまり頼もしげなき時々は、思はずなりける宿世かな、故姫君の思しおきてしままにもあらで、かくもの思はしかるべき方にしもかかりそめけんよ、と思すをりをり多くなん。（浮舟(6)・一〇〇）

薫の「思し知」る様子（同頁）を意識するにつけ、中の君は、それに比して、匂宮は、ことさらに「もの思は」せる人であったと規定する。中の君が、姉や妹だけでなく、薫や匂宮についても測定意識をもっていることは注意すべきことである。いま浮舟の処遇に苦慮する中の君の中には、浮舟、匂宮、薫、そして「故姫君」の大君が複雑に交錯する。この期に及んで何故中の君は、大君を想起するのか。匂宮がとりわけ「思ひ」を起こさせる夫であったという述懐も、浮舟の出現によって実感されている。それは、自分が思うのではなく、夫に「思ひ」を強要させられているという気づきであった。

自分を「思はずなりける宿世」と規定するが、宿木巻で、「必ず人わらへにうき事出で来んものぞとは思ふ思ふ過ぐしつる」（三七三頁）と自己言及を見せていたのは、当の中の君本人ではなかったか。達観していたはずの「世」であり「身」が、浮舟の出現によって、覆されているのであった。とすれば、宿木巻で執拗に展開された中の君の自己言及とは何だったのか。自己相対化への衝迫は、中の君において特に著しい傾向であり、それは、当事者が、宇治から京へ移ったことの意味を問い直すという目的意識があったことに起因しているのにちがいないが、けれども中の君をめぐる語りは、彼女が、自己相対化をしようとすればするほど、むしろ自意識の球体の中に塞がれていくという悲劇を作り出していたのである。

三　浮舟賞賛の内実

しかし、それ以上の深入りを、語り手は語ることをやめている。妹に夫の心を奪われ、複雑な胸中であるにちがいない中の君の、そのどこか歯切れの悪い「思ひ」を、またしても語りが打ち壊していく。中の君の固有の問題は、いつも「幸ひ」という、相対的な状況の中に押し込められていくのであった。

若君のいとうつくしうおよすけたまふままに、外にはかかる人も出で来まじきにや、とやむごとなきものに思して、うちとけなつかしき方には人にまさりてもてなしたまへば、（中の君は）ありしよりはすこしもの思ひしづまりて過ぐしたまふ。（浮舟(6)・一〇二）

「若君」がいて、匂宮からも「人にまさりてもてなさ」れており、中の君の「穏やか」な暮らしが描かれることで中の君は「ありしよりはすこしもの思ひしづまりて過」ごしていると、語り手によって断定される。しかし、今こそ、妹に夫が迷うという、物語の中でも前代未聞の固有の問題に遭遇した中の君の「思ひ」が「しづま」るわけはないのだった。妹と夫の裏切りに比べれば、宿木巻の「苦悩」は、問題にはならない。けれども本当に悩むべき問題が生じたときには、語り手は、中の君の固有の思惟を対象化することをやめ、そして中の君自身も、悩むことをやめていくのである。それが消耗でしかないことに気づくようになったからである。そして、思惟を離れたときに、語り手は、中の君に、あくまで相対的な幸せをあてがおうとしていくのであり、中の君もまた、そのような語り手の意向に妥協していく。中の君は、語り手の方向づけに合わせようとさせられている。

浮舟の死を耳にした中の君は、「思ふ」ことを習い性にしてきたそれまでの自分の歴史を自ら転覆させていく。

女君、このことのけしきは、みな見知りたまひてけり。「あはれにあさましきはかなさのさまざまにつけて心深き中に、我一人、もの思ひ知らねば、今までながらふるにや。それもいつまで」と心細く思す。
（蜻蛉(6)・二一三）

宿木巻で、あれほど「思ふ」を重用させながら、現実への違和感に苦しんでいた中の君は、「心深き」浮舟の生きざまを前に、「もの思ひ知らぬ」と自覚せざるをえない。浮舟の失踪を前に、彼女は、今までの「思ひ」の空転性を知るのである。姉と妹は「さまざまにつけて心深[2]」く、意志を貫徹したが、自分は「もの思ひ知ら」なかったために何も貫徹できなかった――「我一人」は、浮舟という最後の「対象」を失った中の君の、今度こそ本当に取り残された実感が反映されているのである。

中の君は、浮舟を「心深き」人と断定したが、もっとも浮舟は、中の君が思う以上に追い込まれており、死の決意が発作的な衝動によって引き起こされているとする語りがあることを見逃すことはできない。

◆君（＝浮舟）は、げに、ただ今、いとあしくなりぬべき身なめり、と思すに、…「…わが身ひとつの亡くなりなんのみこそめやすからめ。昔は、懸想する人のありさまのいづれとなきに思ひわづらひてだにこそ、身を投ぐるためしもありけれ。……ありながらもてそこなひ、人わらへなるさまにてさすらへむは、まさるもの思ひなるべし」など思ひなる。児めきおほどかに、たをたをと見ゆれど、気高う世のありさまをも知る方少なくて生ほしたてたる人にしあれば、すこしおずかるべきことを思ひ寄るなりけむかし。（浮舟(6)・一七六～七）

◆心細きことを思ひもてゆくには、またえ思ひたつまじきわざなりけり。親をおきて亡くなる人は、いと罪深

かなるものをなど、さすがに、ほの聞きたることをも思ふ。（浮舟(6)・一七八）

浮舟もまた、独自の思惟を展開させていく。身の破滅を「思」して、「思ひわづらひ」、「もの思ひ」を棄てようと「思ひなる」。始めは「思す」と語り出されるのだが、括りは「思ひなる」とあり、敬語が消失している。浮舟をめぐる敬語表現は、常に語りの中で揺れており、場面および状況によって、あったりなかったりしている。

そうした浮舟の決心を「思ひなる」「思ひもてゆく」「思ひたつ」といった表現で表していくが、その状況を語り手は、「世のありさま」を「知」らないからで、育ちが悪いためだと理由をつけ、さらに浮舟の「思ひ寄り」を「おずし」（おぞましい）と評価する。語り手にとっても、浮舟は他者であった。語り手は浮舟の思い詰めた状況を突き放して観察する。そして、決意しながら揺れていく状況を「またえ思ひたつまじきわざなりけり」と説明し、仏教の教えによる自殺の罪を、少しは「思ふ」ようだとやや軽蔑的に浮舟の状況を語るとともに、死への欲動にかられながら生にも執着を見せる浮舟の矛盾を露呈している。

浮舟が語り手によって相対化されながら語られているという意味では、中の君とも類似する。ただ、浮舟の思惟を見ていくと、「思ひなる」「思ひもてゆく」「思ひたつ」といった、強いて思う意を表す表現が際だち、浮舟の中でも一抹の納得できない状況を半ば感じていながら、なおかつそれを決行に結び付けようとする激しさがあり、それがその後の行動に結びついていく。浮舟の思惟は、自分の中で、これが自分の思いなのだというように、思惟を作り上げているという構造をもっている。中の君が「心深し」と断定する浮舟像とは、実際の状況は齟齬があることをここでは認めなければならない。

個別の差はあれ、大君と浮舟は、思惟が行動の実現にたどりつく点で類似していくのに対し、中の君の思惟は、現実の進行とは無縁である。それが自分でもわかるだけに、中の君は、浮舟と大君に意志の貫徹を見るのであり、激しい羨望をおぼえていく。

「女君、このことのけしきは、見知りたまひてけり」は、中の君が、浮舟と匂宮との関係を実は全て「知」っていたことを示す記事であるが、過去完了「てけり」の中には、知ってしまった、知ってしまった以上は取り返しのつかないことになったという、「知る」前と「知った」後では、状況に、埋めようのない断絶があることを言い表している。「思ひ」をひたすらに増長させた「知る」前に対し、「知った」後では、「思ふ」ことを、人に見せないだけではなく、自分に対してさえ閉ざそうとしていく。過去完了の「てけり」(完了・強意「つ」と過去・詠嘆「けり」)は、想念に問い尋ねつづけていた「知る」前の世界にはもはや後戻りできないことを、明らかに時代の段階が進んだことを語法として示している。知ることの致命的な意味がいわば語られている。「知って」はいてもずっと沈黙しつづけ、思惟においても沈黙を守り通した中の君の嫉妬も恨みも越えた衝撃が、逆に鮮明化されているのである。

浮舟の「死」という衝撃を前に、中の君は、「我一人」だけが「もの思ひ知ら」なかったのだと再度規定を試みる。事件を「知って」いて、「もの思ひ」を「知らない」とする認識は、「知る」ことをめぐって、矛盾と価値顚倒に満ちている。そしてさらに「もの思ひ知ら」ないことを「思す」のである。中の君の思惟がいかに欺瞞と倒錯の間で揺れていたかをつぶさに見てきた読者は、もはや、浮舟への中の君の感慨の内実に対しても信頼を差し引かざるをえない。今引用した思惟の用例も、それほど深く彼女が傷を受けているような印象を、文脈が与えていない。彼女の本当の思いは、この中にはない。彼女が自覚するのは、「今までながらふる」ことと、それでもこれからも生きていく自分の確認である。中の君の思惟の意味は、浮舟物語を通してこそ、鮮明に対象化されていく。死んだ姉と妹に対して、中の君は生きた。生きるということは、「心深さ」を棄てることである。中の君は、その屈曲に満ちた思惟の果てに、人生をそのように結論づけていくのであり、思ったつもりでいたことが実は思っていないことであり、逆に沈黙こそが思惟になっていくような、意識というものの重層性が中の君物語を通して呈示されているのである。

結び

若君出産以降の中の君の思惟構造についてこれまで検討を進めてきた。十分に考察しきれなかった点も多々あるが、論じ尽くせなかった問題については、今後改めて稿を別にして考えていきたい。ここでは、出産前から出産後にかけての思惟の流れを総括する。

宿木巻の中の君の思惟は、一つ一つは長大であり、それに比して、それぞれの間に内容的な差異はない。同じことを延々と繰り返しながら、中の君は、現実と逆行した思惟を空転させていくのである。やがて彼女は、同じことの繰り返しでしかないことに消耗を感じるようになり、出産を機に、つまり彼女がその「なやみ」を終えた後に、自己批判のかたちを変えていく。私は中の君の思惟の流れを懐胎・出産時期である「なやみ」以前と以後に分けて考えたいのであるが、中の君は、むしろ「なやみ」を終えた後にこそ、悩むべき事態が待ち受けているのである。

中の君は、「なやみ」の時期を終えたあと、自己規定のかたちを、自分が不幸だとする認識から、幸いだとする自己言及を方向をつけ直していくのである。その方が楽で、泳いでいくのに都合がいいからであり、そうしなければ身がもたないと気づいたからである。ここに、京で生きる彼女の転向を見ることができるのであるが、注意しなければならないのは、その意識のもち方への態度変更があくまで表面的にすぎないということである。不幸を認めようと、幸福を認めようと、結局は自分を本当にとらえるということから迂回しつづけているだけなのである。「思ふ」表現は、過剰であればあるほど真実から遠のいている。それで精一杯であるという姿勢そのものがある予防線となっていくのであり、「苦悩」することが苦悩からの回避であり、「幸」をかみしめようとすることが、実は苦悩の隠蔽になっていく。それが結果として上滑りした「思ふ」表現の集積につながっていくのである。

思惟そのものの内実性が薄れ、意識がもはや、当事者の偽らざる状態を表さなくなった今、個人の本質は何によって表されて行くのだろうか。中の君であれば、浮舟事件で見たように、「知」っていても「知」らないことにする見て見ぬふりであり、中の君物語で十分に煮詰めることのできなかった問題は、到達されない状態のまま、浮舟物語の問題への引き渡されていく。

何度か引用した時にも触れたことだが、中の君は再三にわたり「命」を希求する。

◆命長くて今までもながらふれば、人の思ひたりしほどよりは、人にもなるやうなるありさまを、（宿木⑸・三九二）

◆おのづからながらへば（宿木⑸・三九三）

◆（命を失うのは）惜しからねど、悲しくもあり。また、いと罪深くあなるものを（宿木⑸・四〇二）

◆ただ、消えせぬほどはあるにまかせておいらかならんと思ひはてて、（宿木⑸・四二一）

◆我一人、もの思ひ知らねば、今までながらふるにや。それもいつまで（蜻蛉⑹・二一三）

彼女は認識に苦しむ中で、「ながらへ」ている自分の「命」を自覚する。「ながらへ」たために、「人」が思うよりは人並みなれたという、「人」への対抗意識をかすかににじませた強い自負、生きていれば何とかなるのではないかという見通しを無意識に立てたり、生きている限りは泳ぎつづけようと思う姿勢がこれらの用例からは伺い知れるのであり、彼女が「ながらへ」るという地点から、生を渇望するさまが示されている。大君も浮舟も「いかで亡くなりなむ」（大君）、「まろは、いかで死なばや」（浮舟）というように、一途に死を追求したが、中の君は、そのような死への激しい欲動とは無縁である。彼女は踏まれても蹴られても生に執着する道を選ぶのであり、「それもいつまで」と「心細く」思いながらも、同時に彼女は「いつまで」も生きようとしていくのである。長生きすることを意識では厭いつつも、長い時間をかけて状況をくぐりぬけようとするところに、中の君のひたむきな生への希求がその思惟の中で実は語られているのであった。意識の中で臆測と断定を重ねれば重ねるほど「自分」が遠のいていくという問題を、極限まで追い詰めたという意味で、中の君物語が期を画していることを認めないわけにはいかない。

［註］

（1）神田龍身「分身、差異への欲望」（『物語文学、その解体』有精堂一九九二）では、宇治十帖の男君に内在する模倣や異化の欲求を理論づけているが、そうした意味付けの願望は、男君の内部だけでなく、彼らを外側から眺める女君の中にもある。

（2）「もの思ひ知らねば」は、孟津抄や箕形如庵は、「物思ひ」を「知る」と注釈するが、筆者は、「もの」を「思ひ知る」と理解しており、「思ひ知る」により力点をおいた解釈をとっている。また、「心深し」も難解な語である。井野葉子「宇治十帖の中君―大君・浮舟を評価する主体として―」（『論集源氏物語とその前後5』新典社一九九四）は、「心深し」の物語的意義を詳しく検討し、「思慮深い」と解釈している。時代が下り、狭衣物語ではより仏教的な悟りと深く関連したところで「心深し」が用いられている。

第五章　誕生への問い——中の君物語における「なやみ」と思惟——

はじめに

源氏物語の世界を作り上げる大きな要素の一つとして、病という問題を指摘することができる。本章では、そうした、物語における病の相を、殊に宇治十帖の中の君を通して改めて捉え返してみたい。Ⅱの三および四章では、思惟という視点から中の君物語の特質を論考したが、ここでは、同じ問題を身体の側から意味づけ直していくことを試みるものである。源氏物語に描かれる身体を、病という視点から意味づけ直し、さらにそれが、登場人物の「思い」とどのように関わるのかを探ろうとしている。

「精神と身体」は、二元的に捉えるべき問題ではなく、「精神としての身体」であり(1)、また、「身」という表現は、肉体そのものを表すだけでなく、人間の精神構造とも深く連動しているのだという(2)。また「病」や「治療」は、理論の適用によって掬い取られるべき現象や行動ではなく、徹底して個別的でローカルな局面から追求され、問い直されている(3)。このような、人間をめぐる外部世界と内部世界を区別する分水嶺への追求は、主として哲学や医学において行われきた。これらの研究態度には、身体が人間の心や意識にどのような働きかけをするのかという問題意識が根底に潜在しているといえよう。つまり、身体から思惟へという方向性が鮮明に打ち出されており、身体の調子によって左右されるような意識の、その不確かさ、危うさが究明されていたのである。

このように考えた時、思惟はもはや、人間の尊厳を保証するものではなりえなくなってくる。常に身体の状態によって揺り動かされているからである。そして、意識や精神からだけでは辿りつけない「私」という存在と立ち向かわざるをえないのである。(4)

哲学や医学の領域において深められてきた「病」「身体」「私」という発想は、しかし、実は源氏物語の言説空間をこそたえず刺激してきたのではないかと思える。実社会だけのことではなく、物語的方法の基盤を考える上でも重要な問題になっている。それは、哲学や医学的な発想を物語研究に単純に移し替えたいということではない。身体や病といった視点を一般的・抽象的な次元のままで理解を終えるのではなく、物語という具体的な場面や言葉から改めてかき上げていきたいのである。本論において見ていくことは、物語を読む上で見えてくる、より個的な感覚に根差した所から引き起こされる病であり、思惟を身体の上位に置くパラダイムが転換する瞬間である。

近代文学においては、病は、過剰な意味がまつわりつくものとして定位されているのだという。(5)たとえば谷崎潤一郎『細雪』では、そのような臆測に満ちた病の記号性が、女性の造型と深く関わるものとされている。(6)身体的な病気ばかりに目を向けるのではなく、心や言葉、あるいは思想といった、思惟の領域の中に「病」なるものを見ようとする動きがあり、奥深い世界が切り開かれている。(7)

近代小説の「病」は、主として男性の問題として置かれていたように思える。また、結核という、具体的な病名を伴う症状がとりわけ俎上に載せられている。それは、病の迷信性や比喩性との闘いそのものだったに違いない。

それに対し、源氏物語の病（「なやみ」）は、病名が問題にされることはほとんどなく、どちらかといえば女性において多様化されている。常に「物の怪」というかたちで曖昧化されていき[8]、中でも、懐妊や出産の存在は重い。

しかし、近代小説の研究に比するに、源氏物語においては、病という視点がやや単線的であったように思える。身体的な受苦のみが病として受け止められていたように思う。もっとも、病をめぐる語彙や表現に関しては、既に詳しく調査されている[9]。また、病描写が物語の登場人物の状況と深く連動している様子は、例えば若紫巻における光源氏の「瘧病」や若菜巻の紫の上や女三の宮を通して感じ取ることができる[10]。本書においても、Ⅰの第四章で、妊娠や病の場面で繰り返し語られる「なやみ」が、藤壺の本質を考える上での重要であることを指摘している。

しかし、病の意味づけは、正篇に偏りがちであったことを認めないわけにはいかない。本章は、藤壺の問題を考える上で打ち出した「なやみ」という視点を引きずりながら、宇治十帖において、どのような世界を展開しようとしたかを見ようとするものである。

斎藤美奈子は、妊娠小説において中心に描かれるのは、不倫や結婚を前提としない交際など、結婚していない場合に妊娠したときのそれぞれの狼狽であり、家庭に入ってからの妊娠は、小説的主題とはなりえないのだという[11]。斎藤氏の主張は、非常に説得的であるが、一方で、結婚してからの妊娠でも、女性の苦しみや狼狽は同じであり、かつ物語展開を切り開く要素となりえているのではとも思う。本論で詳しく求めていきたいのは、普通に結婚し身ごもった平凡な女が、違和感や嫌悪を繰り返す物語的現場である。もっとも、八の宮の娘であり、匂宮の妻である中の君は、身分の上では貴族の、ほんの一握りの階級の女である。しかし、妊娠という視点から捉えたとき、そこに語られる中の君の像は、普通の女の様相と何ら変わりはない。

その意味では、本論は、身体を誕生という視点から捉え、妊娠物語というよりも、誕生物語として中の君物語を意味づけ直すことを目的としている。[12] といってもそれは、うつほ物語や栄花物語などに描かれる、一家の宿運を象徴するような祝祭的な営みとは見方が違う。本論ではむしろ、一個人としての「女」が新しい生命と向き合う場としての誕生を考えている。源氏物語の胎児は、死産や流産されることはなく、みな生を受けており、出産までを射程に入れて初めて懐妊という問題が見えてくるように思われるからである。女性が妊娠したり、病気になったりするその度に自覚せざる葛藤や意識せざる問題と向き合い、自己を把握するその過程を追いたい。

既に前の章において、中の君は「思ふ」女であることを指摘した。しかし、彼女の「思ひ」の時間は、懐妊の期間と一致しており、第一子出産と共に彼女の苦しい思いは語られなくなっていく。そのような、女君が思いを重ねる時間としての懐妊とは一体何なのか。中の君の妊娠の意味を明確化していかなければならない。

一　宇治十帖における「なやみ」の曖昧性と偏向性

上（中の君）、いとほしく、（浮舟が）うたて思ふらんとて、知らず顔にて、（中の君）「大宮（明石の中宮）悩みたまふとて参りたまひぬれば、（匂宮は）今宵は出でたまじ。泔のなごりにや、心地も悩ましくて起きゐはべるを、渡りたまへ。つれづれにも思さるらん」と聞こえたまへり。（浮舟）「乱り心地のいと苦しうはべるを、ためらひて」と、乳母して聞こえたまふ。（中の君）「いかなる御心地ぞ」と、たち返りとぶらひきこえたまへば、（浮舟）「何心地ともおぼえはべらず。ただいと苦しくはべり」と聞こえたまへば、少将、右近、目まじろぎをして、「かたはらぞいたく思すらむ」と言ふも、（中の君としては）ただなる（他人）よりは（浮舟が妹であるために）いとほし。（東屋(6)・六二一〜二二）

宇治十帖には、正篇以上に複雑で曖昧化された「なやみ」が登場人物の間を浮遊している。「なやみ」ではなく「なやまし」というように、病が、感覚として語られており、そこにははじめからバイアスがかかっている。右に掲げた引用は、東屋巻の一節で、中の君が異母妹・浮舟を自室に来るように促す場面である。中の君と浮舟が対面する構図を描いて有名な『源氏物語絵巻』東屋第一段につながる、直前の部分でもある。

この引用で特に注目されるのは、いくつかの、次元を異にする「なやみ」が、一つの同じ空間に混在していることである。「悩みたまふ」明石の中宮の話題、それを伝える中の君自身の「悩ましさ」、さらに浮舟の「乱り心地」の「苦し」さが重ね合わされている。

正篇第一部においては、光源氏の瘧病、出産のために苦しむ藤壺や葵の上のように、病という問題を、一人物に絞って描く傾向が顕著であった。また、第二部において柏木、女三の宮、紫の上のそれぞれの病が示すように、同じ時期に病人が続出し、しかもそれぞれの「なやみ」が微妙なところで重ね合わされているという描写方法がとられており、第一部と比較すると、病が複数化されている。宇治十帖の病描写の在り方は、第二部の方法から影響を受けているといえる。

しかし、第二部の人物の「なやみ」が「物の怪」と深く結びつきつつ、実態の曖昧性を浮かび上がらせていたのに対し、宇治十帖に描かれる「なやみ」は、「物の怪」という視点さえ排除されている。

右に掲げた、東屋巻からの引用は、そうした例を表す資料である。

「上」とは宇治十帖の登場人物の一人である中の君のことであり、長いこと亡き姉大君ともに宇治で暮らし、現在は都で匂宮の「上」（妻）として、若宮も生まれ、今や正妻・六の君に対して勝るとも劣らぬ安泰を際立たせる女君である。その中の君は、長いこと自分に執拗な執着を示す薫から逃れるために、異母妹・浮舟を紹介、推薦し、その浮舟を自邸の二条院に引き取っていた。

ところが、早くも浮舟は匂宮に発見され、迫られる（東屋⑹・五三～六）。このことは現場を目撃していた右近（浮舟の乳母子）によって中の君に報告され、中の君は妹が夫に手を出されたことを前以て知ることとなった。「上、いとほしく、うたて思ふらん」として、浮舟にとても同情しているとあるけれども、真に中の君は心からそのように思っているのかどうか。物語の叙述は、そのあたりの中の君の屈折した心境を決して追及しようとはしない。中の君は、たとえ異母妹とはいえ、今まで会ったこともない女性に突然夫の関心を奪われた妻としての自分の立場を深く意識することを拒み、少しでも思おうものなら、それをかき消そうとでもするかのようにして、彼女は異母妹に「同情」を寄せるのである。それが「姉」としての「思いやり」であり、美徳であるのだといわぬばかりに、である。

「いとほし」は同文の終わりの部分でももう一度反復されているが（「ただなるよりはいとほし」）、この「いとほし」の繰り返しは、浮舟をいたわらずにはいられない中の君の「優しさ」と「思いやり」を、だめを押すように伝えているかのように一見みえながら、その実、ひそかに根付く嫉妬を隠蔽し、姉としての、「上」としての自信を見せようとすることをこそ、執拗に強調しているのである。「いとほし」の反復が、読者に無理がないようでありながらも、どこか奇異な印象を残すのは、そのためであるに違いない。「ただなる」（他人である）よりは気の毒であるとする叙述は、「ただ」でないからこそ余計に屈折せざるをえないことと裏腹なのである。

引用の中の「知らず顔」は、そのような、自分にとっては嫌悪と屈辱でないはずがない事実を知っていながら、素知らぬ様子を決め込む中の君の複雑なふるまいを指している。

その中の君が、浮舟を自室に「渡りたまへ」と言伝てする。「泔の名残にや、心地も悩ましくて起きゐはべる」のだという。「泔」（髪を洗う水）は、中の君がそれまで髪を洗っていたことを表している。彼女がなぜここであえて洗髪をしたのか、そしてその「名残り」であるという「悩まし」さとは何であるのかは、深い意味を含んでいるように思える。

この中の君の申し出に対し、浮舟は、「乳母して」、つまり直接にではなく、間接的に自分の「乱り心地」を理由に断る。乳母に答えさせる浮舟は、匂宮を不本意にも誘惑しており、姉と対面する自信がないのである。自分の心のゆらめきを隠そうとして必死な姿が、乳母を立てて意思表示をしようとする浮舟の中に透視される。

さらに、中の君はだめを押すように「いかなる御心地ぞ」と、再び浮舟の「病」の内容を問う。浮舟の返事は、「何心地ともおぼえはべらず。ただいと苦しくはべり」という、きわめて曖昧な弁明であった。一部始終を見ていた少将（中の君の女房）と右近は、この浮舟の「心地」の苦しさを、「（姉の夫・匂宮から口説を浮けて）かたはらぞいたく思すらむ」と、浮舟の「心地」の内実を、それを担う本人以上に明晰に把握し、端的に言い当てる。

ところで、初めの中の君の言葉の中にある「大宮」は、明石の中宮のことであり、明石の中宮の「悩み」が、この姉妹の、間接的な会話の一要素を占めている。

明石の中宮の発病の知らせは、浮舟が匂宮に迫られる危機を撃退する力をもっていた(13)。匂宮は母中宮を見舞うべく、急遽、参内したのである。中の君はそれをふまえて「大宮悩みたまふとて」と言っている。その場に存在しない明石の中宮の「なやみ」に言及しながら、「心地も悩ましくて」と自らの「なやみ」を語り、さらには異母妹浮舟の「乱り心地」に関心を示さずにはいられない、中の君の、「なやみ」に対する姿勢は定まった方向をとらず、不安定に揺れている。

この場面を整理すると、ここには、情報として伝わる、その場に存在しない明石中宮の「悩み」と、中の君の「悩まし」き「心地」と、浮舟の「乱り心地」の、三者三様の「なやみ」が、しかし、いささか突発的に交錯していることがわかるところである。

中の君が語る、明石の中宮の「悩み」は、うわさとしてのそれである。けれども、大勢の見舞いを動員させる中宮の病悩は、たとえそれが些細な疾患であっても駆けつけなければならない、十分に意識され心配されなければならないという絶対性を印象づけつつも、なぜここで中宮が苦しむのかが明らかにされておらず、病の内実は不透明である。

また、自らの「悩まし」さの原因を「泔のなごり」のためとする中の君は、一過性の気分であるようで、深い奥行きを暗示する。「泔のなごり」と「悩まし」さとの連動性は、一見さりげなく、無理ないようで、本質的な脈絡はその実疑わしいものとなっている。洗髪は、本来であるならば、気分を一新させる行いでありそうなものであるが、頻繁にできることではなく、むしろ普段と違うことをすることが、かえって中の君から安穏を奪い、動揺と興奮を与えている。

このあたりは、若菜巻で、髪を洗ってから女三の宮との対面に臨む紫の上（若菜上(4)・八〇頁）などが想起される。髪を洗うという行為が、心境の整理の試みを意味するとしたら、中の君の「悩まし」さは、洗い落とそうとしてもなお落ちないしこりのような、妹へのわだかまりの現れであるように見える。かつて紫の上が女三の宮に対してそうであったように、中の君もまた、浮舟を意識して、姉として、浮舟にいちばん良い姿を見せようとしているともとれよう。二条院の女主人としての貫禄を示唆する「上」という呼称は、そうした中の君の苦渋を皮肉に縁取る。「上」としての自信を示そうとすることで、かえって中の君は自らその自尊心を刺激され、追い込まれていくのである。

明石の中宮の「なやみ」が、牽引力の強さという点において、公的な「確かな病」であるとするならば、中の君の「悩まし」い「心地」には、ある偏向が伴われている。夫匂宮を向かわせた明石の中宮の「悩み」を意識しながら、中の君は、突然、何の脈絡もなく、自身の中の「なやみ」をあえて持ち出すのである。明石の中宮に拮抗していくような「病」が中の君には潜在している。外側から認定される病気と、主観的な印象ばかりを読者に強く与える「病」の構造が、同時に入り組み、こちらで「悩」み、あちらでも「悩」む、しかも、それぞれの「悩み」の性質は均質を欠いており、それぞれが他者の「なやみ」に対してまなざしを注いでいる。「不確かな病」が「確かな病」を照らし返し、相対化さえしていく、そういう不思議な「なやみ」の関係構造が、ここには描かれているのである。

そして、浮舟の訴える「乱り心地」は、状況から鑑みれば、先刻まで姉の夫に言いよられた衝撃とこれから姉に会うことへの圧迫感を映し出しており、心の惑乱と深い関係があることは容易に判断されよう。先にも少し触れたが、自分の「なやみ」の正体を「何心地ともおぼえはべらず」と自分でも自分の体調をはかりかねている当の浮舟以上に、周囲の女房たちが、その実情を鋭く言い当てているのである。

本論冒頭で掲げた部分は、宇治十帖における「なやみ」の在り方の特質を端的に、しかも凝縮して示す本文資料として貴重である。誰かの病が話題になると、そこに全ての関心、視線が集中せず、どこかでまた別の病がとりあげられ、さらに転移していく。「転移」とは、物理的な意味で伝染といったことではない。複数の「なやみ」が叙述の上で重ね合わされていくことの不思議さを言っているのである。誰かの病が噂されると、それを聞く自分自身の歪みまでが呼び起こされていくような、複雑な叙述上の感染構造を、宇治十帖の「なやみ」は、その本質の中に抱え持つのである。

明石の中宮の「悩み」と、中の君の「悩まし」さと、浮舟の「乱り心地」は、一見したところ、それぞれ何の脈絡もない。脈絡のないはずの、ばらばらのところで一人勝手に発生しているかのように見えるそれぞれの位相を異にする病が、実はどこかで関わり合い、呼び合っているのかもしれない可能性を残しているところに、宇治十帖の「なやみ」の特質があるといってよい。特に中の君の「悩まし」さは、「なやみ」とさえいえない一過性の気分であるという印象を残している。

中宮の病悩を遠景に意識しつつ、自身の不例を打ち明けながら接近を試みる中の君と、逆に不例をたてに交渉を避ける浮舟の、それぞれの「心地」との向かい合い方の対比性も注意される。中の君は自分の「なやみ」を理由に浮舟を避けるどころか、むしろ会おうとしており、病が開放的な動きと連動している。正篇には、病者が自ら積極的に対面を求めるような情景は描かれなかった。正篇の「病」は基本的に非日常的な「籠もり」の時空であり、「死と再生」を意味していた。

しかし今まで見てきた宇治十帖の「なやみ」の在り方は、どの女性の「なやみ」をとってみても、なぜいまここで苦しむのかが詳しく語られることはなく、その実情は不明瞭である。偶然ながらも、三女性の具象性を欠いた、混沌とした「なやみ」は、質感を、次元を異にしながらも、同じ表現の磁場に置かれ、連鎖的に反応し、叙述の上で交錯しながら相克をみせている。三者三様の「なやみ」が、競合と交錯を通して、ここには引き立てられているのである。

明石の中宮の「なやみ」は、多くの人に外側から「病」であると認知され、注目と関心を集めるという意味で、大文字の病といってよい。いわばそれは記号的で対外的な意味での病であり、明石の中宮が波紋のようにして投げかけ、他者を呼び込む「なやみ」は、第二部の紫の上や女三の宮のあり方とよく似ている。それに対して、中の君や浮舟の「なやみ」は、誰からも顧みられず、自分自身でそう思っているだけの、いわば小文字の病である。彼女たちが拘泥しているのは、病に侵されているような気配であり、病の予感のようなところを、「悩まし」と言ったり「乱り心地のいと苦し」と言ったりしているのである。大文字の病の陰で、小文字の病がささやかでありながらも確かに主張され、大仰さを印象づける明石の中宮の「なやみ」を相対化している。

この東屋巻の一節は、宇治十帖において固有に展開される病世界の交差性や曖昧性・微細性を端的に示す縮図として、重要である。そしてその中にさまざまな対立や相克に苦しむ諍い女たちを象徴的に描出している。そこに語られているのは、都の女性と宇治の女性の対立であり、外側から意味づけられる病と、主観を色濃く反映させつつ主張される病の対峙とも取れる。また、男君を奪回した女性と、置き去りにされた女性たちという対立も透視できる。しかも、単なる都と宇治の対比というレベルに葛藤のかたちはおさまらない。中の君と浮舟にしても、大君物語の時のような一心同体の姉妹ではありえず、匂宮の多情のために、深刻に互いを追い詰め合っている。宇治十帖の「なやみ」は、それ自体は詳しく具体的な実態は明らかに語られないのだが、物語世界の中に重さと暗い陰影を色濃く宿しているのである。

二　先送りの時間性

前節では、宇治十帖における登場人物の「なやみ」が、競合的に交差しつつ語られるさまを確認した。中の君の「なやみ」が、どのような位相の中に置かれているのかが明確化できたように思う。中の君の「なやみ」は自らの意味づけによってなされたある気配なのである。語り手や他の人物が当事者の病を診断するのではなく。自己判断において身体を規定しようとする人物が登場していくところに、宇治十帖後半部の大きな特徴が認められる。

前節で引用した本文は、東屋巻からのものであり、若君も誕生し、中の君は、平穏な生活をひとまず手にしている段階に入っている。しかし、こうした「なやみ」の感じ方や考え方は、実は、中の君の懐妊期間を描いた宿木巻から深く根づいていた。

大君の死後を受ける早蕨巻で、匂宮の妻として上京することを決意した中の君は、宿木巻の冒頭で、懐妊している。以下、懐妊から若君誕生までの流れを簡単にまとめながら、中の君の思惟と身体の関わりを検討していきたい。【　】内に、同じ時期の中の君の思惟の状況を示している。その中で、懐妊と関連する部分は、適宜原文を引用する。

宿木巻略年譜

［第一年］

◇二月七日　中の君、二条院に入る。

◇二月二十日過ぎ　六の君裳着

◇薫、三条宮に移る

◇五月ごろ　中の君、懐妊する。【中の君の不安と後悔、大君の追想】

◇八月十六日夜、匂宮、六の君と結婚する。【中の君、悲嘆し、我が身を回想する。「この悩ましきこともいかならんとすらん。…惜しからねど、悲しくもあり。また、いと罪深くもあなるものを（四〇二頁）」】

◇中の君、宇治に行きたいと薫に切願する。匂宮、薫と中の君を疑う。

◇薫、中の君に近づくが、中の君の腹帯を見て諦める。中の君、異母妹の浮舟を紹介する。

◇九月二十日過ぎ　薫、宇治へ行き、八の宮の寝殿を改築する。弁の尼に浮舟の話を聞く。【中の君、薫の

自分への執心に困惑する】

◇　薫、中の君に紅葉を贈る。匂宮、疑う。

◇　匂宮と中の君、琴を弾き合わせる。

［第二年］

◇　正月　日ごろ、中の君、産気づく。

◇　二月一日、薫、権大納言兼右大将に任じられる。中の君、男子出産【草子地「すこし慰みもやしたまふらむ」】

◇　産養盛大に行われる

◇　二月二十日過ぎ、女二の宮裳着。薫と女二の宮結婚

◇　薫、匂宮と中の君の若君の五十日の祝いの準備をする。

◇　薫、若君を見つつ、大君を追慕する。【中の君、薫への構えを解く。大君の運命を改めて臆測する】

◇　薫、宇治へ行き、浮舟の容姿を垣間見する。

宿木巻は中の君の懐妊・出産の他に、今上帝の第二皇女・女二宮の紹介とその裳着の儀の話題や、匂宮と六の君の結婚、薫と女二宮の結婚、浮舟の登場などを主な内容としており、全体として、都の論理と宇治の論理がせめぎあうようにして語られている[14]。中の君を中心に見ていくと、彼女は一年目の五月に、「さるは、この五月ばかりより、例ならぬさまに悩ましくしたまふこともありけり」（三七五頁）とあるように懐妊したことが語られ、出産は翌年の二月ということになっている（四六〇頁）。そして、その間に六の君と匂宮の結婚、薫と中の君の密かな結び付き、

帰郷願望の告白、浮舟の紹介、匂宮との和解などが語られていく。そして、それぞれの出来事の間を縫うようにして中の君の、長い悲観的な思惟が述べられている。

しかし、略年譜に明らかなように、中の君の思惟は、懐妊の記述とほぼ同時に始まっており、中の君物語の時間は、彼女の臨月までの期間とほぼ一致することがわかる。それは、匂宮が六の君を妻に迎えるのと同時期でもあった。つまり、女君は、その巻のはじめから身体の状況が規定されているのである。語り手によって定位される中の君の妊娠と、女君が思惟において自己規定を試みるさまは、あたかもかみ合わない歯車のように食い違いながら進行されている。懐妊が明らかにされる場面は、次のように語られる。

さるは、この五月ばかりより、例ならぬさまに悩ましくしたまふこともありけり。こちたく苦しがりなどはしたまはねど、常よりも物まゐることいとどなく、臥してのみおはするを、まださやうなる人のありさまよくも見知りたまはねば、ただ暑きころなればかくおはするなめり、とぞ思したる。さすがにあやし、と思しとがむることもありて、「もし。いかなるぞ。さる人こそ、かやうには悩むなれ」などのたまふをりもあれど、いと恥づかしくしたまひて、さりげなくのみもてなしたまへるを、さし過ぎ聞こえ出づる人もなければ、たしかにもえ知りたまはず。（宿木(5)・三七五）

不思議な叙述である。当の夫婦が、胎児の存在に対し、十分な自覚をし合わないまま、何でもないことのようにやり過ごされてしまっているのである。初子を持とうとする喜びや感動のようなものは全く語られない。むしろ狼狽し、互いに事実を避け合っているように見える。従来より中の君を論じる際、この箇所は何回となく引用されてきたが、夫婦の妊娠に対する微妙なまなざしを不審とする指摘は今までには見られなかった。

「例ならぬさま」は懐妊したことを意味し、「こちたく苦しがりなどはしたまはねど、常よりも物まゐることいとどなく、臥してのみおはする」は、産婦特有の悪阻の症状を表している。特に「こちたく苦しがりなどはしたまはねど」は文脈の中で重い意味をもつ。一般的にはそれほど苦痛というわけではない苦痛に対する苦しみこそ、中の君物語における「なやみ」の特質と大きく関わるのである。

ところで、ここにおける懐妊描写は一見平坦なようで、実はいくつかの矛盾や疑問が含まれている。まず、「まださやうなる人のありさまよくも見知りたまはねば」、「さし過ぎ聞こえ出づる人もなければ、たしかにもえ知りたまはず」と、匂宮の産婦への未知を示す叙述が反復しているのに注意される。妻の懐妊に対する匂宮のこのような、ぎこちなさを印象づける姿勢は、以後も特徴的に続き、産婦に対する恐れと裏腹の関心と、父親になることへの初々しい出会いが示されているのだともいえようが、中の君の体調の不振を、単純に暑さのためと解し、「さる人こそ、かやうには悩むなれ」と疑いつつも、中の君の方で曖昧にされてしまうと、それ以上の深追いもせず、十分な把握のないまま、この場面は終わっている。

このような中途半端な認知は、匂宮・中の君夫婦のある断面を照らし出している。自分の身体の異変の意味を夫に指摘されて、ひたすらそれを「暑気」のためだとし、「いと恥づかしくしたまひて、さりげなくのみもてなしたまへる」と、曖昧な反応で終了させる中の君は、自分の体内に起きている異変を正確に把握し、それと十分に向き合っているとはいいがたい。一組の夫婦にとって重要であるはずの生命の誕生が、なぜ、夫の側からも、妻の側からも臆病で消極的な姿勢でしか捉えられえないのか。しかも、自分の懐妊を、夫という他者から指摘を受けるということ自体が、中の君の母としての自覚の欠如をものがたる。

中の君が自分が妊娠していることがわからないということなのか。そんなことはあるまい。女君は、それが悪阻であることも、また懐妊した理由も十分に知っているはずである。にも関わらず女君は自覚を拒んでいる。彼女が自分で懐妊に気づくといった方向では語らない、その語り方に大きな問題がある。妊娠を規定したのは語り手であるが、中の君本人の自覚はそこに追いついていない。

むろんここには、周囲の状況もこの夫婦に大きな影響を与えている。中の君の女房の中に「さし過ぎ聞こえ出づる人」がいない状況は、女主人を率先して盛り立てる存在が乏しく、女君の孤立した閉塞的な、対世間的に肩身の狭い立場をものがたっている。しかし、それ以上に重要なのは、産婦自身の態度の複雑さである。悪阻を「暑気」のためだとし、「恥」の中に逃げ込む中の君の描写は、自分の妊娠を素直に受け入れ切れない屈折した心情の表れといえる。胎児の存在を引き受けることができず、またそれを抱える自分自身を認めることができない。原岡文子は、語り手が中の君に冷めたまなざしを注ぎ始めるのは、彼女が懐妊してからであると指摘している(15)。魂の高潔を貫いて独身のまま死んだ姉大君に対し、人妻になり、子どもを身ごもる中の君は、宿木巻の語り手によって、ある堕落の中に投げ込まれているのかもしれない。実際中の君は、浮気な夫に苦しみ、大君ならば耐え難かったに違いない屈辱の中にまみれて生きているのである。語り手は中の君を、宇治の姫君という高尚な立場から普通の女という地平に引き下ろしており、また、女君自身も自分が変わることを恐れているのである。読みの中で一見平坦に通り過ぎやすいこの叙述は、夫婦の理解のすれ違いと、親になることへの違和感が、懐妊の場面には露呈されている。

後文によれば、薫が中の君の腹帯を見て愕然とし、諦める場面があり、夫婦は正式に着帯もしていることがわかる。にもかかわらず、夫婦が妊娠を正面から意識している部分は、物語叙述からは削り取られてしまっている。物語の中で一貫して強調されるのは、胎児に対する避けがちな視線である。そして、中の君が匂宮の子を身ごもっているという実感が語られることも一切ない。懐妊について互いに自覚を深めたり語り合ったりする機会は保留され、預けられた状態にある。

こまやかなることなどは、ふともえ言ひ出でたまはぬ面隠しにや、「などかくのみ悩ましげなる御気色ならむ。暑きほどのこととかのたまひしかば、いつしかと涼しきほど待ち出でたるも、なほはればれしからぬは、見苦しきわざかな。…なにがし僧都をぞ、夜居にさぶらはすべかりける」などやうなるまめごとをのたまへば、…「昔も、人に似ぬありさまにて、かやうなるをりはありしかど、おのづからいとよくおこたるものを」とのたまへば、「いとよくこそはさはやかなれ」

（宿木⑸・三九六～七）

胎児に対する両親の意識が、希薄で不透明である様子を読者に印象づけている。五月の懐妊の兆候の記述から約三カ月たった八月十六日過ぎの場面である。三カ月前とほとんど変わらぬ内容の会話が夫婦の中で取り交わされている。

「こまやかなること」（愛情深い言葉）がすぐに言えない「面隠し」（照れ隠し）として切り出された中の君の「なやみ」への気遣いは、「まめごと」（実用的なこと）という語に示されるように、あくまで事務的な話題として位置づけられている。もとより中の君の「なやみ」は懐妊に起因するもろもろの症状によるものであるが、匂宮は「涼しきほど」になれば快方に向かうはずと思っていた。その根拠が、「暑きほどのこととかのたまひしか」であり、匂宮は、妻が三カ月前に悪阻を「暑気」のためとしていたことをそのまま受け止めている。

この場面が語られている八月十六日の夜は、実は、匂宮が夕霧の娘の六の君と結婚した晩であった。匂宮は夕霧邸で六の君と一夜過ごし、中の君の住む二条院に帰邸したのである。六の君は正妻という待遇を受けており、地位や権威においては中の君に打撃を与えている。のみならず、夫は新しい妻に心が引かれており、愛においても中の君は、追い詰められている自分を感じざるをえない。「暑さ」に原因を求める姿勢、「かやうなるをりはありしかど、おのづからいとよくおこたるものを」の返答にみる女君の淡白な姿勢は、新たに女性関係を成立させた匂宮に嫉妬していると思われないための見得であるとともに、身体的な問題を避けたところで辛うじて自分の世界を保とうとする中の君の、精一杯の抵抗なのである。

そして、六の君に通い始めたことを釈明しようとしてそれができない匂宮の方も、中の君に対して引け目を感じており、表面的にしか、産婦としての中の君と関われない。六の君との結婚当時の場面に限り、匂宮の思惟は「思ひながら」「されど」といった、逆説的な言葉が集中し、状況に流されやすい匂宮の優柔不断さをよく映し出している。六の君という新たな妻の出現のために、彼ら夫婦は、胎児への関心が十分に育たないのである。子よりも、親自身のそれぞれの問題が深刻に露呈している。

このように、中の君物語の時間は、懐妊期間の中に、女君に打撃を与えるようなさまざま出来事を織り込むという方法が取られている。そのために、女君がわが子と向き合えない状況を作り出している。いつまでたっても自分の妊娠を自覚の場面が訪れないという意味で、常に時間が先延ばしにされているのである。胎児の存在を、匂宮も中の君も何となく問題にはしているけれども、その確認を後回しにして避けた所で、それぞれが自分の世界を作っている様子が繰り返し描かれているところに中の君物語の大きな特徴があるのである。それは、夫婦が初めての子をもつ浮ついた心情の裏返しでもあり、子どもは子ども、親は親といった醒めた意識の表れともいえる。胎児を何となく無視してしまう、夫婦の曖昧な感覚は、両義的な意味をもっている。

このような曖昧な自覚のかたちは、宇治十帖特有の問題といえる。正篇の妊娠物語は、産婦の肉体的・精神的な苦痛が、よりはっきりとしたかたちで、劇的に描き出そうとされていたところに大きな特徴があった。たとえば、藤壺は、

◇宮もなほいと心うき身なりけり、と思し嘆くに、なやましさもまさりたまひて、　（若紫(1)・三〇七）

◇このことにより、身のいたづらになりぬべきこと、と思し嘆くに、御心地もいと苦しくてなやみたまふ。（紅葉賀(1)・三九七）

と語られ、心の苦悩が身体に表出するさまが描出されている。(16) 女三の宮においては、より回数を多くして「なやみ」が語られている。

◇姫宮は、あやしかりし事を思し嘆きしより、やがて例のさまにもおはせず悩ましくしたまへど、（若菜下(4)・二二四）

◇かく悩みわたりたまふ（若菜下(4)・二三四）

◇かく悩ましくせさせたまふ（若菜下(4)・二四二）

◇宮は、いとらうたげにて悩みわたりたまふさまのなほいと心苦しく（若菜下(4)・二四九）

◇夜一夜悩み明かさせたまひて、日さし上るほどに生まれたまひぬ。（柏木(4)・二八八）

「悩む」ことが、胎児を自分の一部とみなせないことの現れであり、生むことそれ自体への抵抗に結びついている。心の動きが身体の状態を左右していた。密通の罪を女君が犯すという設定が、望まない出産を読者に納得づけていた。彼女たちは、自分が女という性に生まれたことの意味に直面せざるをえず、またそれを呪わずにはいられないのである。彼女たちが中の君と決定的に違うのは、彼女たちは密通の罪によって生じた胎児を身ごもっていたのであり、だからこそ、出産までの時間が問題にされていたのだった。また、葵の上は、社会的にも十分認知しうる嫡子夕霧を懐妊・出産しており、密通の罪とは関わらない点は中の君と共通しているが、葵の上は、六条御息所との熾烈な確執とうらはらのところで、その懐妊が位置づけられているところに大きな特徴がある。葵の上の出産は、物の怪による憑異という、きわめて危機的な恐るべき状況にさらされていた。光源氏という一人の男性をめぐる嫉妬と争いの中で、彼女は、六条御息所からの威圧に抗うかのようにして胎児を出産し、それと引き換えに死んだのであった。

このように、正篇における懐妊・出産の物語は、密通であれ、夫争いであれ、みな、産婦の側に、特殊な問題や劇的な展開が含まれている。彼女たちの外側から働く大きな力が、懐妊や病を非日常的な事件にしていた。

しかし、それに対して、中の君の「なやみ」は、密通や罪といった、王権的な問題、あるいは葵の上の死に方に見るような激しい悲劇とは無縁である。藤壺や女三の宮の場合と違い、物語的展開にそって考えれば、それは幸せな結婚であり、めでたい出産として理解されるべき流れである。匂宮の妻として都に迎えられたことは、父や姉を失った中の君にとっては安定を意味しており、また、いちばん先に子どもが生まれることは、正妻でないことの引け目を返上し、将来的な安泰を疑いなくさせるものだからである。中の君が正篇の女君たちと同じように悩んだり苦しんだりしなければならない理由は全く呈示されない。六の君の存在は描かれているが、結局のところは中の君の方が夫の愛において勝っているという方向で語られており、中の君を決定的に追い詰める女君として六の君が位置づけられているとはいえない。それが読者の方でも女君の「なやみ」に感情移入できない状況をつくっている。

にもかかわらず、だからといって中の君は喜べない、即座に安泰をかみしめられない。そのような女君の「なやみ」とはいったい何なのであろうか。

中の君は、匂宮との対応においては、一貫して曖昧な態度をとり続けている。夫が気遣いを見せても、何でもないようにしてしまい、日常生活においても、中の君は、自分の胎児を忘れたようにして過ごしている。そして結婚生活の不安を嘆いたり、姉大君の追想に明け暮れし、薫の懸想に困惑している。一見、それらはみな胎児の問題とは切り離されているように見える。身体は、思惟から除外されているかのようである。

しかし、先述したように、宿木巻の中の君の特性を最初に規定するのは、懐妊という身体的な要素なのである。それが物語において明らかに呈示されている以上は、中の君の思惟は、身体と切り離して考えることはできない。「悩ましさ」は、むしろ身体によって作り出された感覚だった。悪阻がひどくなり、食欲が減退し、やせ細る、そうしたバランスの崩れやたえず不安定な体調こそが、中の君の悲観に満ちた思惟を形成させていたのである。匂宮が正妻を迎える衝撃もまた、胎児を抱えることの身体的な調子の乱れと、いよいよ過敏になっていく感受性と共に増幅して描かれている。このような身体が思惟を規定するような「なやみ」のあり方は、彼女の姉大君の場合と対照的である。大君の「なやみ」は、心の苦悩が身体の病を方向づけていた[17]。中の君物語においては、その意志的な思惟から身体に「なやみ」が流れていく姉のあり方を反措定している。身体が普通の状態でないからこそ、過度に「思い」が増殖していく。中の君を通して語り手が追求しているのは、思惟に先行するような身体である。それが彼女の妊娠に象徴化されているのである。臨月に至る時間の中で、さまざまな都の出来事が叙述として挟み込まれていく中で、中の君が子どもの誕生と向き合う時間は、徐々に先延ばしにされていく。妊娠も悪阻も、彼女にとって本当の意味での自分の体験として機能しない。栄養をつけ、丈夫な子を生んでという産婦をいたわる雰囲気は全く描かれず、むしろできれば無視したい出来事のようにして女君の中で位置づけられている。そしてどこか的外れな病識ばかりが物語空間を浮遊している。

けれども中の君を通して描かれる、本当の底を割らない世界は、六の君の存在と照らし合わせることにより、その意味を理解することができる。自分は妊娠し、体調の乱れに苦しんでいる。それに対し、匂宮は自分より若い姫君を正妻に迎え、新たにはなやいでいる。自分と共に懐妊の苦しみを共有してくれない夫へのわだかまりが、女君の中で、妊娠を喜べないものにさせてしまっているのである。夫の愛を信じられず、また浮気な夫に密かに執着する自分をも受け入れられない。それが、体内のわが子を素直に愛せない女君の内なる屈折につながっていく。

中の君物語の時間は、いわば母になる自分を認めたくない成熟拒否の時間といえる。これは、例えば正篇で、罪の子と関わらなければならないことに激しく葛藤を起こす藤壺の姿とは大きく違った世界を作り上げている。大君的世界から遊離し、一女性に成り下がっていくような感覚に耐えられない。性を知ることによって、堕ちて行く自分が、自分が変わっていくことが恐い。しかも、変わっていくという感覚は、単なる立場的な問題だけでなく、胎児の成長に伴う身体そのものと深く関わるのである。外側の刺激に過敏に反応せずにはいられない身体を克明に掘り起こしつつ、身体を疎外せずにはいられない状況を作り出す。自分の子が、密通の罪によるものでも何でもなく普通に結ばれ、たとえ愛する人の子であったとしても、不安や嫌悪に「なやみ」を重ねる女を登場させている。子どもが必ずしも鎹にはならないのではないかという将来をめぐるさまざまな疑心暗鬼は、そのような「産む」という感覚を通してしか表れはしない。

三　忘れられた胎児

ここで考えに上ってくるのは、当の中の君本人が、自分の「なやみ」をどのように意識していたかということである。

中の君は、「悩む」6例、「悩まし」10例、「悩ましげ」2例あり、中でも「悩まし」は、大君以上に繰り返されている。[18]「苦しい感じがする」の「悩まし」が、実際に苦しむ意を表す「悩む」よりも、用例が倍近く存在していることは注意すべきである。それは、単に病気を動詞と形容詞で言い表すことの違いというだけでは収まらない。「悩む」は、人物の病気が、語り手によって客観的に捉えられたかたちといえよう。それに対して、「悩まし」がより個人の感覚に根差したところで語られていることは、既に指摘している。外側から確認できる苦痛よりも、知覚として感じられる内なる病の方が、中の君物語では主流となっていることをここでは明らかに確認することができる。

中の君における「なやみ」は、全て懐妊したことに伴う苦痛に関係しているが、そのようにして自覚された「なやみ」もまた、中の君の本質を言い表すものではなかった。自意識の中で展開される「悩まし」という病識は、実際の身体の状態との間に何か齟齬をみせている。

1「この悩ましき事もいかならんとすらむ。いみじく命短き族なれば、かやうならんついでにもや、はかなくなりなむとすらん」（宿木⑸・四〇二）

2いと恥づかしくて、「胸はいつともなくかくこそははべれ。昔の人もさこそはものしたまひしか。長かるまじき人のするわざとか、人も言ひはべるめる」とぞのたまふ。（宿木⑸・四三四）

一見、深刻に絶望しているようであるが、そうではない。確かに、1も2も、自分の「なやみ」を死に直結させている点で共通している。1の引用では、八の宮や母、姉といった、自分の「命短き族」を引き合いにし、自分もその系列下に位置づける中の君の意識が描かれている。自分が死ぬかもしれないという思いを繰り返し描くところに中の君物語のもう一つの大きな特徴がある。

物語中、出産で命を落とした女性は、葵の上と、中の君の母が挙げられるが、元来、出産は死と密接な関わりがあった。例えば栄花物語は、安子や定子などが出産で死去している。中の君もまた、出産が死に至る危険を意識し、自身の「悩ましき事」を母と同じ運命になぞらえている。「いかならんとすらむ」「なりなむとすらむ」の「む」に「らむ」を畳み掛ける語法が、先々のことを考えてしまい、暗い予感を募らせずにはいられない中の君の不安を反映している。

また、2では、薫に対し、しきりと胸の病を訴え、その苦痛を大君の病と関連づけている。「長かるまじき人のするわざ」と、自身の「胸」の「なやみ」を意味づけているのだが、1における亡母の想起と併せて考えると、家族の死に今の自身の「なやみ」をなぞらえようとする同化願望に、中の君のまなざしの特徴があることがわかる。つまり、母や姉たちのような「病」を自らも生きようとしているのである。

しかし、母や大君たちの体験した受苦が死に直線的に連動していたのに対し、中の君のそれは、物語における現実の中で明らかに生を引き出すのであり、「なやみ」が逆に彼女の未来を切り開いていく。その実際の状態と、母や姉の属性に自身を位置づけようとする潜在意識は、食い違いをみせているといわねばならない。また、2「胸はいつともなく…」の発言自体が、薫に対して「病」を印象づけるためになされており、懐妊による苦痛を懐妊のためでないように印象づける中の君は、苦痛の質を、言葉の上ですりかえているといえる。大君が生きた「病」への追従を志向するこの発言は、中の君に潜在する大君願望を端的に表すと共に、姉妹の「なやみ」の本質的な差異を鮮烈に際立たせている。死に直進していく大君物語の「なやみ」を、中の君物語のそれは相対化し、逡巡とうねりを繰り返しながら、結局は将来を生み出すあり方に変質させていく。この質の差異は中の君が大君化することに失敗したということではなく、大君物語の中で否定されてきた問題が、中の君物語の中では肯定的に掬い上げられていることの現れであるとみておきたい。

中の君が自ら「命短き族」と規定するように、宇治の一統は断絶寸前の中にあった。八の宮、北の方、姉大君はいずれも死している。北の方は中の君が生まれた時点でこの世にいなかったが、その後も三人が二人になり、さらに二人のうち一人がいなくなり、中の君一人が生き残っている。中の君が自身の「悩ましさ」において掘り起こそうとされるのは、これから生まれてくるわが子ではない。自分を残して去っていった死者たちの面影である。父、姉と立て続けに喪失を経験した記憶が、中の君を縛り、死を思うに至らしめている。

　しかし、そうした死を仮想する姿は、裏を返せば新しい生活に入っていくことへの女君のためらいであった。夭折した家族に対し、生き続け、さらなる生命を宿している自分がうしろめたいのである。実家の運命から明らかにずれている自己自身を修正しようとする営みが、「なやみ」の回りを空転している。自分の身体を繰り返し意味づけてはいるが、それは、「この悩ましきこと」の内容そのものへの問いではない。死者の問題は、いわば、「なやみ」の周辺に位置している。中の君が視線を向けずにはいられないのは、そのような周辺領域であった。不思議な自己把握が中の君によって繰り返されている。

　なぜ懐妊は女君の中で否定されるのか。女君の病相と病識の乖離を繰り返し語ることで見えてくる問題とは何であるのか。

　かくて、宮に、典侍の申し給ふ、「いと腹汚く、幼くおはします。これは何の罪にてある御心地にもあらず。知らせ奉り給はねば、おとどは騒ぎたまふ。…かかる人は、さる心してこそ加持参れ。…」と申せば、宮、「何心地とも知らず。いと苦しきは、死ぬべきにこそあんめれ」とのたまへば、

（『うつほ物語』国譲・中）[19]

　うつほ物語の女一の宮の把握もまた、源氏物語の宇治中の君とよく似ている。第二子を懐妊した仲忠の妻・女一の宮の心境は複雑である。女一の宮の「なやみ」において、第二子懐妊は初めからは仲忠には明らかにされておらず、ただ病気が重いというかたちで語り出されている。ところが、物の怪のためだと思われていた病が実はそうではなく、懐妊であったと判明し、典侍からそれを指摘された女一の宮は、にも関わらず、自分は「死ぬ」ほど苦しいのだと反論する。「何の罪」でもないのに、女一の宮の心は安堵に結び付かない。むしろ、懐妊を指摘され、「腹

汚く、幼」いと典侍から言われたことに触発されるようにして、女一の宮は向きになっているように見える。病気でも何でもないという片付けられ方そのものに抗議しているのだろうか。女一の宮の殺気立った様子が伝わってくる一節である。

一の宮の御心地を、かかる筋（懐妊）に大将見なしたまひて、「さりとも、しるく思さるらむものを、のたまはせで、心魂を惑はかさせ給ふものかな。…」…「一日二日、（桂に）涼みたまへ。…」と（仲忠が）のたまへば、宮、「苦しきに、いづちか」とのたまふ。（『うつほ物語』国譲・中）

同じ問題が、後に続く仲忠との対座において繰り返されている。仲忠は、女一の宮が妊娠していることがわかり、喜びを通り越し、何も告げない妻に恨み言を言う。「のたまはせ」ないのは、宮が自分を愛してくれないからであるとする（「あひ思さぬ折、多くなむ」）。桂に涼みに行くことを勧める夫に対し、女一の宮の返事は素っ気ない。仲忠が饒舌であるだけに、寡黙な女一の宮の一言は際立ち、夫と妻の心のすれ違いを露呈している。自分は苦しいからどこにも行きたくないとする宮の発言は、懐妊が即座にめでたさに結び付く発想そのものが癇にさわる産婦の様子を伝えている。

うつほ物語・国譲中巻は、懐妊に時間の幅をもたせ、その期間の中に産婦自身の不安や葛藤を描き入れているという特徴があり、それまでの巻々とは異なった懐妊の位置づけがなされている。より個的な問題として、「なやみ」を捉え返そうとしている。懐妊だからということで、対応を変えていく周囲とは反対に、心を閉ざしぎみになっていく女一の宮は、源氏物語の宇治中の君の「なやみ」を考える上で、一つの鍵を与えてくれている。懐妊という物語設定が、愛のかたちを照射させるという点においても共通した問題性を有している。

女君たちは、身体が「悩」み、「苦しむ」意味を自分なりに見つめ直したい。重要なのは、身体を、「私」においいて見ようとするまなざしである。周囲の意味づけと異なろうとも構わないとさえ彼女たちは思っている。出産に至るまで産婦が周囲の意識とすれ違うように語られる理由も恐らくそこにある。その点で、懐妊という規定は、そのような女君の自己把握の希求を殺ぐものとなっている。内側に胎児を抱える苦しさは、妊娠だからという理由付けだけでは承服しかねるものとして彼女たちの中にあるからである。

女一の宮や中の君の像を通して追求されているのは、身体における所有意識である。[20]「妊娠」という意味づけは、産婦の外側に置かれている。彼女たちの子はいずれも有望な将来を約束された存在として周囲に期待されている。特に中の君の若君は、匂宮の第一子ということで将来は立坊し、天皇になる可能性があり、従来の研究においてもそのような視座から匂宮と中の君の若君を捉える傾向が顕著であった。注目されるのは「子」の方で、母体の方は、あまり関心が払われていなかったように思える。

しかし、そのような王権論的な考え方だけでは、中の君物語の懐妊の意味を捉えることはできない。物語においては、中の君自身が子どもの将来を期待しているようには決して描かれていないからである。その意味で、政治は中の君の「なやみ」と無縁である。

死を予感しながら実際は死なないばかりか、無事出産する中の君を、読者は滑稽視できない。身体に自己違和を示し続けるその過剰な思惟こそ、「病」として措定されているからである。[21]

「惜しからねど、悲しくもあり。また、いと罪深くあなるものを」など、まどろまれぬままに思ひ明かしたまふ。（宿木(5)・四〇二）

命が「惜し」くはないが、「悲」しい。不思議な逆接である。中の君の思惟の逆接の意味について、本書のⅡ三章で詳説している。中の君の「なやみ」への思いは、生と死の間を揺動する。命を捨てることを「惜し」いとは思わないが、一方でこのまま死んだら「罪深」いことになるのではと反対の方向から不安になっている。直接妊娠を意識する文脈ではないが、「悲し」さの自覚の中に、漠然とではあるが、中の君の生への執着や胎児に対する慈しみが密かに芽生えていることを見過ごすことはできない。ここで語られようとしていることは、遠い予感のようなものである。生まれてくる子のためにも、自分を大事にし、生きていかなければと彼女は静かに「思ひ明かし」ている。しかしそれは、初めからあった考えではなく、長い期間にわたる混沌と葛藤を経て掴み取られているのである。

四　暴かれる「なやみ」──薫という視点──

閉塞的な結婚生活の中に停滞する中の君に通気孔を与えているのは、薫の存在であった。宿木巻の中の君にとって、薫は、夫には引け目を感じて言えないことや語れないことを告白できる存在として機能している。中の君の「なやみ」は、薫の視点を導入することで、当事者たちの把握とは違った様相をもって浮かび上がり、興味深い問題を呈示してくれる。薫が登場人物の「なやみ」を見舞う役割を持つ意味については、既に本書Ⅱ一章で論じているが、ここでは、中の君の病幻想にひびを入れ、「なやみ」の解釈をめぐって女君と対立する存在としての薫に改めて注目したい。産婦の身体を語る際、男性の視線を描き入れる方法は、宇治十帖における一つの大きな特質となっている。女性の「なやみ」をまなざす男性の意識のありようを問いたい。

匂宮の疎遠が続き、都での生活に自信が持てない中の君は、宇治の時代から自分たち姉妹に誠意を尽くしてくれた薫を、改めて有り難い存在と感じるようになっていた。宿木巻における、薫との語らいの場面の回数が、読者には不必要な印象さえ与えるほどに繰り返され、しかもそれぞれ長大であるのは、大君物語の方法の反復であると共に、人妻であり母にもなろうとしている自分の「今ここ」を打ち消そうとする中の君自身の現実逃避願望の表れであるように思える。匂宮のような多情な男君と夫婦になったことは誤りだったのではないかと後悔する中の君の心そのものが、薫との対話空間に反映されている。しかもそれは、回を重ねる度に、背徳の可能性を濃くしている。次第に中の君の中で芽生えていくのは、自分は薫と結ばれるべきだったのではないかという、切り捨てられたはずの選択肢であった。薫が姉大君を思慕していたことを中の君は妹として知っていたが、姉は、自分を薫と結婚させようと思っていた。第二の大君として薫と生涯を共にするという失楽園にも似た仮想は、姉への強烈な追慕と共に、中の君の内部で新たに復活している。また、薫においても、女君を同情し、思いを寄せていた。

ところが、心の中ではそれほどの抵抗でもない薫の懸想は、中の君の「なやみ」の存在によって不快な刺激として退けられている。匂宮との対座においては常に曖昧化され続けてきた身体の意味は、薫との関わりにおいて、急速に明確化されている。

◇さらば、心地も悩ましくのみはべるを、（宿木(5)・四一五）
◇承りぬ。いと悩ましくて、え聞こえさせず（宿木(5)・四二〇）
◇いと悩ましきほどにてなん。え聞こえさせぬ（宿木(5)・四三二）
◇胸なん痛き。しばしおさへて（宿木(5)・四三三）

気分が苦しいから薫にものを言いたくないという中の君の様子を引用している。この四例は、いずれも、薫の求愛を遮断するための口実として「悩まし」がある。他者との関わりを避けるための方便に「悩まし」が用いられる傾向は源氏物語全般にみられるが、中の君の場合は、自分に交渉を求める薫に遭遇したときに、自衛の手段であるかのようにして、「悩まし」が繰り返し訴えられる。しかし、会話の中でせり上がる苦痛は、単なる口実の次元を越えて、それを発言する中の君自身の中に内在化し、定着する。つまり、彼女は、薫との会話の中で、自分の「なやみ」をおのずと大きく認知するようになるのである。夫婦の間では十分に把握されなかった身体の感覚が、薫という、夫婦の外側の存在との関係によって呼び覚まされるしくみに大きな問題が隠されている。

匂宮と六の君との縁談を知り、薫もまた、中の君を妻にしなかったことを後悔していた（⑤・三七六頁）。宿木巻における、薫と中の君の新たな交流は、中の君の病気見舞いから始まっている（⑤・三八〇、三八三頁）。彼は中の君は傷ついているはずと思いやり、相手が弱っているところに忍び寄っていく。女君の立場を救えるのは自分しかいないと思っているのであるが、その根底で期待されていたのは、大君において実らなかった恋の再燃であった。二人の会話がいつのまにか大君の追憶に流れていくのは偶然ではない。総角巻で、大君は、妹を薫に譲ろうと考えていた（⑤・二三〇頁）。大君の「許し」こそ、薫と中の君の共同幻想を確証するものだったのである。大君を間に立てなければ関係が成立しないのが、彼らの関係の特殊な点であり、あるいは脆さであった。中の君を改めて大君の代償として見直そうとする思いが、再三にわたる女君の「なやみ」の「とぶらひ」につながっていたのである。中の君の「なやみ」の実態が、妊娠であったことも知らずに。

薫と中の君は、「夕つ方」という、匂宮のいない時間に対面し、互いに相手の心を探り合う。彼らの対座する場面には、「気色」「けはひ」といった表現が多く繰り返されるが、それは、「かたみにいとあはれと思ひかは」（⑤・三八七頁）す二人の心をますます刺激させ、さまざまな臆測を膨らませる要素をつくっている。そして、匂宮が関知しない、二人だけが共有する宇治における過去について語り合っている。中の君は薫を遠ざけるどころか、宇治に帰りたいと訴え、薫に思いをほとばしらせようとする。密通の可能性を限りなく演出させつつ、物語は進められていく。

しかし、そのようにして密やかに敷かれようとされた共同戦線は、あくまで「心」の問題であった。中の君が薫を必要とする思いもまた、現実に肉薄するようなものではなかったのである。先述したように、薫が実際中の君に近づくにあたり、中の君の「なやみ」はにわかに強調される。「悩ましさ」という身体の感覚を薫に訴えはじめるのである。

悩ましげに聞きわたる御心地はことわりなりけり。いと恥づかしと思したりつる腰のしるしに、多くは心苦しくおぼえてやみぬるかな。例のをこがましの心や。（宿木(5)・四一八）

気分が悪いというのはそういうことだったのだ、彼女は妊娠していたのだ。それまで女君の病気の正体がわからなかった薫は、中の君に迫り、彼女の「腰のしるし」を見て初めて事情が了解され、愕然とした。濡れ場そのものは「かやうの筋は、こまかにも、えなんまねびつづけざりける」（四一八頁）とされ、物語に直接示されてはいないが、腹帯が見えるまで中の君の衣服が脱がされたということは、薫の常軌を逸した荒々しさをものがたっている。[24]

引用した文章は、その直後の段階である。中の君が妊娠していることを知り、激しく動揺している。近代小説では、女を妊娠させた当事者の男の苦悩が重点的に描かれているというが[25]、源氏物語宇治十帖で強調されているのは、むしろ薫、すなわち夫以外の男性の狼狽であるように思える。中の君は、自分が妊娠していることを薫には一切告げておらず、薫には彼女の心が自分に寄り添っているように思えた。心においては薫は中の君を掌握していたように見えた。ところが、既に産婦であったことが判明した以上、後戻りすることはできなくなってしまった思いが薫を通して描かれている。心は薫と結ばれているかもしれないが、身体は紛れも無く人妻なのである。薫が何よりも衝撃を受けているのは、言葉や行動では自分への愛を仄めかしながらそれを妊娠という形で裏切り、別の男の妻であることを突き付ける女の身体そのものであったに違いない。

三村友希によれば、宇治十帖の病には、登場人物の品行を正し、密通による身の破滅を回避させる側面があるという。[26] しかし、この場面に関していえば、中の君の身体の在り方は、常に目隠ししたところで自分の世界を作ってきた女君の、奥底の部分を明るみに引きずり出しているように私には思える。欲望はむしろ、避けられた薫との交渉の方にあるのではなく、踏みとどまった側すなわち妻としての立場の中にこそ隠されているように見える。忘れようとして、見ないようにしていた夫や胎児の存在が、「悩ましさ」を通して反対に蘇るのである。

自分の妊娠を薫に知らせないようにしてきたのは、産婦でないように振る舞おうとする意識がまさっていたからであった。立場は人妻であっても、心においては薫の意向に添い、第二の大君を無意識に演じていたのである。それは、変わらない自分を印象づけようとする女君の苦心をものがたっている。そして宇治こそ自分本来の場所であると考えていた。

けれども薫への思いや、宇治への帰郷願望こそ、実は中の君の仮の姿であった。その身体は、胎児の成長と共に、刻一刻と反大君的な方向へと傾斜している。彼女自身、体内の変化を十分に知りつつ、あえて逆らっているにすぎない。実際は、匂宮の妻としての人生を確かに歩みはじめているのである。それは、単に妊娠したから仕方なくということではない。夫に対する執着も同時に根強く潜在しているのである。

このように、中の君の思惟と身体は葛藤を起こしている。管見では、物語において、中の君の欲望は、どちらかというと身体の方に置かれている。薫と結ばれることを理念としながら、意志していることとは逆の方向に身体は動いていくさまを認めることができるからである。女君の妊娠は、肉体から反逆し、はみ出してくるような問題として位置づけられている。そして、そのような女君の身体は、男君たちによって次のように眺められている。

◆すこし世の中をも知りたまへるけにや、さばかりあさましくわりなしとは思ひたまへりつるものから、ひたぶるにいぶせくなどはあらで、（宿木(5)・四二〇）

◆まろにうつくしく肥えたりし人の、すこし細やぎたるに、色はいよいよ白くなりて、あてにをかしげなり。（宿木(5)・四二五）

薫においても、「なやみ」という設定は、中の君を諦めざるをえない状況として痛烈な打撃を与えている。これ以降、薫は、中の君が産婦であることを誰よりも敏感に意識する人物として描かれている。前より物思わしげな雰囲気（うつ病のようなものかもしれない）や、かつてはふっくらしていた体つきが細くなり、青白くなっていく中の君の様子が薫によって指摘されており、薫のような第三者でなければ救い取れない産婦の鬱屈した姿が鋭く捉えられ、かつ新しい美しさとして映し出されている。しかし、それは、人妻である中の君を断念せざるをえない薫の、退路を断たれた絶望に縁取られている。

御腹もすこしふくらかになりにたるに、かの恥ぢたまふしるしの帯のひき結はれたるほどなどいとあはれに、まだかかる人を近くても見たまはざりければ、めづらしくさへ思したり。（宿木(5)・四二二）

匂宮も、中の君の腹部と帯を眺める場面があるが、よりずっと素朴な感慨を寄せている。「かの恥ぢたまふしるしの帯」の「かの」は、薫が腹帯を見てしまった前の物語場面を読者に意識させるようにして表現されている。匂宮の視線は、中の君の腹部の「ふくらか」さに注がれているが、これは、中の君に「細やぎ」を見出す薫の視線とは対照的である。薫が、物思いや体のやつれといった、不安な側面をえぐり取るようにして見るのに対し、匂宮は、少しずつ膨らんでいく中の君の腹部に「あはれ」と「めづらし」さをおぼえており、父になることへの初々しい出会いが語られている。夫のまなざしと、夫ではない男性のまなざしが同じ女性の上を交錯し、それぞれ異なった様相を明らかにしている。そして、二人とも中の君に愛情を持っている(27)。

中の君が妊娠していることの意味の重さは、当の夫婦ではなく、薫という外側の第三者によって痛烈に意識され、また、指摘されている。その意味で、中の君の「なやみ」の本質は、薫によって発見されているといってよい。のみならず、産婦としての自覚を中の君本人にも自覚させようとはたらきかける。

「胸なん痛き。しばしおさへて」とのたまふ声を聞きて、「胸はおさへたるはいと苦しくはべるものを」とうち嘆きてゐなほりたまふほども、げにぞ下やすからぬ。「いかなれば、かくしも常に悩ましくは思さるらむ。人に問ひはべりしかば、しばしこそ心地はあしかなれ、さて、またよろしきをりありなどこそ教へはべしか。あまり若々しくもてなさせたまふなめり」とのたまふに、いと恥づかしくて、「胸はいつともなくかくこそははべれ。昔の人もさこそはものしたまひしか。長かるまじき人のするわざとか、人も言ひはべるめる」とぞのたまふ。

（宿木⑸・四三三～四）

「なやみ」の意味構造をめぐり、薫と中の君は激しく反感をぶつけ合う。この後に及び、中の君は、なおも自分の妊娠を薫に対して隠蔽しようとしている。その悪あがきにも似た意味のつけ方を、幼い態度として苦々しく眺め、かつ、病気と妊娠は違うのだという無神経極まりない発言を中の君にぶつけている。病気ではないのだから大したことはないのだ、あなたが気分が悪いと言うのは妊娠なのだと。

しかし、このような言説を弄する薫に、中の君は激しい侮辱を感じた。中の君は向きになり、自分なりの意味付けをけんめいに主張する。胸が痛むのはいつものことで、大君も同じで、短命な人の症状なのだと訴えている。「いと恥づかし」は、薫によって自分が貶められたような興奮に刺激される高ぶりそのものを表している。

この場面は、誰の解釈が最も有効なのかという、意味の所有を根本から問い直しているといえる。「妊娠だから」

という薫の意味づけは、「なやみ」を担う当の本人には納得できない。女君が直面しているのは、より混沌とした「なやみ」である。「胸」が「痛」み、眠れない、何も食べたくない苦しみの意味を、自分なりに見つめ直したい。自分の身体は自分のものであるという強烈な所有意識を引きずりながら、かつ大君の身体を仮想し、姉の「なやみ」を自分もまた生きようとしている。

互いに自らの意味構造を主張し合う薫と中の君であるが、その実彼らはまた別の他人が所有する情報に依存している。薫であれば、「人」の「教え」が該当する。薫が披瀝する産婦の知識は、いわば受け売りの情報であった。また、中の君は大君の生き方に自分の身体の意味づけの根拠を求めている。二人とも、自己判断だけでは自信が持てないのである。第三者の情報を必要としてしまうところに彼らの弱さが露呈している。

中の君がそこまでして大君を話題に持ち出すのは、自分に姉の幻影を求める薫を裏切るまいとする意識がはたらいていたからであった。しかし、解釈の枠を一度持ってしまった薫は、中の君の「なやみ」をもはや大君と同じように見ることはできない。妊娠が発覚してからの薫の距離を置いた態度は、大君と中の君が異質であることを認めざるをえない衝撃と連動している。

「なやみ」という点から薫と中の君を考えた時、薫の視点は、中の君に対し第三者的な距離を置いている様子が窺える。語り手は、薫という視点を導入させることで、妊娠ではないところに「なやみ」の意味の拠り所を求めずにはいられない中の君の衝迫と潜在する大君願望を、痛烈にたたきつけている。薫の視線や意味づけは、甚だ不躾であるが、一方では真実を言い当てているのであり、中の君の中で疎外されていた身体を回復させるはたらきももっている。中の君にとって胎児は、匂宮の分身であり、あるいは匂宮そのものであったことがわかるのであり、彼女の中に夫の存在が、貞操や倫理としてではなく、純粋に大きく占めていることが、ごまかしやおぼめかし、意味のすりかえの果てに透視されるのである。薫と中の君は、いかに心を寄せ合おうと「今ここ」を修正し、過去に後戻りすることはできない。彼らの共同幻想を破るものとして妊娠という設定は機能する。燃えかけて燃え尽きることのなかった愛に終わらせてしまうという意味で、「なやみ」の存在は、残酷でさえあるのである。登場人物の本来的な属性を明らかにする方法として身体は意味づけ直されている。

五　裏切られる思惟──繰り返される「恥」の意識──

「悩まし」で語られてきた中の君の「なやみ」は、臨月に入り、表現を変えていく。

正月晦日方より、例ならぬさまに悩みたまふを、宮、まだ御覧じ知らぬことにて、いかならむと思し嘆きて、御修法など、所どころにてあまたさせたまふに、またまたはじめへさせたまふ。いといたくわづらひたまへば、后の宮よりも御とぶらひあり。（宿木(5)・四五七～八）

「悩む」と「悩まし」は、単なる動詞と形容詞の違いだけではない。自分の感じなのか、それとも外側から苦しみと捉えられているかという視点の差異が意識化されている。それまでは、「苦しい感じがする」の表現形式で示されてきた中の君の体調は、産気づく段階に入り、「悩みたまふ」「わづらひたまふ」と実質的な内容をみせていく。内なる苦痛を言い表す「悩まし」が中の君の中を先行し続けてきた今、「悩む」という表現は、内実のある様子を印象づけつつも、外側からの視座による外的な捉え方となっている。陣痛に苦しむ中で、自覚的な感覚の余地を失い、考えることが放棄された中の君からは、「悩まし」は捨象されている。のみならず、中の君の苦痛に対外性が生じたところに明石中宮の「御とぶらひ」が吸引され、中宮の処置に連動して、「このをりぞ、いづこにもいづこにも聞こしめしおどろきて、御とぶらひども聞こえたまひける」（四五八）と本文にあるような、諸貴族からの注目を引き寄せるようになる。つまり、中の君の存在自体が急速に社会化してきたのである。中宮からの見舞いは、中の君が妻として母として認められたことを意味する。つまり、「なやみ」こそが、内縁の妻のような趣を呈していた屈辱的な立場を脱出せしめ、社会的な認知を招来しているのである。

中の君の存在が晴れ晴れしく位置づけられた途端、語り手は、手の平を返すようにして中の君を醒めた視線で眺める。

御みづからも、月ごろ、もの思はしく心地の悩ましきにつけても、心細く思しわたりつるに、かく面だたしくいまめかしき事どもの多かれば、すこし慰みもやしたまふらむ。（宿木⑸・四六一）

女君が、それまで絶望したり、死を妄想したりしていたのは、全部身体が苦しかったからであったという理解である。中の君物語における苦悩の意味を物語の語り手は、「もの思はしく心地の悩ましきにつけても」、物思いと体調の不調を同次元に扱い、気分の悪さのためにこそ、「心細く思しわた」ることが多かったと意味づける。中の君本人は、想念の中のみで自身の運命を意識し続けてきたのであるが、語り手はそのような自意識を相対化し、中の君じしんが軽視してきた「身体」こそむしろ中の君の想念を方向づけていたという反論を打ち立てる。さらに、「すこし慰みもやしたまふらむ」と草子地でまとめている。出産を果たし、世の中にもてはやされ始めたというふうに外側の状況が変化したということで、母体の内面的な苦悩も終わったものと処理している。思ったことが身体化するのではなく、身体こそが意識より先に存在し、思惟を領導していたのである。そのような「なやみ」の逆説を、語り手は忌憚なく露呈している。中の君自身では心の問題だと思っていた苦悩を、そうではなく、みな全て身体のことだったのだと指摘する語り手は、皮肉であり、痛烈な内容をもっている。

中の君は、懐妊した時の思いも語られなかったが、若君誕生当時の心境もほとんど描かれていない。示されないていないことそのものが、女君の、何も考える余地のない切迫した状況を示している。出産後、彼女は若君をどのように見ているのだろうか。

若君を切にゆかしがりきこえたまへば、恥づかしけれど、何かは、隔て顔にもあらむ、わりなきことひとつにつけて、恨みらるるより外には、いかでこの人の御心に違はじと思へば、…（宿木(5)・四六六）

薫に自分の子を見せることに対して「恥づかし」さを覚えている。一見、依然として、中の君の親としての自覚が不透明であることをほのめかすようであるが、そうではない。事実は十分にわかっているのであるが、本音の淵源の手前で迂回する物語人物として中の君は性格づけられているからである。「恥づかしさ」とは、本質の周辺に根差したところから派生する感覚であった。

既に述べたが、中の君物語では「恥づかし」が何度か繰り返され、多層的な世界を作っている。

◆いと恥づかしくしたまひて、さりげなくのみもてなしたまへる（宿木(5)・三七五）

◆いと恥づかしと思したりつる腰のしるしに、（宿木(5)・四一八）

◆「…さて、また、よろしきをりありなど教へはべしか。…」とのたまふに、いと恥づかしくて、（宿木(5)・四三四）

いずれも懐妊を話題にされたことに関して出てくる言葉である。「恥づかし」ではなく「いと恥づかし」であり、反応の過剰性を印象づける。「恥」は、特に薫に対して向けられている。それは、単に懐妊が彼に対して「恥づかし」いだけではない。浮気夫を完全に見限れない女心の深淵を覗き知られることへのおののきと共に語られているのである。大君の遺言に背いて俗世に暮らしている生の恥、といっても差し支えない。薫の意に添えなかったことへの引け目が自分の子を見せる「恥づかし」さの中には隠されている。

大君の代償であろうとし、大君と結ばれなかった薫の挫折を拾い上げようと、「心」では中の君は思っていた。しかし、妊娠し出産を果たしたその身体は、匂宮の妻であることを皮肉にも証明した。社会的にはそれが常識的な展開なのだが、中の君の個的な理念が、亡き大君の影響を受け、現実を越えていることが重要なのである。精神的には薫と深く結ばれていながら身体は内なる倫理を裏切った。中の君の妊娠は、心にそぐわない身体の他者性を描き出しているのである。

苦しみに耐えて出産したからといって、即座に母性にめざめたという展開にはならないが、出産後の中の君には、「隔て顔」をやめようとする意識が認められ、「心やすくて対面し」（四六五）、薫に対してより余裕をもった距離を置いている。子どもの存在によって母としての認識を余儀なくされ、「産婦」という薫によって張り付けられたイメージを無理してはがす苦心から解放されたからである。薫が子どもを見たいといえば、その通りにし、一切において薫の意向に添おうとつとめている。「いかでこの人の御心に違はじ」という決意は、単なる「誠実さ」の容認だけではなく、[28]「心」における薫への忠誠と貞操を表している。薫の「心」の恋人でいようと彼女は密かに誓っているのである。

薫の心情もまた、そのような中の君の意志を受け継いでいる。

げに、いとかく幼きほどを見せたまへるもあはれなれば、例よりは物語などこまやかに聞こえさせたまふほどに、暮れぬれば、心やすく夜をだにふかすまじきを苦しうおぼゆれば、嘆く嘆く出でたまひぬ。（宿木(5)・四六七〜八）

文脈の上では隔たりがあるが、「げに」は、中の君の「いかでこの人の御心に違はじ」を意識している。中の君が

「いとかく幼」い若君を見せてくれたことが「あはれ」なのだという。若君の呈示が、中の君の自分に対する愛情なのだというようにして語られている。中の君は、若君を見せることに抵抗がなかったわけではないのだが、薫は対面を非常に喜んでいる。そもそも若君を見たいという願望が生じること自体が父性の触発であり、薫は若君を、自分と中の君の子であるかのようにして見ているのであった。たとえ自分の子でなくとも、愛する人の子であればいとしいという論理が打ち立てられている。[29]薫は、若君との対面を通してカタルシスを感じているのである。

しかし、現実に立ち戻れば、若君の存在は、薫と中の君の関係に決定的な制約を与えるものであった。宿木巻全体を眺めた時、中の君の懐妊は匂宮と六の君の結婚の時期と重なり、出産は、薫と女二の宮の結婚と同じ時間軸に置かれていることに気づく。若君の誕生は、薫と中の君の仮想の愛に終止符を打つと共に、結婚という再出発を薫に促すものとして機能している。誕生前の時間に対し、誕生後の流れは、女二の宮との結婚、藤花の宴、浮舟の垣間見と、場面展開が早いのが特徴となっている。それはとりもなおさず薫の心のわだかまりが一応は払拭され、新しい関心に向かい始めたことと連動しているに違いない。若君の誕生は、匂宮や中の君といった実の両親よりも、部外者であるはずの薫の成長と深く関わっている。

結び　―異物原理としての「なやみ」―

宇治中の君の懐妊は、宿木巻の始めの部分に語られているが、夫匂宮との関わりにおいては、互いに避け合うべき話題として位置づけられている。一方中の君本人は、自分の「悩ましさ」に、妊娠とは違う意味を求めている。ところが、それは、薫によって打ち砕かれている。中の君の懐妊の意味の重さは、薫の衝撃と共に語られている。

そして、若君の出産を通して、身体の物語的本質が明らかにされている。

中の君物語において徹底して追求されているのは、意志していることとは反対の方向に流れていく身体の他者性である。それは中の君の妊娠に象徴されている。心では薫を愛していたが、身体は匂宮の所有を告白していた。正篇の女性たちが、思惟に添うような身体を表現していたのに対し、宇治中の君においては、それが価値顛倒され、身体は思惟に疎外されている。(30) 思惟は上澄的であり、身体は、思惟よりも深い領域に位置づけられている。

中の君は、出産を通して苦境を脱出した女性として物語の中で位置づけられており、読者にも劇的要素の少ない地味な印象を与えていた。しかし、その苦境の脱出に至るまでは、「なやみ」への自己違和が激しく繰り返されており、苦しさや恥ずかしさや引け目といった、出産する女性が誰でも通る道を大きく問題化した物語として注目することができる。中の君の「なやみ」には、匂宮に渦巻く密かな嫉妬、姉大君に対する生き恥の思い、薫とのくずれた復活愛、そして自分が変化することへの恐れに激しく揺れ動く時間が描き込まれており、思惟描写以上に、時間軸が幅を持ってとられている。それは、同時に、母体が胎児という異物との対抗関係を作り上げる時間でもあった。

本書Ⅱ三章では、中の君の思惟の意味を論じたが、思惟は総じて大君を意識したところで展開され、いわば女性空間の相をなしているといってよい。しかし、身体という視点から物語を問い直した時、姉のことだけでなく、匂宮や薫といった、男君への屈折がより広く透視され、異性を過剰に意識したところでさまざまな愛憎に引き裂かれていることがわかる。そのような過程を経て描かれる出産は、誕生が即座にめでたさの共感につながる祝祭空間とは無縁である。女にとって妊娠とは異物そのものにほかならないのだという物語論理を、中の君の身体を通して改めて打ち出しているのである。

中の君の役割は、単なる大君から浮舟へという流れの中の一齣という立場にとどまらない。次に登場する浮舟の思惟と身体の在り方に、大君以上に深い影を落としている。浮舟物語は、中の君物語の時点で既に語り起こされていた男君への迷いという問題をより深く掘り下げている。大君は薫だけを思い続け、中の君は、結局のところは匂宮を見つめていたのだと思う。対象とする個人を明確に描いていた姉たちに対し、浮舟は、男だったら誰でもよいという、投げやりで、個が切り捨てられた世界に生き、ひたすらなる愛欲に苦しんでいる。(31) また、藤壺、葵の上、紫の上、大君などにおいては「死」と結びついていた「なやみ」を、出産や本復といった生の側に転換されている点も、中の君と浮舟は共通している。中の君は自分の「悩ましさ」に死を見ているが、実はこれは、身体的な異物感によって方向づけられた発想であった。彼女は、架空の思惟を真の思惟とみなして、これにすがりついていたのである。

正篇の藤壺は、繰り返される「なやみ」の中で光源氏との深い因縁を意識したが、宇治中の君は、薫と精神的に結ばれていることを自覚しながら、身体において彼を退けていく。薫においてもそれは同様であり、諦めて浮舟へと関心を移していく。愛し抜けない関係の淡さを描き出す方法として、「なやみ」と身体は意味づけ直されているのである。妊娠によって中の君の中で、匂宮は確かな存在として固定されていた。心に語りかけてくる薫と、胎児の違和感と共に意識される匂宮の対立こそ、中の君の本当の葛藤であったに違いない。その意味で、胎児は多義的である。夫の子であり、あるいは夫でない人との架空の子である。反大君の象徴物ともいえる。母体が胎児を自己ならざるものと見なす意識は、女にとっての男の存在性と深く連動しているのである。

誕生によって切り開かれる晴れがましい世界は、実は、さまざに重層する異物原理の果てに築き上げられているといえよう。抵抗しなければ受け入れられない世界、それが中の君物語においては病性と関連づれられている。置き鍼のような存在であった胎児は、誕生によって違ったものとして中の君の中で受け止められていく。若君の誕生は、薫との訣別ひいては、姉大君の思い出との別れを意味している。夫を信じ、今の自分の生活を確かに歩もうとする素直な思いを、新しい生命との、その戸惑いに満ちた出会いのうちに芽生えさせているのである。中の君物語において、「産む」ことは、逆説的に肯定されている。物語表現においてそれはあらわには描かれることはないが、読みにおいて、身体への自己違和こそが新しい家族への目覚めにつなげられていくという逆説の過程を捉えることができるのである。そのような気づきは、身体においてしか表れはしないことを宇治十帖の世界は語ろうとしている。

その匂宮も東屋巻以降では、浮舟に心を奪われるようになり、中の君からは心が離れていく。しかし、中の君は、かつてのように激しく思い惑うようには語られない。それは、生の「恥」に耐え、異物を背負う苦しみから解放された感覚が、一つの自信として、女君の奥底において大きく作動しているからと思われてならない。それは、子どもという武器を持っている女の立場的な強さといった次元の問題ではない。私が言おうとしている自信とは、夫や妹に裏切られてもありのままを受け入れ、傍観者に甘んじざるをえないことに耐える自信、自分が変わることを恐れないひたむきさである。それを演技や計算といった処世術的な単位で括りたくない。生に直面する覚悟が女君の「なやみ」を通して培われているのである。中の君は傷つかない。

［註］

（1） 市川浩『精神としての身体』（勁草書房一九七五初出、講談社学術文庫一九九二）。

（2） 市川浩『〈身〉の構造―身体論を越えて―』（青土社一九八四初出、講談社学術文庫一九九三）。

（3） 中井久夫『治療文化論』（岩波現代文庫二〇〇一）。

（4）小林登『〈私〉のトポグラフィー』（朝日新聞社一九八〇）によれば、脳が移植しやすいのは、免疫反応しにくいからだという。脳という、もっとも「自己」らしく思われている部位の非自己性が指摘されており、人間の自己同一性を考える上で示唆的である。

（5）柄谷行人「病という意味」（『日本近代文学の起源』講談社文芸文庫一九八八）。最近発表された論では、山本亮介「横光利一『旅愁』試論―病を否定するということ―」（『日本文学』二〇〇三・一二）。

（6）東郷克美「『細雪』試論―妙子の物語あるいは病気の意味―」（『日本文学』一九八五・一二）

（7）「確かに病気だと思った。体が普通以上に健康であることは、病気と一緒だ。なにかをしでかしたくてしょうがなくなる。おさまりがつかなくなる。」（中上健次『浄徳寺ツアー』）。この「普通以上」の思いこそ「病」である。「中上健次における過剰性は、どんな同時代作家よりも、彼を健康にし、且つ病的にしている。いっそ彼は『病気』だといった方がよい」（柄谷行人「今ここへ」『坂口安吾と中上健次』太田出版一九九六）。

（8）三田村雅子「もののけという〈感覚〉―身体の違和から―」（フェリス・カルチャーシリーズ①『源氏物語の魅力を探る』翰林書房二〇〇二）。

（9）湯本なぎさ「なやむ・わづらふ・やむ」（『源氏物語の思惟』右文書院一九九三）。私に「なやみ」表現の状況を概観する。

	なやむ	なやみ	なやまし	なやましげ	なやましさ	なやましがる
正篇	42例	22	41	19	3	1
匂宮三帖	1	—	2	—	—	—
宇治十帖	27	9	29	10	—	—

正篇では「なやむ」「なやみ」が「なやまし」よりも優勢であるのに対し、宇治十帖では、「なやまし」が「なやむ」「なやみ」にほぼ拮抗している。宇治十帖には、病気を内なる感覚ととらえる傾向がより強く表れている。

（10）飯沼清子「源氏物語における〈病〉描写の意味」（『国学院雑誌』一九八二・一二）、三田村雅子『源氏物語　物語空間を読む』（ちくま新書一九九七）等。本書I二章の論文引用註（2）参照。

(11) 斎藤美奈子『妊娠小説』(ちくま文庫一九九七)。

(12) 「誕生」という視点から、物語を論じた研究に、池田節子「誕生―葵の上の出産場面と出産描写史」(『源氏物語研究集成第十一巻』風間書房二〇〇二)がある。池田氏は、妊娠に対し、女君の思いは殆ど示されないことを指摘されるが、語られないから思いがないのではなく、思いが語られないことの意味にこそ、むしろ大きな問題があると筆者は考える。

(13) 三村友希「明石の中宮の言葉と身体―〈いさめ〉から〈病〉へ―」(『中古文学』二〇〇二・五)。

(14) 三村友希「『源氏物語』今上女二宮試論」(『日本文学』二〇〇一・八)。

(15) 原岡文子「幸い人中の君」(『源氏物語　両義の糸』有精堂一九九一)。

(16) 本書Ⅰ―四章参照。

(17) 本書Ⅱ―二章参照。

(18)

	なやみ・なやむ	なやまし
大君	7	5
中の君	6	10
浮舟	3	4
薫	3	—
匂宮	3	5
明石の中宮	9	3
女三の宮	16	3

中の君には、「なやまし」が「なやむ」「なやみ」の倍近くを占めていることが特筆され、自己内省的な病が中の君物語において主要であることが窺える。明石の中宮や女三の宮は、中の君とは反対に、「なやむ」「なやみ」が圧倒的であり、外側からの注目されるという意味での病性に力点が置かれている。

(19) 本文はおうふう『うつほ物語』(室城秀之校注)を用いた。

(20)「みずからの存在をじぶんのもの、自己に固有のもの（＝所有物）で限るという欲望は、みずからの〈存在〉をわたし自身による〈所有〉態へと変換したい欲望であると言える」（鷲田清一『悲鳴をあげる身体』ＰＨＰ新書一九九七）。「存在」は、「身体」と置き換えても差し支えない。

(21)（7）で取り上げた言説を意識している。「漁師のように漁をし、狩人のように狩りをするっていう、そんなふうに生きたいってのは病気だ、と思ってたよ」（『現代思想』一九七八・七対談「文学の現在を問う」中上健次の発言）。

(22) 宿木巻における薫と中の君の会話の場面は、三八三～九、四一二～八、四三三～四一頁にそれぞれ描かれており、一回につき数頁の量、巻全体で約二十頁分を占める。手紙のやりとりの場面（四一〇～一、四五一～二頁）を考慮に入れるとなおのことその異様な分量を印象づける。匂宮と中の君の会話は、三七五、三九六～九、四二一～七、四五三～九頁に見られ、それぞれ比較的短めの量で、全体でもおよそ十四頁に相当する。薫との対座が匂宮以上に多いところに、中の君の置かれた状況の危うさが見いだされる。

(23) 三田村雅子「宇治十帖、その内部と外部」（岩波講座日本文学史第三巻『11・12世紀の文学』岩波書店一九九六）。

(24) 筆者は、中の君の腹帯は、現在の岩田帯と同じものと見なしている。岩田帯は、地肌に直接結ぶ。もっとも、衣服の上に着用するという説もある。「昔は衣の上より帯したるなるべし。されば外より見ゆる故はぢたるなり」（『安斎随筆』）。

(25)（11）に同じ。

(26)（13）に同じ。

(27) 神田龍身「分身、差異への欲望」（『物語文学、その解体』有精堂一九九二）の中で究明された薫と匂宮の相対的な関係を、中の君の懐胎をめぐって改めて考えようとしている。

(28)「後見としての、薫の誠実さは認めなければならぬとする気持」（小学館日本古典文学全集⑸四六七頁頭注一三）。全集本の注釈は、全体的に懐妊した中の君の心境に注意深い。

(29) こうした論理は、日本だけのものではないように思える。例えば、Ｍ・ミッチェル『風と共に去りぬ』において、スカーレットは、妊婦のメラニーを助けながら、戦火を逃れ、かつ出産の世話もする。また、メラニーが死ぬときは、遺児の養育を引き受ける約束をする。叙述の限りでは、スカーレットはメラニーにほとんど好意はない。にもかかわらず彼女が特に子どもの問題において寛大であり、献身的に行動するのは、その子が、メラニーの子であると同時にアシュレイの子でもあるからである。子どもにおいて一切を免除しようとする姿勢は、地域や性差に限定されない物語的問題であると私は見ている。

（30）宮下雅恵「病と孕み、隠蔽と疎外」（『日本文学』二〇〇一・五）によれば、『夜の寝覚』における病や妊娠が反対に、「女の精神を隠蔽し疎外する」という。

（31）具体的には三田村雅子「方法としての〈香〉―移り香の宇治十帖へ―」（『源氏物語　感覚の論理』有精堂一九九六）を意識している。「むしろ浮舟にとって、薫・匂宮は渾然一体となって、都の憧れの貴公子の香を持った存在だったのであり、ここで浮舟がまざまざと思い出しているのも、そのような貴公子に愛されていた浮舟自身の夢のような陶酔の日々だったのではないだろうか」。

第六章　浮舟物語の回想と思惟
―記憶の遡及―

はじめに

本節では、蘇生後の浮舟の思惟を、回想という視点から考察することで、意味づけ直していきたい[1]。

手習巻以降の浮舟の「思ひ出づ」の用例は二三例ある。これは、全三三例の中で突出した数値となっており[2]、浮舟の遡及運動は、手習巻以降に集中的に行われている様子が確認できる。浮舟の「思ひ出づ」を、文体ごとにその用例数を見ると、地の文では一四例、そのうち八例は浮舟の心情と密着した表現になっている。心内語二例、会話には七例確認される。

心内語以上に自由間接言説の中に用例が際立つのは、浮舟の「思ひ出づ」が、心内語として括り切れない中で表出される特徴があることを意味する。括弧で括れない思惟が、浮舟の「思ひ出づ」を通して捉え直されてくるのである。

また、浮舟じしんの発言の中でも、回想表現を積極的に用いているさまも注目されるのであり、対話を通して自身の心境を規定しようとするさまが見て取れる。

このように、手習巻以降には、回想を行い、思い、そして述懐として語る浮舟がいる。一体浮舟は、何を、どのように「思ひ出す」のか。「昔」を「思ひ出」そうとせずにはいられない衝動とは、どのような心性に基づいているのだろうか。高橋文二は、浮舟の「思ひ出づ」は「幻」巻の再生のかたちであり、回想とは、「官能」の再現される時間であると大胆に読み解く(3)。

この節では、手習巻における回想の意味を、思惟と対話の両側から改めて論じていきたい。意識を喪失した浮舟が、けんめいに思い出そうとするのは当然と言われればそれまでである。しかし、そうであることを認めたとしてもなお、なぜ回想が繰り返されるのかという問いは残るのである。浮舟が記憶を遡及する意味と、そのようにして遡行されていく過去がどのような方向に向かおうとしているのかを見ることで、浮舟物語における回想の論理の基盤を考え直していきたい。その手掛かりの一つは、手習巻以降の語りの特質にあるだろうと思われる。

一　地の文の「思ひ出づ」——「昔」への執着——

手習巻以降に入ると、それまでの巻で、低い位置に置かれていた浮舟に、敬語が持続的に用いられるようになる。浮舟をめぐるこうした語りの方法の変化は、それまで「人形」「撫で物」として半ば蔑視されて扱われていた浮舟を、改めて別の観点から位置付けようとする試みであったに違いない。

しかし、浮舟が回想をする場面に関しては、「思ひ出づ」は、全ての用例が、敬語を用いずに語られている。これは、地の文の語りが、常に、浮舟の心に密着しながら進められていることを意味する。

地の文における浮舟の回想の姿勢は、意識の回復直後から認められる。内容は、主に、入水前までの自分の暮らしや関係に基づく事柄が多い。

> ありし世のこと、思ひ出づれど、住みけむ所、誰といひし人だにたしかにはかばかしうもおぼえず。ただ、我は限りとて身を投げし人ぞかし、いづくに来にたるにか、とせめて思ひ出づれば、（手習(6)・二八四）

蘇生後の浮舟に、最初に表れる思惟は、この「思ひ出づれど」という言葉である。彼女は真っ先に、記憶の遡及を渇望した。それは、「思ひ出づれど」「せめて思ひ出づれば」という、同一語彙の反復を見れば明らかである。浮舟は「ありし世」を想起しようとし、「いづくに来にたるにか」と、しいて執拗に遡行する。[4] そして、あえて意識を起こそうと意志的に動いたことの上に、入水を思い立ち、外へ出てあちこちをさまよい、疲れ果てて愛欲の妄想に取り憑かれ、そのまま気絶して今に至るという波乱に満ちた経緯をたどり返している。回想「き」を用いながら、過去に自分のとった行動を、一つ一つ明らかにしていこうとする。しかし、最後は、「その後のことは、絶えていかにもいかにもおぼえず」（二八五）と結ばれ、意識の行き詰まりが露呈している。

それにしても、なぜ浮舟は、そこまでけんめいに思い出そうとするのか。

> むつかしき反故など破りて、おどろおどろしく一たびにもしたためず、燈台の火に焼き、水に投げ入れさせなどやうやう失ふ。（浮舟(6)・一七七）

匂宮からの手紙を、一時にではなく、徐々に処分していく失い方は、死を決意した浮舟が、少しずつ過去を捨てていく過程でもあった。その時、切り落とそうと苦心したことを、蘇生した今、浮舟は再現させることを強烈に熱望している。

このような浮舟の姿勢に、彼女の記憶を遡行させることへの異様な執着を認めることができる。この、過去を内省し、遡及したいとする意志は、蘇生して引き取られている今現在の場所への不安と違和感にほかならない。そして、意識を掘り起こそうとする姿勢は、状況に対する拒絶反応と、論理的な思考をすることで、自分が言葉で考えることのできる人間であることの証明にもつながっている。(5)浮舟蘇生の場面は、単に身体的な復活だけでなく、必死で過去を呼び戻そうとして苦心する浮舟の姿を通して行われる言葉と知の回復をも同時に描いているのである。

昔も、あやしかりける身にて、心のどかにさやうの事すべきほどもなかりしかば、いささかをかしきさまならずも生ひ出でにけるかなと、かくさだすぎにける人の心をやるめるをりをりにつけては思ひ出づ。

(手習(6)・二九〇)

独白的に進められる浮舟の回想は、必ずしも自分にとって幸福な思い出ばかりが対象化されているとは限らない。現在の状況から逆照されるのは、自分の無知無教養に思い至らざるをえない苦い「昔」である。浮舟は、「昔」の「あやしかりける身」を、現在の、琵琶や琴に興じている尼たちの様子から反芻している。音楽に堪能な尼たちに対して、十分な教育を受けず、「をかしきさま」を何も身につけずに来てしまった自分の境涯を苦く思い起こす。さらに、そうした遡行は「をりをり」のこととして示されており、たえず習慣的に反復されていることが明らかにされている。尼たちのたしなみは、逆に浮舟に自分の無教育を痛感させるという意味で、浮舟の回想は、現在の状況に対して否定的にはたらいているのである。

このような浮舟の思惟は、その傍らにいる尼たちの回想に挟まれるようにして展開される。

月の明き夜な夜な、老人どもは艶に歌よみ、いにしへ思ひ出でつつさまざまの物語などするに、答ふべき方もなければ、つくづくとうちながめて

(手習(6)・二九一)

「老人ども」とされる尼たちの「いにしへ」は、「月」の中で、「歌」を通して再現される。浮舟は、自身も回想を

する姿勢は共通していながら、その彼女たちの「思ひ出」に対して、浮舟は「答へ」ができない。同じ月の下で、共に「昔」や「いにしへ」に思いを馳せる尼たちと浮舟は、共感を伴わない共同幻想を露呈している。尼たちが思う「いにしへ」と、浮舟が思い出す「昔」は、質、位相ともに断絶している。全集の頭注は、この場面における尼たちの回想を、「都での若いころの楽しい思い出を話し合うらしい」とする。確かに、懐旧のイメージとして象徴される「月」と、「歌」の詠出は、優艶な世界を描き出し、その中における尼君たちの回想もまた、豊かな世界の再現を志向していたともとれるかもしれない。しかし、そのこと以上に、この場面で注目したいのは、尼君たちと浮舟の、対話のない自閉的な回想の構造である。

姫君は、我は我、と思ひ出づる方多くて、ながめ出だしたまへるさまいとうつくし。（手習⑹・二九五）

浮舟の思惟は、状況への抵抗であるかのようにして、反復されていく。中将や妹尼、少将の尼がそれぞれに過去を持ち、共通の出来事を通して結び合わされていく中、浮舟は、それに溶け込むことを肯んじ得ない。「我は我」として一人物思いに沈む浮舟は、疎外されていると同時に、その頑迷な姿を見せている。

このように、浮舟の回想は排他的な構造をもっている。蘇生直後や、尼君たちの中にいる場面など、引き取られて生活している現在の生活に対する違和感の表れとして語り示されている。記憶を遡行し、過去との統合をはかろうとすることで、自己の本来的な姿は別のところにあるのだと密かに主張している。現在の境遇の外に、彼女は自己同一性を求めずにはいられない。浮舟の回想は、具体的な内容を持つ用例もあるが、ただ「思ひ出づ」とあるだけで、何をどのように想起しているのかまで描かない例も少なくない。注目されるのは、昔を再現しようとする行為そのものの強調である。繰り返される浮舟の遡及行為は、ひとつの衝動として、物語の中で定位され、白熱化していくようになる。

それにしても、浮舟にとって、そのように、状況に逆らうかのようにして「思ひ出」したい過去とは、そんなにまで、美しく、幸多い豊かな出来事であったろうか。そうではあるまい。浮舟を入水への決意に追い込んだ経緯こそ、今浮舟が思い出そうとしている当の「過去」なのであるから。「思ひ出づ」への衝迫は、行間に浮舟の焦りをにじませる。浮舟は、現在の自分をとりまく状況への逆らいとして、過去の断片を呼び戻そうと必死に焦るのであり、しかも、そのようにして抽出しようとするその過去とて、浮舟を手ひどく突き放し、そのために多大な傷を受けた、苦い記憶なのである。苦くとも、「昔」に自己を依拠せざるをえない浮舟に、所属意識なしには生きていけない姿を透視できる。

幻巻の光源氏は、紫の上との思い出を、豊かな季節としてそれでも想起していこうとする、いわば失楽園の趣がある。

①中ごろもの恨めしう思したる気色の時々見えたまひしなどを思し出づるに、などて、たはぶれにても、またまめやかに心苦しきことにつけても、さやうなる心を見えたてまつりけん、…胸よりもあまる心地したまふ。（幻(4)・五〇九）

②人よりことにらうたきものに心とどめ思したりしものを、と思し出づるにつけて、かの御形見の筋をぞあはれと思したる。（幻(4)・五一二）

③いで何ごとぞやありしと思し出づるに、まづそのをりかのをり、…例の涙もろさは、ふとこぼれ出でぬるもいと苦し。（幻(4)・五一八）

④「…（明石の君に対して）ゆゑありてもてなしたまへりし心おきてを、人はさしも見知らざりきかし」など思し出づ。（幻(4)・五二二）

> ⑤「いかに多かる」などまづ思し出でらるるに、　（幻(4)・五二八）

　幻巻における光源氏の追想は、排他的な構造だけでなく、それが他者に共感を求める構造とないまぜになっている点に特質が見受けられる。また、用例がすべて「思し出づ」という敬語で表されており、彼の追想行為が叙述の中で客観的に位置づけられているのが理解される。紫の上ゆかりの名において、あらためて受け入れるべき他者（中将の君など）と、疎外に方向づけられる他者（明石の君、女三の宮など）に分けられており、紫の上の死によって、対人意識が変容するさまが明らかにされている。また、①「胸よりもあまる心地したまふ」、③「例の涙もろさ」など、彼の回想には、涙が常に付随する。全ての記憶が紫の上に還元化されていくのであり、特に紅梅の香は、懐かしさにおいて際立った景物として機能していた[6]。甘美な時間を失った現在の絶望感が鮮明に映し出される構造がそこには作られており、失望の連続の向こう側に光源氏の死が透視されていくのである。

　紫の上の唯一無二性を繰り返し再確認し、全ての希望が紫の上一点に集約されていく、幻巻の光源氏の回想構造に対して、浮舟の回想は、幸せとはいえない歴史に執着するところに、その特異性が認められよう。「思ひ出づ」で再現しようとされる浮舟の「昔」は、光源氏と違い、より断片的であり、個々の関連性が薄く、収斂される所がない。東国の風景の回想であったり（二八九頁）、入水に至るまでの経緯であったり（二八四頁）と、内容も一貫性に欠け、より無目的であるともいえる。生前は、心ならずも傷つけ、裏切り続けてきた紫の上に、一途な回想というかたちで、せめてもの貞操を果たそうとし、さらに第三者とも哀悼の共有を求める光源氏に対し、浮舟は、回帰し操を立てるべき過去をもたず、より恣意的に他の記憶に飛び移り、思い出されてくる事柄も、苦しさそのものとして規定されていく。このことは、浮舟が、自身でも何を求めているのか掴めていない状況を意味する。幻巻と手習巻は、共に追想を目的化しつつも、語りの方法において大きな差異を生じているのである。

その結末部が、回想をめぐって反措定の関係にあることに注意されなければならない。

回想とは、もともと断片を呼び戻すことそのものであり、その行為の段階の中で、断片を抽出・再現し、編成する作業がなされる。その過程の中では、編成するための、論理的な思考が不可避であるが、浮舟は切り離された世界と自分に因果関係を結ぶことに成功していない。浮舟の回想に描かれているのは、過去の世界の中に滑り込む姿というよりも、回帰しようとする途中段階である。「思ひ出」すことで、見知らぬ世界にたどり着いた今現在と、喪失した世界をつなぐことを彼女は熱望している。それによって世の中と自分の統合をはかり、自分が生きている意味を見出そうとしているのであるが、「思ひ出」そうと努力はしても、自分の起源がたどれない様子が逆にあらわにされている。浮舟における地の文の「思ひ出づ」行為は、思惟が破綻しているという意味で、挫折として位置づけられているのである。

手習巻には、浮舟が追想をしている姿を語る場面の他に、「思ひ出づ」が彼女の意識の内側で使われている叙述が随所に見られる。意識の中の「思ひ出づ」と、外側の行為として示される回想の態度がどのように呼応するのかを次の節にみたい。

二　移り詞の中の「思ひ出づ」―「人」を求める―

前にも述べたように、浮舟の思惟における「思ひ出づ」は、地の文と密着しながら表される。語り手と当事者との間が渾然一体となったところの中に「思ひ出づ」が立ちのぼるということは、それが、きわめて自然な発露として行われていることを意味している。

地の文と心内語の区別を不分明にして語られる浮舟の回想をめぐる思惟は、より意識の内部に降り立った段階から、浮舟が思い出そうとする内容を微細に具体化している。

今は限りと思ひはてしほどは、恋しき人多かりしかど、こと人々はさしも思ひ出でられず、ただ、親いかにまどひたまひけん、乳母、よろづに、いかで人並々になさむと思ひ焦られしを、いかにあへなき心地しけん、いづこにあらむ、我世にあるものとはいかでか知らむ、同じ心なる人もなかりしままに、よろづ隔つることなく語らひ見馴れたまひし右近などもをりをりは思ひ出でらる。（手習(6)・二九一）

「恋しき人」「こと人々」「親」「乳母」「右近」と、過去に関わった人々が、浮舟の意識を交錯する。その中で語られるのは、「思ひ出でられ」る人とそうでない人の識別である。ここでは、肉親や側近の方が馴染みが深いとされている。匂宮や薫、中の君をさすと思われる「こと人々」よりも、中将の君や側近く仕えていた乳母女房の方がよりはっきり思い出せるとする認識である。「いかに…けん」「いかでか…む」という形で、単に人々を思い出すだけでなく、人々の当時の心境を推し量ろうとする。特に繰り返し想起される人として浮上する右近の意味は思い。右近のことは「思ひ出でらる」と自発の表現で想起されている。「よろづ隔つることなく語らひ見馴れ」たからこそ改めてその存在が思い出されるというかたちになっており、恋人よりも、女房たちの方が自分の心が近いとする感覚が記憶として浮上している。

しかし、こうした位置付けは、決定的なものにはなりえず、新たな感覚に容易に飛び火していく。

①中将、ここにおはしたり。前駆うち追ひて、あてやかなる男の入り来るを見出して、忍びやかにておはせし人の御さまけはひぞさやかに思ひ出でらる。（手習(6)・二九三）

②荻の葉に劣らぬほどに訪れわたる、いとむつかしうもあるかな、人の心はあながちなるものなりけり、と見知

りにしをりをりも、やうやう思ひ出づるままに、「なほかかる筋のこと、人にも思ひ放たすべきさまにとくなしたまひてよ」とて経習ひて読みたまふ。（手習⑹・三一一）

③はじめより、薄きながらものどやかにものしたまひし人は、このをりかのをりなど、思ひ出づるぞこよなかりける。かくてこそありけれと聞きつけられたてまつらむ恥づかしさは、人よりまさりぬべし。（手習⑹・三二〇）

尼君たちに囲まれていたときは、肉親の方が他人よりも慕わしいとした浮舟の位置づけは、中将の出現で脆くも崩れている。浮舟は、尼君たちに中将の君や乳母、右近を、中将に薫・匂宮を透視している。つまり、浮舟の想起の仕方は、目の前に現れる相手によって方向づけられているのであり、浮舟が意味づけているのではなく、相手が意味づけているという逆説が呈示されていく。

浮舟は①③で薫を、②で匂宮をそれぞれ「思ひ出」している。「さやかに」「こよな」く反照される薫に対して、匂宮は「やうやう」と想起されていく。意識の回復直後、「いときよげなる男」として真っ先に想起された匂宮が、ここではためらいがちに思い出されているのは、おそらく刺激を遠ざける意識がはたらいているためであろう。①で「忍びやかにておはせし人の御さま」を「思ひ出」している場面で注意されるのは、単に男君を思い出すだけにとどまらず、宇治にいるような錯覚をおぼえるという意味で、浮舟の空間感覚さえ揺らいでいることである。思い出そうとすることと、自然と思い出されることにずれが生じている。浮舟が思わず想起することは、意識的に思い出そうとしていることよりもより瞬間的であり、身体的になっており、これは、自分が生きて来た過去全体をとらえ返したいとする願望に逆行するものとなっている。

読みのたびにずれていく浮舟の回想内容は、「人」に対する規定をめぐって、破綻と矛盾が錯綜している。

御前なる人人、「故姫君のおはしまいたる心地のみしはべるに、中将殿をさへ見たてまつれば、いとあはれにこそ。同じくは、昔のさまにておはしまさせばや。いとよき御あはひならむかしと言ひあへるを、「あないみじや。世にありて、いかにもいかにも人に見えんこそ。それにつけてぞ昔のこと思ひ出でらるべき。さやうの筋は、思ひ絶えて忘れなん」と思ふ。（手習(6)・二九五）

妹尼は、自分にとっての「昔」を再現すべく、浮舟に「故姫君」を見、中将と結婚させたいと望むが、その妹尼の言葉に対し、中将と結婚させられたら、それこそ昔を思い出してしまうとする浮舟の思惟における「昔のこと」は、妹尼の「昔のさま」と対応しながらずれていく。妹尼の再現したいことが、浮舟にとっては最も忌まわしい記憶につながっている皮肉な構造がそこにはある。

「それにつけてぞ昔のこと思ひ出でらるべき。さやうの筋は、思ひ絶えて忘れなん」もまた、浮舟の「思ひ出づ」ことへの志向と矛盾している。今までの浮舟は、むしろ、状況への違和感から「昔」を呼び戻したいはずであった。それが、中将の出現によって、記憶が身体的に再現された瞬間、反対の意味づけに転化されている。

例の、慰めの手習を、行ひの隙にはしたまふ。我世になくて年隔たりぬるを、思ひ出づる人もあらむかしなど、思ひ出づる時も多かり。（手習(6)・三四三）

自身が「人」を「思ひ出す」だけでなく、「人」もまた自分を「思ひ出」してほしいと「思ひ出」すという、「思ひ出づ」の反転が読み取れる。向こう側の世界から自分にはたらきかけることを密かに期待する心情に、愛欲への渇望が確認される。

この引用は、次に掲げる場面の後を受けている。

「君にぞまどふ」とのたまひし人は、心憂しと思ひはてにたれど、なほそのをりなどのことは忘れず、

かきくらす野山の雪をながめてもふりにしことぞ今日も悲しき　（手習(6)・三四二）

周囲の環境が年が明けたのと対照的に、改まることのできない浮舟の状況が、懐旧を通して語られる。「なほそのをりなどのことは忘れず」は、暦が改まるのとは反対に、未だに愛欲から脱け出せない心境を鮮烈に描き出している。「忘れず」の中に、浮舟の、過去への根強い執着を認めることができる。浮舟が「思ひ出づる人もあらむかし」と望む人も、この、「君にぞまどふとのたまひし人」すなわち匂宮を暗示する。匂宮から思い出されることへの強い欲求は、浮舟が、未だに過去と交信していることを明らかにする。

ある場面では、「昔」を思い出さないようにしようとつとめ、別の時は、向こうから「思ひ出」されることを待ち望む。浮舟の「思ひ出づ」は、錯綜と矛盾に満ちている。

この反転の境目は出家する前と後に求めることが可能である。過去を捨てるために出家した浮舟は、剃髪後、「人目絶えたるころ」になり、あらためて、自分から断ち切った縁のかけがえのなさを思う。

◇断ちはててしものを、と思ひ出づるも、さすがなりけり。　（手習(6)・三二七）

出家をし、髪を切り落とし、俗世の執着を捨てたその瞬間、浮舟は「断ちはて」たばかりのはずの「世界」を呼び戻そうとする。遠い過去ではなく、直前の世界が、今完全に切り離されようとしているのだという感慨が「思ひ出づ」には表されている。

地の文で行われる「思ひ出づ」が入水前の漠然とした記憶を指すのに対し、思惟に密着した回想は、ほぼ、「人」に限定されていく。かつて実際関わっていたときは、さして感じなかった関係の一つ一つが、いま、かけがえのない拠り所として、浮舟の中で顕在化されていく。喪失した世界の重さが、回想の中で反芻されているのである。知らない世界で生きている今の浮舟には、自分が知っている世界の想起が、孤独の拠り所として受け入れられていく。

繰り返される「思ひ出づ」の中で、自身の過去への強烈な執着だけでなく、喪失した世界からの交信をもひそかに待ち望むという浮舟の深層部が掬い取られていく。

すこしおよすけしままにかたみに思へりし童心を思ひ出づるにも、夢のやうなり。まづ、母のありさまいと問はまほしく、こと人々の上はおのづからやうやう聞けど、親のおはすらむやうはほのかにもえ聞かずかしと、なかなかこれを見るにいと悲しくて、ほろほろと泣かれぬ。

（夢浮橋(6)・三七四）

浮舟が最後に「思ひ出す」人は、異父弟の小君の「童心」であった。小君の記憶は、「夢のやうなり」という、心情に密着した表現とともに、「母」を強烈に想起させる。ここではもう一度「こと人々」と「母」の対立構造が復活しており、一つも情報が入ってこない「母」を改めて思い起こすという構図が作られている。

浮舟の思惟は、出来事そのものよりも、関わった人を遡及する姿勢が強い。思い出すその内実は、人の印象として形象化されている。肉親、薫、匂宮、そしてまた肉親と、浮舟が重要な存在として規定づける基準は、より恣意的に、直観的に浮舟の中で、気ままに移りかわる。

繰り返すが、浮舟が志向するのは、過去の境涯と現在の自分を、回想を通してつなげることであった。ゆえに浮舟は過去に執着せざるをえない。しかし、浮舟が自らの原点を知ろうとして実際に思い出していることは、愛欲や恩愛といった、忘れようとしていることであり、浮舟が思い出そうとしていることと、思い出したくないことを想起してしまう浮舟の意識は、矛盾を見せている。

「人々」の記憶を一人一人たどりながら、最終的には「母」が見えてくるという構図もまた象徴的である。浮舟は個々の人格を重視しているようで、実はそうではない。浮舟の思惟が欲望しているのは、母胎への到達である。これは「忍びやかにておはせし人」「君にぞまどふとのたまひし人」という、薫や匂宮への呼称にもあらわれており、浮舟にとって、彼らは「大将」「宮」ではなく、「人」なのである。しかし、浮舟の「人」は、恩愛と愛欲の識別を越えて、母胎そのものとして回帰したい対象に変質していく。

浮舟の心情により密着した言説は、回想というよりも、記憶の断片的な反照として位置づけられる。浮舟の思惟は、過去に通じている。断片を呼び戻すことの繰り返しの中で、母胎への回帰という、本能的な欲望があぶりだされていくのである。自らの起源を辿ろうとする「思ひ出づ」世界と「思ひ出でらる」世界の葛藤を通して、ともすれば喪失したはずの世界に飛び込みかねない迷いの深さと、他者を排除するようでありながら、逆に呼び込んでしまう皮肉な現象が、逆に浮上しているのである。

三　会話文における「思ひ出づ」——忘却の表明の意味——

地の文では、世界との統合を、思惟の中では喪失した母胎に対して、それぞれ強烈な執着をみせている浮舟の回想行為は、それが、発話として表された場合、屈折した姿をみせていく。

①あやしかりしほどにみな忘れたるにやあらむ、あれけんさまなどもさらにおぼえはべらず。ただ、ほのかに思ひ出づることとては、ただ、いかでこの世にあらじと思ひつつ、夕暮れごとに端近くてながめしほどに、前近く大きなる木のありし下より人の出で来て、率て行く心地なむせし。それよりほかのことは、我ながら誰とも思ひ出でられはべらず」といとらうたげに言ひなして、「世の中になほありけり、といかで人に知られじ。聞きつくる人もあらば、いといみじくこそ」とて泣いたまふ。（手習(6)・二八七〜八）

②隔てきこゆる心もはべらねど、あやしくて生き返りけるほどに、よろづのこと夢のやうにたどられて、あらぬ

世に生まれたらん人はかかる心地やすらん、とおぼえはべれば、今は、知るべき人世にあらんとも思ひ出でず、ひたみちにこそ睦ましく思ひきこゆれ（手習⑹・二九八）

③（浮舟）「過ぎにし方のことは、絶えて忘れはべりにしを、かやうなることを思しいそぐにつけてこそ、ほのかにあはれなれ」とおほどかにのたまふ。（妹尼）「さりとも、思し出づることは多からんを。・・・」・・・（浮舟）「なかなか思ひ出づるにつけて、うたてはべればこそ、え聞こえ出でね。隔ては何ごとにか残しはべらむ」と、言少なにのたまひなしつ。（手習⑹・三五〇）

④いかにもいかにも、過ぎにし方のことを、我ながらさらにえ思ひ出でぬに、紀の守とありし人の世の物語すめりし中になむ、見しあたりのことにや、とほのかに思ひ出でらるることある心地せし。（夢浮橋⑹・三七五）

⑤心地のかき乱るやうにしはべるほどためらひて、いま聞こえむ。昔のこと思ひ出づれど、さらにおぼゆることもなく、あやしう、いなかりける夢にか、とのみ心えずなむ。（夢浮橋⑹・三七八〜九）

思惟の「思ひ出づ」が、煩悩への根強い癒着を引きずるのに対し、発言の「思ひ出づ」は、全て打ち消しと不可能に結びついており、過去からの束縛が皆無であることを一貫して意思表示している。思惟が真実であり、会話が建前であるとする見地に立つならば、この浮舟の言動は、ただの演技ということになる。しかし、実際はそのような単純なものではない。

③「のたまひなしつ」は、意志的にそうであるように言うという姿勢が顕著であることが印象づけられている。自分は何も覚えていなくて思い出せないということを、浮舟は執拗に連発して言い張る。むろんそれは、妹尼たちの執拗な問いから逃れるための遁辞であり、何を見ても過去へ回帰してしまう実際の浮舟の状態とはうらはらである。表明としての回想は、思い出したくないことのひたすらなる連発として表されている。言い換えれば、忘却の

執拗な強調である。忘れたということにしたいという願望がそこには横溢している。そうした発言の繰り返しは、口実や演技の域を越えて、浮舟の無意識に光を当てるとともに、あらたな本質を付加するようになる。

ところで、物語の最後の「思ひ出づ」の用例が、⑤なのであるが、これは、浮舟の発言の中にある。このとき浮舟は、自分のところに薫の手紙を持って来た小君を見て、動揺し、「母」について知りたいとさえ思っているのだが、そこでこみあげてくる母胎への執着を振り払うようにして、彼女は忘却を連呼する。ここで浮舟の抵抗のかたちは変わっている。状況を認めたくないために始められた回想が、会話の中では、惜し気もなく切り落とそうとされているのである。忘却を主張することで、断念に向かおうとしている。ここでの浮舟は、記憶の隠蔽こそが、断念への方法であり、状況の肯定であることを自覚している。だからこそ、抵抗のかたちを切り替えるという矛盾も恐れずに、ひたすらなる放棄を繰り返していくのである。

発言の中で誇張される忘却は、浮舟の意識の内部とは矛盾している。また、「嘘」か「本当」かといったら、「嘘」の部類に入るだろう。

けれども、こみあげてくる「昔」への願望を切り落として、忘却を選ぼうとする意思表示もまた、「本当」の感情として次第に定位されている。浮舟物語は、単に、意識が無意識に裏切られるだけの物語としてあるだけではなく、断念すべきであるというゾルレン（当為）を回復させる物語としても注目できるのである。

自意識のみで生きることの限界を語るのが大君物語の限界であるならば、浮舟物語は、無意識だけでも生きられないことを語る物語である。その意味で、手習巻以降の浮舟物語は、大君的なあり方を再び新たな視点から復活させているといってよい。

本論に引き戻していえば、会話における「思ひ出づ」は、はじめは演技として示されているが、しだいに選びたい当為として、迫力を増していく。それは、決して嘘をつき通すということに終わらない。薫の手紙という、「昔」をいきなり突き付けられた浮舟は、いわば忘却の表明でもって、薫によって蒸し返されようとする「昔」と対決している。思惟の中で思い描いていた甘美な「昔」は、薫の出現によって、暴力的な記憶としてにわかに現実味を帯びて浮舟の前に再呈示されることで、崩壊する。浮舟が再現しようとする「昔」と、薫が感受する「昔」もまた、互いに違和感の中にある。自己を偽る言及が、嘘か本当かといった二元論をこえて、真実と化していく瞬間がそこにはある。妹尼を説得するために浮舟が主張する忘却も、もはや演技ではなく、浮舟のもう一つの本能を剥き出しにする方法として改めて位置づけられいる。

薫の再出現は、手習巻で浮舟が回想する「昔」の顕現化されたかたちとなっている。言い換えれば、メタレベルが地上レベルに降りたことになる。けれども浮舟は、そのようにして具体化された「昔」にも自己違和を示す。泣きながら記憶の忘却を訴える浮舟は、紫の上を追想する中で涙を催す光源氏の逆を行く。回想につながらない涙が、ここには描かれるのであり、半ば独善的に幻想化させていた「昔」が、苦々しい現実の中に引きずり出されるさまを見せつけられて、浮舟の俗世への断念は、初めて実現の兆しを見せ始めたといってよい。

手習巻以降の会話では、過去が繰り返し否定されており、望郷と回帰への念を膨らませる思惟の世界を逆転させている。意識の内側が破綻と矛盾に引き裂かれるのに対し、同じことを繰り返す浮舟の発言は、苦しい口実でありながら、その自己欺瞞の中に将来を模索する道を見出しているという意味で、物語において価値を発揮している。俗世を拒む唯一の手段としての忘却は、浮舟物語の中で方法化されている。

忘れていることを言い続ける姿勢は、「昔」を切り離すことにつなげられている。こうした過去への否定が、発話という、外に向けて自分の心を開く行為の中で繰り返されることの意味は重い。

浮舟との復縁を迫る薫の申し出を拒否しえなかった横川の僧都を通して、宗教の崩壊が垣間見られる。出家生活を営んでいる小野も例外ではなく、浮舟には決して安らかな世界ではなく、むしろ俗世の影響下にある。

妹尼に過去の記憶を何も思い出せないと執拗に繰り返す浮舟の発言は、このような状況で行われている。浮舟物語に描かれる忘却への衝動は、過去を消滅させ、決して安楽とはいえない現在の状況を受け入れ、生に直面させる方法として位置づけられいる。薫に引き取られることよりも、俗を志向する尼君たちに囲まれた、決して安楽とはいえない生活を選ぶ浮舟の選択は、このような他者との対話を通して明らかにされているのである。

結び

浮舟物語における回想は、思惟と会話に引き裂かれており、それぞれ相容れない位相を照らし出している。思惟では、「昔」とつながろうとする退行願望を、会話は過去を捨てようとする欲求をそれぞれ描いており、どちらも浮舟の本質と関わっている。思惟が深層で会話が表層ということではなく、会話もまた、思惟で語り切れない部分を語ろうとしている。というよりも、破綻した思惟に方向をあたえる役割として会話が重視されているといえよう。思惟で培われた懐旧への執着は会話によって逆転されており、しかも会話の方に、浮舟の中で隠された意志のあわだちがあり、未来の展望が切り開かれている。

手習巻以降における「思ひ出づ」の時間性は、絶望に縁取られた現在の中で、記憶を巻き戻すことによって豊かな世界を再現しようとするかに見えながら、未来および生の側にある。意志的に思い出し、また自然と思い出されることの繰り返しの中で、後ろを振り返ると同時に前方の闇に向けて跳躍する浮舟の像が鮮明化されている。正篇に描かれる絶望の中の回想ではなく、前途を導く回想がそこにはある。
　蘇生後の浮舟の回想によって示されるのは、継続ではなく、断絶の中で時間をとらえようとする時間意識である。連続的な思考の放棄は、思惟よりも会話において先鋭化されており、対話を通して明らかにされる時間の切断こそが、浮舟の将来を方向づけている。小君を見て、「母」への疼くような思いにかられながらも、忘れてなどいない記憶を忘れたと言い続ける浮舟の自己言及もまた、そのような、不思議な力学を具現しているのである。

〔註〕

(1) 手習巻における回想と和歌との関係については、後藤祥子「手習いの歌」(『講座源氏物語の世界　第九集』有斐閣一九八四)参照。浮舟物語研究は、和歌や身体との関係構造の中で浮舟像を掘り起こしたところにその成果を認めることができる。和歌をめぐる研究には、上記の後藤論文の他、藤井貞和「物語における和歌」(『国語と国文学』一九八三・五)、衣をめぐる論考には、三田村雅子「浮舟物語の衣」(『源氏物語　感覚の論理』有精堂一九九六)など参照。本論では、和歌や身体の重要性を認識しつつも、他の領域によって意味を補われる浮舟の思惟そのものを対象化しようとしている。この問題は、大君・中の君物語の中で展開した問題意識の延長上に位置づけている。回想の方法に注目することで、思惟と会話の対応構造と、手習巻以降の時間の構造をとらえることを目的とする。

(2) 手習巻以降の「思ひ出づ」の用例は、他に横川の僧都二例、妹尼二例、少将の尼一例、尼たち二例、中将三例。また、尊敬語「思し出づ」は、明石の中宮一例、薫二例、妹尼一例。ただし、妹尼が用いる「思し出づ」は、会話文の中で、主語を浮舟にした用例として確認される。

(3) 高橋文二「『思い出』の中の官能性―『手習』巻と『幻』巻の表現をめぐって―」(『源氏研究』第2号翰林書房一九九七・四)では、手習巻の浮舟の「思い出」の力学を積極的に読み起こす。

(4) 浮舟の欲求は、自分のいる場所を規定することにおいて、強烈にほとばしる。廣川勝美「浮舟出家の位相」(『講座源氏物

語の世界　第九集』有斐閣一九八四）参照。

（5）発見当時、浮舟は「鬼か、神か、狐か、木霊か」（浮舟(6)・二七二）と、さまざまな属性をあてがわれていた。そのような問いかけと、蘇生後の浮舟の試行錯誤は呼応している。

（6）高橋汐子「幻巻における紅梅」（『フェリス女学院大学日文大学院紀要』第10号二〇〇三・三）。

第七章　「起きる」女の物語――浮舟物語における「本復」の意味――

はじめに

古代、病は共同体の中にあった。(1)

古事記・日本書紀においては、「病」という発想そのものが存在せず、人間の身体は、「生」か「死」のいずれかの選択肢の中にあったのだという。憶良の出現までは、「病」が一個人に与えるさまざまな不安や悲しみは、文学においては描出されることはなかったとされている。病は、外界の魔物に原因があったり、あるいは飲食の問題であったりというように、あくまで外的な状況に起因するためであるという考えが根強くあったのである。そして病とは、他者の容認によって成立する現象であった。

そのような病が、個人の感覚や思いといった、内的な状況と深く結び合わせるように語られてくるのは、源氏物語の宇治十帖以降であるといってよい。そして都における病のあり方と、宇治における病のあり方もまた、違っている。(2) 明石中宮やその娘の女一の宮、また朱雀院女三の宮に表される病は、発病されるそのたびに周囲がかけつけ、加持祈祷を夥しく行うというかたちで、古代から引き継がれている共同体的な概念の中に位置づけられている。けれども視点を変えてみればそれは、病によって辛うじて自己主張の余地を確保するという意味での病であった。それに対して、宇治における病は、そのような、人がかけつけたり、心配されたりするのとは異なるところから捉え返されているところに大きな特徴をもっている。重要なのは、他者が容認することなのではなく、自身が病に対して強いまなざしをもつ様子に重きをおいて語られていることなのである。殊にその傾向は、中の君物語から顕著に表れてくる。都の女性を通して語られる病が他者の視線を集める記号としてあるならば、中の君や浮舟の病は、むしろ、人から顧みられない疎外された病である。女君は、他人から見ればさしたることはなくとも、自分で自分の身体を意味づけようとする強烈な欲求を、ほとんど衝動に近いかたちで持っており、籠もりの時空の中で自分の病の意味を見つめようとしている。

本論では、そのような、より個的な感覚に根差した病について、もう一度「なやみ」という視点から読み起こしていきたい。これまでも、物語において「なやみ」がどのような役割を果たしてきたのかを、さまざまな状況に即して論じてきた。藤壺であれば、罪の子を産むことへの激しい抵抗であり、また逆に、潜在する熱情を呼びさます現場ともなりえた。大君は思惟から呼び込むものとして「なやみ」が位置づけられており、いわば死への欲動が、彼女の病には投影されていたとみなすことができたように思われる。中の君の表す「なやみ」は、大君のそれにみずからをなぞらえることで、限りなく死を意識しながら、明らかに彼女自身は生を産み出す方向へと動いていたのであり、中の君の「なやみ」は、生と死をめぐる倒錯の中で、正しい意味と向き合うことを恐れ続けながら展開していた。そして、このような、彼女が「なやみ」を疎外するその裏には、胎内で育つ子への違和感と、親になることへの恐れという、彼女自身の問題として内在する成熟拒否が潜在していたことは、これまでに述べてきた通りである。

ところで、源氏物語に描かれる病には、「回復」や「治療」と結び付く「なやみ」は、光源氏の場合は例外としてほとんどないに等しく、「なやみ」は、あくまで「なやみ」の状態のままとどまりつつ、人物と病との対応構造は語られていた。前述でとりあげた、「なやみ」を担う人たちも、回復の問題系とは別次元のところから、その意味をとらえられてきた。つまり、「なやみ」が問題にはされるとして、その「なやみ」をいかに回復につなげていくかという方向には行かなかったように思われるのである。大君はあたかも死ぬために「なやみ」を、その意志でもって引き寄せ、中の君は出産と同時に、「なやみ」は回復された。藤壺は、皇子を出産したときに、弘徽殿に他者性を感じたときに、「思しつよ」ることで持ちこたえたとあり、また、賢木の巻では、胸の「悩み」が、出家によって回避されているさまが描かれており、回復に関する叙述が皆無といえば誤りになるが、それは、いかに回復したかということではなく、藤壺がどのようにして病と対峙し、それを退けたかに、語りの重点がかかっており、決してそれは、回復をめぐる問題系と同次元で扱うことはできなかった。葛藤を描くことは、藤壺を通して実現されたが、治癒や本復といった、病の解消を志向する問題系は、それまでの物語では、まだ十分に追い詰められていなかったように思う。

この節では、浮舟物語における「なやみ」の意味を、本復の視点から考えていきたいと思っている。源氏物語は、その最終部において、ようやく、浮舟を通して、実現をめぐる可否は別として、「治る」という問題に取り組んでいるように思われるからである。

宇治十帖、特に浮舟物語では、その言葉よりも、思惟よりも、身体や知覚の方が、本人の偽らざる状態を表すのだという。(3) 確かに、浮舟を通して描かれる欲動のかたちは、さまざまであるように思われる。音、匂い、着衣、触覚といった知覚や、また手習を書く、といった運動の中に見られるように、浮舟は死や出家を望むことで、生の楽しみと一切別れようとしながら、別れようと決意したその瞬間に、彼女の知覚がそれを裏切るような展開がそこここに見受けられる。死への衝迫にかられながら、生への欲動に引きずられていくというふうにとることもできよう。

　そのような拒絶と欲動をめぐる問題と本復との関連形態を、本論では「食う」という問題の中で考えてみたいと思う。浮舟物語における「なやみ」は、「食べる」という、口唇の欲動を[4]、生きることの原点に据えているように思われるからである。「食べる」ことをめぐるさまざまな葛藤から、浮舟物語で展開される本復の過程をとらえることが、本論の最たる目的であるといってよい。

　源氏物語では、食事の場面はさほど多くない。しかし、浮舟物語においては、浮舟の本復の問題とも相俟って、際立って食べることへの言及が生じるようになる。実際、手習巻以降では、浮舟とは直接かかわらない場面でも、「食」に関する描写が少なくない[5]。

◇人々に水飯などやうのもの食はせ、君（中将）にも蓮の実などやうのもの出だしたれば、（手習⑥・二九四）

◇御物語などこまやかにしておはすれば、御湯漬など（薫に）まゐりたまふ。（夢浮橋⑥・三五九）

　来客に食べ物を差し出すという、接待における日常風景が、省略されることなく書かれているのは、手習巻以降全体が、食べることを問題化していることの一端の現れとみてよい。中将が食べているのは「蓮の実」という、めずらしい食べ物で、「蓮」という言葉には仏教の意味が暗示されているかのようである。また、「水飯」「湯漬」は、「水飯」は夏の食べ物であり、「湯漬」は冬に食するが、偶然のことのようではあるが、「水飯」も「湯漬」もともに、「水（湯）」に浸る食べ物であり、浮舟物語全体の象徴である「水」の問題系の余波を担っているように見えなくもないのである。「水」の印象を至るところにばらまきながら、ちりばめるという経緯の中で、もともとは無縁の対象ではあっても、結果として関係づけられていくような回路を、浮舟物語における「水」の問題系は有しているように思われるのである。

このように、本論では、食べることと「水」の問題系（川・湯・涙）の関連を考えながら、浮舟物語における本復の意味をとらえていき、さらにそれが、「生きる」こととどのように対応しているのかを明らかにすることを試みたいと思っている。食べることも、また眠ることも、自然でかつ根源的な欲動であり、執着である。本論は、いってみれば、物語における執着の体系の再編成ともいえよう。

一　浮舟物語における「なやみ」の位置づけ

ここでは、具体的に浮舟にとっての蘇生の意味を考える前に、まず、浮舟の「なやみ」が宇治十帖全体の中でどのような位置付けがなされているのかを概観しておきたい。

周知のように、浮舟は、意識を失っているところを、横川の僧都たちに発見され、妹尼に介抱される。当初から記憶喪失であったので、浮舟の「なやみ」は、はじめは、周囲のまなざしによって、把握されていく。こうした物語設定は、病を、女君の自覚の問題と常に関わらせながら描いてきた中の君物語の語られ方とは異質である。浮舟の「なやみ」は、僧都や妹尼といった、他者からの接写的なまなざしが、その当初から濃厚にあらわれるのであり、(6)見守る視線と「なやみ」を担う側の対応の上に「なやみ」の物語が展開していくのである。彼女が果たして病んでいるのかどうかといった問いよりも、いかに回復させ、生かすかを、当面の命題としている。

浮舟は、発見されたとき、ほとんど死にかけており、浮舟に対する関心は、生きているか死んでいるのかのどちらかであった。

①亡くなりたる人にはあらぬにこそあめれ。もし死にたりける人を棄てたりけるが、蘇りたるか。（手習⑹・二七一）

②さてその児は、死にしやしにし（手習⑹・二七一）

③その命絶えぬを見る見る棄てんこといみじきことなり。（手習⑹・二七三）

④池におよぐ魚、山になく鹿をだに、人にとらへられて死なむとするを見つつ助けざらむは、いと悲しかるべし。人の命久しかるまじきものなれど、残りの命一二日をも惜しまずはあるべからず。（手習⑹・二七三）

⑤これ横さまの死をすべきものにこそはあんめれ、（手習⑹・二七三）

⑥つひに死なば、言ふ限りにあらず（手習⑹・二七三）

⑦この人亡くなりぬべし。（手習⑹・二七五）

⑧いと弱げに消えもていくやうなれば、「え生きはべらじ」（手習⑹・二七五）

⑨つくづくとして起き上がる世もなく、いとあやしうのみものしたまへば、つひに生くまじき人にや、と思ひながら、うち棄てむもいとほしういみじ。（手習⑹・二八〇）

⑩なほ下りたまへ。この人助けたまへ。さすがに今日までもあるは、死ぬまじかりける人を、（手習⑹・二八〇）

病んでいるか否かではなく、生きているか、死んでいるかという根源的な問いの中で、浮舟の「なやみ」は、他者によってまなざされる。①～⑩の例を見渡して明らかなことは、「死」と「生」の字が頻繁に繰り返されていることである。もちろん、浮舟は、物語の中で死にかけているのであるから、それが当然といわれればそこまでなのだが、それだけに、なぜ生死の明暗がかくも克明に追求されるのかが、あらためて疑問視される。事の明暗を判別したいことへの衝迫は、浮舟の可能性の追求につながるからである。

①に見る、死んではいないことの確認や、⑩「死ぬまじかりける人」といった、蘇生への予測、③「絶えぬを見る見る棄てんこと」、⑥「つひに死なば」にあるような、「もし…たら」の形で表される、条件としての死や、死ぬことへの仮想と懸念、④⑤⑦⑧⑨などに見るような、「めり」「ぬべし」や「じ」「まじ」に明らかな、死への予想、あるいは絶望的な確信、また②④の中でたとえられている、「狐」にさらわれた「児」の話や、魚や鹿の例などにみる浮舟に寄せられるあらゆる可能性の追求、というように、「生」と「死」を基軸として、さまざまな角度から、浮舟の将来は模索されていく。②④に示される例え話は、浮舟が「児」にも「魚」「鹿」といった動物にも結び付けられていることを示す好例であり、それだけ浮舟が発見者にとって、正体不明であることを表すとともに、あらゆる角度から可能性を取り出そうとする僧都の追求への執着を表している。死ぬかもしれない、ほとんど死にそうだという絶望的な危機感と、死ぬはずがない、生かしたいという、他者の生に対する希求の狭間で揺れながら、浮舟の可能性は、僧都や妹尼といった、救助し、看護する側の可能性と一体化されて追求されていくのである。ここに掲げた①～⑩は、「死」という語が繰り返され、記憶喪失の浮舟をめぐっては死をまなざす姿勢が濃厚である。僧都も生きている可能性には執拗であるが、生かしつづける可能性になると、自信を見せない。浮舟を「生かす」力は、妹尼の出番を待たねばならない。

浮舟が発見された時は、ちょうど母尼が発病している時であった。母尼は、僧都の母である。僧都は、「今年は（比叡山を）出でじ」という誓いを破って、「限りのさまなる親」のために、急遽宇治へ赴いた。僧都が、浮舟に対して執拗に生の可能性を追求する裏には、浮舟そのものへの思い以上に老いた親の生死への安否が隠されていたともとれるのであり、老母に対する子としての執着がおのずと正体不明の者への追求に反映されていたといえなくはないのである。浮舟の記憶喪失が、僧都の母尼への執着と共に語り出されるという物語設定が、大きな問題の一つとして浮上する。

ところで、浮舟の病を親身に見守る人物は、僧都の他に妹尼がいた。彼女は、途中で帰った僧都以上に、つぶさに浮舟を看護し、「生かしたい」と切に願う。事実、「(母尼が)やうやうよろしうなりたまひにければ、僧都は上りたまひぬ」とあり、僧都は母尼が快方へ向かうのを見届けて、間もなく横川へ帰っている。それに対して妹尼は、親の問題と切り離して、浮舟の容態と向かい合っている。

尼君(=妹尼)は、親のわづらひたまふよりも、この人を生けはてて見まほしう惜しみて、うちつけに添ひゐたり。知らぬ人なれど、みめのこよなうをかしければ、いたづらになさじと、見るかぎりあつかひ騒ぎけり。…二日ばかり籠りゐて、二人の人を祈り加持する声絶えず、あやしきことを思ひ騒ぐ。(手習(6)・二七六～七)

僧都が母親への不安の延長に浮舟の救出に力を尽くすのに対し、妹尼は、「親のわづらひたまふよりも」とあり、はっきりと親と浮舟を分けている。僧都にしても、可能性を信じる姿は確かめられたが、「いたづらになさじ」と決意する妹尼のような執念とは異質であった。僧都の姿勢は、可能性は捨てないものの、絶望的観測を否定するまでには至らず、あるがままにまかせる姿勢であったが、妹尼の方は、死ぬはずがないという信念だけでなく、たとえ死にそうでも生かそうと、流れに逆らわぬばかりの執念が認められる。親以上に浮舟に執着する妹尼の姿も問題になるところではあるが、ここでは、深い言及はしない。恐らく、妹尼は、娘を失っている過去のいきさつから、自分の親よりも、他界したわが子への執着が根強いのであり、浮舟への誠意も、その代償の上に築かれているのであろう。

そのような妹尼の、浮舟の容態を見つめる様子は、「うちはへ」などの言葉を通して、ずっと変わらない様子として認識される。

◇うちはへ、かくあつかふほどに、四五月も過ぎぬ。（手習⑹・二八〇）

◇かく久しうわづらふ人は、むつかしきことおのづからあるべきを、いささか衰えず、いときよげに、ねぢけたるところなくのみものしたまひて、限りと見えながらも、かくて生きたるわざなりけり」など、おほなおほな泣く泣くのたまへば、（手習⑹・二八一）

◇いかなれば、かく頼もしげなくのみはおはするぞ。うちはへぬるみなどしたまへることはさめたまひて、（手習⑹・二八五）

「うちはへ、かくあつかふ」「久しうわづらふ人」「うちはへぬるみ」と言うように、病んだ状態がずっと継続されていることがわかり、「四五月も過ぎぬ」から、二カ月の昏睡状態が続いていたことがわかる。例えば、若紫巻で光源氏がわずらった瘧病は、断続的なものとして理解されているが、浮舟の場合は同じ状態が二カ月以上続いている。

長期にわたる意識不明の状態が続く中でも、浮舟を「死ぬまじき人」と思う妹尼は、彼女が生きようとする姿を確信する。それが長い間、意識を失っていてもなお、病人特有の「衰え」た様子や「むつかしきこと」「ねぢけたるところ」がなく、「きよげ」な美しさが維持されている姿に現れているのであり、妹尼は、そのような浮舟の姿をみて「生きたるわざなりけり」と断定するのである。

もとより浮舟は、記憶喪失の状態にいるのであるが、意志をもつことを奪われた人の意志が、浮舟の表情や容体を通して描かれているのであり、妹尼は、そのような、無意識の意志を浮舟の中に見出しているのである。仮死状態の中にあっても衰えを見せないということは、回復に対する意欲と気持ちの張りを失わない、生きることに対して気を引き締めているさま、つまり緊張の持続を表している。

死への衝迫に促されて入水を決意したほどなのだから、意識では死を志向しているはずである。事実、死を意識する姿は、回復後の文脈で、おびただしいほど見つけることができる。けれども、いま意識を喪失した状態に身を置く浮舟は、意識とは別に、肉体の方からはみ出すようにして、その身体が、生きることに対する緊張と張りを保っている。

「うちはへ」て停滞しつづける二カ月は、生と死の境をさまよいつづける時間でもあったのであるが、その内実は、限りなく死に引き込まれることに取り憑かれながら、生への欲動に引かれている世界であった。つまり生と死をめぐる欲動の葛藤が、長い停滞期間の中で展開されていたのである。この後、僧都がこうした妹尼の報告を受けて、「いと警策なりける人の容面かな」と驚いているが、こうした死ぬまいとする気迫が滲み出るかのような、浮舟のひきしまった容体は、特異なものとみなければならない。

このように妹尼は、「うちはへ」て変わらぬ浮舟の容態の中に生きる意志をまなざし、是が非でも蘇生させようとしていく。起き上がりもしなければ、崩れ落ちもしない、正常でないのに正常である、不思議な浮舟の容態から、さまざまな意味を解釈するただ一人の女性として、妹尼は位置づけられているのである。

さらに先走って物語の後の方まで眺めていくと、妹尼は最後まで、浮舟の身体をまなざしていることがわかる。

物の怪にやおはすらん、例のさまに見えたまふをりなく、悩みわたりたまひて、御かたちも異になりたまへるを、（夢浮橋(6)・三七九）

姉をたずねて小野に来た小君に、妹尼が、事情を説明しているところであるが、「悩みわたりて」と説明されているように、「例のさまに見え」ることがなかった状態が営々と続いたことが強烈な記憶として表されている。

そして、妹尼が、浮舟が「なやみ」から完全に解脱できていない姿を認めていることが、最後の最後で明らかにされている。

日ごろもうちはへ悩ませたまふめるを、いとどかかることどもに思し乱るるにや、常よりものおぼえさせたまはぬさまにてなむ
（夢浮橋(6)・三八〇）

かつても「悩みわた」る状態が続いており、「日ごろも」今も、「悩」んでいる。単に身体の苦痛だけでなく、妹尼は浮舟の「なやみ」を「かかることどもに思し乱る」様子と結びつけており、浮舟の「なやみ」が未だ、捨てたはずの俗世に拘泥している様子が妹尼の言葉から判断されるのである。意識を失った状態で発見された時も、出家して執着を断ち切る生活を志す現在も、同じ「なやみ」が受け継がれていることが最後に明らかにされている。

このように、浮舟と本復の関係は、予想以上にその内実を掬い取るのが難しく、回復したらそれきり患うことはないというようには行かず、病に沈めば回復し、また落ち込むというように、「なやみ」の方向が定まらない。沈滞と脱出、回復と喪失という迷いの運動をその身の上として、浮舟は「なやみ」を背負いつづけるのである。

ところで、そうした浮舟の「なやみ」における沈滞性と本復への模索の重さは、どのようなところから明らかにされるのだろうか。今までの叙述でもそれは掬い取ることは可能であったが、そうした傾向は、たとえば他者の病との比較を通してより鮮烈であるように思われる。

前にも述べたように、浮舟が発見された時は、母尼が発病した時と重なり合う。母尼の不例が示される所を振り返りたい(7)。

事ども多くして帰る道に、奈良坂といふ山越えけるほどより、この母の尼君心地あしうしければ、かくては、いかでか残りの道をもおはし着かむ、ともて騒ぎて、宇治のわたりに知りたりける人のありけるにとどめて、

今日ばかり休めたてまつるに、なほいたうわづらへば、横川に消息したり。…限りのさまなる親（＝母尼）の道の空にて亡くやならむ、と（横川の僧都は）驚きて、急ぎものしたまへり。…（母尼一行が滞在した家の主人）「御嶽精進しけるを、いたう老いたまへる人の重く悩みたまふは、いかが」（手習(6)・二六七～八）

浮舟の重態は、母尼の病と平行して描かれる。母尼は、長谷寺参詣からの帰途で「心地あし」くなり、「いたうわづら」う様子をみせて、宇治で知縁の家に宿をとる。母尼の重さは、前にも少し触れたように、息子の僧都をして、山籠りの誓約を返上させ、宇治へ駆けつけさせるほどであった(8)。もちろんこうした僧都の行動を、浮舟救助のための伏線といえばそれまでなのだが、これも先に言及したように、僧都の目的は、あくまで母の容態を確かめることであり、この意識は、後の場面で僧都じしんが回想する時も変わらない。事実、彼は、母の回復を見届けてから、帰山したとある。

旅の「途中（道の空）」で、あたかも本懐が頓挫したかのように発病したということが母尼の病の特徴の一つだといえるのだが、いま一つ重要なのは、病の重さとともに、母尼の「老い」が問題化されていることであった。それが、「いたう老いたまへる人の重く悩みたまふは、いかが」には現れている。老いと病が母尼によって結合されているのである。老いと病が同時に表象化されるとき、おのずと連想されるのは「死」である。事実、母尼の「なやみ」は、重さは伝わるが、何に「わづら」い、「なや」むのかは定かではない。むしろ「なほいたうわづらへば」や「重く悩みたまふ」とその「重さ」が強調されればされるほど不吉な死病が仮想されていくのである。僧都が下山を決心したのは、母尼を「限りある親」と判断したためであった。駆けつける僧都じしんの中にも、「母の死」は念頭によぎっていたのである。

御車寄せて下りたまふほど、（母尼は）いたう苦しがりたまふとてののしる。…僧都、「ありつる人（＝浮舟）はいかがなりぬる」と問ひたまふ。（僧都の弟子）「なよなよとしてものも言はず、息もしはべらず。何か、物にけどられにける人にこそ」と言ふを、（手習(6)・二七四）

僧都が浮舟を発見した後、母尼たちは宇治院に着いた。「御車寄せて下り」るちょうどそのとき、母尼は「いたう苦しが」る様子を見せて、みな大騒ぎする。

母尼の「なやみ」に隣合うようにして浮舟の動向が示される。このとき、浮舟は、「隠れの方」に寝かせられており、一角に隠されていた。僧都は浮舟の容態をたずねる。一言も話さず、息もせず、失神したさまが報告される。また、報告する僧の「何か」が、語気として、容態を軽視するさまが示されている。

母尼が車を下りた時に「苦しがる」ことについて、全集本では、「病人であり、車に揺られて気分がわるくなった」と解説する（三七四頁頭注三）。確かに、「道の空」で発病した母尼の「なやみ」において、車という空間性は重要であり、車の振動性が病んだ身体に作用するはたらきは軽視できないものがあるが、そのことだけではなく、こうして、浮舟の昏睡と平行して語られていく様子に注意するとき、より不吉な意味が生じていく。浮舟は、最初「変化」「よからぬ物（＝霊）」と錯覚された。母尼の発病は、浮舟の物の怪性の感応であり、車から下りた瞬間に「いたう苦しが」る様子をみせたのも、奥で寝かせられていた浮舟から伝わる霊気に反応してのことだったといえなくはないのであり、母尼の病因が明らかにされないだけに、このような想像の余地が残されているのである。

僧たちが、浮舟の容態を軽視するさまは「あやしき御ものあつかひなり」などの、浮舟の加持祈祷に対して気の進まない様子を見せることからも明らかであり、僧都と、強烈に浮舟の生に執念を見せる妹尼は別として、浮舟の存在は迷惑がられていた。

ところが、「二人の人を祈り加持」した後、尼君の容態は変化する。

尼君、よろしくなりたまひぬ。方もあきぬれば、かくうたてある所に久しうおはせんも便なし、とて帰る。「この人は、なほいと弱げなり。…」

(手習(6)・二七八)

浮舟じしんが物の怪に憑かれているのであるが、母尼もまた、宇治をさまよった浮舟の霊気に侵されているような印象を与えていたのであり、それが、二者一緒の祈祷によって、母尼の方は平癒に向かった。ところが、その傍らに描かれるようにして示される浮舟の方は、「なほいと弱げ」であり、回復の兆しどころか、一向に起きる気配もない。

母尼は老いており、病状も重いとされ、あたかも取り憑かれたかのような印象を残しながら、限りなく死の近くに置かれており、息子の僧都にも「限りのさまなる親」と深く心配されるほどであったのだが、「騒ぎ」「ののしる」こと夥しかった割りには、結果としては、難無く回復の兆しをみせた。

それに反して、初めこそ生死の安否を気遣われたものの、若く、僧たちからも「何か」とあしらわれるほどの軽い印象を与えていた浮舟の容態は、若くて死から遠のいているようで、依然として衰弱したままであった。死と隣り合わせに置かれた「老人」がそこから脱出して無縁となり、若い「死ぬまじき」浮舟の方が蘇生からはおよそ程遠かった。二人の対照的な女性を通して、「なやみ」をめぐるささやかな逆説が手習巻冒頭には展開されている。浮舟は、母尼に、まるで取り憑くような印象さえ見せるだけでなく、同時に母尼の病原体を吸い取るかのようにして、病の中で昏睡しつづける。

僧都は親をあつかひ、むすめの尼君は、この知らぬ人をはぐくみて、みな抱きおろしつつ休む。老の病のいつともなきが、苦しと思ひたまふべし、遠路のなごりこそしばしわづらひたまひけれ、やうやうよろしうなりたまひにければ、僧都は上りたまひぬ。

(手習(6)・二七九)

僧都と母尼、妹尼と「知らぬ人」＝浮舟が、病者と看護者の対として語り示されたあと、母尼の病気の正体が明らかにされはじめる。それは「老いの病」の「いつともなき」性質であり、「遠路のなごり」によるものであったという。最終的には「老いの病」として収束されていくが、母尼の「なやみ」は、「老」と「病」を限りなく「死」に近づけながら、回避されていくのであり、一方浮舟の方は未だに無明の闇の中で、死にさらされている様子が対照的に描かれていく。

このように、浮舟の発見と、重態の描写は、母尼のそれと照応されながら対比的に語り進められていく。死に近そうな方が無縁であり、無縁でありそうな若い浮舟の方が危機にさらされ、意識を失ったままでいる。浮舟の病の長期性に比して、もう一方の「なやみ」の短さや一過性・単発性が目立つような対比の場合は、母尼に限らない。逆に言えば、発病→回復という一回限りの他者の病によって、営々と続行していく、いつ終わるとも知れぬ浮舟の「なやみ」は、いよいよその長期性と異様性を明らかにしていくのである。

前にも述べたように、浮舟に対する「なやみ」の相対化は、母尼のみならず、以前より行われていた。浮舟の「なやみ」の特異性を確認するためにも、他の人物の中で描かれる「なやみ」について用例を掲げたい。［　］内は、同時点における浮舟の様子を引用している。

①中の君・明石の中宮

（中の君）「大宮悩みたまふとて（匂宮は）参りたまひぬれば、今宵は出でたまはじ。泔の名残にや、心地も悩ましくて起きゐはべるを、（こちらへ）渡りたまへ。つれづれにも（あなた＝浮舟は）思さるらん」と聞こえたまへり。（浮舟）「乱り心地のいと苦しうはべるを、ためらひて」と、乳母して聞こえたまふ。（中の君）「いかなる御心地ぞ」と立ち返りとぶらひきこえたまへば、「何心地ともおぼえはべらず。ただいと苦しくはべり」……

（東屋(6)・六二一〜三）

②浮舟の妹（出産）

i（薫に京に迎え取られることになり）いかにしなすべき身にかあらむと、（浮舟は）浮きたる心地のみすれば、母の御もとにしばし渡りて、思ひめぐらすほどあらんと思せど、少将の妻（浮舟の妹）、子産むべきほど近くなりぬとて、修法読経など隙なく騒げば、石山にもえ出で立つまじ、母ぞこち渡りたまへる。（浮舟(6)・一五五）

[◇（浮舟は）心地あしくて臥したまへり。（乳母）「日ごろあやしくのみなむ。はかなき物もきこしめさず、悩ましげにせさせたまふ」と言へば、（母君）「などか、かく、例ならず、いたく青み痩せたまへる」と驚きたまふ。（浮舟(6)・一五六）

あやしきことかな、物の怪などにやあらむ、と、「いかなる御心地ぞと思へど、石山とまりたまひにきかしと言ふも、かたはらいたければ伏し目なり。（浮舟(6)・一六〇）

◇悩ましげにて痩せたまへるを、（浮舟(6)・一六〇）］

◇心地のあしくはべるにも、

ii かの母君（中将の君）は、京に子産むべきむすめのことによりつつしみ騒げば、例の家にもえ行かず、すずろなる旅居のみして、思ひ慰むをりもなきに、またこれもいかならむ、と思へど、たひらかに産みてけり。ゆゆしければえ寄らず、残りの人々の上もおぼえずほれまどひて過ぐすに、大将殿より御使忍びてあり。ものおぼえぬ心地にも、いとうれしくあはれなり。（蜻蛉(6)・二二七）

③女三の宮

（浮舟の葬儀が行われていた時）大将殿（薫）は、入道の宮（女三の宮）の悩みたまひければ、石山に籠りたまひて、騒ぎたまふころなりけり。…悩ませたまふあたりに、かかること（＝浮舟への執着）思し乱るるもうたてあれば、

京におはしぬ。（蜻蛉⑥・二〇五）

④女一の宮（物の怪）

ⅰ一品の宮の御物の怪に悩ませたまひける、山の座主御修法仕まつらせたまへど、なほ僧都参りたまはでは験なしとて、昨日二たびなん召しはべりし。（手習⑥・三一二）

ⅱ一品の宮の御悩み、げにかの弟子の言ひしもしるく、いちじるき事どもありて、おこたらせたまひにければ、いよいよ尊きものに言ひののしる。（手習⑥・三三二）姫宮おこたりはてさせたまひて、僧都も上りたまひぬ。（手習⑥・三三五）

［◇心地のいとあしうのみはべるを、僧都の下りさせたまへらんに、忌むこと受けはべらん（手習⑥・三一一）

◇いたうわづらひしけにや、髪もすこし落ち細りたる心地すれど、何ばかりもおとろへず、（手習⑥・三二一～二）

◇乱り心地のあしかりしほどに、乱るやうにていと苦しうはべれば、重くならば、忌むことかひなくやはべらん。（手習⑥・三二五）］

浮舟は、入水の決意の前から「なやみ」を発現させ、顕在化させていた。①は、京の中の君邸に来たばかりの浮舟が、早くも匂宮から求愛され、混乱のうちに中の君との対面を躊躇する場面からの引用であるが、明石の中宮と中の君と浮舟の三者三様の「なやみ」が交錯する場面である。出世などの恵みをひそかに期待する貴族も含む大勢の「とぶらひ」を引き寄せて注目を集める明石の中宮の「なやみ」の陰に、誰からも顧みられない中の君と浮舟の、それぞれの「なやみ」が対話をする場面である。

②は、浮舟の妹が懐妊と出産をする場面で、［　］内には、その時の浮舟をめぐる状況を引用している。[9]　では、妹の出産の「騒ぎ」と、「浮きたる心地」に苦悩する浮舟が重なるようにして語られている。母のいる世界で、「思

ひめぐら」したいと望みながら、それがかなわないことで、さらに欲求不満と苦悶をかさねる。また、浮舟自身、「心地あしく」、「青み痩せ」、「悩ましげ」で、食べ物を「きこしめさず」と、浮舟の乳母の発言にはある。母親は、その病因を、「物の怪」のためかとも、「いかなる御心地ぞと思へど」、懐妊のためかとも、思案するが、不明のままで終わっている。薫を裏切り、匂宮と密通したことの苦悩が、「なやみ」として、発現されているのである。[10]母をはじめ多くの人が「騒」いで世話をする出産という「なやみ」と、悶々と苦しみつづけ、「伏し目」になるよりほかはない「なやみ」が対比されている。食欲の減退と、容態の悪化を印象づける「痩せ」の描写にここでは一瞥しておきたい。食欲の問題と痩せることとの関係は、意識の回復後でも、別の角度から、もう一度言及されるからである。

iiは、浮舟の葬儀の後、出産した妹の記事である。このとき中将の君は、浮舟の葬儀の後ということで、死の穢に触れたため、出産に立ち会うことができなかった。iと同様、浮舟と妹の対比では、かならず母の動きが言及されることに注意される。浮舟の死（失踪）の衝撃から立ち直れない中将の君は、思わず、自分のもう一人の娘を、浮舟と重ね合わせて、「またこれもいかならむ」と憂慮するが、そうした中将の君の危惧をよそに、浮舟の妹は「たひらかに産みてけり」という方向で終結した。つまり、浮舟のような、ひたすら苦しみつづけて入水し、死んだという悲劇的状況とは無縁で終わったのである。死も出産も、どちらも「穢」を伴うものであるが、「穢」をめぐり、生と死（消滅）がはげしくせめぎ合う姿を、浮舟と妹の「なやみ」の呼応は展開しているのである。この様子はiで、浮舟が嘘の「穢」で石山行きを断ったいきさつとも通底するものと思われる。

③は、女三の宮の「なやみ」であり、これは、浮舟の葬儀（火葬）が行われていた時と一致する。このとき、薫は女三の宮の病平癒のために石山へ参籠していた。薫の石山参籠は、当然のことながら、母親の「回復」を願っての行為であり、いってみれば、母宮の回復を信じ、「健康」に対する幻想を、石山寺に投影していたのである。女三

の宮が回復したかどうか、その後のことは示されないが、「健康」への信念という点において、女三の宮の「なやみ」が、薫の動きを制肘していたともいえるのである。女三の宮の「健康」を願って「騒」ぐその陰で、浮舟は沈黙のうちに失踪し、社会的な「死」を遂げていたのだった。薫は遠方の浮舟の危機的な状況に意識を及ぼすべくもなく、女三の宮という、目前の「なやみ」およびその回復を選択しているのである。

④は、都で、明石の中宮腹の女一宮が、「御物の怪」による「なやみ」を引用している。僧都の修法がなくては平癒不能とされ、横川の僧都が都に赴き、僧都の効験によって、「おこたらせたまひにけれ」とされ、さらに「御修法延べ」ることで、「おこたりはて」たとする。「　」内で示した、浮舟の動きは、女一宮の発病から、快癒の間で、劇的な変化を遂げていた。このとき、ちょうど妹尼は長谷までお礼参りのため、留守であった[11]。そのほころびをつくようにして、浮舟は僧都に出家を懇願し、実現させるのだが、そのときの訴えの中に「心地のいとあしうのみはべる」「乱り心地のあしかりしほどに、乱るやうにていと苦しうはべれば」というような、「なやみ」に対する自己言及が頻繁に繰り返される。これについては、後の節で詳述したいと思っているが、浮舟は、あたかも、他に出家を願う弁明の言葉を知らないかのように、執拗なほどに己の「あし」き容態を僧都に訴える。①の、東屋巻の浮舟の様子からみてきたように、浮舟が、自分で「心地あし」と釈明する姿勢は、早くから見られた。ここでは、実際浮舟の体調が悪化しているのかどうかがここでは問題なのではなく、未だに「心地あし」と自覚する浮舟の心性こそが重要なのである。

「悪し」は、元来、極端に悪い状態を言い表す形容詞であり、岩波古語辞典でも、「ひどく不快である、嫌悪されるという感覚・情意を表現するのが本来の意味」とある。たとえば中の君であれば、「この悩ましきこと」（宿木⑸・四〇二）、「心地も悩ましくのみはべる」（宿木⑸・四一五）、「心地も悩ましくて起きゐはべる」（東屋⑹・六二）というように、常に「悩まし」で自分の「なやみ」を把握していく。「悩まし」が「苦しい感じがする」という、病気に対する曖昧な感覚を言うのに対し、浮舟は「悪し」と、最も悪い状態で自分の身体を自己認識していく。浮舟には、「悩まし」以上に、「悪し」という感覚のが彼女の感受性を占めるようにして語られている。「悩まし」から「悪し」という、より鋭角的な表現への語りの変化は、依然として不調であり、最悪であるという自覚から目をそらそうとしない浮舟の状態を掘り下げている。そしてそれは、「御物の怪」に「悩」み、僧都の「修法」よって「おこたり」「おこたりはて」た女一宮の「なやみ」とは対照的といわなければならない。にわかに病み、詳しい言及もなしに、僧都の功徳により、ただちに快癒しそれを帰結する女一宮に対して、浮舟の「なやみ」は、ほとんど根治不能なありさまとして示されている。祈祷や五戒は、そのつど浮舟も受けてきたが、それでも治り切らない、振りほどけない「何か」から、浮舟は視線を外すことができないことが、ここでは明らかにされているのである。こうした、外側からの治療を拒む姿勢は、手習への動機につながっている。[12] 浮舟における手習は、自己治療の運動として機能している。

以上のようにして、①〜④の例を通して、母尼のみならず、浮舟が常に他者の「なやみ」と対比的に位置付けられているさまを確認してきた。①〜④で取り上げてきた該当者に共通していえることは、彼女たちの「なやみ」が、きわめて明快な「回復」でもって完結されていることである。周囲や世間の注目を集め、「騒」ぎになり、中には重病のような状態もあるにはあったが、結果としてそれらは「治療」という帰結を見るのに対し、それらの向こう側に置かれる浮舟の「なやみ」は、密通の苦悩や死としての失踪、意識の喪失、そして出家というように、波乱に満ちた節目で意識されながら、全体として見据えたとき、みな一つ物としての「なやみ」が、少しも癒えることなく脈々と続いている様子が明らかにされるのである。発病しては快癒する、急性的に発生し、危なさや重さを示されながらも簡易に「おこたり」を見せる、単発的で一回的なそれぞれの彼女たちの「なやみ」に対し、意識を喪失する以前から、匂宮と知り合った頃からすでに始められていた浮舟の「なやみ」は、あたかもそのつど対応される女性たちの「なやみ」を吸い取るかのようにして、執拗に潜伏し続けていたのである。浮舟を中心とした「なやみ」の時空を思うとき、そのような、他者との呼応の構造が見て取れよう。突発的に発病することで「騒」がれる病者たちの対極に、都の誰からも顧みられない、隔絶した位相にある浮舟の「なやみ」が認識されるのである。

一番近い「なやみ」である、意識の喪失をつぶさに見て来た妹尼も、浮舟の中に、「籠もり」の長さを看取してきたが、浮舟の「なやみ」は、その昏睡の状態だけにとどまらず、長い周期でとらえることができるのである。

このように、浮舟物語の「なやみ」は、生と死という、根源的な問いの上に置かれていることと、その長期性が、微視的にも、巨視的にも把握されていることが指摘できる。

さらに、意識喪失の前と後で、浮舟の「なやみ」が、他者の言葉にどのように言及されているかを見ておきたい。手習巻以降では、初めから浮舟の容態の重さが確認されているが、それ以前では、浮舟は、その人格と同様、容態もまた、軽視されていたように思われるからである。[13]

①かくなん（＝浮舟が死んだ）、と申させたるに、（匂宮は）夢とおぼえて、（匂宮の心内）「いとあやし。いたくわづらふとも聞かず、日ごろ悩ましとのみありしかど、昨日の返り事はさりげもなくて、常よりもをかしげなりしものを」と、思しやる方なければ、（蜻蛉(6)・一九三）

②故八の宮の御むすめ、右大将殿の通ひたまひし、ことに悩みたまふこともなくてにはかに隠れたまへりとて、騒ぎはべる。その御葬送の雑事ども仕うまつりはべるとて、昨日はえ参りはべらざりし。（手習(6)・二七七）

他者が語る浮舟の「悩み」は、今にも死にそうである危機的状況をつぶさに見る僧都たちの状況判断とはずれを見せる。①は、浮舟の「訃報」を聞いた直後の匂宮の反応を引用しているが、「いたくわづらふとも聞かず、日ごろ悩ましとのみありしか」と浮舟の「なやみ」を受け止めている。このときの浮舟は、前にも述べたように、「青み痩せ」て「はかなきものものきこしめさ」ないほど実は衰弱していたのであったが、そうした自分の「なやみ」を十分に匂宮には伝えてはいなかったことがここでは明らかにされている。また「さりげ」「をかしげ」の「〜げ」については、全集の頭注〔二八〕（一九三頁）が『…げ』の語法の繰り返しは、匂宮の表面的な位相での受け止めであることを知るべきだろう」と説くように、匂宮の外見的な判断性を端的に言い表している。匂宮は、自分との密通のために、重く患っている浮舟の状況に十分に気づくことができず、そればかりか、表層的な浮舟の「言葉」だけで、彼女をとらえていた。しかも、彼じしんが、浮舟との常軌を逸した密会による苦悩のために、「悩み」の状態にあったのである。自分の身体の異変に手一杯であり、他人の「なやみ」に意識する余地がなかったことの表明なのか、匂宮は、浮舟の容態を、失踪に至るまで軽視していたことがここでは明白に描かれている。

②は、浮舟が発見された時で、宇治院で、僧都が土地の者である下人に、事情を徴収しているところの引用である。「ことに悩みたまふこともなくてにはかに隠れたまへりとて、騒ぎはべる」とあり、やはり、浮舟の「なやみ」について、それほどでもなかったという認識が現れている。失踪や死、その葬儀は「騒ぐ」対象となっても、そこに至るまで浮舟を追い詰めた「なやみ」の重度へは、誰も関心を示さない。乳母や中将の君は心配の意を見せたが、薫との結婚の支度の喜びの方にかき消されていった様子が印象づけられ、対外的にはなおさら、それほど病気だったとは思えなかった、大した病には見えなかったという、軽視への言及が目立つことに注意したい。これは、匂宮や何も事情を知らない「下衆」の認識の軽さだけではなく、「なやみ」の重さを隠していた浮舟のありようにも問題視される。ここでは、失踪前の浮舟の「なやみ」の重さが十分に浸透してはおらず、本人は苦しさを自覚していて

も、他人はさしたる注意を払ってはいなかった状況を確認しておくにとどめたいと思う。浮舟が最も追い詰められていたとき、薫は石山寺で母の治癒を祈願するという、全く無縁の世界にいた。浮舟の実体が他人の理解からは隔絶したところにあることは、従来より指摘の多いところであるが、「なやみ」に注目したとき、その傾向はより具体性を帯びて伝えられているように思われる。

このように、浮舟物語における「なやみ」構造を概観し、その中で、浮舟の「なやみ」がどのような位置にあるのかを確認した上で、「なやみ」と、「食べる」ことの問題の関係性を次の節では詳しく見ていきたい。

二　口唇の欲動―浮舟物語の「なやみ」と身体―

浮舟物語の始発部には、女君を垣間見する薫の、食物との印象的な出会いが示されている。

◆あなたの簀子より童来て、「御湯などまゐらせたまへ」とて、折敷どももとりつぎてさし入る。くだものとり寄せなどして、「ものけたまはる。これ」など起こせど、起きねば、二人して、栗などやうのものにや、ほろほろと食ふも、聞き知らぬ心地には、かたはらいたくて退きたまへど、また、ゆかしくなりつつ、なほ立ち寄り立ち寄り見たまふ。（宿木⑸・四七八〜九）

◆破子や何やと、こなたにも入れたるを、東国人どもにも食はせなど、事ども行ひおきて（宿木⑸・四七九）

浮舟に大君の再来を期待して、のぞき見している薫が、滑稽味を帯びて語られている場面である。ところが、女君本人はなかなか起きないので十分に鑑賞できず、その代わりに薫に迫る映像は、弁の尼、女房や「東国人ども」の食事の風景である。「御湯」「折敷ども」「くだもの」「栗などやうのもの」「破子や何や」というように、食物が、それらを見慣れぬ薫の初々しい驚きと共に並べられている。「栗などやうのもの」「破子や何や」の「などやうのもの」「や何や」は、薫の視点に即した表現である。薫は「栗」を食べる「ほろほろ」という音に「かたはらいた」さを覚えつつも、彼らの食料の一つ一つに関心を寄せている。「東国人ども」の「ども」には、薫の、貴族としての差別意識が反映しているが、それでも彼は、支給された弁当を夢中になって食べる人々の食欲の一途さに、戸惑いつつも惹かれている。

浮舟物語は、その悲劇的な物語展開の裏に、こうした食の風景が、鮮烈に描かれている。浮舟登場の伏線として食物を位置づけるという語りの方法は、手習巻の中で、浮舟蘇生の予兆というかたちで、もう一度意味づけられ直されている。

「食べる」という問題を大きく描いた物語として記憶されるのは、うつほ物語である。源氏物語は、中の君物語まで、女君の拒食を描き続けており、うつほ物語的な食への関心が形成されがたい土壌を物語内にもっていたが、浮舟物語以降は、それまで途絶えていた食への視点が、復活されている。うつほ物語が食の風景を、共同体の論理の中で捉え、祝祭における「共食」を繰り返し描き続けてきたのに対し(14)、源氏物語は、食という視点を個的な次元に引き据えて描いているところに異質な問題意識をみとめることができる。中でも手習巻以降の食物は、食べ物を口の中に入れること、つまり、外界の物を自己の内部に受け入れるという意味で、生の渇望そのものを代弁する装置として新たなかたちで位置づけられ、より力強さを獲得している。「食べたい」という意欲と、「食べたくない」意識の逡巡が示す、口唇の欲動と、外物を受け入れまいとする意志の激しい振幅の中で、本復への道を確かめていくのが、浮舟物語の「なやみ」のありかたといってよい。そして、食べることへの意欲があるのかないのか、それさえ曖昧なまま、語り進められるところに、その特質を見出すことができるのである。

浮舟について、特に注目されるのは、無意識の状態では口に物をふくみ、意識が回復していくと、拒絶の意を示すようになることである。食べ始めたからといって、ずっと食べ続けるわけではなく、食べないからといって、真に食を拒否しているわけではない。食べることをめぐる、欲動の抑揚の中に、浮舟はその生を模索していく。

　生けるやうにもあらで、さすがに目をほのかに見あけたるに、（妹尼）「もののたまへや。いかなる人か、かくてはものしたまへる」と言へど、ものおぼえぬさまなり。湯とりて、手づからすくひ入れなどするに、ただ弱りに絶え入るやうなりければ、「なかなかいみじきわざかな」とて、「この人亡くなりぬべし。加持したまへ」と験者の阿闍梨に言ふ。（手習(6)・二七五）

意識を喪失した浮舟に薬湯を「手づから」飲ませるが、浮舟は「ただ弱りに絶え入るやう」とされる。薬湯を手で掬って口に含ませても、ますます衰弱するばかりである。それに対して、妹尼は、薬湯による治療を「なかなかいみじきわざ」と判断する。「湯」を飲ませるのは、返って悪化させると察したのである。

「湯」を飲ませるという方法は、僧都も提案していた。

　しばし湯を飲ませなどして助けこころみむ。つひに死なば言ふ限りにあらず。（手習(6)・二七三）

とりあえず薬湯を煎じて「飲ませ」て、様子を見ようというのが僧都の判断であり、妹尼も、その提案を受けて薬湯による治療を試みていたのであったが、それは、浮舟には、効き目があるどころか、浮舟の生命をますます追い詰めて行く結果となった。これによって、医療による治療を一度放棄して、「加持」による治療が要請されていく過程に注意されるが、ここでは、当面の課題として、薬湯の治療を浮舟が、受け入れはしたものの、衰弱に追い込むとされる叙述の意味を考えていきたい。

浮舟の様子として、「生けるやうにもあらで、さすがに目をほのかに見あけたる」とある。これは、半分死にかけていても、目だけはかすかに開けていることを意味している。この逆説的な状況が「さすがに」で表されており、ほとんど瀕死の状態にあっても、目だけにはわずかに生きることへの意欲が宿っていると見て差し支えない。ところが妹尼が「もののたまへや」云々で話しかけると、浮舟は「ものおぼえぬ」様子を見せるのである。対話に対してはまだまだ拒絶の状態が続いているものと見える。

対話を、仮に、論理性や思考力の指標として認識するとすれば、浮舟の生への意欲は、論理的な部分ではないところから発露されているとみることができよう。考えて、ものを言う力までには未だ至らないものの、「目」をうっすらと開ける行為には、無意識の、身体からの意欲が滲み現れているのであり、意思ではないところから湧出される意思を、浮舟の「目」は表していると見えよう。身体は確かに衰弱している。けれども、その「目」は、出口を求めている。《目の欲動》なるはたらきが、ここでは克明に象られているのである。それは、生きた世界を見たいとする、いわば見ることへの意思、というよりは、追い詰められた者がぎりぎりのところで見せる、ほとんど衝迫に近い意欲がここでは生動しているのである。あるいはいつかは、と「未来」をまなざしている。

さて、浮舟の意識の外に潜在する目からの意欲を確認したとき、無意識のうちに薬湯を含ませられた浮舟は、やはり、それを飲み入れているのである。彼女が飲んだというようには語られていないが、「入れなどする」ということは、すなわち、浮舟が薬湯を無意識の中でも受け入れたことがわかるのである。少なくとも、吐き戻したなどの叙述がないことからも、彼女が嚥み下したことは明らかである。

けれどもそれが、はじめは回復につながらず、かえって衰弱に導いた。これは何を意味するのであろうか。目には生きる意欲がある。唇には受け入れる姿勢が確かにある。生への執着は確かに根付いている。しかし、薬湯を飲み入れていくと、裏目に出ていく。ここに、口の欲動をめぐる、生と死の相克をみることができよう。浮舟の口唇は、生きることを志向しながら、その身体はまだ完全には生きることを受け入れかねており、「本復」を受け入れかねている。口唇の欲動と、身体の内部の欲するところが齟齬を見せているのである。

「目」にしても口にしても、外界と体内を仕切る境界の身体部位である。そうした外界と接する部位は、外界への窓としてはたらき、世界に対し柔軟な対応を見せようとするのだが、体内は、受け入れることへためらいをみせているのであり、未だ死への欲動にさらされているのである。

このように初期の浮舟は、単に身体と思惟が乖離しているだけでなく、同じ身体の中でも、意欲が分裂している。目と唇は生を志向し、「ただ弱りに絶え入る」身体の内側は死に呑まれようとしているのである。薬湯という治療の限界は、はじめはそのようにして描出されている。「なかなか」であると判断する妹尼のことばも、そのような、矛盾の塊のような浮舟の容態を、はからずも言い当てているのである。身体への直接はたらきかけに一度は断念をみせて、「加持」という、より精神的で抽象的な治療方法を導入するのであるが、このあと二カ月意識不明の状態が続くことを考えると、さほどの成果は上げてはいないようである。

最初の薬湯治療は、回復とは逆の方向に行ってしまったが、それでも彼女は飲むという行為を通して、受け入れたのであった。身体の内側は、死への欲動にさらされている、あるいは、生きることを断念し、絶望している。けれども目や口唇は、確かに生きることをめざし、「脱出」を求めている。結果には結び付かずとも、その目指そうとする姿勢に注目したいと思う。

薄雲の巻で、藤壺は、言葉を発する力さえ奪われながら、意識で気力を奮い起こそうとして、光源氏に最後まで執着しつづけたことを認めるというかたちの、女性としての最後の意地をみせた。しかし、浮舟には、藤壺がせめても力を振り絞ることを可能にした、意識の気力さえ持つことが許されない。意思ではないところから「本復」への意欲が叫ばれている。意識する力を奪われた者の、ぎりぎりの「選択」が、目や口唇といった、外接する身体から営まれているのである。後述するが、浮舟のことを妹尼は「人にもなしてみん」と決意する。確かに、あたかも考えることを拒否しているかのように、意識を奪われている浮舟は、意識することを主たる活動の一環とする「人」とは無縁の身体のようにみえる。意識を奪われた者の、無意識に横溢する執着と、論理を喪失はしてもなお、まざまざと生動する執拗な自我が、生へか死へかの方向の未分化のうちに表されている場面ととらえておきたい。

次の（車）には、この人（＝浮舟）を臥せて、（妹尼の）かたはらにいま一人乗り添ひて、道すがら行きもやらず、

車とめて湯まゐりなどしたまふ。（手習(6)・二七八）

最初の「まゐり」には失敗したものの、依然として薬湯の治療は試みられている。前にも述べたように、やはり、「湯まゐりなどしたまふ」という、使役を意識化させる行動表現の中には、それを受け入れる浮舟の動作も意識されているのである。断続的に、薬湯が浮舟の体内に浸透していく様子が垣間見られるところである。(15)

浮舟は、「うつし心」がない状態の時は、ためらいが全くないわけではないものの、確実に「水」を欲している。ところが、意識が回復していくにつれて、浮舟は「まゐる」ことを拒否していく様子が語られている。

なかなか、沈みたまへりつる日ごろは、うつし心もなきさまにて、ものいささかまゐるをりもありつるを、つゆばかりの湯をだにまゐらず。（妹尼）「いかなれば、かく頼もしげなくのみはおはするぞ。うちはへぬるみなどしたまへることはさめたまひて、さはやかに見えたまへば、うれしう思ひきこゆるを」（手習(6)・二八五）

浮舟は、「沈」んでいた状態では「水」を欲し、「生」を欲していた。「うつし心もなきさまにて、ものいささかまゐるをりもありつる」は、完全に受け入れないのではなかった、「うつし心もなき」時の状態が、後から反省的に言及されている。

意識を失っていたとき、浮舟は「うちはへぬる」む状態であったと、妹尼は証言している。「ぬるむ」とは、熱を出すことであり、熱のある時は食欲が減退するときでもある。そのようなときに、食べようとする意思を見せたことこそ驚異的であったことがわかる。

妹尼は、回復して、熱が下がったということで喜んでいる。確かに発熱は危機的状態の指標であり、熱が下がることによって回復は確信されるのだが、発熱という現象は、一方では、自身を蝕む病そのものに対する抵抗である。つまり、回復しようとして盛んに発する熱は、危機的状況を表象化しながら、生きることをめざしているのである。発熱の熱が生への熱情にも通じるさまを、ここでは確認することができよう。

熱のある時は、通常は食べ物を欲しがらない中で、「湯」を含みはじめた浮舟は、自然の摂理とは局所局所で逆行しているといってよい。薬湯に限らず、口の中に物を入れるということは、いってみれば、「異物」を受け付けることである。熱のあるときは、発熱がもたらす食欲減退を振り切るようにして、外物を受け入れる意欲をみせた「うつし心」のない浮舟が、回復と同時に、理性を取り戻して「恥」への自覚を甦らせていく。意識の回復が、欲動の抑制につながっているのである。二八五頁頭注二五の指摘にもあるように、熱が下がった方が、本来ならば誘発されるはずの食欲が、かえって意識に、死ぬことを決意した記憶がもたらす意識に抑制されて、食欲はあっても、食べるという行為に踏み出すことができないのである。「つゆばかりの湯をだにまゐらず」は、生き残ったことを恥じる観念的な把握がもたらす意志の産物であり、意識によって回復された意志が、逆に生動する欲求を阻害している様子がここには明らかにされている。

このように、浮舟と食べることとの関係は、単線的ではなく、方向が定まらない。そうした紆余曲折の激しさが、「なかなか」を方法的に用いることによって、克明に描かれている。意識がない時は、口の中にものを含み、無意識の生への欲動をその中にみることができるが、意識を回復すると、死のうとして死ねなかった「恥」への痛烈な後悔にさいなまれるあまり、逆に根底にくすぶる意欲が封じられていく。病の回復とは、いってみれば、可能性の回復の謂にほかならない。可能性を奪われているときに、可能性を切り開き、それが回復されてきたときに逆に可能性は遠のいていこうとする、そのような、矛盾と逆説に満ちた意識と身体の関係を、回復前後の浮舟は、その「なやみ」を通して浮き彫りにしているといえる。意識というもののもつ有害性、といって言い過ぎであれば、意識によってかえって妨げられる問題系がここでは問われているのである。

ある人々も、あたらしき御さま容貌を見れば、心を尽くしてぞ惜しみまもりける。心には、なほいかで死なん、とぞ思ひわたりたまへど、さばかりにて生きとまりたる人の命なれば、いと執念くて、やうやう頭もたげたまへば、ものまゐりなどしたまふにぞ、なかなか面痩せもていく。（手習(6)・二八六）

浮舟にとって重要なのは、必ずしも「命」ではなく、身体ではなかった。彼女が重視していたことは、自分は死ぬべきだったということを倫理とする信念であり、「心」であった。けれども、そうした浮舟の信念に支配され、「思ひ渡り」続けられてきた意識が、肉体の方からはみ出して行く。いや、「肉体」というようには表されてはなく、それは「命」と呼ばれている。心では、何としても死にたいと思いながら、「人の命」はそれに反して、二カ月以上も意識不明の状態をさまよいながらももちこたえ、生き続けた。つまり、「心」に対置される「命」が、心でも身体でもない生命の他者性が、ここには示されているのである。心が、身体ではなく、「命」なるものと対立構造を作り上げていることに注意したい。つまり、「人の命」は意識の外に置かれているのであり、自身の意志ではどうにも制御できない、いわば他人のような「命」がここでは意味されているのである。同様の見解は、「限りなくうき身なりけり、と見はててし命さへ、あさましう長くて」（手習(6)・三〇五）と顧みるところでも再び現れている。「人の命」が自己管理の範疇を越えた脈動であることを、浮舟はそれへの敗北意識のうちに悟るのである。

そしてその「人の命」は「いと執念」きものであり、「いかで死なんとぞ思ひわたり」続ける「心」よりはるかに強い力をもっていた。いわば「他なるもの」としての「人の命」が浮舟物語には描かれているのだといえよう。浮舟をして「やうやう頭もたげ」させ、「ものまゐりなど」をせしめるのもまた、死にたいと思う浮舟の「心」とは無縁な「命」であった。彼女は、頭を起こしはじめ、食事を取り始める。そして、そうすることによって、かえって「面痩せ」した。「ものまゐりなどしたまふにぞ、なかなか面痩せもていく」は、食べるという行為を通してこそ、はじめて変化が生まれたことを言い表しており、係助詞「ぞ」が、強調表現として、効果的に用いられている。

「なかなか面痩せ」は、どのように考えるべきだろうか。「なかなか」は、以前も確認したとおり、浮舟物語の「なやみ」がその特性としてもつ、あたかも、「解釈」を退けるような反転性を端的に示す重要な語句であるが、その「なかなか」によって導かれた状態は「面痩せ」であった。食べることにより、かえって顔やつれがしていくというのはどのような状態を表すのであろうか。わかるようでいて、謎に満ちた展開を見せている。

全集の二八六頁頭注七では、「病気回復直後は、新陳代謝が活発となり、むくみがとれたりなどして、顔つきがひきしまることが多い」と説く。他の注釈の注解も、ほぼ同じ立場で解釈している。確かに、「面痩せ」を「健康」に意味変換しないと、続かない文脈ではある。

それまで、物語において、「痩す」は、決して回復を意味する身体表現ではなかった。[16]「痩す」は衰えることの代名詞であり、生命力の減退の表象にほかならなかった。

◇（薫が）いといたう痩せ青みて、ほれぼれしきまでものを思ひたれば、心苦しと見たまひて、まめやかに（匂宮は）とぶらひたまふ。（総角⑸・三二八）

大君を失った直後の薫の様子であるが、やつれて青ざめた様子が「痩せ青みて」という表現には表されている。けんめいに看護した大君が亡くなり、失意の薫の状態がここには示されている。見舞いに来た匂宮を「心苦し」と心配させるほどの異様な落胆が印象づけられている。いわば薫もそこで疑似的な「死」を体感しているのであり、心の支柱を失った者の、凄みさえ印象づける衰弱が描かれているところである。

◇悩ましげにて痩せたまへるを、乳母にも言ひて、さるべき御祈祷などせさせたまへ、祭祓などもすべきやうなど言ふ。（浮舟(6)・一六〇）

先ほど述べた、食べることで逆に「面痩せ」を見せた当の浮舟自身もまた、意識を喪失する以前にも「痩せ」を体験しており、それは、とりもなおさず、匂宮と密通したことの罪の意識に裏付けられていた。この引用は、前節でも触れたが、「はかなき物もきこしめさず」（浮舟(6)・一五六）という乳母の浮舟に対する言及とほぼ同時期の状態である。このときは、食べないことの結果として、「痩せ」た状態に至らざるをえなかった。食べる意欲が減退することが「痩せ」へと連動していくのであり、それは、匂宮と薫という、二人の都の貴公子の板挟みになったことによる憔悴の現れだった。

このように、それまでの物語では、薫の例も浮舟の例も、共に「痩せ」は衰えであり、憔悴の表象であったことが確認されるところであるが、手習巻の浮舟は、食べないことから痩せることへ、自然な方向を見せていた動きを、「なかなか」でもって覆し、相対化する。つまり、「痩せ」ることが、食べることと結び付けられているのである。

しかも、このときの浮舟の食べる様子は「ものまゐりなどす」という、自分から食べる意を言い表す自動詞的な表現になっており、他動詞「まゐらす」で示されてきた、それまで使役として営まれてきた食べる行為が、ここでは、自分の動作として叙述化されている。つまり食べる主体の転倒をここに確認することができるのであり、食べることを自らの意志的な行為として営もうとしているのである。というよりも、物語が、そのように浮舟を位置づけようとしていると言った方が近い。食べさせられる段階から、自ら食べる姿勢へと意識が移行するさまを、「まゐらす」から「まゐりなどす」への変化にみることができる。

そして、そのような食べる認識の変化に伴う「面痩せ」は、もちろん、それを即座に「健康」に結び付け、その中に完全な回復を見出すことには、ためらいが残るものの、もはやかつてに確認されたような、ただの憔悴や、ただの衰弱ではない。浮舟の、その意思でもっても制御しかねる、「おれおれしき人の心」（二八六頁）には不似合いなほどの、強靭な生命力「人の命」の欲求は、本来、負を言い表す「面痩せ」さえ、生気の表象に転倒させているのである。「面痩せ」はもはや、陰であり陽でもある。けれどもそれは、換言すれば、健康ではなく、病気でもない。いや、健康（正常）か病気（異常）かといった、そのような二元的で、差別の匂いさえ漂う選択肢の中に置かれていない。痩せていくという一見したところ、陰を表し、負の要素に見える現象それ自体を浮舟の「なやみ」は背負うことで「本復」をめざしていくのである。全集がとらえる、「ひきしまった顔つき」という解釈も、いま指摘したような、負の力ともいうべき「面痩せ」の二重性をふまえた上で理解すべきであるように思われる。

食べることによって、血行がめぐり、循環が行われることで、顔つきが引き締まり、「面痩せ」の中に、生きる姿勢が現れ出てくるように描かれている。「まゐる」ことがもたらす逆説的な活性化が、ここには示されているのである。打ちひしがれてもなお、その口唇が、復活することを求めつづけているのであり、「人の命」の他者性が、食の問題を通して浮上するところである。

しかしながら、前にも述べたように浮舟にとって、食べることは、決して一方づかない。食べ始めたらずっと食べ続けるという方向には行かないのであった。食べることをめぐる口唇の欲動と、「心」の躊躇は、どちらかがどちらかに妥協することなく、向き合う展開を続けていく。

からうじて鶏の鳴くを聞きて、いとうれし。母の御声を聞きたらむは、ましていかならむ、と思ひ明かして、心地もいとあし。供にてわたるべき人もとみに来ねば、なほ臥したまへるに、いびきの人はいととく起きて、粥などむつかしきことどもをもてはやして、「御前に、とくきこしめせ」など寄り来て言へど、まかなひもいと心づきなく、うたて見知らぬ心地して、「悩ましくなん」と、ことなしびたまふを、強ひて言ふもいとこちなし。

（手習⑹・三二〇）

妹尼が長谷寺のお礼参りに行き、その留守の夜、浮舟は、一晩中眠れなかった。ここでの浮舟の不眠の意味については、後述したいところであるが、ここに描かれる食欲の不振は、前夜の不眠と連動しており、眠る・食べるという、基本的な生活欲求の減退が同じ叙述の現場で隣り合わせになるようにして位置づけられている。眠れずに過ごして「思ひ明かし」た結果として「心地」を「あし」とする感覚が生じている。これは、全集の頭注では、「眠られず、一夜を過ごしたため」とされており、「不眠の名残」として認識できよう。不眠と、また「思ひ出づ」という遡及運動による疲れが「心地あし」には現れている。眠られず、「思ひ明かし」たことによる「心地」の悪さは、不眠によって感じられる胃の威圧感がもたらす身体的な苦痛であるとともに、自分に因果関係を論理づけようとして、その挙げ句に、逆に自分を探してほしいとする願望を「うち思」い、「母」を求めてしまったことに気づかざるをえなくなった、矛盾に満ちた思考展開に対する苛立ちと不本意の現れでもあった。浮舟の自己言及の中に、「あやしくて生き返りける」（手習⑹・二九八）とするところがあるが、そもそも浮舟にとって「生き返る」ことそれ自体に違和感があるのである。

さらに、その「なやみ」は、食欲への減退と連動していく。この拒否は、ただの意志的な拒否ではなく、彼女は不眠がもたらす胃の違和感のために、実際食べようとする気が起きないのである。それに加えて「きこしめせ」と半ば強制的に食べ物をすすめる母尼に不快を感じ、「悩ましくなん」とそれとなく断る。母尼は、数カ月前、浮舟と、あかたも「なやみ」を分け合うようにして、同じ時に病を体験した人物でもあった。しかし、いま浮舟は、その母尼に抵抗している。浮舟の「ことなしび」は、偽装であり、正直な状態の表明でもある不思議な行動であるが、浮舟物語の「なやみ」においては、その種の、虚言でもあり真実でもある表明が至るところで繰り返されていることも、重要な特徴となっている。

「粥」に対する「むつかし」さ、「まかなひ」に対する「心づきな」さ、「うたて見知らぬ」に打ち出される、現在の状況への絶望と嫌悪、そしてそのなかで「食べる」ことを勧める母尼の強制性は象徴的である。「食べる」ことに「受け入れる」意味を強烈に響かせる言葉として、母尼の発言は、浮舟の「なやみ」に強烈に食い込んでいる。不眠の後の胃のむかつきと、「いとこちなし」と語り手に冷たい批評を受けるほどの母尼への恐怖が、母尼への懐への願望と一体となって浮舟をして「悩ましくなん」と言わせている。

眠りたくないのではない。食べることを意志的に拒否しているのではない。眠ろうにも眠れず、食べようにも食べられない状況の中で、欲求の育成が妨げられ、欲動の発露が削がれているのである。

浮舟物語では、「食べる」ことが生きることそのものとして、より根源的な意味づけ直しがなされている。自分の外側にある異物を受容するという問題と深く関わらせるようにして語られている。しかし、それは、女君の身体の状況と裏腹な願望として物語場面に表出されている。生の渇望においても、またその拒絶においても「食」の問題が深い関わりをみせているのである。

記憶を喪失しているときは、心や意識が沈黙していても、目や唇といった、外界に外接する身体部位が、生きる意欲を見せ、無意識の中でも再生に対する欲動を確認することができた。身体自体は生を断念していても、目や口といった、局所的な部位が、望みを失うことなく、可能性を探し求め、渇望を発露させていた。身体そのものを一括りできる単位としてではなく、目や口はまた別の反応をしているというように、分節化された自律体として細分的に捉え返されているところに浮舟物語の身体の特質がある。それに対して、意識を取り戻した後は、逆に、「生き返」った自己自身への違和感のために、「恥」を思い、逆に食欲＝生への欲動が削がれていくのであり、意識が回復され、思惟と唇の欲求の相克する姿を見届けることができる。

その一方で、浮舟がしばしば自分が鬼に食われるのではないかと妄想する姿が語られることは偶然ではない(17)。自分で制裁できなかった生命を、外圧的な力によってめちゃくちゃにされたいと望む自虐的な願望は、死の欲動が浮き彫りにされたところのものであり、自分が「食べる」ことによって、生命を確保しようと欲求する姿勢と裏腹に位置している。浮舟が「食われる」感覚は、死への意識を濃厚に照らし出している。記憶を喪失していた時点では「川」にのまれたり（手習⑹・二七六）、「鬼」に食われたりすること（手習⑹・二八四）を自ら望んでいるように語られているが、覚醒の後は、母尼たちの咳やいびき、声に脅え、小野の「人々」に「食はれ」ることを恐れている（手習⑹・三一七）。浮舟の「なやみ」では、自身が異物を受容することと、他なる存在に自身が呑み込まれ、溶解していく感覚のせめぎ合いの連続そのものを本質とされている。「食べる」ことをめぐる混乱した考えが、生と死の間で大きく振幅する浮舟の不安定で追い詰められた状況をものがっているのである。

三「心地あし」という過剰弁明

この節では、いままで述べてきた「なやみ」の問題を、浮舟自身の思いとしてはどのように語られているのかという、感受性をめぐる語りの問題において、改めて捉え直していきたい。

女君が、自分の身体を見つめ直そうと意志する様子は、既に大君や中の君といった姉たちの物語によってさまざまな方向に切り開かれてきた。自己把握を試みる方法として病や身体が語られる傾向は浮舟物語にも引き継がれており、自分で意味付けようとする欲求も、二人の姉以上により強度を高めている。浮舟においては、「思ひ」の中で病や身体の問題を処理しようとしてきた他の姉たちに比べて、浮舟は、意味づけの姿勢が、思惟よりも、その発言においてより強く表れている。浮舟物語における会話は、内に自閉するのではなく、外に向けて自分の鬱屈を解放しようと行動する女君の主張願望を浮き彫りにする役割を果たしている。

具体的には、先述した、自分の身体に対して抱く「心地あし」という心性そのものを対象化したい。自分を常に最悪の位置に置かずにはいられない衝動は、たとえば、中の君が、身体の苦痛を言い表す時に用いた「悩まし」とも違っている。中の君物語においては、妊娠の自覚を隠すようにして病幻想を語っていくところに大きな問題が潜んでいたが、長期間にわたる記憶喪失をくぐり抜けた浮舟は、中の君と比較にならないほど「なやみ」が暴力的な問題として捉え返されている。「心地あし」は、極限すれば、自身の今現在の生活空間そのものへの否定的態度の表れでもあり、常に、自身の状況のすべてを「あし」と見なさずにはいられない感覚があった。自分がいつも不振であり最悪であることを彼女は、「心地あし」という表現で、あたかもそれ以外表現のしようがないといわぬばかりに、表明し、主張しつづけているのである。

自分の状態を常に「悪い」と意味づけずにはいられない心性とは、いったいどのよう基盤から生じるのだろうか。そして、その「心地あし」という感受性は、いかなる時に発生し、いつまで続く性質をもつのであろうか。また、「心地あし」という自己表明は、回復、出家、といった、物語全体の展開の上でも重要な節目とも、関わっているはずである。たとえば、出家のあとも「心地あし」が生じていれば、出家によっても癒えない問題系が、存在しているということになるのである。

そこで、ひとまず、手習巻において浮舟の「心地あし」がどのように繰り返されているのかを、ここでは検討したいと思う。浮舟にとって重要な節目となる項目をゴシック体で表記し、そうした節目の出来事を越えて「心地あし」の弁明が続いて行く様子を明らかにしている。［　］内には治療を言い表す本文を抜粋して引用する。

浮舟、意識を回復する

ⅰ［正身の心地はさはやかに、（手習⑹・二八三）］

［ものまゐりなどしたまふにぞ、なかなか面瘦せもていく。（手習⑹・二八六）］

五戒を受ける

ⅱ［ただ頂ばかりを削ぎ、五戒ばかりを受けさせたてまつる（手習⑹・二八六）］

妹尼、初瀬にお礼参りのため、小野を留守にする。

①（初瀬への同行を誘う妹尼への浮舟の断りの発言）「心地のいとあしうのみはべれば、さやうならん道（初瀬への道）のほどにもいかがなど、つつましうなむ」とのたまふ。もの怖ぢは、さもしたまふべき人ぞかし、と思ひて、（妹尼は浮舟を）しひてもいざなはず。（手習⑹・三一一）

②さだすぎたる（少将の尼の）尼額の見つかぬに、もの好みするに、むつかしきこともしそめてけるかな、と思ひて、心地あしとて臥したまひぬ。（手習⑹・三一四）

③からうじて鶏の鳴くを聞きて、いとうれし。母の御声を聞きたらむは、ましていかならむ、と思ひ明かして、心地もいとあし。（手習⑹・三二〇）

④（母尼）「御前に、とくきこしめせ」など寄り来て言へど、まかなひもいと心づきなく、うたて見知らぬ心地して、（浮舟）「悩ましくなん」と、ことなしびたまふを、強ひて言ふもいとこちなし。（手習⑹・三二〇）

⑤恥づかしうとも、あひて、尼になしたまひてよと（僧都に）言はん、さかしら人少なくてよきをりにこそ、と思へば、起きて、（浮舟→母尼）「心地のいとあしうのみはべるを、僧都の下りさせたまへらんに、忌むこと受けはべらん、となむ思ひはべるを、さやうに聞こえたまへ」と語らひたまへば、（母尼は）ほけほけしううちうなづく。（手習⑹・三二一）

⑥（母尼）「しか。ここにとまりてなん。（浮舟は）心地あしとこそものしたまひて、忌むこと受けたてまつらん、とのたまひつる」と語る。（手習⑹・三二二）

⑦亡くなるべきほどのやうやう近くなりはべるにや、心地のいと弱くのみなりはべるを、なほいかで（手習⑹・三二四）

⑧乱り心地のあしかりしほどに、乱るやうにていと苦しうはべれば、重くならば、忌むことかひなくやはべらん。なほ今日はうれしきをりとこそ思うたまへつれ（手習⑹・三二五）

浮舟、僧都の導きにより、出家する

iii［いとめでたきことなれと、胸のあきたる心地したまひける（手習⑹・三二八）］

浮舟、手習を続ける

iv「思ひあまるをりは、手習のみをたけきことにて書きつけたまふ（手習⑥・三三九）」

v「と書きても、なほ、みづからいとあはれ、と見たまふ（手習⑥・三三九）」

⑨（妹尼→浮舟）「これ御覧じ入れよ。ものをいとうつくしうひねらせたまへば」とて、小袿の単衣奉るを、うたておぼゆれば、心地あしとて手も触れず臥したまへり。（手習⑥・三四八）

小君、薫の使者として、小野に訪れる

⑩（妹尼→小君）「物の怪にやおはすらん、例のさまに見えたまふをりなく、悩みわたりたまひて、御かたちも異になりたまへるを、尋ねきこえたまふ人あらばいとわづらはしかるべきことと、見たてまつり嘆きはべりしもしるく、かくいとあはれに心苦しきことどものはべりけるを、今なむいとかたじけなく思ひはべる。日ごろも、（浮舟は）うちはへ悩ませたまふめるを、いとどかかることどもに思し乱るるにや、常よりものおぼえさせたまはぬさまにてなむ」（夢浮橋⑥・三七九〜八〇）

i〜vには、浮舟の「回復」を表す叙述を、①〜⑩には、妹尼や母尼といった、他人の浮舟言及を含めた、浮舟が、自身の不調を表明する様子を伝える本文を、それぞれ引用した。このように浮舟の「回復」と「停滞」の係りあいをとらえていくと、意識の回復や、五戒、出家といった、浮舟にとって重要な節目とは関わらずに、浮舟の「なやみ」が潜伏され、続行していることが判断できるものと思われる。たしかに、「回復」を予感させる叙述は、散見される。i「心地はさはやか」「面痩せ」、iii「胸のあきたる心地」とあるように、回復をめざそうとする姿勢は随所に確認されるものの、その後の文脈で、また別の「心地あし」「悩まし」が流入されており、さらに、大尾である夢浮橋の巻末でも、⑩「悩みわたりたまひて」「日ごろもうちはへ悩ませたまふめる」と妹尼が浮舟について言うように、浮舟の「なやみ」は、最後に来てもなお終わらないのであり、これといった帰結を見ないまま、途切れていく。物語の中に、浮舟の真の回復が示されることは一度としてないことが明らかといえよう。浮舟の「心地あし」き様子は、本人の自己弁明や、妹尼や母尼からの発言を合わせて、長期にわたって続いている様子が見て取れるところである。五戒を受けて後も、出家を遂げたのちも、浮舟の「心地」の「あし」さは、営々として残っていくのである。そして、浮舟の「病」んでいる状態そのものを、妹尼をはじめとする周囲の他人は、「あやし」「もの思ひ知らぬ」「世づかぬ」といったような言葉でとらえることにより、異端視するのである。

ここではもはや、実際の浮舟の容態がどうだったのであるかは問題ではない。身体的な意味での「なやみ」であれば、浮舟は、意識を回復し、i「正身の心地はさはやかに」とされ、五戒を受けたあたりで、完全とはいえないまでも、一段落は見せているのである。また、浮舟の「なやみ」を見守りつづける妹尼が、①で、初瀬詣でを浮舟に誘って「心地のいとあしうのみはべれば」云々と断られて、「もの怖ぢは、さもしたまふべき人ぞかし」と浮舟を判断した際、全集本の頭注にもあるように（三一二頁〈六〉）、その理由を、浮舟がいうような「心地のいとあし」ではなく、浮舟の性向としての「もの怖ぢ」にあるのだとみている。つまり、妹尼は、浮舟の「心地あし」が、初瀬行きを避けるための口実であることを察知しており、妹尼の中では、浮舟が「健康」な人であるという認識ができあがっているのである。

初瀬とは、浮舟物語の当初から関わりが深く、浮舟の母が、娘の良縁を願って参詣した寺であり、初瀬信仰とは、いわば現世利益への願いに裏打ちされていた。けれども、浮舟は、そうした信仰が、もはや信じられず、現世において僥倖を求めることそのものに拒否の意を示している。彼女は、「尼になしてよ」と再三懇願するように、出家を望む身であり、宗教を志すことに熱意はありながらも、初瀬信仰という「宗教」を受け入れることができない。いわばここには、二重化された宗教が呈示されているのであり、浮舟にとっての宗教が問題化されようとしているその発端を、ここに見ることもできるのであるが、浮舟に潜在する長谷寺への拒絶は、浮舟巻などで確認されるように、深い痛手を受けた、忌まわしい記憶の経緯から、もはや聖地を信じることができないことから生じている。

そのような、心理的に拒絶を感じる聖地だからこそ、浮舟は同行を断っているのであり、したがって、「心地あし」は、一見したところ弁明にすぎない。妹尼も、口実と知った上で深い追求はしないのであるが、その根底では、浮舟は今は回復しているという認識が妹尼の中にはある。

このように、意識回復後も、浮舟が、自分を「心地あし」と他人に表明しつづける展開は、重要視される。浮舟は二カ月以上、昏睡しつづけた。そして意識が戻り、記憶が徐々に想起され、少しずつ食べることによって、一応の「回復」はみせたのであるが、その「回復」で、浮舟の「なやみ」叙述が終わらないことに注意されるのである。なぜ身体の回復だけですまされないのか。いや、むしろ、一応の「回復」の後にこそ、「心地あし」の自己言及は問題化される。あたかも、身体的な意味での病を離れてから、むしろ病が、浮舟の中で意識化されていくかのようである。身体の「なやみ」ではない「なやみ」が、ここでは創出されようとしているのである、というべきではなかろうか。身体はもはや、とうに「回復」している。けれども、浮舟の「なやみ」は、それだけでは終わらない。「治療」を受け、「回復」した後にこそ、本当の意味での浮舟の「なやみ」は、始まるともいってよいのであり、真に「本復」することの意味は、むしろ病を離れた後になってから問われているように見受けられるのである。

ここでひとまず、①〜⑩およびi〜vで挙げた用例を一瞥しておかなければならない。i「さはやか」「面痩せ」は、先程も確認したように、一応の「治癒」を見た段階としてとらえることができよう。したがって、それ以降から意識化される、①〜⑩の浮舟の「なやみ」への言及は、一見したところ、ほとんど口実といってよい。①は、いま述べたように、長谷寺参詣への同行を断るための理由づけであり、②「心地あしとて臥したまひぬ」は、少将の尼と碁を打つ相手をしており、少将の尼が碁に「もの好み」する姿に嫌悪を感じ、遊びを打ち切るための弁解となっている。③「思ひ明かして心地もいとあし」は、「思ひ明かし」て一晩中眠れなかったことによる、疲労と胸焼けから生じる胃の不快感を表している。浮舟の不眠は、「昔よりのこと」（三二九頁）を「思ひ出」そうとする衝迫から生じているのであるが、そうした、「思ひ出」すことで、自己自身の起源を、つまり過去とのつながりを求めようとして、それへの疲れから、「心地あし」という感覚は、生じているのである。浮舟は、「いびき」と「声」が放つ「異種」たちの生命力[18]が横行する場所に身を置いている自分の「現在」が耐え難く、さりとて、そこから離脱しようとして、自分の「起源」を追い求めてみたところで、無理を感じて疲労に陥る。浮舟が「思ひ出」そうとしているその過去とて、彼女にとって、必ずしも夢や幸福ばかりにあふれていた世界だったのではなく、また、彼女自身が、想起しようとする「世界」が、薄幸で忌まわしい記憶に満ちていることが認識されているからである。思い出そうとする欲求を強くするその一方で、彼女は記憶を辿ることを拒否しているのであった[19]。

「現在」を進むべき道として受け入れられず、さりとて「過去」にもその属性や起源を見いだせない。③における「心地もいとあし」は、そうした、浮舟の挟み撃ちの感覚を表象化しているのである[20]。どこにも連絡のつかない挟撃意識が、ここにははたらいているのである。

④「悩ましくなん」は、食事を断る弁明としてははたらいている。これは、前にも述べているのでここでは繰り返すことは避けるが、ここでは、食べたくないことを「悩まし」さのためであると規定する浮舟の自己弁明性を一瞥しておきたい。

このようにして見て行くと、浮舟の「心地あし」という自己言及は、妹尼の留守中、言い換えれば、出家の前夜に極端に集中している様子が如実である。これは、回復直後の段階で、五戒のみを受けたことの不満が今こそ吹き出しているともいうことができよう。⑤〜⑧は、浮舟が出家を嘆願する場面からの引用である。⑤「恥づかし」くても「尼になし」てもらおうと思い、「起き」る。文字通り奮起するのである。それまで「臥す」ことをその身の上としつづけてきた浮舟は、今こそ「起き」上がるのであり、⑤の引用には、その、それまで沈滞していた状態から脱去する瞬間が描かれている。そして浮舟は、母尼に対して、「心地のいとあしうのみはべるを」と訴えるものの、その嘆願は、母尼の「ほけほけしううちうなづく」という頼りない反応に趨帰される。これが、出家を願う最初の訴えになっている。「心地」が悪いから、ということをその動機としている。⑥では母尼のことばの中で、浮舟の言ったことが復唱されており、そのために「忌むこと」を「受け」たいのだと、額面通りに受け止めている。

「起き」る行為に看取される決断の強さと、その次に出ることばが「心地のいとあしうのみはべる」は、自然な展開とはいいがたい。このようなところに、浮舟の言動における論理的な矛盾と、ちぐはぐである様子があらわれているのであるが、逆に言えば、そういった矛盾も構わずに意志を貫徹させようとするところに、浮舟の言動の特性がみとめられるのである。

⑦「心地のいと弱くのみなりはべる」⑧「乱り心地のあしかりしほどに、乱るやうにていと苦しうはべれば」は、浮舟が直接、僧都に訴える言葉となっている。⑦では、自分の死期が近いことを強調し、⑧では、今にも「乱れ」ていきそうな状態が「乱り心地・乱るやうに」という、「乱」の重用によって訴えられていく。今にも自分は正気でなくなり、狂っていきそうなのだとしきりと繰り返している。

けれども、続く⑧「重くならば、忌むことかひなくやはべらん」では、このまま容態が「重く」なれば、その受戒さえ無効になろうと迫る姿は、一見問題ないようだが、今にもくずれそうであるとする言及と、今後のさらなる悪化を予測する姿勢は、どこか矛盾している。つまり、今が一番苦しいとしながら、さらに苦しい状態が仮想されていくのである。こうした非論理的な弁明は、むしろ逆に、論理の一貫性を欠いているがゆえに重い意味をもつのであり、要するに浮舟は、論理上の矛盾も顧みずに、ひたすらに出家するよりほかはないと、ほとんど死にもの狂いの状態で、僧都に迫っているのである。浮舟の「口実」が合理性に乏しいことが問題なのではなく、非合理性を恐れずにその意志を通そうとする姿こそ、ここでは重要なのだということができよう。

そして、もし出家が果たせたら、「うれしきをり」だと浮舟は説く。「うれし」に関しては、今引用している本文でも、②「鶏の鳴くを聞きて、いとうれし」と表現されており、浮舟における「うれし」は意識されなくはないが、少なくとも⑧「うれしきをり」で注意されるのは、今の状態を「うれし」いと言うのではなく、出家後の自身を想定して、その想定したところの状態を「うれし」とする、いわば仮想としての感情を「うれしきをり」は言い表していることであり、出家後に「うれし」く思うという展開ではなく、出家前に「うれしきをり」としてしまうところに、浮舟の切迫した、先走った興奮が読み取れよう。

ところで、全集本には、⑦における浮舟の「心地のいと弱くのみなりはべるを」について、「浮舟は死の近いことを強調する。前に五戒を受けたときは、平癒祈願を口実として受戒したが、今は、ひたすら来世での救済を得るために真剣に出家を求めるのであろう」(三二四頁頭注三)としている。つまり、受戒のときと、出家のときでは、その動機に、差異が見られるというのである。

こころみに、浮舟の受戒する際の様子を振り返ってみたい。

尼になしたまひてよ。さてのみなん生くやうもあるべき　　（手習⑹・二八六）

受戒は、あくまで結果であり、出家をしたいというのが、本来の目的であったのであるが、最初の出家の動機が

「生」きるため、全集本の言葉でいえば「平癒祈願」のためであったのに対し、⑤〜⑧で挙げられている二度目の出家の懇願は、自分が「亡くなる」のがわかるからだ、つまり、死の側から、仏教が志されているのである。死を意識して出家を望むことそれ自体は、六条御息所、紫の上や女三の宮、大君などによって示されており、浮舟だけの特徴とはいいがたい。ただ、最初は、たとえ口実であっても「生きるため」の出家の懇願が、二度目には「死ぬため」ととらえなおされていることには注意しておきたいと思う。

生きる側からも死の側からも、浮舟にとって、出家は照らし出される行為なのであるが、こうした出家への意志が、浮舟の、彼女じしんが再三口にする「心地」の状態と不可分であることは見逃せない。「心地」は、いってみれば、治療されず、解消されない「何か」の謂であり、「心地」の解消に対する根底からの渇望が、出家を求めている。前にも述べたように、浮舟の容態は、i「心地はさはやか」とあるように、意識を回復し、五戒を受けた段階で、一応の復帰をみているのであるが、彼女は以前として、自身の「心地」の状態に固執しつづけている。そうした「心地」と折り合えない限り、「本復」はありえないという意識がこれらの「心地」への言及には、はたらいている。「心地あし」という、同じことの繰り返しのように、出家の動機として、自身の「なやみ」を強調する浮舟の言動の背後には、こうした、「本復」への渇望がこめられていたのである。それが、あたかも、他に言い方を知らないかのような、もどかしい過剰弁明として、叙述の中では印象づけられている。

さて、出家にこそ「本復」への道があると主張した浮舟は、iii「胸のあきたる心地」という境地に達した。「胸のあきたる心地」は、今までに再三繰り返された「心地あし」の「心地」と見事なまでに一致した対応を見せていよう。それまで「悩まし」く、「あし」き「心地」が、出家した今こそ「胸のあ」くような状態になったというのである。

けれどもまた一方で、iv「手習のみをたけきこと」とあるように、浮舟の自己治療のかたちのひとつとして「手習」が呈示されている。これは、出家が完全なかたちの円満な治療とはいえなかったことを逆に裏付けているのであり、iv「思ひあまるをり」は、そうした、出家を果たしてもなお残る、どうしてよいか分からない心情を写し取っている。そのはけ口として、「手習」を「書きつけ」るという自己運動が、さらなる「治療」として求められていくのである。

手習巻には、「手習」が五例登場するが、その「手習」が「書く」という動作で受け止められていく[21]のは、出家後のiv「書きつく」v「書く」が最初であり、つまり、「手習」に対して「書く」意識が芽生え始めたのは、出家の後といってよい。浮舟は出家によって「手習」をもう一度、「書くもの」として認識し始めている。「書く」ことによって自身の存在を確認していくという方法が、「治療」の一つのかたちとして、ここには浮上しているのである。ところが、せめてもの行為としての「書く」もまた、vでは「と書きても、なほ」と反転していき、癒されない様子が示されている。治療性が見いだされようとしたその瞬間、その逆の論理が回復されていく皮肉な過程がここには描かれている。「書く」行為に治癒を見いだそうとして、その意志が思うままに展開されない様子をみとめることができるのであり、「書く」ことの挫折と可能性がここでは両義的に示されているといえよう。ただし、「手習」は、その後も「たけきこと」（それが精一杯であること）として今後も続行されるのであり、もう一つの「本復」への回路として「書く」ことが確かに追求されていることは間違いない。

出家を果たした後も、⑨「心地あしとて手も触れず臥したまへり」を見ると、依然として「心地あし」が消えていないことが明らかであった。⑨「小袿の単衣」は、他でもなく、自分の一周忌のための布施の衣の一部であり、それは、薫の依託によって調製されている衣であった[22]。ここで浮舟は、「衣」によって、いわば自分の死と出会っているのであり、そうした自分の死を象徴する「衣」への自己違和が「うたて」と感じられ、「心地あし」く受け取られていくのである。

さらに「小袿の単衣」は、引用した本文の後にある「紅に桜の織物の袿」とともに、「在俗」の象徴であり、浮舟にとっては深い痛手の記憶とともに甦る世界に属する衣であった。自分が捨てたはずの俗世および俗世に身を置くことによって生じる欲動が、「単衣」「袿」によってありありと突き付けられているのであり、浮舟は、ともすると捨てたはずの俗への執着に引き戻されそうな自分をくい止めるためにも、「心地あし」と弁明せざるをえない。やっと獲得したはずの平穏な生活を、突如として破るような「袿」の強烈な魅惑から身を守るせめてもの自己防衛として、ここでは「なやみ」が表明されているのであり、そうすることによって、色みのある衣を着るという、生の楽しみと彼女は別れようとしているのである。

以上のように、浮舟が「心地あし」を過剰に用いて、「なやみ」の自己弁明を繰り返すさまを確認してきた。その目的は、執着を切るためや、関係の拒否であったり、あるいは、進退きわまったときの感覚など、さまざまな場面の中で発露されているが、これらの例を見渡してみると、浮舟にとって「心地」への自己違和は、むしろ、実質的な「回復」を迎えてから始まっているということができよう。こうした浮舟の「なやみ」は、⑩「悩みわたりて」「日ごろもうちはへ悩ませたまふめる」などの妹尼からの発言によっても明らかにされており、浮舟の「治療」は、ついに実現されないことがわかる。

結局、浮舟の調子の悪さを語る叙述は、ⅰ「心地はさはやか」とあった後に八回、出家を果たしてⅲ「胸のあきたる心地」とされてからも二回あり、治療とはいっても、それは結局は一時の効果に過ぎず、治療が試みられては「なやみ」が浮上するといった、反転と曲折に満ちた「なやみ」のありようを、浮舟物語の中に認めることができよう。

こうした過剰防衛ならぬ過剰弁明ともいえる「心地あし」を、全集本は「浮舟の言が口実にすぎない」（三二二頁頭注六）、「平癒祈願を口実として受戒した」（三二四頁頭注三）「病気は口実にすぎない」（三二五頁頭注一五）というように、その「口実」性を強調している。確かに、実際容態がどうかということよりも、「なやみ」が言及化されてゐることの方が印象づけられており、浮舟物語における「なやみ」はその弁明性の中にあるといえそうである。遊びや衣、異性との交流といった、生の快楽を拒絶するための言い訳として、「なやみ」は言及化されているといってよい。

しかし、このように「心地あし」「悩まし」という、浮舟自身の過剰弁明と自己言及は、ここまで集積をみると、もはや、単なる「口実」の域を出ているように思われる。ここには、弁解の累積がもたらす力学が鮮やかに現れ出ている。つまり、浮舟は、自身が治っていないと思っているのであり、治らないのであれば、治らないという方向を本来の状態として、かりそめの治療とは折り合うまいとして、ふみとどまっているのである。

体力が回復し、「なやみ」から離れたときに、「なやみ」は意識される。その中で執拗に展開される「心地あし」の自己言及は、「口実」でありながら、もはや、ただの弁解を越えている。食事や衣の縫製といった、ただ当座の出来事を拒絶にはとどまらない、もっと深いところからの拒絶がそこには明らかにされているのである。

つまり、弁明であると同時に、偽らざる自分の「現在」への究明が「心地あし」の過剰性の中に営まれているのであり、自身の本来的な姿を言おうとして「心地あし」という同じ言葉の連発になってしまっている。意識は戻った。体力もほぼ回復している。五戒を受け、さらに出家まで果たした。それは「治療」の完成といっても差し支えないかもしれない。けれども、浮舟の「心地」は、そうした状況の変化とは関わることなく、自己違和を見せていくのである。

浮舟は、自分の意識や体調の回復の上に本復を見ようとはしない。自己自身が根底から癒えてはいないという感覚が、一見ただの「拒絶のための口実」と思える言及の、その過剰な累積によって、しだいに、それ自体を「なやみ」として、明らかにされていくのである。

実際、浮舟の思惟は蘇生後も混乱に満ちている。浮舟の意識が方向を失っているように語られていることは、浮舟自身に潜む狂気を示唆している。しかし、外側の人々は、そのような内的な状況までは見ておらず、浮舟もまた、自分のどこか狂っている状況を他者に修正してもらおうと必死である。[23] ものを言うことを通して「心地」の「悪」さを伝えようとすう姿勢が、「隔て」がないことの強調と連動する。同じことをさかんに自己主張する浮舟の態度は、必死の様相を呈したものとして語られている。

◇なかなか思ひ出づるにつけて、うたてはべればこそ、え聞こえ出でね。隔ては何ごとにか残しはべらむ
（手習⑹・三五〇）

◇げに隔てあり、と思しなすが苦しさに、ものも言はれでなむ。
（夢浮橋⑹・三七四）

浮舟は、自分が「隔て」があると思われることを「苦」にしている様子が繰り返されていることがこれらの本文を通して確認できよう。「隠している」と思われることを苦にする姿勢は、単なる衒いやごまかしではなく、真実に何も隠蔽していないことのこれは表明なのである。自分がいつも調子が悪く、不調のきわみの中にいることに偽りはないのであり、それを伝えようとして同じ趣旨の内容の繰り返しになってしまう展開がそこにはある。かつて浮舟は「心地あし」を理由に長谷参詣を断っており、それが妹尼には、心を開こうとしない浮舟の自閉的な姿として判断されていた。つまり、「なやみ」を「口実」にすることは、関係を拒絶するための意思表示と受け取られたの

である。けれども浮舟の「なやみ」の自己言及は、「口実」でありながら、ただの「口実」をこえて、自身の本来的な状態の表明をたたえていき、自分がいつも悪い状態の中にあるというかたちでもって、むしろ関係を求めているのである。僧都に出家を嘆願する際に確認された、執拗な過剰弁明には、そうした表明への意志が最も端的に表されいる例であるといってよい。一見、関係を断る冷たい拒絶の口実は、実は、豊饒な表明欲と、対話への意志をはらんでいるのである。

薫との情愛、匂宮への耽溺、浮舟にとって、そうした、男性からの恵みに裏付けられた、かりそめの「幸ひ」は、その場しのぎの、子どもだましの「治療」にすぎないのであり、今となっては、願い下げであった。このときの浮舟のいう「心地あし」の中には、そうした、現世利益的な僥倖を必要としないことの表明さえ見いだせそうである。浮舟はもはや、自身の「病んだ状態」を隠しはしないのである。

浮舟は、出家を切に願うが、同じ仏教に対しても、良縁や安産といった現世利益を旨とする観音信仰や、形式的な「五戒」に対しては否定的な態度をみせており、宗教を全て一つ物としてとらえるのではなく、浮舟物語全体が、見せかけの信仰に対して疑問視し、状況に肉薄する教えとそうでないものとの、宗教をめぐる弁別が行われている節がみとめられる。

そもそも、浮舟にとっての五戒がいかなる節目であったのか、もう一度、振り返ってみよう。

（浮舟）「尼になしたまひてよ。さてのみなん生くやうもあるべき」とのたまへば、（妹尼）「いとほしげなる御さまを、いかでか、さはなしたてまつらむ」とて、ただ頂ばかりを削ぎ、五戒ばかりを受けさせたてまつる。心もとなけれど、もとよりおれおれしき人の心にてえさかしく強ひてものたまはず。僧都は、「今はかばかりにて、いたはりやめたてまつりたまへ」と言ひおきて、上りたまひぬ。

（手習⑹・二八六）

自分を尼にしてほしいと浮舟は嘆願したが、妹尼は、浮舟の意志の深さが通じず、五戒だけで十分とするよう説得した。僧都もまた、浮舟の体力を考慮して、「いたはりやめ」させた。つまり一回目の浮舟の出家に関する対話の意志は、妹尼や僧都には届かなかったことになる。

「ただ頂ばかり」「五戒ばかり」といった「ばかり」の表現性に注意したい。「ただ…だけ」という満たされない意識が、そこには反映されているのであり、ここでの「ばかり」は、浮舟の心情に即した表現となっているのである。さらにいえば、僧都の「今はかばかり」も、浮舟の物足りない不満感を反映した上で語りの中で呈示されているようにも思われる。

正篇では、紫の上が、やはり病の床にて五戒を受け、そしてそれに甘んじさせられていた。

御髪おろしてむ、と切に思したれば、忌むことの力もやとて、御頂しるしばかりはさみて、五戒ばかり受けさせたてまつりたまふ。御戒の師、忌むことのすぐれたるよし仏に申すにも、あはれに尊き言まじりて、（若菜下(4)・二三二）

紫の上は、周知のように、再三にわたり出家を懇願したものの、光源氏に許されなかった。受戒だけを今回認めたのは、紫の上延命のためであり、そう決断するに至らせたのは、光源氏の、紫の上の命に対する執着であった。つまり、紫の上の受戒は、光源氏の愛執の上に成立しえているのであり、そこには、俗世を断つことを旨とする宗教と、執拗に根付く煩悩が皮肉なかたちで交差しているのであった。

「御頂しるしばかり」「五戒ばかり」とあり、ここでの「ばかり」は、紫の上にとっての「ばかり」（ただ…だけ）であったに違いない。受戒は、紫の上にとってもやはり物足りない措置であったのであり、「ばかり」には、本当は出家を志しながら、受戒に、その形式性を承知の上で、甘んじなければならない紫の上の無念の情が投影されているのである。

その紫の上の、限界としての受戒を、浮舟は今まさに越えようとしていた。五戒を受けるということは、浮舟にとって、もはや、形式的な、かりそめの治療にすぎない。形ばかりの得度に納得できない気持ちが、浮舟を出家へと駆り立てていくのである。これ以上自分をごまかしたくない、自己欺瞞を重ねたくない意識が、五戒から出家へという動きにははたらいている。見せかけの治療で折り合いをつけることを潔しとせず、浮舟物語は負の輝きを維持し続ける。そういう、自分は未だに「なやみ」の中にいるのではないかという懐疑の中にこそ、「本復」への道はあるのだと、浮舟物語の「なやみ」構造においては固く信じられているのである。前節で問題化した、食べることはその一歩なのであり、また、「なやみ」をさかんに言及化することで、おのが「闇」と向き合う勇気がここに生成されようとしている。

以上のようにして、浮舟物語における「なやみ」の過剰性のありようとその変転を考えてきた。浮舟の表す「なやみ」は、屈曲に満ちている。ほとんど死にかけた状態で発見され、生死の境を二カ月間さまよいつづけて、ようやく意識を回復しはじめた。体力的な意味でいえば、その段階でいちおうの回復はみているのであるが、浮舟の「なやみ」は、むしろ、その後から始まるといってよい。「心地」への自己違和の累重は、執拗なほどの反復性をみせ、一見したところ、他人から自閉的に身を防衛するための、過剰弁明であるかのようであるが、実はその中に、豊饒な自己表明と、対話への意志が模索されていた。

彼女と平行して語られる女性たちの表す、発病と明白な快癒をみせていく単発的な「なやみ」と比して、体力の回復のみならず、「心地」の回復にまで拘泥をみせる浮舟の「なやみ」は、頑迷なほど、「治療」を拒んでいるかのようである。けれどもそれこそが、浮舟におけるシュトルムウントドランクなのであり、かりそめの措置から身を振りほどき、本当の意味で治ると思えるまでは、籠もりつづけ、自身が病んでいるという認識の中に居続けようと向き直る姿勢の謂にほかならない。これは、裏返せば、状況とは無縁の、自身にとって納得の行く治癒が根底から求められていることにもつながるのであり、そこには「病者の光学」ともいうべき論理が打ち立てられているといえよう。「なやみ」をしきりと言及化する姿には、ただの口実や弁解をを越えている。物語文脈としてみれば、浮舟はとうに回復しているのであるが、女君の内側には、未だにわだかまりが残っているさまが激しい自己弁明の中に掬い取ることができるのである。そのような、自分を常に最悪の場所に見ようとする運動は、病という領域さえ突き抜けてしまっている。外側からの治療が、女君の心の奥底に抵触せず、絶望的な裂け目そのものが何よりも語られているからである。浮舟物語の「なやみ」をめぐる言説は、病気をして、治療を受けて平癒して安定に再び戻るという、病と治療が調和した世界から完全にはみ出している。病はいつまでたってもひたすらなる苦しみであり、回復とは永久に無縁であるという発想が手習巻以降全体を貫いている。

こうした「なやみ」を自分で捉える方法は、浮舟の場合、思惟ではなく発話でなければならなかった。浮舟の思惟の破綻と狂いは、依然としてものを考える状態が万全ではない追い込まれた状況を露呈している。そのような、考えることができない浮舟に、全てを自分の心の中だけで事を処理しようとすることは耐え難い。浮舟物語における会話の重さは、そのようなぎりぎりの状況から始まっている。自分の思いを受け止める存在を必要とし、他人が聞いてくれているという確信の中で、閉塞した状況を打開していこうとする。手習に自閉しているという印象が非常に濃厚であるが、それとは裏腹に、世の中と自分の距離を測り、他者との交流を強烈に求める姿勢もまた顕著であることを認める必要があるのである。浮舟物語における、一つの同じことを何度も訴え続ける姿は、対話の力学の問題として重い意味をもっている。彼女は、たどたどしくとも「言う」ことを通して、他者に問題をぶつけ、辛うじて自己自身をもちこたえているのである。こうした女君のあり方は、手習巻以降の固有の問題となっている。「思う」ことではなく、「書く」だけでもまだ物足らず、「言う」ことそのものに重きを置く語り方もまた、浮舟の抑圧を開放しようとする動きを背景としている。

四　浮舟が「起き」る時

三の終わりで述べたような、浮舟が他に対して自らを開放させようとする動きは、言葉だけでなく、身体の行動にも表れている。

◇恥づかしうとも、あひて、尼になしたまひてよと（僧都に）言はん、さかしら人少なくてよきをりにこそ、と思へば、起きて、（浮舟→母尼）「心地のいとあしうのみはべるを、僧都の下りさせたまへらんに、忌むこと受けはべらん、となむ思ひはべるを、さやうに聞こえたまへ」と語らひたまへば、（母尼は）ほけほけしううちうなづく。（手習(6)・三二一）

ここで改めて注目したいのは、浮舟が自ら「起きる」という意味である。ここでの「起く」は、普通の意味以上に深い内面世界をもつ語として用いられている。しかもそれが、直前の「と思へば」を受けて行動されているという展開を見せており、心の開放が、思惟から身体へと流れ出る一瞬をここに捉えることができる。

妹尼は留守であり、正式に髪を断ち、落飾を果たすなら、今をおいてより他にない。どんなに「恥づかし」くても、僧都に会って、「尼になし」ていただきたいとお願いしよう。そう決意した浮舟は、「起き」て、けれども母尼に対しては、「心地のいとあしうのみはべる」を理由に「忌むこと受け」たいと、故意に違うことを言い、僧都への取り次ぎを頼むため、必死に「語ら」う。母尼は、何のことかよくわからず、「ほけほけしううちうなづ」いた。ここは前にも引用し、多少の言及を加えた部分でもあるが、もう一度、「恥づかしうとも」及び浮舟が「起きる」ことの意味を考えたい。浮舟は、最初の出家への懇願には失敗しており、一度は頓挫したその願いをもう一度訴えようとして、意思を奮い起こしている。そして、無理を押してでも、「尼になし」てもらおうと思うことで、彼女は「起き」る。

浮舟が「起き」ることを通して行動を起こしていくさまは、既に本復の時点で表されていた。

いと執念くて、やうやう頭もたげたまへば、ものまゐりなどしたまふにぞ、なかなか面痩せもてゆく。（手習(6)・二八六）

意識では死のうと思いつめているものの、潜在する生命力が意識を裏切り、頭を上げさせる。食物を食べ、顔付きが引き締まり、新しい局面が切り開かれていくさまが、「起きる」という行為と共に語られている。出家に対する強い望みが生命力そのものとして働き、自分は死ぬしかないという絶望に打ち勝っていくさまがそこには語られている。浮舟が意志とは別に「頭」を「もたげ」る行為は、そのような、生の肯定を象徴していた。

その延長としてもう一度繰り返される、はじめに引用した三二一頁の場面は、起き上がることを、本復当時以上に意志的なものとして意味的にも強度を増している。起き上がる浮舟像は、「臥す女」としての浮舟像を反措定する。これまでずっと「臥す」ことをその属性として認識されてきた浮舟は、(24) いままさに、そのような属性を跳ねのけるかのようにして、「起き」上がろうとするのである。「起く」ことの行動原理は、意識回復直後の記事である「やうやう頭もたげたまへば」（二八六）の、頭を起こそうとする姿勢と通底する。「臥す」が拒絶であるのなら、「起く」は、自らを苦しめ追い詰める要素への抵抗であり、一方で、環境を受け入れる意志の現れでもあるのであり、否定でもあり肯定でもある「起く」の不思議な二重性がここには切り開かれている。生きようとする人の精一杯のの営為が、「起く」には発現されているのである。

一度は断られた出家であり、浮舟は、それだけでも十分に挫折意識が残っただけでなく、さらにその上、もう一度願い出ることもまた、憚られる思いがした。浮舟の気質については、二八六頁に「もとよりおれおれしき人の心」とある。そのような気弱な心を振り切るためには、「恥」を捨てる勇気が必要であった。「恥」を押し返す姿、そしてその意志を発現するかのように生じた「起きる」という身体の動作には、浮舟が、それまで持っていた、自信のない弱さから脱却し、まさに立ち上がろうとする瞬間がとらえられているのである。何度も述べるようであるが、浮舟は「恥づかしうとも」と思ったからこそ、はじめて「起きる」ことができたのである。「起きる」行為に、自身を抑制するさまざまな「恥」から身を振りほどこうとする意志的な姿勢の現れを見たいと思う。

思えば、浮舟は、常に「恥」を意識しつづける女性であった。

◇いかに（自分の）うきさまを、知らぬ人にあつかはれ見えつらんと恥づかしう、（手習⑥・二八五）

◇（妹尼が、浮舟の素性を）せめて問ふを、いと恥づかし、と思ひて、（手習⑥・二八七）

◇おのづから世にありけりと、誰にも誰にも聞かれたてまつらむこと、いみじく恥づかしかるべし。（手習⑥・二九二）

◇かくてこそありけれと聞きつけられたてまつらむ恥づかしさは、人よりまさりぬべし。（手習⑥・三二〇）

◇（僧都）「・・はかなきものに思しとりたるも、ことわりなる御身をや」とのたまふにも、（浮舟は）いと恥づかしうなむおぼえける。（手習⑥・三三六）

◇（小君は）今は（私＝浮舟が）世にあるものとも思はざらむに、あやしきさまに面変りしてふと見えむも恥づか

し、（夢浮橋(6)・三七四）

浮舟は、自身の素性を「問」われて「恥」じ、自身が「世」に「あ」ることに何度も「恥」を意識する。彼女にとって、自分の存命は「恥」であった。生きていることそれ自体が彼女には恥ずかしかった。浮舟が二度目の発心を起こしたときの「恥づかしうとも」の譲歩の言葉は、幾多に積み上げられた「恥」の歴史を押し返したところの上に築き上げられているのであり、そのような羞恥の存在感覚を振り捨てたとき、浮舟にとって悟りへの道は開かれていくといえるのである。

実は、「恥」に苦しんだ女性は、浮舟だけではなかった。

◆（匂宮）「・・さる人こそ、かやうには悩むなれ」などのたまふをりもあれど、（中の君は）いと恥づかしくしたまひて、（宿木(5)・三七五）

◆（薫）「・・あまり若々しくもてなさせたまふなめり」とのたまふに、（中の君は）いと恥づかしくて、（宿木(5)・四三四）

◆（薫が）若君をせちにゆかしがりきこえたまへば、（中の君は）恥づかしけれど、（宿木(5)・四六六）

「恥」への感覚は、浮舟の異母姉である中の君のものでもあった。中の君の「恥」は、懐妊を異性（匂宮・薫）に言い当てられた時や、若君を見たいと言われた時など、子どもに関する言説の中で引き起こされてくる感覚である。それが、自らが親になることをためらう成熟拒否まで指摘されたように錯覚されて、中の君は「恥づかし」く思うのであり、浮舟の担う「恥」とは、問題系の位相を異にしているようにも見える。しかし、二人は同じ「恥」という言葉がもつ観念性を共有していたのであり、中の君も浮舟もそれぞれの「恥」と向き合いながら、その葛藤の中を歩みつづけてきた。その姉の苦しんだ「恥」さえ引き取るかのようにして、浮舟の「恥」は、深い痛手の歴史の中で積み重ねられている。

その「恥」を押し返し、いやむしろ「恥」を生きる覚悟をしたときに、「恥づかしうとも」僧都にもう一度出家を願おうという意志は生じたのであり、その身体化として、それまで「臥」すことで沈滞と、他人への峻烈な拒絶を体現していた浮舟は、それをめくり返すかのような勢いで「起き」上がり、それが、出家という越境と、対話への豊かな飛躍を導いていく。それまで何に対しても興味が持てず、鬱情の中に身を沈めていた浮舟が「臥す女」から「起きる」女へと変じる瞬間を、浮舟覚醒の場面は、鮮やかに捉えている。実は、浮舟の「臥す」「起く」という問題は、手習巻だけのものとしてあるのではなく、宇治十帖全体に張り巡らされていた問題であった[25]。まず、「臥す女」としての浮舟は、大君的な世界を源流としている。

◆「…目も鼻もなほしとおぼゆるは心のなしにやあらむ」とうしろめたく、見出して臥したまへり。（総角(5)・二七一）

◆ともかくも人の御つらさは思ひ知られず、いとど身の置き所なき心地して、しをれ臥したまへり。（総角(5)・三〇〇）

「臥す」「しをれ臥す」と、大君の身体描写を通して繰り返される「臥す」表現は、妹の結婚を契機に改めて打ちのめされる女君の自尊心と深く連動していた。「臥す女」としての大君は、そのように横たえることによって、自閉した世界へと入り込み、生の断念さえ同時に深めていったのである。浮舟の場合も同様に、外界の状況への激しい拒絶を体現しており、大君と同じ系譜上に位置づけることができる。しかし、浮舟の「臥す」しぐさは、大君のように生の断念へとはつながらないところにその特異性があった。「臥す」と「起く」という、両極的な動作が、浮舟の上には重ねられている。

浮舟物語の始発部に、食の問題が浮上していることは、前に述べた通りであるが、「起こす」「起く」という覚醒の問題もまた、食物と共に物語の始まりにおいて既に呈示されていた。

①くだものとり寄せなどして、「ものけたまはる。これ」など起こせど、起きねば、（宿木⑸・四七八）

②「いとあやしく苦しげにのみせさせたまへば、昨日はこの泉川のわたりにて、今朝も無期に御心地ためらひてなん」と答えて、起こせば、今ぞ起きゐたる。（宿木⑸・四八〇）

浮舟の登場は、眠っているところを外側から「起こ」される女君の姿が鮮烈な印象を与えている。これは、正篇で光源氏が紫の上の「走り来る」姿を発見した場合とは大きく異なる登場の仕方をしている。紫の上は、その動的な姿において光源氏を魅了したのに対し、薫の目には、浮舟の静的な停滞した状態が、彼女がなかなか目覚めようとしないことへの苛立ちのうちに描かれている（全体的にもここでの薫の浮舟垣間見は、「髪ざしのわたり」「めり」といった語法等、紫の上を見て藤壺と似ていると感動する光源氏の北山の垣間見と似た構図をもっている）。①は女房たちが「起こ」して「起き」ない様子が、②は、弁の尼が「起こ」して「起きゐ」る様子が語られている。「今ぞ起きゐたる」は、薫の視線によって描き出された浮舟映像として定位されている。「今ぞ」という表現も、同様に、長い間垣間見していた薫の心境に即して語られた言葉となっている。

②「苦しげ」「御心地ためらひて」にあるように、弁の尼の取り持ちで薫と対面させられる浮舟は、初瀬からの長旅の疲れのために体の具合が悪い様子が情報の一端として描かれている。そして、横になっている。この構図は、手習巻の浮舟の身体描写と近似する。「起こ」されて関わりたくない世界に無理やり連れ出されていくことへの抵抗と、自閉の願望が、容易に「起き」ようとしない浮舟の姿には表れている。

ここで浮舟は、二度起こされている。この少し執拗な繰り返しが、浮舟の覚醒拒否をものがたる。一度目は女房が起こしても目を覚まさなかったが、二度目に弁の尼に起こされたときは「起き」た。弁の尼への潜在的な畏怖が、起きなければという思いにかられているのである。浮舟の薫との運命的な出会いは、起こされて起きるという強制的な状況の中で語られていることに注意しなければならない。目を覚ますという行為が、何か新しい世界を生み出す基盤としてはたらいている。

「なやみ」が女君の内的な目覚めと連動しながら物語空間を切り開いていることは、浮舟物語全体における身体を考える上で重要である。宿木巻の浮舟登場の場面が、そのような、「起こす」という他者からの強制と、同時にいくぶん人まかせの雰囲気を強調しつつ覚醒が描かれているのに対し、手習巻の浮舟の立ち上がり方は、自ら起き上がるいうことに力点を置きながら語られている。今より他に出家の機会はないととっさに判断した思いが、そのまま「起きる」という動きに自然につなげられている。身体と思惟のみずみずしい一致のかたちが具現されている。自ら新たな状況に身を投げ入れようとする試みが、起き上がる浮舟の中に透視できるのである。

浮舟が「起きる」女として、生の輝きを放つ時間は浮舟物語全体の流れを鑑みて言えば、ほんの一瞬である。もちろん出家という思い切った選択に踏み切る勇気を女君に与えたことには大きな意味があるが、出家後の動静を語る夢浮橋巻では、再び身を衣に埋めている（夢浮橋⑹・三七八〜九）。浮舟が自力で立ち直り、外側に心を開こうと頑張る姿は、大枠において、その後の物語展開に決定的な影響を与えているとは言い切れず、途中段階の、ささやかな一齣の小事といわねばならない。実際彼女が最後まで「なや」んでいるように語られていること（⑹・三七九）は、既に確認した通りである。病気に苦しみ出家し最後は自立する、とは運ばれない。

しかし、だとしても我々読者は、起き上がることで新しい状況に飛び込んでいきたいと熱望して挫けていくという、起伏の波の激しい物語的過程の中に、生きようとする人のきらめきを認めることができる。一場面ではあるとしても、「起きる」女としての浮舟の行動は、押し込められていた魂が叫ぶ瞬間として、深い痕跡を残している。

結び

浮舟物語の「なやみ」をめぐる言説は、病気から健康へという物語を縮小再生産することを放棄し、病を日常の側に位置付け直しているところに大きな特質がある。停滞した時空を基調としながら、食べるという問題、他者との対話、身体の動作が行われる日常的な風景を捉え返しているところに新しい物語方法を認めることができる。華やかな宮廷行事を物語基盤とする正篇や、宇治十帖でも都社会では、病は非日常であり、穏やかな流れに屈折を与える方法として病が描かれていた。ところが、そうした、日常とは異質な現象として病を考える思考方法では、浮舟物語に描かれる淀みは捉えることができない。停滞した状況が、既に日常世界の一部として溶け込んでおり、病者のまなざしの側から逆に穏やかな世界が照らし返されているというように、語り手の視点が動いているからである。

病や死という身体的な視点は、宇治の三姉妹の、それぞれに追い詰められ孤立した状況を考える上で、重要な手掛かりを与えている。大君物語においては思惟が完全に身体を圧倒しており、思惟から身体へという一方的な流れに語り方が支配されていた。中の君物語では、大君よりも思惟と身体の境目が曖昧化されており、思惟の問題が実は身体の領域であったという複雑な入り組みを見せている。しかし、二人の異腹の姉たちが、それでも「思ひ」に生きる意味を求めえていたのに対し、浮舟は、「思ひ」の中にさえ逃げ込めない状況が語られている。殊に蘇生後は、ロゴスの世界に憧憬はあるのだが、思おうとしても思惟として十分な論理や言葉を獲得できず、中の君よりもさらに空転、破綻しており、身体に根差したところから、その個的な問題が掬い取られている。そしてその身体もまた、思惟との対立概念としてのみあるのではなく、状況によって意味が変動し、一様ではない。何よりも、生と死という究極的な選択肢の上にさらされている。苦痛を背負いながら生を意志するというように描かれている。

そのように考えた時、浮舟が身を投げ入れようとした川にも、彼女が意識不明の状態のまま口に含めた薬湯にも、同じ「水」が与えられ、「水」が生と死の両側にまたがっていることの意味が改めて反芻される。浮舟物語の「水」は、人を脅かす荒々しい暴力であり、枯渇を潤す泉でもある。女君の奥底に眠る若やかで力強い生命力が、その自殺願望を押し破り、呼び覚まされる。「水」が生と死の境目さえ見えなくさせていくという意味で、浮舟物語は、忌むべき負の世界を、排除するのではなく引き受けていくことの中に、生の本質を捉えようとしている。

［註］

（1）呉哲男「病の文学誌、または憶良の『類聚』癖」（『武蔵野文学』第五〇集　二〇〇二・一二）

（2）三村友希「明石の中宮の言葉と身体―〈いさめ〉から〈病〉へ―」（『中古文学』二〇〇二・五）

（3）浮舟物語における多層的な知覚の構造については、三田村雅子『源氏物語　感覚の論理』（有精堂一九九六）所収の、一連の浮舟論や感覚論に詳しい。

（4）口唇という身体部位の特異性については、鷲田清一『悲鳴をあげる身体』（PHP新書一九九九）に、その「忙しさ」において際立つという、示唆的な言及がある。また、工藤庸子『恋愛小説のレトリック』（東大出版会二〇〇一）においては、「水滴」と「口唇」の関係構造から、唇には、生と死という、相反する欲動が重ね合わされると指摘する。

（5）「食べる」ことに対する欲求が、叙述全体にもたらす力学については、松井健児「源氏物語の小児と筍」（『源氏研究』第1号翰林書房一九九六・四）、藤本宗利「源氏物語の『食ふ』」（『源氏研究』第2号翰林書房一九九七・四）、葛綿正一「浮舟と食われること」（『源氏物語のテマティスム』笠間書院一九九八）を参照。また、他者の食欲が、自らの食欲や生命力を喚起していく作用を引き起こしていることについては、石阪晶子「枕草子・雪山の段の〈衣〉と〈食〉」（フェリス女学院大学国文学会『玉藻』35号一九九九・九）で指摘している。

（6）浮舟が常に他者の欲望にさらされていることが、浮舟物語を考える際の基本的な立場となっている。最近の関連する論としては、橋本ゆかり「抗う浮舟物語」（『源氏研究2』一九九七・四）、鈴木裕子「浮舟の独詠歌」（『日本文学』第九十五号二〇〇一・三）、相馬知奈「多様化する浮舟呼称」（『フェリス女学院大学日文大学院紀要第8号』二〇〇一・四）、三田村雅子「浮舟を呼ぶ」（『源氏研究』第6号翰林書房二〇〇一・四）、井野葉子「「隠す／隠れる」浮舟物語」（『源氏研究』第6号翰林書房二〇〇一・四）参照。

（7）ここで、母尼発病から、回復に至るまでの経緯と、浮舟の状態の関係を整理しておく。

①初瀬からの帰途、母尼発病、知人の家に休む。
②僧都、比叡山を下山し、先に宇治院に到着。
③僧都、瀕死の女（浮舟）を発見、「かくれの方」に寝かせる。
④母尼、宇治院に到着。
⑤僧都、妹尼に女の話をし、妹尼、女を介抱。
⑥験者、二人の病人（母尼と浮舟）に加持祈祷
⑦下衆、浮舟のうわさをする。
⑧母尼回復、女は依然として意識不明。僧都ら、母尼の回復を見届けて帰路の道行を再開する。

なお、③で僧都が浮舟を発見した時、僧都の「下衆」たちは、母尼を迎えるべく、大急ぎで食事の支度をしていたことを、ここでは喚起しておきたい。「下衆ども、みなはかばかしきは、御厨所（台所）などあるべかしきことどもを、かかるわたりには（食事の支度を）急ぐものなりければ、（調理のため御厨所に出払っていて寝殿の方は）ゐしづまりなどしたるに、」（手習⑹・一七〇）。これは、浮舟の食とは直接には関わらないが、浮舟の発見が、このような食の風景と外接していることに留意される。いわば、隣にあるという感覚がそこにはある。

（8）息子が母の病をまなざす構図は、すでに示されている。この、見舞われる、「騒」がれる記号としての病の問題については（2）に指摘がある。匂宮や薫によって、匂宮は明石の中宮を再三見舞い（宿木・東屋巻）、薫は女三の宮の病が平癒すべく、石山寺まで参籠している。はるばる石山まで参詣するのは、薫の女三の宮に対する強い癒着の現れとみて差し支えない。僧都の母尼への執着もこのような系譜の上に位置付けられているといえよう。浮舟物語では母娘関係が問題化されているが（鈴木裕子、足立繭子など）、その一報で、母と息子の物語もまた、輻輳的にされていると見られるのである。

（9）浮舟が「食べない」ことの意味については、大森純子「源氏物語・孕みの時間」（『日本文学』一九九六・六）参照。懐妊や出産だけではなく、源氏物語に描かれる「なやみ」の中では、「食べない」様子に視線が注がれてきた。たとえば、

◇藤壺

（重態となった）このごろとなりては、柑子（今のみかん）などをだに触れさせたまはずなりにたれば（薄雲(4)・四三七）

◇大君

心地もまことに苦しければ、物もつゆばかりまゐらず、ただ亡からむ後のあらましごとを、明け暮れ思ひつづけたまふに、もの心細くて、（総角(5)・二九〇〜一）

◇中の君

さるは、この五月ばかりより、例ならぬさまに悩ましくしたまふこともありけり。こちたく苦しがりなどはしたまはねど、常よりも物まゐることいとどなく、臥してのみおはするを、（宿木(4)・三七五）

「なやむ」人とは、「食べない」人であり、ものを食さないことが、病を端的に語る表象であった。ところが、浮舟は、食を受け入れる女性として登場する。それは、あたかも、今までの病う人における食の限界の壁を越えていくかのようである。「なやみ」を基軸とする物語が、食べない人から食べる人へと着実に動いていこうとする過程をここに確認することができよう。

（10）このとき、「なやみ」は、浮舟だけのものではなかった。

宮（匂宮）、例ならず悩ましげにおはすとて、宮たちもみな参りたまへり。上達部など多く参り集ひて騒がしけれど、ことなることもおはしまさず。（浮舟(6)・一六二）

匂宮もまた、薫を裏切ったことの苦悩により、浮舟とほぼ同時期に「悩」んでいたのであり、このとき、匂宮と浮舟は、明らかに、「なやみ」において、かつての光源氏と藤壺のように共振をみせていたことがわかるのである。

（11）このところの、小野の浮舟の出家と京の女一宮の「なやみ」の関係を整理しておきたい。

①妹尼、初瀬にお礼参り。

②妹尼の留守中に中将訪れる。浮舟、母尼のそばで、眠れぬ一夜を明かす。

③女一宮が発病し、僧都を要請する

④浮舟、出家を懇願し、果たす。

⑤妹尼、初瀬から帰り、浮舟の出家を知り、嘆く。

⑥僧、女一宮の「悩み」のため、京へ赴き修法する。女一宮快癒する。

（12）病が「書く」ことに、「書く」ことが治療にという方向に結びついていく想像力は、平安時代よりも近現代の小説においてより自覚的であるように思える。「（書くことを）『生きるため』といわず、露骨にも『食べるため』といったのは、詩を書くことがどこかで、自己治療でもあったのをかくすためです。自分が病者だというのがいやだからです。‥わたしは詩人と病者にさよならしたくて旅に出ました。‥わたしは今どこへもいくことができないのです。あの時と同じです。あの時旅から帰ったわたしは、『詩』ではない他の『何か』を書き出さねばなりませんでした。『食べる』ために―」（富岡多恵子『水上庭園』岩波書店一九九一）。

（13）（6）の諸論文参照。

（14）室城秀之「共食の論理」（叢書『想像する平安文学』勉誠出版一九九九）。

（15）相馬知奈「浮舟物語の水脈と交通―浮舟に働く二つの張力―」（『フェリス女学院大学日文大学院紀要』第10号二〇〇三・三）は、薬湯の拒絶に浮舟の強烈な意志の動きを見ている。

(16) 松井健児「柏木の受苦と身体」(『源氏研究』第2号翰林書房一九九七・四)の「さらぼふ」の考察に詳しい。

(17) 「鬼一口譚」については、伊勢物語や今昔物語集、宇治拾遺物語などに散見されることをここでは確認しておきたい。また、「食われる」ことの倒錯性については、葛綿正一「浮舟と食われること」(『源氏物語のテマティスム』笠間書院一九九八)参照。鬼一口の話に限らず、食をテーマとした話題は、今挙げた中世の説話集にひじょうに多く(『今昔物語集』巻二十八―二三＝宇治拾遺物語九四、今昔物語巻二十八―二四＝宇治拾遺物語一四五、宇治拾遺物語五三、六七、七九など)。

(18) 藤本宗利「源氏物語の『食ふ』」(『源氏研究』第2号翰林書房一九九七・四)では、「食ふ」姿を「ひたむきな生への志向性の表象」と意味づけ、さらに「食ふ」の語を「異種の言葉」と規定し、『雅』の世界」との「交接」であり、「信号音」であるとする。この姿勢は本論でも継承している。「食べる」ことで「交換」がはかられ、「成長」が実現されていくという見方が、本論の「食」に対する視点である。

(19) 葛綿前掲論文では、この感覚を「進路」も「退路」も断たれた状態、とする。

(20) 三田村雅子前掲書では、浮舟に関して「挟撃意識」という語が用いられている。

(21) 浮舟の歌は、失踪前にも「書く」という動詞が用いられていた。「書き消つ」(浮舟(6)・一四六)、「書き出だす」(同一八六)、「書きつく」(同一八七)。ただし、「たけきこと」(これが精一杯であること)として、「書く」歌が改めて認識されたのは、手習巻以降といってよい。いわば、そこには、「書く」ことが意志的な行為として認められた最初の瞬間がある。歌を「書く」意味は、今後も考えていきたい問題とみなしている。

(22) 三田村雅子「浮舟物語の「衣」」(前掲書)に詳しい。同論文では、「衣」を「女」の「鋳型」であると意味づける。「衣」に捨てたはずの快楽が再現されるさまは、たとえば、前に触れた「狩衣」という男物が浮舟の目に入るという状況などからも明らかである。

(23) 石阪晶子「『問い』の中の浮舟物語―『教え』をめぐる回路」(『物語研究』第三号二〇〇三・三)、同「源氏物語の漢詩文引用をどう読むか―手習巻の『陵園妾』引用を中心に―」(『異文化との出会い―フェリス女学院大学日本文学国際会議―』二〇〇三・三)参照。

(24)「臥す」ことの意味性については、三田村雅子「〈音〉を聞く人々」(前掲書)、橋本ゆかり「抗う浮舟物語」(前掲書)、葛綿正一『源氏物語のテマティスム』(笠間書院一九九八)の中で既に明らかにされている。本論では、最後に、「臥す」こととは対極をなす「起く」の行動原理について考察した。

(25)正篇の紫の上も、薬湯を飲み入れることで、命を生につなげようとした女君であったことを付け加えたい。「世の中に亡くなりなんも、わが身にはさらに口惜しきこと残るまじけれど、かく(光源氏が)思しまどふめるに、むなしく(私＝紫の上を)見なされたてまつらむがいと思ひ隈なかるべければ、(光源氏を悲しませまいと)思ひ起こして御湯などいささかまゐるけにや、六月になりてぞ時々御ぐしもたげたまひける」(若菜下(4)・二三二)。薬湯を内服することで、頭を起き上がらせていくという展開は、浮舟の「やうやう頭もたげたまへば」(6)・二八六)と通底する。藤壺もまた、自分の死を仮想し、そこから他者のために気持ちを奮い起こして、「なやみ」に打ち勝とうとした。「(弘徽殿が、自分を)空しく聞きなしたまはましかば、人笑はれにや、と思しつよりてなん、やうやうすこしづつさはやいたまひける」(紅葉賀(1)・三九八)。紫の上は光源氏のために、藤壺は、弘徽殿の「聞きなし」のために生きようとしたことを見落とすことはできない。女性たちの中で、密かに対象化された、生きる原動力として光源氏は位置づけられている。けれども、浮舟の「なやみ」には、誰かのために生きるということそれさえ与えられていない。そうした、予め目標や対象が喪失された状況の中で浮舟の本復は語られている。

結語

本書の大きな目的は、源氏物語において、思惟と身体の葛藤や交錯の視点を呈示し、それが、物語のそれぞれの場面で、どのような相をなしているのかを探ることであった。しかも、それを全体的な概念として位置づけるのではなく、本文の中で実際にどのように取り直されているのかということを最後まで追求しつづけた。細かい一場面だからといって切り捨てるのではなく、細部の読みの中で新しく見えてくる問題が大きくあることを一貫して主張している。ここでこれまで各章において論じてきた思惟と身体をめぐる言説空間について、特に正篇と宇治十帖の違いという点から、改めてまとめ直したい。

本書の論考の特色を一言でいえば、「苦しさ」の追求と、それによって浮上する「褻」の認識への反措定であるといえよう。正篇、宇治十帖を通じて、「苦しさ」が、思惟や身体とどのようにつなげられ、取り直されているのかということを全般的に通底するテーマとして据えている。正篇では、それは「平穏」の対極として位置づけられており、宇治十帖では、より日常化された停滞の中に沈められているのだと見ている。特に見ようとしたことは、病という状況に縛られたときの人物の思惟のかたちであった。

物語正篇の登場人物の思惟と身体は、特定の人物に限定的に特徴づけられつつ語られている。主として「思ふ」

人物は、光源氏、夕霧、柏木等といった、主要人物級の男君の特性として位置づけられており、特にそれは「見る」ということにおいて先鋭化されていた。恐らくそれは、「見る」ことが特権や支配を表すという、古代的な心性の影響を受けているためといえよう。そして、男君が女君を見るという構図が圧倒的であり、「見る」のは男性で女性は「見られる」対象物であるというように、固定的な役割として分業化されていた。光源氏や柏木といった同性の人物をも同時に鋭く見据える夕霧の造型は、例外的なものであった。

けれども、その一方で、紫の上や藤壺といった女君の視線や思いも、前景化こそはされなかったが、確かに息づくものとして定位されていた。女もまた「見る」存在であることを可能性として表していたのである。そもそも、「見る」は認識の問題であるが、源氏物語においては、視線を投げることで光源氏が涙を流したり、紫の上が「立ち出」でていくといったように、「見る」ことが、身体の問題とも深く結び付いている。本書で試みたことは、そのような、まなざしが特に男性の認識構造であるという論理の一角を切り崩すことである。

日常世界では、女君たちの内面は、詳しく具体的に描かれることはなく、病気になったり、妊娠したりして、身体に異変が生じた時、初めて思惟を語ることは許されるという方法意識が正篇には認められた。つまり、女君の隠された心情をまざまざと照らし出す基調な手段として身体の描写は機能しえていたのである。思惟が男性のものだけでなく、女性の側にも存在しているのだということを主張する、ささやかではあっても、物語の中で確かに息づく反世界として、正篇では身体は位置づけられていた。本書において一貫して、女性の思惟や身体に大きな関心を注ぎ続けてきたのは、従来の研究態度に顕著であった、「見る」男に「見られる」女という二項対立、常に女性は男性の幻想的な対象物であるとするコードを反措定するためである。女君もまた、生身の人間として男と同様に迷い、悩み、傷ついていくさまを物語文脈の中で確認したかった。藤壺の「なやみ」や紫の上の視線は、分量的には少ないが、彼女たちがそれぞれに思いの深い人物であることを証明している。少ないから意味がないということではなく、叙述としてあるということが重要なのである。

また、正篇で特徴的なのは、病が、どの人物においても非常に劇的に描かれていることである。これは、病が非日常であり、死と再生に結び付く通過儀礼であるという発想に基づいているためであると考えられる。光源氏の瘧病、柏木の死病、もののけに苦しむ葵の上や紫の上、女三の宮、妊娠を始めとするさまざまな苦しみを味わう藤壺等、病が、人物の造型と深く関わり合いながら展開されていた。病の中で改めて自分の運命について思い、今まで考えようとしてこなかった自分の執着の深さや苦悩の大きさに気づく。身体の苦痛と共に生の意味を模索することで新しい局面へと物語が開かれていくという在り方が、正篇に描かれる病のかたちであったといってよい。そして、有名な人物にほぼ限定されて語られる病描写は、明らかに病そのものとして語られていた。当事者の発病は、周囲の人物および語り手にとっても、完全に身体の異変としてみなされていたのである。

このような、主人公の特性を規定するかのような病のありようは、正篇の世界の基盤と大きく関係している。正篇の世界は、華やかな宮廷行事や政治的な動きなど、王権を中心に据えている。個人は共同体に対してあるものであり、病もまた、当事者の問題だけでなく世間が注目すべき現象として、儀礼的な祝祭空間と対称的に定位されていた。祝祭が正の世界であるならば、病は負を司る領域として、同じ共同体という座標軸の表と裏をなしていたのである。そのような病の論理の中で、反復的に病を体験し、個的な問題をそのたびに浮かび上がらせる藤壺の「なやみ」は、例外的な印象を読者に与えるものとして語られている。その意味で、Ｉの第一章「藤壺の反照」と第四章「源氏物語の『なやみ』と身体」は、藤壺という女性をめぐる内と外といった関係にある。

第二部の病は、第一部よりは、思惟をその中に克明に浮かび上がられている。特に紫の上や女三の宮の病は、六条院の世界そのものに対する根底からの疲労が「なやみ」として彼女たちをむしばんでいる。つまり、病は心の動きによって感受されるものであるという、思惟から身体へという論理が、第一部以上に明確に表れていた。

正篇では、苦悩の原因が、外圧的な状況の変化に大きく起因しており、また、読者にも比較的容易に了解されやすいこととして受け取られていた。藤壺や女三の宮であれば密通であり、紫の上は女三の宮の新たな登場というようにである。それに対し、宇治十帖の人物たちは、何が原因で病になり、またそれも「病」といえるのかという疑問を常に読者に持たせるようにして「なやみ」という時空を生きている。また、病がどの人物にも慢性的なものとして描かれているため、劇的な強度も正篇よりもずっと下落している。宇治の三姉妹だけでなく、匂宮、八の宮、明石の中宮、女一の宮も、ほとんど全ての人物が「なやみ」をもっており、いつも何かに追い詰められている状況が語られている。宇治十帖が正篇と比べて淀んだ印象を読者に与えるのは、このように、病が全ての人物にあてはめられ、日常の中に位置づけられているためとも思える。正篇の人物たちが、明らかに病と認められる「なやみ」世界を生きていくのに対し、宇治十帖の女性たちは、「なやみ」よりも「なやまし」「心地あし」といった表現に見えるように、自分自身の感覚に根差したところから身体を意味づけ、捉えようとしている。むろん、正篇よりも宇治十帖が高度であることを強調したいのではない。正篇の中で出されてきた思惟と身体の問題が、宇治十帖の中でどのように引き伸ばされているのかを改めて確認したいのである。

病と並行して、「思ひ」の所在を語る方法も革命的な変化を遂げている。正篇の女君たちの表す思惟は、率直な思いとして読者に疑いなく受け取られていた。物語の叙述においても点描的であり、心の内側を示す貴重な資料となりえていた。正篇において、「思ふ」ことは「感じる」ことであり、「考える」ことも言い表している。それを全て「思ふ」で表していたのである。第二部に至っては、会話が表層で、思惟は深層であるという対立構造がより克明化されている。病が極まったときや死の間際といった、ぎりぎりの場所に追い詰められたその果てに、彼女たちの思いは走り出したのである。

宇治十帖では、そうした「思ひ」の形成構造が規定され直されている。同じ「思ふ」であっても意識と無意識の違いが発見されている。今まで見てきたように宇治十帖の三人の女君たちの思惟は、いずれも長大であり、何度も繰り返し語られている。この方法は、正篇でたびたび繰り返されてきた述懐という形式とも違っている。事件や出来事をどのように描くかというよりも、「心」をいかに物語化するかということに語り手の視点が動いている。しかも、心内語の中にまで自分の「思ひ」、他者の「思ひ」が入り込むような思惟の在り方は、正篇にはあまり見られない語り口であった。が、それは素朴な思いを語る態度とは違っている。正篇の思惟が人物の偽らざる内面と密着して語られているのに対し、宇治十帖の思惟描写は、思えば思うほどそれが空洞化されていき、必ずしも思惟が深層を説明しているのではないという結論に達した。

自分の思いを何度もたどり直し、そのつど自己規定を修正していくという女君の思惟のかたちは、ロゴスを獲得しようとする高まりそのものとして展開されている。総角巻の大君を旗手として、宇治の女性たちは、「思ふ」ことにおいて、世の中と関わっていこうとする意志をきわやかに宣言している。物語の舞台が都を離れ、宇治になった時に、心中思惟の場面が膨れ上がるのは何故だろうか。宇治十帖は八の宮の登場から始まっている。八の宮は宮廷社会から弾き出された人物であった。その娘である大君や中の君も疎外された状況の中で生活している。「思ふ」表現の重用、心理描写の飛躍的な長大化は、恐らく登場人物がそれぞれに孤立し、強力な庇護者に恵まれず、自分で世間を認識しなければ生きていくのが不安で困難な状況にあったことと無関係ではない。

自己規定の願望に激しく取り憑かれる宇治の三姉妹の造型は、きわめて高い身分と位をもつ藤壺よりも、紫の上にその陰画を求めることができよう。特に第二部の紫の上は、「思ひ」は持ってはいるのだが、それを語らないように、語ったとしてもひかえめに示していた。そうした抑圧された思惟が、病として発現されたのである。ところが、宇治の三人の「思ふ」女たちは、紫の上が得ようとつとめた前向きな姿勢を、はじめから放棄している。そして、懐疑的に後ろ向きにならなければ生きていけない世界を構築している。紫の上において十分に語りえなかった問題が、宇治十帖で改めて掬い取られ、全面的に言説化されているという動きを掴み取ることができるのである。

一様に三姉妹といっても、各女君において思惟と身体をめぐる規定構造は移り変わっている。しかも、個々に独立して物語があるというよりは、「姉」の物語が切り落としてきた問題を掬い上げ、挑戦し、互いに補完し合うようにして新しい方法が模索されている。当事者たちが実際に闘争しているというよりも、読みの中で姉妹の連続と断絶の構造を見取ることができるのである。大君においては「思ひ」が行動を起こすというように、思惟が身体を規定しており、紫の上的な方法意識が維持されている。ところがその妹の中の君物語に至ると、思いを語る場面の長さは共通しているのだが、その思惟は、身体によって方向づけられている。つまり移行の向きが大君と逆転し、姉と反対形式をとっているのである。中の君において執拗に繰り返される息苦しい「思ひ」は、妊娠という状況に縛られた身体においてしか表れてはこない。そして、さらにその転倒した関係構造は、浮舟物語の核として受け継がれていく。倫理の上では薫を愛すべきだとしつつ、身体という相においては多情な夫・匂宮に傾く中の君の、思惟から身体がはみ出していく姿は、まさに浮舟像の原型といってよい。中の君の登場なしには浮舟の出現はありえなかったのであり、浮舟の特性は、大君よりもむしろ中の君と多く共通している。初めから経験を拒否し、そのまま悟りを極めるに至る大君的なあり方ではなく、何故自分が成熟できないのか困惑し、途方に暮れているところを大きく描き出している。浮舟物語においては、さらに思惟が空転化され、それと比例して身体という問題が錯綜化し、追い詰められている。思惟に対する身体といったものではなく、身体の中の各相がさまざまなせめぎ合いを見せながら世界を感受する様子が語られている。三姉妹の物語によって表される思惟言語は、それまで曖昧に混ぜ合わされていた、「思う」「感じる」「考える」が、それぞれ全く違う次元の相をなしていることを、読みにおいて気づかせるようにして語られているのだと結論づけられるのである。そのような「思ひ」の質的な変化の様相は、身体という視点を導入することによって、明らかに見ることができる。そして、いかに思いを重ねたとしても悟りに行き着かない世界を宇治十帖において見た時、幼さから成熟へという路線、すなわち女性の内的な深まりや成長を深く印象づけ、悟りに達する行為としての思惟のあり方は、正篇的な世界だったのかもしれないことに気づくのである。

繰り返すが、本書では、正篇から宇治十帖へという動きを、進化としては捉えていない。宇治十帖を読み解くにおいて正篇の意味が改めて照らし返されてくることを確認しようとしているのである。宇治十帖の思惟には、心内語の中に「思ふ」表現が多く入り込むのに対し、正篇にはそのような現象はあまり見られないが、それは、正篇よりも宇治十帖の方が語りの水準が高いということではない。宇治十帖の登場人物には、他人の思惑を推し量り、気兼ねせずには、自分の思いが見分けられない弱さやずるさが引き出されているということなのである。さまざまな人間関係の中で、魂においては無防備であるようにして描かれていた正篇の人物に対し、宇治十帖の人々は、心においてさえ武装せずにはいられないのである。

そうした思惟と身体の世界を大きくとり囲む行為として「見る」という行為が浮上する。宇治十帖では薫や中の君が視点人物的な要素が濃厚であり、匂宮や大君、浮舟を「見る」人として設定されている。特に薫は他人の病を「とぶらふ」ことにおいて「見る」ことが先鋭化されている。中の君の方は、夫と薫を比較したり、姉や妹のそれぞれの生き方を評価している。男君の関心が、面差しや声といった、相手の身体的な特徴に主として傾斜するのに対し、女君の方は、「心」や生き方といった、他者の内面的な要素に強いまなざしが注がれるのが特徴となっている。彼らは共に、自分は一生傍観者のままで終わるのではないかという不安に、たえずさいなまれる人物として描かれている。薫や中の君がそれぞれに抱える疎外意識は、正篇において視点人物として多く機能する夕霧に通じている。

夕霧については、既に拙論「源氏物語における夕霧の役割―内在する視点―」(フェリス女学院大学国文学会『玉藻』33号一九九七・九)、「柏木物語の夕霧」(『フェリス女学院大学日文大学院紀要』第5号一九九八・一)において述べたことがある。本書における中の君への関心は、そのような、夕霧以来の系譜である、傍観者としての思いを女性が受け持っているというところから芽生えている。と同時に中の君は結婚や出産を経験し、彼女に「見られる」大君や浮舟が無縁に過ぎたところを生きている。また薫であれば、他者の病を「とぶらひ」続けているはずが、いつのまにか相手に「見られる」存在に切り替わっており、傍観している側の方に実は深い問題が潜んでいたことが露呈される。正篇において、夕霧が、六条院世界を構築した光源氏や密通のため恋死をした柏木を見るといったような、経験しない人が経験している人を羨望するという形がとられていない。正篇では限定的な役割であった視点人物の世界が、宇治十帖ではより複雑に両義的に押し広げられおり、一人物をめぐる「見る」側面と「見られる」領域を等価的に描き込んでいる。大君は中の君に「見られる」存在であると先述したが、総角巻を例にとれば、大君は中の君の結婚に、当事者以上に激しく感情移入しており、大君の方がむしろ中の君を「見て」いるといえるのである。宇治十帖の視点人物描写は相互貫入的であり、性役割を越境し、たえず発想の転換を読者に要求している。

本書では主に身体を、「なやみ」という視点から読み起こしている。病という時空もまた、大君物語までは死と深く結びついているが、中の君、浮舟においてはそれが生の領域に引き付け直されているのだと見極めている。中の君や浮舟の「なやみ」が、「病」という規定を読者の方で懐疑せざるをえないほどに、日常世界に位置づけられ、ひたすらなる停滞と苦しみが繰り広げられているにも関わらず、その奥底には生の光が透けて見えるのである。源氏物語の最後に残された問題は、中の君物語では後期物語の、浮舟物語で呈示された「食」への視点は、飢えや断食を克明に描く中世説話のそれぞれの世界へと扉を開いているように見通すことができよう。

源氏物語における正篇から宇治十帖へという流れを追った時、改めて異質な文体や意味構造を持っていることが了解される。しかし、そうした語りの革命は、言葉や表現の反復なしにはありえなかった。本書ではその反復しながら徐々に異化されていく問題を、思惟と身体という視点から改めて光を当ててきた。繰り返すが、「思ひ」も「なやみ」も共に、華やかな行事や儀礼とは裏腹の、「褻」の世界において反復されている。しかし、そのような地味な運動は、物語世界を支えかつ切り開く大きな力となりえている。源氏物語は、その物語展開が進むにつれて、より一人物の個的な感覚から測定されたところの自然や社会が色濃くあぶり出されている。各人物、各局面によってそれぞれに探求される「私」への問いは、思惟と身体の関連構造を読むことにおいてしか、読者に「問い」として感受されはしないのである。

あとがき

本書『源氏物語における思惟と身体』は、一九九七（平成九）年から始まり、過去約六年間、大学院博士前期・後期課程在学の中で源氏物語について書いた論文を、既発表・未発表共に含めた状態で編成したものである。既発表論文との関係については、以下の通りである。加筆・訂正の上、章立の中に組み入れている。

Ⅰ　第一章　原題「照らし返される藤壺―幻視が意味づける若紫垣間見―」（『日本文学』一九九九・九）

第二章　原題「〈異化〉の方法―朝顔巻試論―」（『フェリス女学院大学日文大学院紀要』第7号二〇〇〇・三）

第三章　原題「若紫の渇きと屈折―光源氏の欲望の陰に―」（『フェリス女学院大学日文大学院紀要』第6号一九九九・一）

第四章　原題「〈なやみ〉と〈身体〉の病理学―藤壺をめぐる言説―」（『源氏研究』第5号翰林書房二〇〇〇・四）

宇治十帖をめぐる論考は、全て未発表のものである。初出の順から明らかであるように、本論における源氏物語研究の出発点は、「見る」ことを通して感受される世界をめぐる語りと言説の問題であり、次第に関心の方向が、より身体的な領域に移り、さらに対話や思惟といった、より言語的でロゴスと関わる分野へと傾いて現在に至っている。正篇の論理体系を中心に研究を進めてきた私にとって、大学院博士後期課程の二年目から取り組みはじめた宇治十帖研究は、遅々として捗らかった。演習の授業ではちょうど宿木巻を輪読していたが、発言を求められても、十分に意見を述べられない場面が何回も続いた。華やかな宮廷儀礼や祝祭を中心に据える物語正篇と同じような思考方法では、宇治十帖の闇の世界を捉えることはできなかったからである。そのことに容易に気づかず、宇治十帖論として問題を立て、独自の認識を深めていくには、非常に時間と気力を必要とした。しかし、物語表現を読み解く上で、一枚一枚薄紙が剥がれていくような喜びと充実感はたとえようもなく、今後もさらに対象領域を広げていきたいと思っている。

私が平安時代の作品を学びはじめた九〇年代半ばは、作家と作品を切り離して本文を読むという方法が既に定着し、常識化していた。そして、視線や身体の研究が、物語において活発に行われていた時期であった。私が大学二年の時に履修した、九四年度の「日本古典文学史」の授業で、「テキスト論」を半年にわたりじっくりと教えてくださった東原伸明先生の講義内容の印象が、それから十年近くたった今でも鮮烈である。そのような方法に新しい可能性を感じ、力づけられるようにして始めた物語研究であったが、研究態度の基盤が革新後の方にあるので、旧世代の研究のどのようなところに問題があったのかを十分に理解しないまま、研究を出発してしまったことも事実である。却って旧来的な研究方法に新鮮な魅力を感じることもしばしばであった。現在は、自分のスタンスに合っていれば、作家論もテクスト論も問わずに受け入れていきたいというのが率直な感想である。今の研究状況を自分なりに見極め、新しい研究によって切り落とされてきた問題も改めて掬い上げ、含め合わせつつ、新旧の研究に架け橋をかけるような研究をこれからはしなければならないと考えた。

本書で主として展開した、思惟と身体という切り口は、いわばその試みの一つである。旧世代は思想面に、新世代は身体に関心を寄せる傾向が強い。そして、私が源氏物語研究を進めていく上で、非常に印象に残ったのは、登場人物の女性が、病気になったり、妊娠したりするその度に、悲観したり、絶望的になり、けれどもそのような苦痛の過程を経て、普段見ないようにしていた自己という問題が改めて女君の中で捉え返されていくという場面設定の語り方であった。日常生活の中では押し殺していた心の内側が、病や妊娠という場においてまざまざとよみがえるような語りのしくみとは一体何なのかという問いが、一読者として素朴に感じる上でも、常に自分の心から離れなかった。本書はそうした問いに対する自分なりの回答を試みたものである。私が捉えようとする身体とは、そのような、女性がものを思う基盤としての病であり、生理である。

こうした関心を論理化していくことは、近年の身体論の隆盛なしにはありえなかったといってよい。言葉以外のところで個人の繊細さや弱さを照らし出すような語りの装置があるのではないかという問題意識は、思想ではなく身体によってこそ育成が可能であったと思えるからである。しかし、その一方で、思想的な面に心を傾け、ロゴスを力強くひたむきに追求する旧来的な研究姿勢に惹かれたことも事実であった。読者が同じ国文学研究者に限定されている印象はさすがに拭えないが、あくまで言葉で闘おうとする強靭さ、禁欲的な文章に見え隠れするエランに圧倒され、こがれた。古い時代の空気をじかに知っている研究者と違い、新しい研究状況の中から出発した私には、無条件に魅力的だったのである。有効な点は積極的に摂取しようとつとめた。

このように、他の研究者と比べて混乱した価値観に支配されていた私であったが、だからこそ身体的な研究の一方で、人物の思惟がどのように語られているのかを改めて考えたかった。序文でも触れたが、思想と身体は長いこと分離した状況にあった。それに対し、本書ではそのような二元的な考え方ではなく、「思惟や身体」が一致しながらずれもするという間の領域を探し求めている。それを「なやみ」や「思ひ」といった視点から掘り起こしている。これらの語は共に、苦しさ及び人間の停滞を具現する言葉であり、共同体であるよりは、個的な領域の中にある。「なやみ」や「思ひ」は負の領域であり、病や死は、そうした停滞した世界として総括することができる。しかし、停滞し、同じことが繰り返されていているからという理由で、物語的問題として切り落とすことはできないと感じた。本論で掬い上げようとしたのは、源氏物語全体を貫く、個的な問題と密接に関わるものとして表出される、停滞の中で表される生の現場である。それは、一見不毛で無意味に見えながら、きわめて有機的な、豊かな世界として、物語の底部に胚胎している。特に、完結しようのない世界に投げ出されている中の君物語や浮舟物語において描かれる停滞した時空は、錯綜した物語世界に重力を与えている。病や苦しさを死の世界に方向づける大君物語に対し、それ以降に続く物語では、病や死の中にあって、あるいは迷いや未完結の中にあって、なおかつ生を志向し、渇望するという方向に力点が置かれている。源氏物語において、「生きる」ことの肯定は、病や死を排除することではなく、最終的にはむしろそのような沈殿を印象づける世界の側からなされている。意味がたえず二重化され、不条理に満ちた停滞の中で、抑圧された魂が解き放たれ、生が生として輝きを放つ瞬間、それを、日本の平安時代の文学である源氏物語の中でとらえようとすることが、本書の試みである。

本書は、二〇〇二年度に提出した博士論文をもとに構成されている。博士論文の作成にあたり、三田村雅子先生、松井健児先生、森朝男先生、宮坂覺先生に大変懇切丁寧な御指導をいただいた。指導教授の三田村先生には、大学・大学院を通じてお世話を受けている。先生からは、「読む」ことの意味や問題の立て方などについて深くお教えいただいた。授業では、自分の個人的な感想や意見をいつも有機的な論になるよう方向づけてくださった。本文の言葉を丹念に読み解くと同時に、読者に潜在する問いに答えるような明確な意味づけを論理として呈示する、その断定の強さは、終始私の中で目標となっている。また、中世文学がご専門の三木紀人先生、谷知子先生、漢文学の末岡実先生からは、専攻の領域を越えて、大学院の演習の授業や、ティーチング・アシスタント等を通して、問題の立て方において深い影響を受けた。さらに、横浜市立大学の三谷邦明先生、白百合女子大学の室城秀之先生、日本大学の阿部好臣先生、学習院大学の神田龍身先生は、物語研究会や源氏物語を読む会、日本文学協会部会といった、学外の研究会を通じて、所属の異なる私に、さまざまな方法意識や、解釈と視点の可能性を教えてくださり、ともすると単調化し、一つの方向に流れがちであった自分の研究方法に、幅を広げることができた。先生方のために、一生懸命努力していた自分を告白する。心より深く感謝申し上げます。

また、本論を支える問題意識の殆どは、大学院の授業や研究集会によって膨らませることができたものである。大学・大学院の先輩を始めとして同級生及び後輩の方々、学会、研究集会の会員諸氏、さらに学外の場面で知り合ったさまざまな友人との出会いなしには、学問に思いを燃やし続けることは不可能だったと思う。併せて心から感謝申し上げる。そして、快く刊行をお引き受けくださった翰林書房の今井肇・静江両氏には、並々ならぬお世話をいただいた。厚く御礼申し上げます。最後に、家庭において陰ながら自分の活動を支え、見守り続けてくれた父母に、この場を借りて感謝の意を表したい。願わくは、この拙い一冊が状況の一角を切り崩すささやかな跡となりますように。

二〇〇四年三月　　石阪晶子

※本書の刊行に際し、財団法人横浜学術教育振興財団より研究論文刊行費の助成を受けた。

索引

◉作中人物

【あ行】

葵の上……23 45 47 60 71 224 238 242 261 357
明石の君……62
明石の中宮……102 109 202 226 285 287 303 358
秋好中宮……61
朝顔の姫君……59 60 76 77
按察使の大納言……163
一院……43
一条御息所……64
妹尼……277 291 293 311 320
浮舟……12 13 110 128 166 207 224 288 303 320
浮舟の妹……136 303
右近(浮舟の乳母子)……225 134 276
空蟬……61
大君……12 64 99 103 115 118 124 138 142 158 165 191 261 288 332 351
大君の女房たち……162
大宮……77
朧月夜……78 101
女五の宮……59 76
女三の宮……62 85 102 113 137 168 187 222 224 227 238 287 304 332 357
女二の宮……168 194 232

【か行】

薫……12 34 103 108 114 123 169 202 208 224
柏木……64 65 85 108 113 114 126 224
北山の尼君……27 42 44 50 51
桐壺院……33 43 65 96
桐壺更衣……96
今上帝……112 168 202
今上帝女一の宮……136 287 306 358
源典侍……59 76
弘徽殿女御……91
小君(浮舟の弟)……279 326
惟光……21 34

【さ行】

式部卿宮……76
少将(中の君の女房)……226
少納言……21 34 37 48
末摘花……43 61
朱雀院……168

【た行】

中将の君……276 304 308
頭中将……19

【な行】

中の君……12 13 109 121 123 130 158 166 202 207 222 241 288 303 351
匂宮……107 114 121 202 204 208 225 358

【は行】

八の宮……107 150 191 358
八の宮の北の方……242
母尼……136 293 298 300 321
光源氏……17〜22 37 54 59 86 113 140 224 272 313 338
兵部卿宮……20 47 49
藤壺……17〜22 34 40 59 84 222 224 261 288 313 351
弁の君……162 202 309 347

【ま行】

紫の上……19 49 59 80 85 140 187 222 224 227 261 272 332 338 354 357 359

【や行】

夕顔……61 71
夕霧……34 72 108 114 126 136 168 169 202 238 362
横川の僧都……284 285 291 293 305 311

【ら行】

六条御息所……61 64 68 238 332
六の君……136 169 181 208 231

【わ行】

若君（匂宮第一子）……231 259
若紫（紫の上）……17 18 20〜36 54

◉巻名

【あ行】

葵……28 69
明石……73
総角……124 142 144 146 153 154 156 158 160 162 164 165 167 178 191 192 249 359 362
朝顔……29 59 63 65 68 71 72 78 81
東屋……109 208 209 224 230 231 262
薄雲……59 61 94 313
浮舟……208 328
絵合……67

【か行】

蜻蛉……134 138

【さ行】

賢木……30 90 92
早蕨……202 231
椎本……107 108 137
末摘花……42 43 56

【た行】

手習……267 268 273 282 283 285 300 307 310 318 333 340 345 347

【は行】

橋姫……156
帚木……53

【ま行】

幻……137 268 272 273
澪標……67 90 94
御法……85
紅葉賀……42 43 45 90 92 354

【や行】

宿木……109 122 127 163 166〜168 170 173 177 181 184 191 192 202 207 208 231 240 247 259 265 347
夕顔……136
夢浮橋……326 347
横笛……34 72

【わ行】

若菜上……62 142 168 227
若菜下……85 222 354
若紫……19 23 32 39 42 43 45 92 137 295

◉事項

【あ行】

愛情の飢え……55
曖昧化……222 224
愛欲……12 278
「青み痩せ」……304 308
「飽かず思ふこと」……66 97 99
「飽かぬ」こと……208
「秋（飽き）」（掛詞）……184
秋山虔……60 61 81
総角巻の語り……149
「悪し」……305
「東国人」……310
「あつかひ」……125
暑気……234 236
姉……12 155 179 191 205
「姉」幻想……198
「姉」の物語……12 360
阿部秋生……100 102
尼……270 338
阿弥陀仏……74
荒ぶる力……55
「あはれ」……146
安斎随筆……265
安産……337
安子（藤原）……242
言いさし……68
飯沼清子……100 264
異化……63 80 81 363
医学……220 221
医学的見地……8
五十日の祝い……232
異空間……40
池田和臣……201
池田節子……139 161 162 264
諍い女……230
意識……316
意識の先取り……32
石山参籠……137 304
石山寺……304 309 351
異種……329
異性愛……193
伊勢物語……137 199 205
市川浩……262
一回的……307
一夫多妻の社会……200
伊藤博……63 82
「いとほし」……211 225
胃の違和感……321
井上眞弓……101
「命」……13 218 316
「命短き族」……242 243
井野葉子……203 219 350
いびき……322 329
異物……124 262 315 321 322
異物感……261
異物原理……261
異物との対抗関係……260
異母妹……208 224
今井源衛……81 205
今西祐一郎……81
意味構造……7 107 124 209 363
意味世界……10
「意味」の可変性……71
意味の所有……253
妹……12 155 179 191 195 198
妹たちの物語……161
「妹」という視点……200
「いやめ」……130
違和感……320
岩田帯……265
岩波古語辞典……56 305
飲食……287
「上」……207 224
飢え……363
迂回の方法……209
浮舟事件……128
浮舟像の原型……360
浮舟の歌……353
浮舟の垣間見……259
浮舟の思惟……215 267
浮舟の失踪……214
浮舟の出家……352
浮舟の「なやみ」……327

浮舟物語……12 113 126 133 139 216 268 289 340
浮舟物語の始発部……309 346
浮舟物語の前奏……110
浮舟論……166
「憂し」……69 82 128
宇治……113
宇治院……299 350
「憂し」から「つらし」への転換……69
宇治川の対岸……113
宇治十帖……8 10 11 103 107 108 116 126 136 137 222 224 228 289
宇治十帖の思惟……152
宇治十帖の女性……358
宇治の三姉妹……348 358 359
宇治の論理……232
嘘の自覚……184
内と外……357
内なる格闘……100
内なる屈折……241
内なる言葉……95
内なる抵抗力……85
内なる倫理……258
「うちはふ」……295 296
うつほ物語……56 123 223 244 245 310
移り詞……176 274
産養……193 232
「恨む」……68
「うれし」……331
栄華……94
栄花物語……223 242
映像……18 33 66
越境……345 362
榎本正純……205
演技……281
遠景……229
老……152 298
「おいらか」……141 188
王権……357
王権的な次元……206
王権的な問題……239
王権論……246
王者としての復活……24
大朝雄二……56 100 201
大君願望……192
大君研究……142 162
大君の病……151
大君の「我」……154
大君物語……12 119 139 142 145 192 348
大君物語の影響……177
大君物語の語り……161
大君物語の方法の反復……248
大君論……166
大久保優子……83
「大殿籠る」……111
大文字の病……229
大森純子……101 351
起きる……341 342 343
起きる女……345 347 348
「起く」……341 343 346 354
臆測……141 175 185 190 219 221
臆測的なまなざし……192
（山上）憶良……287
「起こす」……346 347
尾崎左永子……102
幼さ……361
「おずし」……215
音……289
「おなじ蓮にとこそは」……74
鬼……322
鬼一口譚……353
小野……284 322 324 326 352
「思し集む」……182
「思し変る」……182
「思し沈む」……177
「思し知る」……98
「思し嘆く」……98
「思しめぐらす」……149
おぼろげな感覚……32
朧月夜の「なやみ」……101
「思ひ」……12 13 174 177 180 186～188 195 205 209 212 348 360
「思ひ明かす」……320
「思ひ出づ」……143 267 320
「思ひ出づ」の時間性……284
「思ひ隈」……119
「思ひ隈なからじ」……152 205
「思ひ隈なし」……143
「思ひ沈む」……143 144
「思ひ忍ぶ」……132 144

「思ひしむ」……143
「思ひ知る」……143 145 163
「思ひ続く」……143 149
「思ひ」の空転性……214
「思ひ果つ」……143 144
「思ひ乱る」……142 150
「思ひ寄る」……143 144
「思ふ」……152
「思ふ思ふ」……174 176
「思ふ」女……12 165 177 180 360
「思ふ」ことの禁忌性……199
「思ふ」表現……127 139 142 145 156 174 361
「思ふ」表現の重用……359
「面影」……29 80
面差し……80 361
「思ひ」……358
「思ひ構ふ」……143 144
「面痩せ」……50 51 113 130 317〜319
「面様」……29 80
親……237
音楽……270
女一の宮（うつほ物語）……123 124 244
女一の宮の「なやみ」……352
女君の視線……356
女君の凡庸性……189
女三の宮の「なやみ」……137
女三の宮の出産風景……89
女主人公……166 198 200
女主人公論……172
女二の宮裳着……232

【か行】

外界……287
階級……222
懐旧のイメージ……271
解釈……317
回想……180 267 268 284
回想の論理……268
懐胎……122
懐妊……85 89 101 120 123 124 179 222
回復……289
外部世界……220
垣間見……17 20 26 28 309
会話……133 141 163 210 265 281 284 340 358
会話文……153
「顔がはり」……130
薫の視線……253
薫の「なやみ」……131
薫の「我」……134
『河海抄』……42
係助詞「なむ」……91
書く……352 353
「書く」意識……333
覚醒……346 347
かぐや姫……199
加持祈祷……288 299
過剰性……167 339
過剰な意味……221
過剰な累積……336
過剰弁明……335 337 339
「頭」……342
柏木の病……114
柏木物語……113 114
仮想……196
仮想の愛……259
家族……262
形代……21 24 61 81
語り……85 198
語り手……21 26 130 141 186 193 202 213 215 230 233 274 359
語り手の意識……26
語りの革命……363
語りの構造……193
語り手の批評……185
語りの偏差……120
語りの方法……78 268 273
カタルシス……259
価値顛倒……216 260
価値の決定不能性……185
葛藤……355
カテゴリー……187
加藤昌嘉……137
加納重文……81
髪……163
神尾暢子……100
柄谷行人……201 263
川……322 349

河添房江……34 35 56 58
感化……39
考えにならない考え……32
感覚的なまなざし……32
関係概念……180
関係構造……7 11 360
換骨奪胎……209
「髪ざし」……27 29 32 80
漢詩……133
感じ……27 28 31 88
間主観的な領域……8
感受の方法……129
神田龍身……136 137 163 219 265
観念……127 193
観念性……124 145 157
官能……268
観音信仰……337
関連構造……23
記憶喪失……293〜295
記憶の遡及……269
帰郷願望……233 251
記号性……100
貴族……222 310
北山……24 39
北山の垣間見……346
北山の光源氏……34 137
規定構造……360
「君にぞまどふ」……278
逆照射……188
逆説……131 135 197 246 300 316
逆説的な言葉……237
逆説的な浄化作用……188
逆説的な状況……312
逆転……133
逆の意味合い……32
逆の本質……135
救済の問題……24
宮廷行事……348 357
宮廷社会……359
境界……313
挟撃意識……329
行幸……42
行事……363
共食……310
共振……129 352
共振性……136
共同幻想……119 125 249 271
共同体……357
共同体的な概念……288
局面……357 363
「きよげ」……295
拒食……150
儀礼……363
儀礼的……114 357
吟誦……133
近代小説の「病」……221
近代文学……221
食う……290
空間……13
空間感覚……276
偶像破壊……60 63
空転……178 348
空洞化……359
「屈す」……50 51 53
葛綿正一……349 353 354
「くだもの」……309
口……312 313 315
屈折……141
屈折感……51 53
屈折した論理……93
工藤進思郎……203
工藤庸子……349
国譲中巻……245
国譲巻（うつほ物語）……123
「隈」……141
「栗」……309 310
狂い……340
「苦し」……124
苦しさ……355
「苦しむ」……135 245
薫香……102
褻……355 363
「…げ」……24 308
景……38
敬語……215 268
「気色」……24 249
「下衆」……308 350

結核……221
結婚……152 169 176 180 204 362
結婚拒否……150 155
結婚采配……193
「けはひ」……249
「けり」（助動詞）……195
幻影……196 199
幻覚……22
「健康」に対する幻想……304
験者……350
幻視……33
『源氏物語絵巻』……224
『源氏物語講話』……55
『源氏物語新釈』……137
『源氏物語評釈』……47 53 56
言説空間……221 355
言説分析……26
現世利益……327 337
幻想……28 29 120
幻想の裂け目……22 87
幻想の偏差……79
「恋」……57
恋死……114 115 362
後期物語……198 363
効験……305
交錯する時間……41
皇女……76 77 81 169
皇女幻想……79
口唇……349
口唇の欲動……290
構造分析……100
行動主体……66
行動論理……138
紅梅の香……273
「幸福」への妥協……209
声……138 163 322 361
声にならない声……95
コード……356
五戒……324 330 331 338
誤解の構図……85
古今・恋四……46
古今・雑上……46
『湖月抄』……42
「心地あし」……304 305 320 323 324 327
「心」……319
「心憂し」……89 98
「心おきて」……195
「心」の付く形容詞……139
「心深し」……215 219
古事記……287
「腰のしるし」……250
小嶋菜温子……83 101
個人……357
個人の感覚……109
古代……287 288
古代的な心性……356
個的な感覚……288
個的な自己……97
個的な問題……7 95 348
呉哲男……349
琴……270
後藤祥子……285
子ども……50 52 235 237 262 344
小林登……263
小林正明……83
語法……17 27 32 92
「こほりとぢ」（歌句）……79
小文字の病……229
「籠り」……307
籠もりの時空……288
「籠る」……109
孤立と連帯……155
「衣」……333 334
衣の縫製……336

【さ行】

差異……127 135 164 178 331
差異化……156 179
罪業……74 80
西郷信綱……82
差異性……62 156
在俗の象徴……334
斎藤暁子……34
斎藤昭子……203
斎藤美奈子……222 264
細部の読み……355

『細流抄』……56
「幸ひ」……185 208 209
「幸ひ人」……172
避けがちな視線……235
狭衣物語……219
「ざし」……17 18 24 25
作家論……205
悟り……344 360
「さま」……24
更級日記……206
「さりとも」……157
沢井あかね……163
三姉妹……11
三条宮（うつほ物語）……56
残像……79 81
産婦……102 124 183
死……152 159 219 290
「じ」（助動詞）……151
思惟……7〜13 115 127 128 140 220 221 358 361
自意識……196 197
自意識の球体……177 185 213
思惟の空転……189
思惟のねじれ……145
思惟の様式……139
思惟の領域……129
試楽……43
時間意識……285
時間軸……44
自虐的な願望……322
自己違和……246 260 262 339
自己運動……99
自己規定……175 217 233 359
自己欺瞞……283
自己言及……134 153 173 183 212 217 285 305 320
自己対話……177 186
自己同一性……12
自己把握……180 189
自己批判……217
自己矛盾……129
視座……30
自殺願望……349
自殺の罪……215
視線……10 192
自然……363
視線描写……17
「下」……141 188
嫉妬……141
失楽園……248 272
視点……10 11 12 23 60 78 172 195 198 204 222 355
視点人物……11 117 128 200 362
死と再生……357
死の穢れ……304
「忍び返す」……181
地の文……153 191 267 278
死の欲動……322
自発表現……162 202
死病……357
自閉の願望……346
自閉の場……112
死への欲動……215 288
姉妹……109 122 125 156 172 200 230
姉妹の意識のずれ……158
姉妹の差異……158
島内景二……100
島津講話……37 42 44 55 56
島津久基……55
清水好子……56 58 63 64 82 100
「霜枯れの前栽」……38
社会……363
自由間接言説……26 146 169 267
宗教……103 128 284 328
集積……179 189 218
執着……33 67 73 98 224 291
受戒……331
主観……19 26
主観的……27 30 31
受苦……99 222
祝祭……310
祝祭空間……260 357
祝祭的な営み……223
縮小再生産……348
述懐……268
出家……93 150 159 278 290 324 325 331 332 342 344 345 347
出産……86 89 98 101 187 195 197 222 223 303
上京……180
彰子……102
小説的主題……222

焦点化……31
情念……46 96 98 132 199
成仏できない藤壺……74
食……290
贖罪……60 64 77
食の風景……310 351
食への視点……310
食欲……310 315 320
叙述上の感染構造……228
女性……10〜12 34 96
女性空間……260
女性の意識……147
女性の意識描写……12
女性の思惟……11 165
女性批評……79
所有意識……245 254
「知らず顔」……225
「知る」……164 216
しるべ……204
心情表現……144
心象風景……80
心情を映す表現……35
深層……7 188 359
身体……7〜11 13 17 18 85 100 126 151 161 198 220 347
身体化……7 98 99 109 115 116 256
身体感覚……88
身体叙述……84 87 89
身体的受苦……97 99
身体的な視点……348
身体という視点……361
身体の他者性……12 258 260
身体部位……313
身体論……84
心中思惟……51 69 152 168
心的距離……28
心内語……140 141 145 153 267
人物の心情……26
「水飯」……290
睡眠への強烈な欲求……52
推量・婉曲の「む」「らむ」……145
菅原孝標女……206
「宿世」……99 128
宿世……103
朱雀院行幸……41〜44
鈴木一雄……82
鈴木日出男……82 83 100
鈴木裕子……137 350
「すずろなる人」……211
「修法」……306
須磨・明石……67
青海波……43
正妻……194
成熟……360 361
成熟拒否……241 344
「精神と身体」……220
聖地……328
静的……346
生と死……349
生の現場……135
生の本質……188
生への希求……219
正篇……11 115 116 119 126 135 136 140 174 222 224 229 338 346 348 357 358
正篇と宇治十帖の違い……355
正篇の思惟……152
生命の他者性……316
生命力……342 349
性役割……362
西洋思想……8
西洋哲学……8
生理……86 124
清涼殿……43
咳……322
関根慶子……82
寂寥の時間帯……53
世間……359
世代の交替……81
接写的……291
前期物語……199
相関性……18 27
相互貫入……362
草子地……163 185 189 197
喪失感……53
喪失した世界……278 279
相対化……49 193
相馬知奈……350 352
疎外意識……362

疎外された状況……359
遡及運動……267
属性……286
俗世への断念……283
測定意識……190 212
俗への執着……334
齟齬……215
底を割らない世界……240
存在感覚……344
存在性……196
ソンタグ、スーザン……102

【た行】

第一部……59 60 62 224 358
第三者の視線……141
胎児……88 124 207 223 233 261
対象物……356
態度変更……217
第二部……142 168 170 224 229 358
第二部の紫の上……360
対立概念……189 349
対立構造……279 358
対話……66 73 97 98 267 284 285 312 345
対話空間……248
対話構造……196
対話の意志……338
対話の力学……340
高橋汐子……286
高橋亨……35
高橋文二……82 268 285
「たけきこと」……333
竹取物語……199 205
武谷恵美子……203
多産性……198
他者……10 22 50 81 89 92 117 121 124 129 145 157 215 273 280 347 349 362
他者意識……91
他者からのまなざし……131
他者の思いやり……112
他者の容認……287
惰性……176 181 195
「立ち出づ」……33 34 38 39
橘の唱和……133
脱構築……108 161
谷崎潤一郎……221
旅……298
食べ物……290 304
食べる……290 309 349
玉上卓彌……47 53
断食……363
誕生……222 223 234
「誕生」という視点……264
誕生物語……222
男性……10 11
男性の「なやみ」……107
断念の美学……199
単発的な「なやみ」……339
知覚……290
置換不可能な一個人……62
蓄積された過去……77
千原美沙子……162 201
着帯……235
治癒……309
中間項……159
中宮……75
中世説話……363
「帳」……109
超自我……189 190
重複する時間……41
治療……220 289
鎮魂……63 199
対幻想……120 154
追想……80 239 273 283
通過儀礼……41 184 356
「つき」……18 24 25
月……80 271
作られた共感世界……119
「つとふたがり」……50 51
罪……65～68 87 88 96 99 103 151 157 188
「つらし」……68～70 82
「頬つき」……27 32
つわり……88
諦観……103
定子（藤原）……242
停滞……355 363
停滞した状況……348

手紙……269
テクスト……197
「てけり」……216
哲学……220 221
手習……290 326 333 340
「手に摘みて」の歌……22
「てむ」……151
天皇……169 246
藤花の宴……259
東郷克美……263
東国の風景……273
倒錯性……353
同性愛……131
動的な姿……346
独詠……137
徳江純子……136
読者……26 50 166 192 347 358 363
読者の感情移入……186
独身……159
独白……159 175
突発性の連続……59
「とぶらひ」……108 116 122 125 303
富岡多恵子……352

【な行】

内的衝動……21
内部世界……158 220
内面の告白……197
内話文……175
中井久夫……262
中島尚……203
仲忠……56 123 124 244
「なかなか」……315 317
中の君研究……203
中の君邸……303
中の君と浮舟……261
中の君の歌……184
中の君の「思ふ」表現……201
中の君の妊娠……120
中の君批評……185
中の君物語……12 120 121 139 165 178 185 219 220 348
「中の宮」……180
「…ながら」……174
「なごり」……50 51
「情」……133
「撫で物」……268
「など」……17
「何心なし」……36
涙……31 33 132〜134 204 273 283
「なむ」……151
「なやまし」……109 136 224 241 248
「なやましげ」……241 304
「なやましさ」……88 149 243
「なやみ」……10 13 84 98 107 121 217 222 224 288
「なやみ」幻想……116 121 125
「なやみ」構造……110 309
「なやみ」の逆説……256
「なやむ」……241
「なやむ」と「なやまし」……255
「なりけり」……150
匂い……289
「にほひやか」……20 21
匂宮の視線……253
二条院……39 44 224
日常……348
日常空間……126
日常生活……184
日常世界……348 356 362
日常的な風景……348
日本書紀……287
女院……67 96
女房……160
「庭」……37 39
「庭の砂子」……38
認識構造……356
認識の錯誤……63
認識への欲望……161
妊娠……11〜13 179 187 222 356 360
妊娠小説……222
妊娠物語……237
寝覚の上……198
寝覚物語……198 205
「念じ返す」……181
望まない妊娠……238

【は行】

バイアス……224
媒体……172
排他的な構造……271 273
排他的な「なやみ」構造……123
「ばかり」……17 24
萩原広道……56
「恥」……13 176 235 255 257 262 315 316 343
橋本ゆかり……350 354
場所……285
「恥づかし」……257
「蓮の実」……290
長谷……305
初瀬信仰……327
長谷寺……320 328
長谷寺参詣……298 329
破綻……348
発熱という現象……315
母……180 209 279
母尼発病……350
母と息子の物語……351
母の病……351
母娘関係……351
原岡文子……34 55 57 58 60 82 163 202 203 235 264
腹帯……122 235 250 252 265
パラダイム……221
反大君……179 193 196 251 261
反照……30
反世界……356
反措定……355
反転構造……181
光源氏の王権……94
光源氏の死……273
光源氏の主観……31
引歌……46
土方洋一……200
「単衣」……334
「人形」……268
「人」に対する規定……276
「人の命」……316 319
「人木石にあらざればみな情あり」……132 133
「人笑へ」……175
「人笑はれ」……91
皮肉な現象……280
非日常……348 357
病気……11
病苦……85 97
病識……240 242
病者の光学……340
表象……18 317
表層……188 358
病相と病識の乖離……244
病理……100
廣川勝美……285
広田収……82
『広道評釈』……42
琵琶……270
不快な刺激……248
複数化……224
複数の「なやみ」……228
不幸の自覚……183
藤井貞和……57 64 82 285
藤壺幻想……29 51 61 63 79
藤壺像の本質……86 98
藤壺という「記憶」……81
藤壺と紫の上……80
藤壺と若紫の対称性……41
藤壺の人物論……100
藤壺の「なやみ」……86
藤壺の霊……60 63〜65 69 74
藤壺物語……60 63 81
藤村潔……201
「伏し目」……304
藤本勝義……200
藤本宗利……349 353
「臥す」……342 354
臥す女……342 345
父性……259
付着語……17
仏教……337
仏教的な罪……189 199
負の世界……349
負の要素……319
不眠……320 321
文学……287

分水嶺……220
平安時代の物語……200
「隔て」……204 336
「変化」……299
弁証法的な流れ……179
傍観者……262 362
忘却……281 282
望郷……283
「方便」……128
方法意識……142 356 360
暴力的な記憶……283
亡霊……63 78
母胎への回帰……280
母胎への執着……282
「ほど」……17 24
仏の教え……128
ホモソーシャル……108 126
堀内秀晃……35 56
「堀江漕ぐ」（歌句）……46
煩悩……188 199 281
本復……289 319

【ま行】

「まゐらす」……318 319
「まゐる」……314 319
「真木柱」……131
枕草子……75
枕草子の美意識……76
松井健児……101 136 137 349 353
まなざし……28 190
継母……141
「まめ」……117 120
「まめやか」……126
「眉のわたり」……27
迷いの運動……297
「身」……96 160 191
見え方……24 26
「見える」……26
見える世界……27
身代わり……61 81
「水」……314 349
「御簾の内」……112 115 132 137
「水」の問題系……290 291
三谷邦明……35 100
三田村雅子……83 101 102 137 162 200 204 205 263〜266 285 349 350 353 354
「乱り心地」……228
「乱る」……135
「道の空」……299
「御帳」……111
ミッチェル、マーガレット……266
密通……85 111 113 362
密通の可能性……249
「身」と「心」……138
「身ども」……153 164
箕形如庵……219
身分……208
三村友希……137 202 251 264 349
都社会……190 348
都の論理……168 232
宮下雅恵……205 266
未来……206 284 312
見る……356
見る側の心情……72
「見る」ことによる癒し……40
見る主体……24
見る／見られる……108
「見る／見られる」の逆転構造……131
岷江入楚……204
「む」（助動詞）……175 242
無意識……196
無意識の感情……146
無意識の願望……133
無意識の媚態……55
「昔」……268 270 282 283
昔男……137
昔語り……77 78
「昔物語」……150
無限運動……186
「武蔵野」（歌語）……53 54
矛盾……279
胸の病……92
紫式部……200
紫式部集……205
紫式部日記……18 102
紫の上の限界……62

紫の上の思惟……140, 141
紫の上の視線……356
紫の上の登場……19
紫の上の病……85, 119
「紫の一本ゆゑに」（歌句）……46
「紫のゆゑ」……79
「紫のゆかり」……22, 30
室城秀之……352
目……312, 313
冥界の藤壺……81
召人……208
乳母……37
目の欲動……312
「めり」（助動詞）……175
メルロ＝ポンティ、モーリス……101
孟津抄……219
もどき……47, 49
物思い……29
物語化……359
物語基盤……348
物語空間……198, 347
物語行為……7
物語世界……7
物語的意義……7, 9
物語的過程……347
物語的現場……222
物語的方法……221
物語展開……222
物語表現……7, 9, 197
物語方法……199, 348
物語論理……260
物の怪……64, 119, 222, 224, 300, 304
モラル……192
森一郎……100, 102, 203
森藤侃子……60, 61, 81

【や行】

薬湯……311, 349, 353, 354
八島由香……205
野心……33
「痩す」……317
宿木巻の語り手……186
病……10, 13, 98, 100, 103, 107, 124, 220
病幻想……247
病性……261
病の記号性……102, 221
病の長期性……301
病の迷信性……221
病の論理……84, 116, 357
病描写……222
「山がつ」……176
山口仲美……57
山籠り……298
山田利博……203
山本亮介……263
「湯」……309, 311, 315
夕霧の造型……356
「夕暮れ」……53, 57
「夕つ方」……249
「ゆかり」……10, 20, 22, 60, 61, 81
「ゆかり幻想」……62, 63, 80
雪……75, 76
雪山……75, 77
「泔」……225
「湯漬」……290
夢……65, 67, 72, 78
湯本なぎさ……263
「許し」……249
「世」……212, 344
幼児性……52, 110
横川……294
抑圧……33, 53, 99, 131, 133
欲望……18, 32, 36, 125
吉井美弥子……138, 162, 200, 202
「世人」……91
読み……193, 361
読みの問題……196

【ら行】

「らむ」（助動詞）……242
李夫人の諷喩詩……133
良縁……327, 337
両義的な意味……237
倫理……360
類型化……184

類同性……18
霊……63 66 72 78
霊気……299 300
歴史……273
劣等意識……197
連関性……27
連鎖の構図……21
連帯意識……154
六条院世界……362
六条院物語……60
六条御息所の物の怪……71
六の君裳着……231
ロゴス……348 359

【わ行】

和歌……153
若君誕生……231
若紫垣間見……23 25 30
若紫の屈折……36 50
若紫の孤影……51
若紫の視線……37
若紫の発見……23
鷲田清一……265 349
鷲山一雄……204
「私」という存在……221
「わたり」……17 18 24
「わづらふ」……135
瘧病……40 101 222 295 357

「破子」……309 310
「我」……135 138 153 160 163 183
「我」の規定……158
「我」の表出……134
「我は我」……271
「我一人」……214 216
「我も人も」……154 164
「をこなり」……132
「折敷」……309

【著者略歴】

石阪晶子（いしざか・あきこ）

1975年東京に生れる。

1997年フェリス女学院大学文学部日本文学科卒業。

2003年フェリス女学院大学大学院博士後期課程修了。

博士(文学)。現在フェリス女学院大学非常勤講師。

平安文学専攻。

論文「『問い』の中の浮舟物語—『教え』をめぐる回路—」(『物語研究』第二号2002)、「枕草子・雪山の段の〈衣〉と〈食〉—欲望をめぐる言説—」(『玉藻』第三十三号1999)、「『群れ』の揺曳—紫式部日記における複数表現—」(『物語研究』第四号2004)。

源氏物語における思惟と身体

発行日	2004年3月30日 初版第一刷
著　者	石阪晶子
発行人	今井　肇
発行所	翰林書房
	〒101-0051 東京都千代田区神田神保町1-14
	電 話 03-3294-0588
	FAX 03-3294-0278
	http://www.kanrin.co.jp/
	Eメール●kanrin@mb.infoweb.ne.jp
印刷・製本	アジプロ

落丁・乱丁本はお取替えいたします

ISBN4-87737-186-9